거짓말의
거짓말의
거짓말

거짓말의 거짓말의 거짓말 2

ⓒ류다현 2020

초판1쇄 인쇄	2020년 7월 3일
초판1쇄 발행	2020년 7월 21일

지은이	류다현

펴낸이	박대일
편집	이문영 · 박지해 · 임유리 · 신지연 · 곽현주
교정	박준용
마케팅	임유미 · 손태석
표지디자인	스튜디오 미인
본문디자인	박현주

펴낸곳	파란미디어
출판등록	2004년 9월 14일 제313—2004—00214호

주소	03992 서울시 마포구 동교로23길 14 국제빌딩 6층
전화	02.3141.5589 영업부 070.4616.2012 편집부
팩스	02.3141.5590
전자우편	paranbook@gmail.com
카페	http://cafe.naver.com/paranmedia
페이스북	http://www.facebook.com/paranbook

ISBN	978—89—6371—769—2(04810)
	978—89—6371—767—8(전2권)

류다현 장편소설

거짓말의
거짓말의
거짓말 2

파란

차
례

저는 윤다은이 아닙니다

"무슨 생각을 그렇게 해?"

맨디가 퍼뜩 정신을 차렸다.

"아, 아냐."

"아까부터 계속 불렀는데 못 들었어?"

"응."

저녁 식사를 하러 나가자고 몇 번이나 불렀는데, 이든의 말이 들리지 않는 것처럼 맨디는 가만히 있었다.

"무슨 일 있어? 당신 오늘 내내 이상해. 애들 때문에 그래?"

"아니. 엄마가 잘 돌봐 주고 있는데, 뭐."

"아니면, 어디가 아파?"

"아냐, 아냐. 시차 때문인가 봐. 좀 멍하네."

맨디는 화제를 돌렸다.

"당신은 어땠어? 강지형 씨 잘 만났어?"

"강지형 씨한테 급한 일이 생겨서 약속을 미뤘어."

대화가 끊겼고, 맨디는 또 뭔가를 골똘히 생각하는 듯했다.

이든은 맨디 옆에 앉았다. 이렇게 이상하게 구는 아내의 모습은 정말 처음이었다.

갑자기 맨디가 이든을 바라보면서 물었다.

"당신, 강지형 씨 와이프 본 적 있어?"

"응? 응. 결혼식에서."

"어떻게 생겼는지 기억나?"

"왜 갑자기 강지형 씨 와이프에 대해 묻는 건데?"

"아니, 그냥 어떤 사람인지 갑자기 궁금해서."

"갑자기? 당신 오늘 정말 이상하네."

맨디는 자신에게 일어난 일을 어떻게 이든에게 설명해야 할지 알 수가 없었다. 자신이 터무니없는 생각을 하는 것일 수도 있었고, 어쩌면 그토록 기다리던 기적이 일어난 것일 수도 있었다.

자신의 생각이 맞다면, 강지형 그 사람은 이든에게 새빨간 거짓말을 한 셈이었다. 자신의 생각이 틀렸다면, 그건 이든의 평판에 흠이 되는 해프닝일 것이었고, 이든을 성실하게 돕는 강지형이라는 사람에게도 해를 끼치는 일이었다.

맨디는 긴 한숨을 내쉬며 머리카락을 거칠게 쓸어 올렸다.

처음 그 여자의 얼굴을 보았을 때 기시감을 느꼈다. 알면서도 모르는 사람. 분명 저 사람을 내가 어디서 본 적이 있는데 만난 적이 없는 것이 분명한, 그런 사람이었다.

맨디는 그 여자와 헤어져 호텔로 돌아온 후에야 그 여자가 누구를 닮았는지 알았다. 이든의 어머니였다. 한 번도 만난 적 없지만, 이든이 가지고 있는 사진을 수없이 보고 또 보다 보니 자기도 모르게 '아는 얼굴'이 된 것이었다.

"이든, 어머님 사진 혹시 지금 가지고 있는 거 있어?"

이든은 늘 지갑에 넣고 다니는 마지막 가족사진을 꺼냈다. 맨디는 그 사진을 휴대전화로 찍은 후 이든의 어머니 얼굴을 확대해서 골똘히 보았다.

맨디는 긴 한숨을 내쉬었다. 아무리 봐도 닮았다.

하지만 세상엔 자신과 똑같이 닮은 사람이 적어도 둘은 더 있다고 하지 않던가. 혈연이 아니어도 닮을 수 있는 법이다. 그 렇지만 무언가가 맨디의 촉을 건드렸다.

사진에서 눈을 뗀 맨디가 이든에게 물었다.

"강지형 씨 와이프에 대해 당신 뭐 아는 거 있어?"

"특별한 건 없어. 남들 아는 정도지. 구글링하면 나오는 정 보 정도."

"그거라도 말해 봐."

"라렌느의 오너고, 라렌느문화재단 이사장직을 맡고 있다, 그 정도? 아, 그리고 한 회장 부부에게 어릴 때 입양됐고."

"뭐?"

맨디의 눈이 커졌다. 심장이 빠르게 뛰었다.

설마 내가 오늘 잭팟을 터뜨린 건가? 세상에 이런 우연이 있을 수도 있을까? 기도에 대한 응답은 원래 이렇게 뜬금없는 순간에 오는 걸까?

맨디는 이든에게 자신의 추론을 말하고 싶어 미칠 지경이었지만 온 힘을 다해 참았다. 늘 실망만 해 온 터라 뭔가 더 확실해질 때까지는 말하고 싶지 않았다.

"이든, 어머님이 목에 걸고 있는 이 목걸이에 대해 알고 있는 것 있어?"

"목걸이?"

이든은 맨디가 확대한 사진을 바라보았다.

"이거, 어머님이 지금 걸고 있는 거, 당신이 다은 씨한테 준 그 로켓 목걸이지?"

"응."

"이 목걸이 기성품이야? 아니면 주문 제작? 혹시 이걸 만든 사람이나 이 목걸이의 브랜드 같은 거 기억나?"

"그건 잘 모르겠어."

이든은 기억을 더듬었다.

"두 분이 결혼하시고 얼마 안 돼서 아버지가 유럽 어딘가로 출장을 가셨는데, 그때 벼룩시장에서 선물로 사 왔다고 들었어. 19세기 물건이라고 했는데, 진짜인지는 몰라. 하지만 어머니가 무척 좋아하셔서 늘 하고 다니셨어."

"여기 있는 이 이니셜은 원래 있던 거야?"

"아니, 아버지 이름의 머리글자야. 어머니가 새긴 거로 알고 있어."

맨디는 훅 하고 한숨을 들이쉰 후 입을 열었다.

"이든, 너무 기대하지 말고 들어. 99퍼센트는 아닐지도 몰라. 하지만 1퍼센트가 너무 걸려서 당신한테 이야기하지 않을 수가 없어."

이성으로 비관하고 의지로 낙관하는 맨디의 사고방식을 잘 아는 이든은, 맨디가 어지간히 확신이 들지 않으면 아예 말을 꺼내지 않는다는 것도 잘 알았다.

"그 목걸이를 하고 있는 사람을 봤어."

"뭐?"

"이니셜이 새겨져 있는 것도 똑같았어. 그리고……."

맨디는 다시 사진을 뚫어져라 바라보면서 말했다.

"그 여자는 당신 어머니를 너무 많이 닮았어. 이 사진의 모습과 말이야."

지금 다은은 이 사진 속 어머니와 같은 나이일 것이다.

이든은 맨디의 손을 꽉 잡았다.

"어디서, 어디서 봤어?"

"그 사람이 누군지도 알아. 어디 사는지도 금방 알 수 있고."

이든은 믿을 수 없다는 얼굴을 했다.

"누군데? 누군데 어머니의 목걸이를 가지고 있는 거야?"

맨디가 막 대답하려는 찰나 노크 소리가 나서 대화가 중단되었다. 이든이 객실 문을 열어 주었다. 호텔 직원이 커다란 바구니를 들고 서 있었다.

"강지형 님께서 보내신 선물입니다."

이든의 솔직한 심정은 '뭐 이런 걸 다.'였다. 오늘 약속은 이든이 필요해서 잡은 것이었다.

"그리고 이건 차 키인데, 서울에 계시는 동안 편하게 쓰시라고 전해 달라고 하셨습니다. 차는 호텔 지하 주차장에 대 놓았습니다."

"차 키요?"

"오늘 큰 폐를 끼쳤다고, 죄송하다 전해 달라고 하셨습니다."

직원은 정중하게 허리를 숙이고 사라졌다.

이든은 어리둥절한 얼굴로 바구니와 차 키를 들고 맨디에게 왔다. 바구니 안에는 와인과 과일, 햄과 치즈가 들어 있었다. 그 정도야 오늘 약속을 뒤로 미룬 것에 대한 미안함이 담긴 선물로 볼 수 있지만, 아무래도 차 키는 이상했다.

"뭐야?"

"강지형 씨가 보낸 선물. 그런데 차 키는 왜 보낸 거지?"

"그거 아마 나한테 보낸 선물일 거야. 당신이 아니라."

맨디의 말은 사실이었다. 바구니에 꽂힌 카드에 맨디의 이름이 적혀 있었다.

"당신한테 강지형 씨가 왜 이런 선물을 보내?"

아내와 함께 왔다는 이야기를 지형에게 한 기억이 없었다.

"강지형 씨는 내가 당신 와이프라는 거 몰라."

"근데 왜 당신한테 이런 선물에 차 키까지 보내는데?"

"오늘 당신 데려다주고 주차장에 차를 대다가 접촉 사고가 있었어. 강지형 씨 와이프가 내 차를 박았거든."

이든은 놀란 얼굴을 했다.

"당신 괜찮아? 왜 그런 중요한 이야기를 안 한 거야!"

"하려던 중이었어."

"몸은 어때? 병원 가 봐야 하는 거 아니야?"

"살짝 박은 거야. 주차장이었다고. 속도를 내 봤자 얼마나 냈겠어. 임신 빈혈이었던 거 같아. 갑자기 어지러워서 제대로 차를 제어하지 못한 것 같더라고."

세 아이의 엄마인 맨디는 임신에 대해서는 누구보다도 잘 알았다.

"천만다행이네. 도로가 아니라 주차장이어서."

이든은 지형의 선물이 이해가 되었다. 지형이 새파랗게 질려 이성을 거의 잃어버린 듯한 얼굴을 한 이유도 이해가 되었다. 아내가 홀몸이 아니니 교통사고라는 말만으로도 기절할 만큼 놀랐을 것 같았다. 아니, 홀몸이든 아니든 아내가 갑자기 사고를 당하면 누구나 당황해서 어찌할 바를 모르는 게 당연했다.

"당신이 볼 때 강지형이라는 사람은 어떤 사람 같아?"

"이제 겨우 두 번 봤는데 그걸 어떻게 말할 수 있겠어?"

맨디는 이야기하기로 마음을 굳혔다.

"내가 아까 말한 그 여자 말인데. 당신 어머니의 로켓 목걸이를 한 여자."

"응."

"그 사람이 바로 강지형 씨 와이프야."

이든은 너무 놀라 할 말을 잃었다.

"그 사람이 윤다은일 가능성은 몇 퍼센트라고 생각해? 어머니를 닮은 외모에, 어머니의 목걸이를 하고 있고, 나이도 비슷하고, 강지형과 연결고리도 있는 사람이 다은 씨일 확률 말이야. 그런 사람이 과연 세상에 둘일 수 있을까?"

이든은 지형을 처음 만났을 때 들었던, 묘하게 의미심장해서 기억에 남은 말을 떠올렸다.

그때 지형은 동화 파랑새 이야기를 했었다. 동화 속 파랑새는 아주 가까이에, 그것도 자기 집 거실 새장에 있었다고.

"어디까지나 합리적 의심일 뿐이야. 내 느낌이 틀린 것일 수도 있어. 만약에 전혀 상관없는 사람이라면 그 부부에게 큰 실례일 수도 있어. 강지형 씨는 당신에게 호의적이었다며."

그렇지만 이미 이든은 결론을 내린 얼굴이었다.

그따위 수작질을 하다니.

자신의 눈앞에서 다은을 숨긴 강지형을 찢어 죽이고 싶었다.

이든은 단호한 얼굴로 지형의 비서실에 전화를 걸어 약속을 취소한 후, 제현에게 전화를 걸었다.

"너 지금 당장 호텔로 와야겠다."

— 무슨 일이야?

"다은이를 찾은 것 같아."

— 뭐? 다은 씨를 찾아? 어떻게? 어디서?

제현의 목소리가 다급했지만 이든은 그의 궁금증을 풀어 주지 않았다.

"그리고 이주윤, 라렌느의 이주윤에 대해 가능한 한 자세히 자료를 수집해 줘. 최대한 가까이에서 찍은 사진이 있으면 좋겠는데."

— 이주윤 자료는 왜?

"이유는 묻지 말고. 가능한 한 빨리 자료를 받아 보고 싶어."

— 알았어.

전화를 끊고 이든은 탁자 위에 놓인 바구니를 잠시 바라보다가 쓰레기통에 처넣어 버렸다.

맨디는 아무 말도 할 수 없었다. 이든의 분노를 이해할 수 있었다.

만약 이주윤이 윤다은이라면, 오늘 맨디가 우연히 마주치지 않았다면 영원히 찾지 못할 수도 있었다.

어떻게 가족을 간절하게 찾는 사람 앞에서 그런 거짓말을 할 수 있을까. 맨디 역시 이든과 비슷한 분노를, 그러나 이든보다는 조금 더 약하게 느꼈다.

그렇지만 냉정하게 생각하면 강지형의 대응도 이해가 됐다. 맨디는 강지형의 입장에서 변명을 해야 할 것 같았다.

"이든, 강지형 씨를 나쁘게만 생각하면 안 돼."

그게 무슨 소리냐는 눈으로 이든이 맨디를 노려보았다.

맨디는 차분한 목소리로 말했다.

"모르는 사람이 갑자기 자기 아내의 오빠라고 말하며 나타난다면 다 강지형 씨처럼 한두 걸음 뒤로 물러나서 그 진의를 파악하려고 하지 않을까? 아무리 당신이 그 유명한 유어블루버드의 이든 메이어라고 해도 말이야. 만약에 어떤 여자가 당신 여동생이라고 날 찾아온다면 나도 강지형 씨처럼 일단 의심할 것 같아. 믿을 만하다는 확신이 들기 전까지 진실을 밝히지 않을 거고. 그리고 만약 이주윤 씨가 다은 씨라면, 강지형은 당신 여동생의 남편이야. 적으로 만들어서 좋을 게 없다고. 당신 여동생과 가장 가까운 사람이자 당신 조카의 아빠고."

맨디의 말에 이든은 분노를 가라앉혔다. 듣고 보니 지형의 태도가 이해되지 않는 것은 아니었다.

몇십 년 동안 전혀 소식도 없다가 어느 날 갑자기, 그것도 결혼식장에 아내의 친오빠가 나타난다면 당황스러울 것 같다. 지형에게 적대적으로 행동하는 게 좋을 일이 없다는 말도 맞았다.

"그리고 당신은 동의하지 않을 수 있겠지만, 강지형 씨가 그날 다은 씨를 데리고 보호시설에 와서 메모를 남기지 않았다면 영원히 다은 씨를 찾지 못했을지도 몰라. 그 쪽지를 찾을 때까지 우린 다은 씨 생사조차 몰랐잖아."

그 말 역시 맞았다.

그렇지만 마냥 고마운 기분은 아니었다. 뭔가가 이든의 마음을 불쾌하고 불편하게 했다.

이든은 소파에 등을 기대고 앉아 두 손으로 얼굴을 감쌌다.

"이든."

맨디는 이든 옆에 앉아 어깨를 감싸 안았다.

"어, 어떻게 눈앞에 있었는데 몰라봤지?"

"자책하지 마."

"나는 자신했었어. 스치기만 해도 다은이를 알아볼 수 있을 거라고. 그런데 내 눈앞에 있는데도 몰라봤어."

다은을 만나기만 한다면 뭔가 특별한 느낌 같은 게 있을 거라고 생각했다. 그렇지만 결혼식장에서 신부를 봤을 때, 어머니와 닮은 배우를 닮았다는 것밖에 생각하지 못했다.

어떻게 그렇게 아무런 느낌이 없었을까? 다은이는 내 동생인데. 내가 그렇게 애타게 찾았는데. 어떻게 그렇게 타인 같았을까?

"그건 당연한 거야. 고작 여섯 살 때 헤어진 여동생을 어떻게 알아볼 수 있겠어?"

맨디는 이든이 다은을 못 알아본 것이 충분히 이해가 됐다. 자신이 다은을 알아본 게 오히려 이상한 일이었다. 그래서 여전히 확신할 수 없었다.

주윤이 과연 다은일까?

다은을 찾고 싶다는 간절한 마음이 현실을 왜곡한 게 아닐까 걱정됐다. 또, 이주윤을 윤다은이라고 철석같이 믿고 있는 이든도 걱정이 되었다. 이주윤이 윤다은이 아니었을 때 이든이 겪어야 할 고통이 눈에 선했다. 자책하고 또 자책할 것이다.

"아니, 나는 그러면 안 돼. 나는 알아봤어야 했어. 어떻게 눈앞에 동생이 있는데도 못 알아봤지? 피 한 방울 안 섞인 당신도 알아봤는데."

동생을 버렸다는 죄책감은 이든의 마음을 칡뿌리처럼 칭칭 감고 있었다.

"그래도 다행이잖아. 동생 결혼식에 참석한 거니까."

맨디는 애써 위로하려고 했다. 하지만 어깨를 들썩이며 우는 이든을 달래기엔 역부족이었다.

'제발 이주윤이 윤다은이었으면 좋겠다.'

맨디는 간절히 바라고 또 바랐다.

이든은 강지형을 통하는 대신 주윤과 직접 만나야겠다고 결심했고, 제현의 인맥을 동원해서 주윤의 최측근인 손 이사와 만났다.

손 이사는 주윤의 여섯 살 때 모습을 기억하고 있는 사람이었다. 이든이 내민 가족사진을 본 손 이사는 주윤이 이든 메이어의 여동생일지도 모르겠다고 생각했다. 그렇지만 자신의 생각은 말하지 않았다.

손 이사는 일단 주윤에게 이든의 뜻을 전해 주겠다고 하면서 기대하지는 말라고 했다. 이든은 마음을 졸였지만, 주윤은 쉽게 만남을 허락했다. 그렇지만 이든을 만나는 것이 아니라 이든의 법적 대리인을 만나겠다고 통보했다. 전혀 협상의 여지가 없어 보이는 단호한 제안에 이든은 그렇게 하겠다고 수락할 수밖에 없었다.

약속 시간 5분 전, 주윤은 아무도 대동하지 않고 여성용 브리프케이스를 들고 혼자 사무실에 왔다.

비서에게 안내를 받아 사무실로 들어오는 주윤을 보고 제현은 깜짝 놀랐다. 결혼식 때는 멀리서, 그것도 관심 없이 봐서 잘 몰랐는데, 이렇게 눈앞에서 보니 이든이 보여 준 어머니 사진과 정말 많이 닮았던 것이다. 맨디가 처음 보았을 때 얼마나 놀랐을지 알 것 같았다. 세상에 흩어진 모래알 두 알이 우연히 마주치는 기적이었다.

제현의 심장이 빠르게 뛰었다.

"안녕하세요. 이제현입니다."

정중한 인사에 주윤은 고개만 까딱했다. 사람을 밑에 두고 부리는 데 익숙한 사람의 몸짓이었다.

제현은 명함을 두 손으로 건넸다. 주윤은 명함을 제대로 보지도 않고 유리 탁자 위에 내려놓았다. 도무지 감정을 알 수 없는 얼굴이라, 제현은 자기도 모르게 긴장이 됐다.

쉽지 않은 사람. 순식간에 결론이 내려졌다.

주윤은 브리프케이스를 열고 서류 파일을 꺼냈다.

녹음과 녹화 및 사생활과 관련된 내용 누설 금지 등 이를 어겼을 때 소송을 당하게 될 거라는, 동의서라고는 하지만 사실은 각서에 가까운 서류였다.

"사인하시죠."

제현은 서류에 사인을 했다. 주윤은 사인한 서류를 브리프케이스에 넣었다.

"제 개인 정보를 전혀 모르는 제삼자가 알아봤다는 게 불쾌하군요."

"불쾌하셨다면 죄송합니다. 그렇지만 불법적인 일은 저지르지 않았습니다."

"그럴까요?"

"제 변호사 면허를 걸고 말씀드립니다."

주윤은 별로 납득한 얼굴을 아니었지만, 다행히 다음 질문으로 넘어갔다.

"제 가족이라고 주장하는 사람에 대해 하실 말씀이 있다고요."

"이런 일이 자주 있다는 말을 손 이사님께 들었습니다. 제 의뢰인은 사회적으로 성공한 분이십니다. 이주윤 씨만큼이나 부유하고, 전 세계적으로 영향력도 상당한 인물이시지요. 이든 메이어, 들어 보신 적 있으시겠죠?"

"글쎄요."

"유어블루버드를 모르세요?"

"SNS 서비스를 말씀하시는 거면 알고는 있습니다."

"이든은 바로 그 유어블루버드의 창업자입니다."

주윤은 그다지 깊은 인상을 받은 것 같지 않았다.

"제가 세상 돌아가는 일에 관심이 없어서요."

제현은 이든에게 받은 가족사진을 꺼내 놓았다.

"이 사람들 낯익지 않으신가요?"

가족이 함께한 마지막 여름이었다.

정보는 기억났지만 감정은 떠오르지 않았다. 사진 속 사람들이 엄마, 아빠, 오빠라는 것은 알겠지만, 그것뿐이었다.

그립지도 않았고 슬프지도 않았다.

제현은 본론으로 들어갔다.

"메이어 씨는 유전자 검사를 원하십니다. 이주윤 씨가 어렸을 때 헤어진 여동생이 분명하다고 확신하고 있어요."

주윤은 차갑게 말했다.

"헤어진 게 아니라 윤명진 씨가 저를 버렸죠. 일방적으로."

제현의 심장이 다시 빠르게 뛰었다. 이든의 한국 이름은 언론에 공개된 적이 없었다. 그런데 주윤은 너무도 자연스럽게 그 이름을 꺼냈다. 자신이 윤다은이라는 것을 간접적으로 인정한 것이다.

기가 막혔다. 정말 이주윤이 윤다은이었던 것이다.

제현은 이든을 위해 변명했다.

"윤명진 씨와 윤명진 씨를 입양한 양부모님은 여동생도 함께 입양하려고 했습니다. 그렇지만 여동생을 도무지 찾을 수가 없었습니다. 그래서 어쩔 수 없이……."

"그렇게 말하던가요?"

"네?"

"둘을 입양할 형편이 되지 않아서 처음부터 한 아이만 입양할 생각이었다고 션 메이어 씨가 말하던데요."

주윤의 입에서 이든의 양부 이름이 나왔다. 제현은 처음 듣는 말에 당황했다. 그가 예상했던 것보다 주윤은 더 많은 것을 알고 있는 것 같았다.

"혹시 이든이 어디 있는지 알고 계셨습니까?"

"네. 아주 오래전부터요."

"그렇다면 이든이 결혼식에 온 것도 알고 계셨습니까?"

"네."

"그런데 왜 연락하지 않으셨습니까? 하나뿐인 오빠를, 가족을 만나고 싶지 않았습니까?"

그놈의 하나뿐인 오빠, 하나뿐인 가족.

주윤은 가족 타령이 지긋지긋했다.

"제 가족은 강지형 씨 한 사람뿐이에요."

주윤은 단호하게 말했다.

"제게 윤명진 씨는 남보다 나을 것 없는 사람이에요. 차라리 남이었으면 더 나은 인연이었을지도 모르죠."

지나치게 냉소적인 주윤의 말에 제현은 당황했다. 이든에 대한 주윤의 반감은 그가 상상했던 것 이상이었다.

"물 한 잔 마실 수 있을까요?"

제현은 자신이 손님인 주윤에게 음료수조차 권하지 않은 걸 알고 황급히 비서에게 물을 가져오도록 했다.

주윤은 비서가 가져온 물을 단숨에 마시고 입을 열었다.

"제 양모는 제게 다른 형제가 없는 줄 알고 입양했는데, 제게 오빠가 있다는 걸 알고 선 메이어 씨에게 연락하셨습니다. 제 양모는 저를 포기할 수도 있다고 했는데, 그쪽에서 이미 입양된 아이를 굳이 데려오고 싶지 않다고 거절하셨어요. 선 메이어 씨를 비난하는 게 아닙니다. 친구의 아이 중 하나를 책임지고 입양한 선 메이어 씨의 선택은 대부분의 사람들은 흉내도 내지 못할 만큼 고귀한 행동이죠. 그저 저는 선택받지 못했던 것뿐이에요. 선 메이어 씨의 입장에서는 제가 부잣집에 입양되었으니 걱정하지 않아도 된다고 판단하셨겠죠."

거기까지는 분명 칭찬받을 만한 행동이었다.

"이든 메이어 씨는 몰랐을 겁니다."

주윤이 고개를 창밖으로 돌리고 입을 열었다.

"기억을 너무 믿지 말라고 전해 주세요. 제멋대로 이야기를 만들어 버리거든요. 자기에게 절대적으로 유리한, 아름다운 이야기를요."

"그럼 이주윤 씨의 기억을 제게 말해 주실 수 있을까요?"

주윤은 천천히 고개를 돌리며 말했다.

"제 이야기는 별로 아름답지도 재미있지도 않아요."

"그래도 듣고 싶습니다."

한참 동안 제현을 바라보다가 주윤이 입을 열었다.

"저는 여섯 살 크리스마스이브에 하나뿐인 가족이었던 오빠가 미국으로 입양을 갔다는 것을 알았어요. 훌륭한 양부모님에, 누나에, 형에, 말썽꾸러기 강아지가 새로운 가족이 되었고 집에는 멋진 수영장까지 있다고 했죠. 그때 윤다은의 마음속에 있던 윤명진은 죽었어요. 여섯 살 아이에게 미국은 천국보다도, 지옥보다도 더 먼 곳이었으니까요. 여섯 살 아이의 사고로는 오빠가 자신을 버렸다고 생각할 수밖에 없었으니까요."

제현은 여전히 아무 말도 할 수 없었다. 말을 끊는 순간 더 이상 이야기를 하지 않을 것 같다는 예감이 들어서였다.

"좋은 양부모님을 만나 성공한 삶을 살고 계시니까 다행이네요. 앞으로 메이어 씨에 대한 어떤 소식도 듣고 싶지 않습니다. 연락하고 싶지도 않고, 만나고 싶지도 않아요. 오늘 뵌 것은 그

것을 정확히 전해 달라고 부탁하기 위해서예요. 윤다은은 이미 오래전에 죽었어요."

드디어 윤다은을 찾았지만 일이 예상과는 다르게 돌아가고 있었다.

"전 윤다은이 아닙니다. 이주윤이에요. 제가 윤다은이 아니라 이주윤인 게 끔찍하게 싫지만 전 이주윤이에요. 저는 운명진 씨만큼 운이 좋지도, 행복하지도 못했어요. 양부는 절 이용하려고 입양했고, 양모는 저를 입양한 게 실수라고 여겼어요. 죽은 이주윤을 대신하려고 저를 입양했지만, 저는 그들이 원하는 이주윤이 될 수 없었으니까요. 파양하고 싶었지만 알려질 대로 알려져서 그러지 못했지요. 명분 있게 파양할 방법을 찾다가 션 메이어 씨에게, 그것도 두둑한 돈까지 얹어서 저를 떠넘기려고 했던 것 같아요."

제현은 아무 말도 할 수 없었다. 주윤의 목소리가 담담해서 더 슬펐다.

"아무도 원하지 않았던 여섯 살 아이가 어떻게 살아남았을까요? 누구에게도 사랑받지 못하는 그 아이가 어떻게 살아야 했을까요? 제가 저 자신이어서 미움받는 현실을 어떻게 견뎠을까요?"

주윤이 선택한 '살아남았다.'라는 단어가 제현을 가슴 아프게 했다.

제현은 라렌느의 이주윤에 대한 소문들을 떠올렸다. 그 소문들이 모두 진실이었다는 뜻이었다.

주윤은 아동 학대 피해자였다.

"입양된 후 행복했던 날은, 글쎄요, 1년에 열흘도 되지 않았어요. 제 양부모는, 두 사람 다 절대 부모가 되면 안 되는 사람이었어요. 죽은 이주윤이 운이 좋은 거라고 생각해요. 저는 결혼을 하면서 겨우 그 길고 긴 학대에서 벗어날 수 있었어요."

두 사람은 고개를 숙인 채 아무 말도 하지 않았다. 주윤은 잠시 후 유리병에 든 물을 컵에 반쯤 따라 마셨다. 말을 많이 해서 목이 말랐다.

"가족에 대한 기억이 없으세요? 여섯 살이라면 그래도 몇 가지는 기억이 날 텐데요."

"어떤 사람은 불행할 때 행복했던 기억을 떠올리기도 한다던데, 저는 행복했던 기억이 너무 아파서 스스로 지워 버렸던 것 같아요. 날 사랑해 주는 엄마와 아빠와 오빠가 있고, 그들과 함께한 행복한 시간들이 분명 기억에 있었을 거예요. 근데 그것을 떠올릴 때마다 지금의 현실에서 살아갈 수가 없어서, 아마 살기 위해 그 기억들을 지워 버렸던 것 같아요. 차라리 그런 시간과 기억이 없는 셈 치는 게 고통을 견디기 쉬웠을 테니까요."

제현은 어떠한 말도 할 수 없었다.

"윤명진 씨는 결혼하셨나요?"

"몇 년 전에 결혼했습니다. 대학 때 사귀었던 여자 친구분과요."

"아이는요?"

"아들 하나, 딸 둘을 뒀습니다. 딸들은 이란성 쌍둥이예요."

주윤은 잠시 부풀어 오른 자신의 배를 가만히 내려다보다가 다시 고개를 들어 제현을 보며 말했다.

"윤명진 씨는 정말 누가 봐도 완벽한 인생을 살고 계시네요. 이미 새로운 가족이 있는데 굳이 저를 찾는 이유를 모르겠어요. 완벽한 행복을 더 빛나게 해 줄 반짝이 가루가 필요한가요?"

"이든은 윤다은 씨를 정말 애타게 찾았습니다. 이든이 수많은 사업 중에 SNS를 시작한 건 여동생을 찾기 위해서니까요."

"유어블루버드라고 했지요?"

"네. 그렇습니다."

"블루버드라면 파랑새죠? 어쩌면 저와 윤명진 씨의 이야기는 동화 같네요. 그토록 찾았던 파랑새가 어디 있었는지 알고 계시죠?"

"집에, 자기 집 새장 속에 있었죠."

"맞아요. 제 존재는 바로 션 메이어 씨의 서랍 어딘가에 있었을 거예요."

제현은 깊게 한숨을 내쉬었다.

누군가 대단히 꼬인 사람이 이들 남매의 인생 시나리오를 쓴 게 분명했다.

션은 이미 오래전에 윤다은의 행방을 알고 있었다.

이든이 그렇게 애타게 찾는 걸 알면서도 왜 알려 주지 않은 걸까?

형편상 여동생을 입양하지 못해서 그랬다고 하기엔 뭔가 이상했다. 적어도 이든이 성인이 된 후에는 알려 줬어야 했다.

애타게 다은을 찾는 이든을 왜 그냥 지켜보고만 있었을까?

이해가 안 됐다. 제현은 거기에 뭔가가, 그것도 안 좋은 뭔가가 있는 것 같았다. 변호사로서의 직감이었다.

션이 다은의 행방에 대해 이든에게 말하지 못한 이유, 그것이 도대체 뭘까?

"션 메이어 씨와의 연락은 딱 한 번뿐이었습니까?"

"아뇨. 한 번 더 있었어요. 션 메이어 씨가 제 문제로 거래를 했던 것으로 알고 있어요."

"거래요?"

"거래라기보다는 협박에 가까웠죠."

"혀, 협박이요?"

"제 입양이 정상적이지 않은 걸 션 메이어 씨가 우연히 알게 되었습니다. 그것에 대해 입을 다물어 주는 조건으로 꽤 큰돈을 요구하셨다고 하더군요. 제 양부모는 돈으로 그 일을 무마할 수 있다면 오히려 편하다고 생각했고요."

"뭔가 잘못 알고 계신 거 아닙니까? 션 메이어 씨는 그런 분이 아닙니다. 션 메이어 씨는 지역사회에서 존경받는 사업가입니다."

"제 양부모도 한국 사회에서 존경받는 사업가였죠. 그 사람들이 여러 단체에 기부한 총액이 몇백억 원을 훌쩍 넘어요. 그러나 집에서는 입양한 어린 양녀를 학대하는 쓰레기였을 뿐이에요. 사람에 대해 그렇게 쉽게 안다고 하지 마세요."

주윤의 목소리에서 경멸과 분노가 고스란히 느껴졌다. 제현은 어찌할 바를 몰랐다. 그러면서도 동시에 자기 앞에 앉아 있는 주윤에게 깊은 동정을 느꼈다. 주윤은 이 험한 진실을 오랫동안, 그것도 혼자 감당해 왔다.

이든의 행복은 분명 주윤에게 빚졌다. 그것도 아주 많이. 이든의 마음이 얼마나 절절하든 주윤의 입장에서는 별로 만나고 싶지 않은 존재일 수 있었다.

주윤은 다시 브리프케이스를 열어 낡은 파일 하나를 제현에게 건넸다.

제현은 주저하면서 파일을 열어 서류들을 확인했다. 마지막 페이지까지 꼼꼼하게 다 읽고 긴 한숨을 내쉬며 파일을 탁자에 내려놓았다. 반박 불가능한 물증이었다.

제현은 자기가 알고 있는 션과 너무 다른 모습에 경악했다. 그리고 이든을 생각하니 더 머리가 어지러웠다.

철석같이 믿고 있는 양부가 그런 짓을 했다는 것을 알면 이든은 어떻게 반응할까?

제현은 복잡한 속내를 숨기고 오직 이든만을 위해 입을 열었다.

"이든은 그런 것을 몰랐을 겁니다. 정말 당신을 오랫동안 애타게 찾았어요."

"그럼 찾았으니 됐네요."

"네?"

"도대체 지금 저와 만나 뭘 하겠다는 건데요? 그때 날 버려서 미안하다고 사과라도 하고 싶은 건가요? 아니면 이제 와서 그때 못 했던 오빠 동생 놀이라도 하자는 건가요?"

제현은 말문이 막혔다.

"저는 여섯 살로 돌아갈 수 없고, 그건 윤명진 씨도 마찬가지 겠죠. 그러면 새로운 관계를 쌓아야 하는데, 저는 윤명진 씨와 아무것도 하고 싶지 않아요. 윤명진 씨에게 전해 주세요. 앞으로 우연이라도 제 인생과 교차되지 않았으면 좋겠다고요. 저는 윤다은이 아니라 이주윤이라고요."

주윤은 다시 브리프케이스를 열었다.

제현은 흠칫 놀랐다. 그녀의 가방이 판도라의 상자 같았다. 열릴 때마다 뭔가 안 좋은 것이 튀어나왔다.

이번에는 또 뭘까?

주윤이 준 파일을 열어 본 제현은 긴 한숨을 내쉬었다. 주윤이 왜 기억이라는 것을 믿지 말라고 말했는지 알 것 같았다.

"확실히 말할게요. 전 윤명진 씨를 만나고 싶지 않아요. 왜냐하면, 윤명진 씨가 빛나고 행복할수록 제 불행이 더 크게 느껴질 테니까요. 저는 순수하게 윤명진 씨의 행복과 성공을 축하할 수 없어요. 아무리 생각해도 그건 제게서 빼앗아 간 것 같아요."

제현은 주윤을 설득할 어떠한 말도 찾을 수 없었다.

그가 생각할 때도 이든은 지나치게 운이 좋았다. 지독하게 불행했던 주윤의 입장에서 보면, 이든이 자신의 운을 빼앗아 갔다고 생각할 수 있었다.

"저는 이런 생각도 들어요. 윤명진 씨가 저를 찾는 것에 집착한 건 아마도 인생에서 풀리지 않는 문제가 저밖에 없어서일지도 모른다고요. 하얀 종이에 잉크 한 방울이 떨어지면 그 잉크자국을 지우려고 애쓰는 것처럼요."

"이든이 당신을 찾는 것을 옆에서 한 번이라도 봤다면 절대로 그런 소리는 할 수 없을 겁니다."

제현의 목소리에 힘이 들어갔다.

"이든은 당신을 찾는 것 때문에 인생의 많은 부분을 잃어버렸어요. 20년 넘게 고통받았지만 그걸 고통이라고 생각하지 않았습니다. 그리고 단 한 번도 당신을 포기한 적 없어요. 단 한 번도."

이제 주윤이 말없이 제현의 말을 듣고 있었다.

"이든의 인생이 완벽해 보인다고요? 그래요. 겉으로 볼 때는 누구나 부러워할 완벽한 인생이죠. 그렇지만 좀 더 알게 되면 그렇지 않아요. 이주윤 씨 역시 그렇지 않나요? 이주윤 씨 역시 겉으로 볼 때는 누구나 부러워할 완벽한 인생이죠. 이든은 기꺼이 당신에게 자신의 행복과 행운을 모두 줄 겁니다. 할 수만 있다면요. 제발 이든을 한 번만 만나 줘요. 그럼 당신도 이든의 진심을 느낄 수 있을 겁니다. 이든은 단 한 번도 당신을 사랑하지 않았던 적이 없어요. 제발 이든에게 기회를 줘요."

그렇지만 너무 늦게 왔어요.

나는 지금 아무런 힘도 없어요. 가라앉고 있는 내 인생을 멍하니 바라보고 있을 뿐이에요.

오빠와 이 아이만을 탈출시키는 것만으로도 힘이 모자라요.

주윤은 지친 듯 한숨을 내쉬었다.

제현은 주윤이 뭔가 조금 바뀌긴 했지만, 여전히 이든을 만날 마음은 없는 것 같다고 느꼈다. 오늘 만남은 윤다은이 살아 있다는 것을 확인한 것으로 만족해야 할 것 같았다. 하긴 그것만으로도 큰 수확이었다. 이든은 결코 그렇게 생각하지 않을 테지만 말이다.

"오늘 제가 한 이야기들을 굳이 윤명진 씨에게 말할 필요는 없어요."

"네?"

"알아봤자 고통스럽기만 할 테고, 지금 와서 할 수 있는 일은 아무것도 없으니까요. 그 사람의 성공과 행복을 축하해 줄 순 없지만, 그 사람을 불행하게 만들고 싶진 않아요. 제가 만나고 싶지 않다는 것만 전해 주시면 돼요."

"진실을 말할 건지 말 건지를 제게 맡기시겠다는 겁니까?"

"두 분, 친구 사이라면서요. 윤명진, 이든 메이어가 어떤 사람인지 잘 알고 계시잖아요. 진실을 감당할 수 있는 사람 같으면 이야기해 주고, 아니라면 친구를 위해 침묵해 주세요. 저는 어느 쪽이든 상관없어요."

할 말을 다 한 주윤은 자리에서 일어났다.

제현은 주윤을 잡았다.

"이든을 위해 한 가지만 물어봐도 되겠습니까?"

그러라는 듯한 눈으로 주윤이 제현을 바라보았다.

"당신이 기대고 믿고 사랑할 수 있는 사람이 단 한 사람이라도 있었습니까?"

주윤은 망설이지 않고 대답했다.

"네, 있었어요."

"정말 다행이네요."

주윤은 사무실에 왔을 때처럼 조용히 나갔다.

제현은 깊은 한숨을 내쉬었다. 이든에게 어떻게 이 소식을 전해야 할지 알 수가 없었다.

주윤은 완벽한 절연을 원하고 있었다. 그 마음이 이해가 되었다. 주윤의 입장에서는 슬픔과 고통밖에 없는 인연이었기 때문이다.

주윤이 사무실을 떠난 지 얼마 되지 않아 제현은 이든과 맨디가 기다리고 있는 호텔로 내키지 않는 발걸음을 옮겼다. 객실 문을 열어 준 이든의 눈은 마음이 무거울 정도로 반짝반짝 빛났다.

이든은 제현의 얼굴이 어둡다 못해 흙빛인 것을 보고 마음이 차가워졌다.

'또 아닌가?'

이번엔 정말 다은을 찾았다고 생각했었다.

제현은 브리프케이스를 바닥에 내려놓고 소파에 앉았다. 제현의 맞은편에 긴장한 얼굴의 이든과 맨디가 앉았다.

제현이 천천히 입을 열었다.

"일단 이주윤은 윤다은이 맞아."

이든은 기뻤지만, 제현의 표정이 너무 굳어 있어 웃을 수가 없었다. 게다가 일단이라는 말도 마음에 걸렸다.

제현은 구구절절한 사족을 붙이지 않고 곧바로 본론을 이야기했다.

"만나고 싶지 않고, 앞으로 연락하지 말래."

제현은 주윤이 말한 그대로를 읊어 주었다.

"앞으로 우연으로라도 자기 인생과 네가 교차되지 않았으면 좋겠대. 그게 이주윤의 전언이야."

이든은 믿을 수 없다는 얼굴을 했다. 맨디 역시 놀란 얼굴을 했다. 이렇게까지 매정하게 거절당할 줄은 꿈에도 몰랐다. 특히 이든의 충격이 컸다.

자신이 20년 넘게 주윤을 절실하게 그리워했던 것처럼 여동생도 자신을 애타게 그리워했을 거라고 믿었다. 그것이 그를 낯선 미국에서 버티게 한, 성공에 매진하게 한 힘이었다.

그런데 동생은 그를 완벽하게 거부했다. 만약 친구 제현이 하는 말이 아니었다면 거짓말이라고 생각했을 것이다.

"왜?"

제현은 긴 한숨을 내쉬었다.

"네가 모르는 이야기들이 많아. 일단 이주윤 씨는 너에 대해서 오래전부터 알고 있었어. 이주윤 씨가 널 만나려고 했다면 얼마든지 만날 수 있었다는 이야기야."

"뭐?"

이든의 두 눈이 놀라움으로 커졌다. 그렇지만 이건 이든이 오늘 들을 이야기 중 가장 약한 것이었다.

"이든, 앞으로 네가 들을 이야기들은 별로 듣기 좋지는 않을 거야. 너뿐만 아니라 다른 사람들도 크게 상처 받을 수 있어. 그래도 듣고 싶어?"

"듣겠어. 그게 뭐든."

"네 가족이 상처 받는데도? 어쩌면 그 상처를 평생 회복하지 못할 수도 있어."

이 이야기를 들으면 션에 대한 이든의 확고한 신뢰는 산산조각 날 게 뻔했다. 신뢰는 한번 부서지면 결코 이전으로 돌아갈 수 없는 법이다.

제현의 경고에 이든은 잠시 생각에 잠겼다.

"그런 일은 없어. 가족이잖아. 지금은 상처 받겠지만, 시간이 흐르면 상처도 아물고 극복할 수도 있을 거야. 아무것도 모르는 게 가장 큰 상처야."

"알았어. 그럼 이야기할게."

제현은 맨디를 보고 말했다.

"물 한 잔 줄 수 있어?"

맨디는 서둘러 일어나 물을 가져왔다.

제현은 물 한 컵을 천천히 마셨다. 마음을 가라앉히고 냉정함을 되찾을 시간이 필요했다.

"우선 한 가지 물을게. 혹시 션 아저씨가 한국 기업으로부터 투자를 받은 적 있니?"

"여기서 아버지 얘기가 왜 나와?"

"잘 생각해 봐."

어리둥절했지만 이든은 제현이 시키는 대로 생각을 더듬었다.

"내가 주니어 하이에 다니던 때에 한국 회사에서 투자를 받으셨어. 회사가 힘들어서 파산할 뻔했는데, 아버지 지인이 경영하는 한국 기업에서 투자를 받아 기사회생했어."

"그 기업 이름 혹시 기억나?"

아버지가 공장 확장을 위한 투자를 했을 때 몇 가지 악재가 겹쳐 집안 분위기가 무거웠던 것은 기억이 났다. 사업을 접냐 마냐 하는 상황이었는데 기적처럼 돈을 투자받아 사업을 유지할 수 있었다.

"동우? 동인? 뭐 그런 이름이었던 것 같은데……. 지인이 하는 작은 회사라고 했었어."

제현은 길게 한숨을 내쉬었다.

제발 주윤의 말이 틀리기만을 바랐었다. 선이 사인한 서류를 보고 왔음에도 아니길, 바보 같은 줄 알면서도 아니길 바라는 마음이 있었다.

"동우인터내셔널 아니야?"

"맞아. 동우인터내셔널."

"그 회사는 화장품을 포장하는 종이 상자를 만드는 회사야. 종업원이 백 명도 안 되는 작은 회사지. 그런데 너 그 회사가 라렌느의 지주회사라는 거 아니?"

라렌느의 지주회사? 왜 여기서 라렌느의 이름이 튀어나오는 거지?

"라렌느가 아버지 회사에 투자를 했다는 거야?"

"말은 투자인데 사실상 일방적으로 돈을 준 거야. 왜 라렌느는 일면식도 없는 네 아버지에게 그런 거액을 투자한 걸까? 션의 사업과 라렌느는 아무 연관이 없어."

"도대체 네가 하려는 이야기가 뭐야?"

"라렌느와 네 아버지의 연결고리는 너와 이주윤, 그것밖에 없어."

"너 지금 무슨 소리를 하는 거야. 아버지가, 다은이가 어디 있는지 알고 계셨다는 거야?"

"그래. 그것도 아주 오래전에. 한혜선 회장은 이주윤 씨를 파양하고 싶어 했어. 그렇지만 이미 공개적으로 입양한 것이어서 명분이 없이는 파양할 수가 없었지. 그래서 네 아버지한테 연락해서 거액을 줄 테니 이주윤 씨를 데려가라고 했다고 해. 남매가 같이 크는 게 좋지 않겠냐며. 그런데 네 아버지가 여력이 없다고 거절했어."

"아버지가 다은이 입양하는 걸 거절하셨다고?"

"부잣집에 입양되었으니 잘 살겠거니 싶으셨겠지. 아무리 선의가 넘친다고 해도 아이를 키우는 건 현실이잖아."

"그런데 왜 아버지는 내게 다은이가 어디 있는지 알려 주지 않으신 거지?"

"왜냐면 네 여동생의 행방에 대해 입을 다무는 조건으로 돈을 받으셨거든."

이든의 얼굴에서 핏기가 사라졌다.

"네 여동생이 입양되는 과정에서 뭔가 불법적인 것이 있었어. 션 아저씨는 그걸 알게 되었고, 그걸로 라렌느의 한혜선 회장을 협박했어. 돈을 주지 않으면 그 사실을 한국 언론에 폭로하겠다고."

"마, 말도 안 돼."

"라렌느의 지주회사가 왜 그런 거액을 선뜻 내놓았을까? 명목상은 투자금이었지만 그 돈은 회수되지 않았어. 그냥 돈을 준 것과 다름없는 거지. 침묵의 대가였어. 아저씨는 너에게 네 여동생의 행방에 대해 말할 수가 없었어. 그랬다간 라렌느에서 투자받은 돈을 열 배로 돌려줘야 했으니까."

"거짓말하지 마. 아버지가 그러셨을 리 없어."

"션 아저씨가 돈을 받고 서명한 서류까지 보고 왔다고!"

시종일관 냉정함을 유지하던 제현이 목소리를 높였다. 화가 나서 견딜 수가 없었다.

"그리고 이주윤 씨는 이 모든 것을 오래전부터 알고 있었어."

정말 앉아서 듣기를 잘했다고, 맨디는 생각했다. 서서 들었다면 바닥에 쓰러졌을 것이다.

현실과 이야기는 둘 다 예상할 수 없다는 것이 비슷하다. 예상 못 했던 이야기는 재미있지만, 예상 못 했던 현실은 그렇지 않다. 재미있기는커녕 끔찍할 뿐이다.

이든은 크게 충격을 받았다. 애타게 다은을 찾는 자신을 보면서 아버지가 입을 다물고 있었다는 것이, 존경하고 사랑하는 아버지가 그런 파렴치한 짓을 했다는 것이 믿어지지 않았다.

"널 만나지 않겠다는 이주윤 씨 의사를 존중하는 게 맞아. 이주윤 씨 입장에서는 이렇게 불쑥 네가 만나자고 나타난 것도 폭력이라고 생각할 수 있어."

"폭력이라고?"

이든은 폭발 직전이었다.

제현은 그럴수록 더 냉정함을 유지했다.

"네가 그렸던 상황과 다르다고 화를 내서는 안 되지. 이주윤 씨에게는 이주윤 씨의 생활과 생각이 있는 거니까. 이주윤 씨가 널 안 보려고 할 수도 있다고는 상상도 못 한 거야? 입양아들이 다 생물학적 가족을 만나는 게 아니라는 건 너도 알잖아. 그것이 큰 의미가 없는 사람도 있고, 또 찾는 것이 더 상처가 될 것 같아 회피하는 사람도 있어."

"폭력이라고? 내가 20년 넘게 다은이를 찾은 게 그 아이한테는 폭력이라고?"

고장 난 라디오처럼 이든은 같은 말만 되풀이했다.

"넌 성인인 윤다은을 두고 미국으로 간 게 아니야. 여섯 살 아이를 두고 간 거라고. 성인인 윤다은은 네가 그때 그렇게 할 수밖에 없었다고 이해할 수 있지만, 여섯 살 윤다은은 그럴 수 없어. 게다가⋯⋯."

제현은 이미 상처 받은 이든에게 또 큰 상처를 줘야 하는 자신이 싫었다.

"너도 어느 정도 소문을 들었잖아. 이주윤에 대해서."

이든은 움찔했다. 그때는 가십에 불과했던 이야기가 이젠 칼

날처럼 이든의 가슴에 박혔다.

"무슨 소문?"

제현은 맨디를 위해 가능한 한 짧게 말했다.

"이주윤 씨는 아동 학대 피해자야."

"아동 학대?"

맨디가 놀라서 눈을 크게 떴다. 단어만으로도 몸이 떨렸다. 아이를 키우는 입장에서 그것보다 더 흉측하고 마음 아픈 단어는 없었다.

"그래, 아동 학대. 양부모가 정말 쓰레기였어."

"어떻게 그런 일이……."

"이든, 넌 그래도 학대받진 않았잖아. 좋은 양부모님 밑에서 아무 걱정 없이 학교에 다녔고, 지금은 누구나 부러워하는 위치에 올랐지. 그런데 이주윤 씨는 너와 정반대의 인생을 살았어. 심한 말이라고 생각하지만 어쩔 수 없어. 이든, 넌 윤다은을 팔아서 지금 그 자리에 있는 거야."

"야, 이제현! 말조심해!"

"그때 그 돈이 없었다면 어땠을 것 같니? 아저씨는 파산했을 테고, 넌 영어도 서툰 상태에서 임시 가정 보호소를 떠돌면서 고등학교도 졸업하지 못했겠지. 유어블루버드의 이든 메이어는 없었다고. 네가 먹고 자고 입고 교육받은 그 돈엔 이주윤 씨의 피가 묻어 있어."

화가 난 이든이 제현의 멱살을 잡으려고 했지만 맨디가 가로막았다. 제현은 무서우리만큼 침착했다. 맨디는 법정에 서서 검사의 논리를 박살 내는 제현의 모습을 보는 듯한 기분이었다.

"이주윤 씨가 그러더라. 기억이라는 걸 너무 믿지 말라고. 제멋대로 이야기를 만들어 버린다고. 자기한테 절대적으로 유리한, 아름다운 이야기를 말이야."

"내가 기억을 왜곡하고 있다고?"

제현은 브리프케이스에서 파일 하나를 꺼내 이든의 무릎에 던졌다. 파일 안에는 누렇게 된 우편엽서가 들어 있었다.

"널 돌봐 주셨던 시설 선생님들한테 네가 입양 가서 쓴 엽서야. 거기에 쓰인 내용이 20여 년 전에 진짜 있었던 일이야."

엽서를 읽은 이든의 얼굴이 하얗게 질렸다. 맨디 역시 마찬가지였다.

미국에 가서 공부 열심히 하고 돈도 많이 벌어서 꼭 한국으로 동생을 찾으러 올 거예요.

이든은 자신이 그런 엽서를 썼다는 것조차 기억나지 않았다.

"동생이 곧 입양될 거라고 믿었다면 이런 엽서를 썼을 리 없잖아."

"그럴 리가 없어."

그렇지만 엽서의 글씨체가 낯이 익었다. 어린 시절 자신의 글씨체였다.

엽서를 든 이든의 손이 떨렸다. 묻어 버렸던 기억이 엽서를 계기로 되살아났다.

보호소는 끔찍했다. 거친 아이들과 냄새나는 좁은 방을 함께 써야했다. 그곳에서는 어떠한 꿈도 꿀 수 없었다. 미래 역시 캄캄했다.

그때 선이 나타났다.

"선은 다은이를 입양하려고 했지만, 찾을 수가 없었어. 그래서 널 입양한 거야."

그게 진실이었다.

친구인 제현은 그래도 끝까지 이든의 편이었다.

"그렇다고 해서 동생을 찾은 네 진심까지 거짓이라는 건 아니야. 난 네 진심을 믿어. 맨디도 믿어. 널 아는 사람들이라면 여동생을 찾는 네 진심을 다 알아. 그렇지만 20년 넘게 소식 한 장 받지 못하고 살아온 이주윤 씨에게……."

"주윤이라고 부르지 마. 왜 걔가 주윤이야? 걘 다은이야."

제현은 냉정하게 말을 이었다.

"자신은 윤다은이 아니라 이주윤이래. 그 사람이 윤다은이길 바라는 건 네 욕심이야. 이든, 주윤 씨는 너와 겨우 여섯 해를 같이 살았어. 너 없이 산 세월이 그 서너 배야. 여섯 살이면 기억도 그리 많이 나지 않을 때야. 사실 널 기억하고 있는 게 기적이라고. 네가 주윤 씨에게 낯선 사람인 걸 인정해. 모르는 사람이라는 것을 인정해야 한다고. 핏줄이라는 인연이, 허망할 때는 그 어떤 인간관계보다 허망한 거야."

제현은 이든에게 물었다.

"이주윤 씨를 만나서 뭘 할 건데?"

"뭘 할 거라니?"

"이주윤 씨가 묻더라. 지금 자신을 만나 뭘 할 거냐고."

제현이 대답을 꽤 오래 기다려 주었지만 이든은 아무 대답도 할 수 없었다. 한 번도 생각해 본 적 없었다. 찾는 것이 목적이었지, 그 뒤에 무엇을 할 건지는 한 번도 생각해 본 적 없었다.

"그럼 나는 이만 간다. 도움이 못 돼서 미안하다."

제현이 나간 후, 이든은 한참 동안 방을 왔다 갔다 하다가 뭔가 결심한 듯 전화를 걸었다.

— 이든?

"주무시고 계시는데 죄송해요."

— 아니다. 무슨 일 있니?

언제나처럼 다정하면서도 든든한 아버지의 목소리였다. 이든은 가슴이 미어졌다.

제현의 말이 옳았다. 자신은 션을, 다정한 아버지를 이제 영영 잃어버릴 것이었다. 그 무엇으로도 돌이킬 수가 없었다.

이든에게 션은 친아버지보다 더 가깝고 존경하고 사랑하는 사람이었다. 션은 이든의 세상을 비추는 해 같은 존재였고, 이든은 세상 누구보다 그를 닮고 싶었다. 그의 친자식으로 태어났으면 좋았을 걸, 하고 바랐었다.

이든은 숨을 고른 후 입을 열었다.

"아버지, 다은이를 찾았어요."

평소의 션이었다면 이든보다 더 감격해서 '축하한다. 잘됐다. 어떻게 찾았니.' 하고 호들갑스럽게 말을 할 것이었다.

그런데 션의 첫 반응은 침묵이었다. 새로운 거짓말 아니면 변명을 준비하는 침묵이었다. 이든은 그 짧은 침묵으로 모든 것을 깨닫고 말았다.

어째서 가장 믿고 싶지 않은 것이 진실일까?

이든은 슬픔에 온몸이 갈가리 찢어지는 기분이었다.

어째서 아버지가? 어째서 내가 가장 존경하고 사랑하는 어른인 아버지가, 항상 나쁜 짓을 못 하게 길을 밝혀 주고 곁에 있어 주었던 아버지가 그런 파렴치한 짓을 한 걸까?

"다 알았어요. 전부 다."

여전히 션은 아무 말도 하지 못했다.

딛고 있던 땅이 무너졌고, 끝없는 어둠에 삼켜졌다.

이든은 울었다. 기쁨의 울음이 아니었다. 상처 입은 짐승처럼 이든은 울었다. 션은 아무 말도 하지 못했다.

한참 후에 울음이 잦아든 이든이 입을 열었다.

"왜 그러셨어요?"

— 변명하지 않으마. 그 돈이 필요했다.

"다은이를 입양하지 않으신 건 충분히 이해해요. 저 하나 키우시는 것도 힘드셨을 테니까요. 그렇지만 어떻게 다은이를 빌미로 돈을 뜯어내실 수 있으셨나요. 다은이가 그 집에서 학대받는 것을 알면서도 그 사람들의 돈을 받을 수 있었어요? 그 사람들한테 받은 돈으로 절 입히고 먹이고 교육시키실 수 있으셨어요?"

— 가족을 지키기 위해서 난 사람을 죽이는 것 빼곤 뭐든 할

수 있다. 그때 그 돈이 없었다면 다들 길거리로 내쫓겨야 했어.

"그 가족에 저도 들어가나요?"

— 나는 널 입양하고 나서 한 번도 남의 자식이라고 생각해 본 적 없다.

"그런데 왜 그러셨어요? 제가 그 돈으로, 다은이를 이용해 번 돈으로 비싼 사립학교를 다니고, 아이비리그 대학을 다니길 바랐을 것 같아요?"

한참 후 션이 입을 열었다.

— 그게 부모 마음이다. 그렇게 지독하게 이기적일 수 있는 게 부모 마음이야. 죽어 가는 사람의 입 안에 든 빵을 빼앗아서 라도 내 자식 입에 넣어 주는 게 부모 마음이야.

"아버지."

— 그때 난 코앞밖에 보지 못했다. 오직 회사를 살려 가정을 지키는 것 말고는 다른 어떤 것도 눈에 들어오지 않았다. 나중 에 모든 진실이 드러나 네가 상처 받더라도, 다른 가족들이 날 비난하더라도, 너희들에게 제대로 된 교육을 받게 하고, 한 번 뿐인 인생의 기회를 잡을 수 있게 해 주는 게 더 중요했어. 그 때 그 돈이 없었다면 어땠을 것 같니? 나와 네 엄마는 감옥에 가고, 미성년자인 세 아이들은 집을 잃고 뿔뿔이 흩어져 낯선 보호시설로 보내졌겠지. 너희들이 거기서 아무리 노력해 봤자, 절대로 평범한 인생을 살 수 없었을 거야. 거리를 떠돌며 마약 을 팔거나 구걸해서 먹고사는 쓰레기 인생을 살았겠지. 나는 절대로 내 자식들을 그렇게 살게 할 수 없었다. 특히 네게 집과

가족을 잃는 두 번째 아픔을 주고 싶진 않았다.

"아버지, 다은이한테 한 짓을 후회하긴 하세요?"

— 후회하지. 그렇지만 나는 그 아이에게 용서를 빌고 싶진
않다.

"뭐라고요?"

— 용서를 빌려면 내가 그때 그 일을 하지 말았어야 했다고
진심으로 느껴야 하지만, 다시 그때로 돌아간다 해도 나는 그
렇게 할 게다. 그런 내가 하는 사죄는 그야말로 기만이겠지.

이든은 션의 말에 아연실색했다.

"아버지, 다은이는 양부모에게 학대받고 자랐어요. 그 사람들
은 다은이가 성인이 된 뒤에도 때렸고, 정신병원에 가두기까지
했어요. 그리고 아버진 알고 있었어요. 입양한 아이를 돈을 주
고 파양하려는 사람은 결코 좋은 부모가 될 수 없다는 것을요."

— 솔직히 말하마. 그건 내가 어쩔 수 없는 일이다.

"뭐라고요?"

— 세상의 모든 불쌍한 사람을 내가 다 구할 수는 없는 거다.
그건 신도 못 하는 거야.

션이 가족을 지키는 것을 무엇보다 중요하게 여기는 사람인
줄은 알았지만, 가족 외의 사람에게는 이렇게 냉정할 수 있다
는 것은 몰랐다.

션이라는 든든한 우산 밑에서 걱정 없이 유년 시절을 보낸
이든은, 그 우산 밖에서 보호해 줄 어른 없이 비바람을 고스란
히 맞은 것도 모자라 션에게 이용당해야 했던 다은을 생각하자

심장이 말 그대로 부서지는 것 같았다.

제현의 말이 맞았다. 이든 자신의 행복은 철저하게 다은에게 빚진 것이었다.

'너는 아주 오래전부터 날 알고 있다고 했다. 그럼 너는 과연 어떤 기분으로 내 성공을 보고 있었을까?'

다은을 찾겠다고 한 일이었지만 오히려 다은을 괴롭히는 일이 돼 버린 것 같았다.

이든은 더 이상 션과 대화를 할 수 없어서 전화를 끊어 버렸다. 전화를 끊은 후에도 한참을 울었다.

맨디가 이든을 안아 주고 위로하려 했지만 거부당했다. 맨디는 그런 이든을 한참 동안 보다가 침실로 들어갔다.

이든이 침실에 들어오기를 기다리다 맨디는 깜빡 잠이 들어 다음 날 아침까지 곤히 잤다. 알람이 울린 후에야 겨우 잠에서 깼다. 옆자리는 비어 있었다. 잔 흔적이 없었다.

맨디는 가볍게 한숨을 내쉰 후 마른세수를 했다. 깊이 잔 것 같지만 피곤이 풀리지 않았다. 잠옷 위에 카디건을 걸치고 거실로 나갔다.

어젯밤 봤던 마지막 모습 그대로 이든이 창가에 서 있었다. 이든은 한 가지에 빠지면 인간의 기본적인 욕구까지 까맣게 잊었다. 그런 미친 집중력이 있었기에 맨손으로 기업을 일굴 수 있었겠지만, 가끔 곁에 있는 사람은 자신의 존재가 깨끗이 지워지는 듯한 쓸쓸한 기분이 들었다.

"이든."

맨디가 부르자 이든이 고개를 돌렸다.

"아침 먹을래? 난 오믈렛이랑 과일샐러드를 주문하려고 하는데 당신 것도 할까? 늘 먹는 시리얼이랑 요거트로 하면 돼?"

맨디는 아무렇지 않은 목소리로 말했다. 이든의 평범한 일상을 지켜 주고 싶었다.

"보러 가야겠어."

"누굴 보러 간다는 거야? 다은 씨를 보러 간다는 거야?"

"그래. 보러 가야겠어."

밤새도록 고민해 내린 결론인 것 같았다.

"당신이 다은 씨 의사를 무시하고 찾아간다면 영영 다은 씨를 잃을지 몰라. 오빠가 떠난 것도 모자라 오빠의 양부라는 사람이 자신을 두고 협박을 해서 돈을 받았어. 다은 씨 입장에서는 당신과 당신의 새로운 가족에 대해 악감정을 느낄 수밖에 없잖아. 다은 씨한테 시간을 좀 주라고."

그래도 이든은 설득되지 않았다. 지금까지 억눌렀던 그리움이 폭발했다.

"보고 싶어, 맨디. 다은이가 보고 싶어."

이든은 끝내 다시 눈물을 흘리고 말았다. 지금 상황을 도저히 받아들일 수가 없었다.

"내 눈으로 봐야겠어. 그 앨 만지고 싶고 안아 주고 싶어. 내가 그 앨 얼마나 찾았는데. 내 소원은 오직 그거 하나밖에 없었어. 그런데 왜 그 애 얼굴도 볼 수 없는 거야? 다은인 내 동생이야. 하나뿐인 내 동생이라고."

맨디는 길게 한숨을 내쉬었다.

"일단 내가 만나 볼게. 지금 당신이 만나는 건 역효과야. 이미 안 만나겠다고 했는데 당신이 부득불 만나려고 하면, 오히려 더 당신에 대해 안 좋은 인상만 남을 거라고."

맨디는 이든을 설득했다.

"당신이 나랑 현호를 찾아왔던 때 기억해? 그때 난 당신한테 내가 먼저 연락하기 전에는 다가오지 말라고 했고, 당신은 그 약속을 충실히 지켰어. 왜 그랬어?"

"그러지 않으면 정말 당신을 잃어버릴 것 같아서."

"당신 말이 맞아. 당신이 내 허락 없이 내 공간에, 내 아들에게 다가왔다면 나는 접근 금지 신청을 해서라도 막았을 거야."

"왜?"

이든은 진심으로 이해하지 못하는 얼굴을 했다.

"그때 나는 당신한테 어마어마하게 상처 받았으니까. 지금 주윤 씨의 마음이 그런 거야. 사람 말을 곧이곧대로 들어야 할 때가 있는데, 지금이 그때라고. 주윤 씨가 만나고 싶지 않다고 했으면 만나고 싶지 않은 거야. 노는 노고 예스는 예스라고. 거기서부터 당신과 주윤 씨는 시작해야 해. 지금까지 기다렸잖아. 조금만 더 기다리자. 지금껀 어디에서 어떻게 살고 있는지, 아니, 살아 있는지도 알 수 없었지만, 지금은 알고 있잖아. 마음만 먹으면 먼발치에서 볼 수도 있잖아. 게다가 다은 씨, 지금 홀몸도 아니야. 아이 가진 사람한테 스트레스가 얼마나 안 좋은지 알지? 만에 하나 당신과의 일 때문에 충격을 받아서 아이에게 해가 된다면, 다은 씨는 영영 당신과 안 만나려고 할 거야. 지금 다은 씨한테 제일 중요한 건 건강한 아이를 낳는 거야. 그 아이는 당신 조카잖아. 당신도 협조해야지."

아이 이야기까지 꺼내자 이든은 겨우 설득되었다는 듯한 얼굴을 했다.

"당신은 만나 줄까?"

맨디는 가볍게 한숨을 내쉬었다.

"노력해 봐야지."

"기다리면, 기다리면 나도 다은이를 만날 수 있을까?"

"그럴 거야. 당신하고 다은 씨는 가족이잖아."

맨디는 마치 여섯 살짜리 현호를 껴안아 주듯 이든을 꼭 안아 주었다.

우리 행복한 것 아니었나?

—

아침에 눈을 뜨자마자 지형은 주윤의 방으로 갔다. 침대에서 곤히 자고 있을 거라고 예상했지만, 주윤의 모습은 보이지 않았다. 오늘도였다.

이 집에서 주윤의 얼굴을 본 게 언제던가?

얼마 전까진 아침에 얼굴을 보고 출근하는 날이 많았는데 이젠 얼굴도 보기 힘든 날이 이어졌다. 게다가 지난 몇 주 동안 해외 출장이 줄지어 있었기에 주윤과는 영상통화로 얼굴을 본 게 고작이었다. 그래서 오늘 아침에는 얼굴을 볼 수 있을 거라고 기대했지만 그 기대가 어긋났다.

주윤의 얼굴을 볼 수 없는 건 대부분 지형의 탓이었다. 바쁜 지형의 일정에 주윤더러 일방적으로 맞추라고 말할 수는 없었다. 해외 출장도 잦았고, 국내 출장도 하루를 넘길 때가 다반사였다.

하루 세 끼, 잘 모르는 사람과 밥을 먹고 현안에 대해 이야기하는 것에 자기도 모르게 익숙해졌다. 12시 14분, 20시 8분, 이런 식의 약속 시간에도 이젠 익숙해졌다. 시간이 자신의 시간이 아닌 것에도 익숙해졌다. 그렇지만 주윤과의 시간이 부족한 것에는 익숙해지지 않았다.

많은 것을 바라는 건 아니었다. 그저 아침저녁으로 얼굴이라도 봤으면 좋겠다, 밖에서든 집에서든 얼굴 보면서 밥 한 끼 같이 먹었으면 좋겠다 정도였다. 그럭저럭 일상은 유지되었지만, 한 달 전부터 그런 소박한 희망을 기대하는 것도 불가능해졌다. 주윤이 바빠졌기 때문이다.

지형은 시계를 보았다. 아침 7시 반. 외출하기엔 이른 시간이었다.

'요즘 아침 일정이 많네.'

임신이 안정기에 접어들자 주윤은 활발하게 바깥 활동을 시작했다. 자신에 대한 악소문을 일소할 필요도 있었고, 회사 일을 남편인 지형에게 일임했다는 인상을 주기 위해서라도 바쁘게 움직이는 모습을 보여야 했다. 주윤은 언론에 얼굴을 드러내는 것을 극도로 꺼렸기에, 이런 식의 활동을 간접적으로 언론에 흘려야 했다.

연 비서가 임 비서에게 매주 보내는 주윤의 스케줄표에는 개인적인 일정 외에도 업무 일정이 빡빡하게 잡혀 있었다.

주윤은 거의 매일 문화재단에 출근했다. 동물 보호 활동을 위한 후원회를 꾸리는 일을 어느 정도 마무리한 후, 학대 아동과 가정 폭력 피해 여성을 위한 보호 단체와 쉼터를 만드는 일에 열중하고 있었다.

무기력하던 주윤이 열심히 뭔가를 하는 것이 처음엔 보기 좋았다. 일을 하는 주윤의 모습은 생기가 넘쳤다.

그렇지만 언젠가부터 주윤이 멀어진다는 기분이 들었다. 그 감정을 주윤에게 말할 수 없었다. 그 이상한 기분을 누구에게도 털어놓을 수가 없었다. 마음속에 언제 터질지 모르는 간헐천 몇 개가 부글거리는 느낌이었다. 모든 것이 완벽한데 지독하게 불안했다.

효관이 언제 주윤에게 비밀을 터트릴지 몰라 두려웠다. 미치도록 행복하면서도 살얼음판 위을 걷는 것 같았다. 주윤의 안색만 조금만 좋지 않아도 세상이 몇 초 후에 멸망할 것처럼 겁이 났다. 효관을 완벽하게 차단하고 있지만 지형은 조금도 마음을 놓지 못했다.

효관은 예상외로 조용했다. 재판 때문에 정신이 없어 주윤은 물론 지형에게도 접촉할 엄두를 내지 못하는 듯했다. 임 비서가 꼬박꼬박 올리는 보고서에서 효관의 상황은 악화일로였다. 어떻게든 구속은 면하려고 안간힘을 쓰고 있지만 피하지 못할 것이라는 게 법조계 다수의 의견이었다.

그렇지만 지형은 효관이 언젠가 자신을 협박하러 올 것임을 알았다. 이번 일이 아니더라도 그가 살아 있는 한 협박은 멈추지 않을 것이었다.

지형은 무슨 일이 있어도, 효관의 협박에 지지 않을 생각이었다. 언제나 효관의 아들로 태어난 것을 저주했다. 그렇지만 그의 딸은 결코 그렇게 되지 않게 할 것이다. 자신이 세운 성 안에서 평생 안전하고 행복하게 보호해 줄 것이다. 그처럼 그 누구에게도 기댈 수 없는 아이로 크지 않을 것이다.

그의 아이는, 그와 주윤의 아이는, 아빠 엄마가 서로 사랑하는 가정에서 자랄 것이다.

그 대가가 평생 마음의 지옥 속에 사는 것이라면 기꺼이 감수할 생각이다. 지형에게 그건, 너무 작은 대가였다.

지형은 주윤의 침대에 걸터앉아 마치 주윤을 어루만지듯 베개를 만지작거렸다.

'아이가 태어나면 괜찮아질 거야.'

주윤은 아이가 유치원에 갈 때까진 육아에 전념하겠다고 했다. 외롭게 자라서 아이는 자기 손으로 키우고 싶은 것 같았다.

아이가 돌 정도가 되면 지형도 업무가 줄 테고, 함께 있는 시간을 늘릴 수 있을 것이다. 그때쯤이면 효관의 일도 어떤 식으로든 결론이 나 있을 것이다.

지금은 참아야 할 시간이었다. 지금 지형에게 제일 중요한 것은 라렌느를 정상화하는 것이었다.

지형은 나지막하게 한숨을 쉬었다. 결혼 후 자기도 모르게 한숨을 쉬는 버릇이 생겼다.

주윤이 자신을 피하고 있다는 생각을 하지 않으려고 했지만, 자꾸만 그런 생각이 드는 건 어쩔 수 없었다. 더 미치게 만드는 건, 아무리 생각해도 그 이유를 알 수가 없다는 것이었다.

주윤은 행복해 보였다. 그것을 의심할 수는 없었다. 주윤이 행복한데 자신의 행복은 왜 점점 빛이 바래는 느낌인지 알 수 없었다. 꼭 모래로 지은 성이나 종이로 지은 집에 사는 것 같았고, 자신을 둘러싼 모든 것들이 거짓말 같았다.

주윤이 곁에 있을 때는, 주윤과 눈을 맞추고 몸을 맞대고 한 공간 속에서 같은 공기를 숨 쉴 때는 그런 느낌이 조금도 들지 않았다. 주윤의 사랑을 받고 있다는 확신이 들었다.

그렇지만 주윤이 눈앞에 없으면, 주윤을 만지지 않으면 어둠 속에 홀로 버려진 것 같았다.

그곳은 좁고 춥고 또 습했다. 누가 구해 주기 전까진 결코 나올 수 없는 던전이었다. 오직 주윤이 주는 웃음과 온기와 손길만이 그곳에서 지형을 구할 수 있었다.

지형은 주윤의 침대에 몸을 눕혔다. 주윤의 체취라도 들이마시고 싶었다. 그렇지만 침대의 매트리스와 시트 그리고 베개에서는 무기질의 차가운 냄새만 났다. 지형이 알고 있는 주윤의 냄새는 나지 않았다.

고개를 갸웃했다. 뭔가 이상했다.

왜 여기서 아무 냄새가 안 나지?

분명히 누가 자고 간 흔적은 있는데, 잔 사람의 흔적은 느껴지지 않았다. 지형은 자신이 착각한 거라고 생각했다. 어제 과음한 탓이라고 여겼다.

시간을 확인했다. 슬슬 씻고 출근 준비를 할 시간이었다.

1층으로 내려간 지형은 식당에 차려진 1인분의 식사를 천천히 먹었다. 식사를 마친 후 평소와 같이 출근 준비를 하고 집을 나섰다.

현관 밖에서 배웅하기 위해 서 있는 정 실장에게 지형이 물었다.

"이사장은 언제 나갔습니까?"

"7시에 나가셨습니다."

"어디 간다는 말은 하지 않았습니까?"

정 실장은 난처한 얼굴을 했다.

"그건 말씀하지 않으셨습니다. 연 비서에게 전화할까요?"

"아뇨, 괜찮습니다. 그럼 오늘도 수고하세요."

지형은 차에 타려다가 뒤를 돌아 집을 바라보았다. 여전히 이 집은 자신의 집 같지 않았다. 이 집에서 자신이 잠을 자고 밥을 먹고 주윤과 함께 있다는 것이 믿어지지 않았다.

이 집에 들어온 순간, 생각하기 싫어도 과거로 돌아가 자신이 한 거짓말을 생각할 수밖에 없었다. 그녀를 구하려고 이 성에 들어왔는데, 어느샌가 자신이 이 성에 갇혀 버린, 그런 끔찍한 기분이 들었다.

어쩌면 평생 도망칠 수 없을지도 모른다. 그의 아버지처럼.

"회장님?"

지형이 차 문을 잡은 채로 한참 동안 가만히 있자 운전기사가 차에서 내려 조심스럽게 말을 걸었다.

"집에 뭘 두고 오셨습니까?"

"아, 아닙니다. 제가 착각했습니다."

회사로 가는 차 안에서 지형은 연 비서가 매주 보내는 주윤의 스케줄표를 열어 보았다. 어제까진 비어 있던 오늘 아침 8시 칸이 연두색으로 칠해져 있었다. 외부 사람을 만나는 스케줄이라는 뜻이었다.

스케줄 내용을 확인하니, 오찬 모임이라고 짧게 기록되어 있었다. 급하게 잡힌 약속인 것 같았다. 그다음엔 정기검진이었고, 점심과 오후 스케줄은 비어 있었다.

회장실에 도착한 지형은 우 비서실장을 불러 오늘 점심 약속을 무조건 취소하게 했다. 10분 후, 우 비서실장에게 약속을 다 취소하고 다른 날로 잡았다는 문자를 받은 지형은 주윤에게 전화를 걸었다.

신호음이 두 번 정도 울렸을 때 주윤이 전화를 받았다.

— 오빠.

주윤의 목소리는 밝고 활기찼다.

"어디야? 아침에 얼굴 보려고 했는데, 새벽같이 나갔더라."

— 라렌느호텔. 쉼터 관련해서 회계 자문을 맡아 주실 분을 찾고 있는데, 약속이 급하게 잡혔어. 워낙 바쁜 분이어서 아침밖에 시간이 안 나서. 오빠가 어제 늦게 들어와서 자는 것 같아서 안 깨우고 나왔어.

주윤의 목소리는 정말 아무렇지 않았다. 지형이 느끼는 불안감이 터무니없다고 느낄 만큼 평온한 목소리였다.

그런데 왜 이렇게 자신의 마음엔 찬바람이 부는 건지, 주윤이 점점 멀어지고 희미해지고 있는 건지 지형은 알 수가 없었다. 불안했다. 목소리로는 만족할 수 없었다. 주윤을 만나서 직접 눈으로 보고 손으로 만져야 이 불안이 아주 조금이나마 누그러질 것 같았다. 주윤이 아직 아무것도 모른다는 것을 확인하고 싶었다.

"너 요즘 나보다 더 바쁜 것 같다."

— 아이 낳고 나면 몇 달 동안은 꼼짝도 못 하잖아. 그 전에 할 수 있는 건 다 해 놓아야지.

"점심 약속은 있니?"

— 아니.

"그럼 같이 점심 먹자. 오늘 점심 약속이 취소됐어. 뭐 먹고 싶은 거 없어?"

주윤은 기다렸다는 듯이 먹고 싶은 것을 말했다.

— 나는 소바가 먹고 싶어. 그리고 유진이는 일식 튀김이 먹고 싶다고 전해 달래.

지형은 자기도 모르게 웃음을 터뜨렸다.

주윤은 임신성 당뇨는 아니지만 조심하는 게 좋다는 의사의 소견에 따라 임당검사 재검 이후 당 수치가 높은 음식인 기름진 고기나 튀김 같은 것은 먹지 않았다. 좋아하는 간짜장도 포기했다. 몇 달 동안 영양사가 짠 식단대로만 먹었다.

임신 기간 내내 주윤의 하느님은 담당 의사였다. 담당 의사가 하는 말이라면 자다가도 벌떡 일어나서 수첩에 적을 정도였다. 배 속 아이를 위해 자기가 좋아하는 것을 다 포기하고, 아이에게 좋다는 것은 뭐든지 다 했다.

"정말 유진이가 먹고 싶대? 네가 아니고?"

― 응. 유진이 식성이 오빠 닮았나 봐. 날 닮았으면 그런 기름진 거 안 좋아할 텐데 말이야.

또다시 웃음이 나왔다.

"알았어. 예약해 둘게."

― 응.

"오전 스케줄 보니까 너 정기검진이던데, 같이 가자."

― 시간이 돼?

"응, 괜찮아. 오늘 오전은 별일 없어."

― 잘됐다. 나 오늘 막달 검사 하는 날이거든. 오빠가 옆에 있어 주면 좋을 것 같아. 오빠도 우리 유진이 보고 싶지?

주윤의 목소리가 들떠 있어서 지형은 기분이 좋아졌다. 주윤도 병원에 같이 가고 싶었지만, 지형이 요즘 워낙 바빠서 말도 꺼내지 못한 것 같았다. 곧 아이의 얼굴을 본다고 생각하니 지형의 마음은 헬륨 풍선처럼 하늘 위로 떠올랐다.

아이는 지형과 주윤의 닻이었고 풀지 못할 매듭이었다. 아이가 사랑스럽게 느껴지면 느껴질수록 주윤에 대한 애정이 더 깊어졌다. 곧 태어날 아이도 사랑했지만, 주윤에 대한 마음과 비교할 바는 아니었다.

"아니. 난 언제나 네가 가장 많이 보고 싶어. 아기가 태어나도 세상에서 가장 사랑하는 건 너니까."

주윤은 웃었다. 5월의 바람처럼 산뜻한 웃음이었다. 지형은 주윤을 그렇게 웃게 하는 자신이 좋았다.

"주윤아, 내가 나중에 유진이한테 다 말해 줄게. 엄마가 널 위해서 얼마나 힘들게 고생했는지."

지형의 말에 주윤은 잠시 아무 말도 하지 않았다.

— 응. 꼭 말해 줘야 해, 오빠.

주윤의 목소리가 떨렸다. 감정이 격해져서 울먹거리는 것 같았다.

"그래, 꼭 말해 줄게. 네가 얼마나 좋은 엄마인지 말이야."

지형은 웃는 얼굴로 전화를 끊었다.

주윤의 목소리를 듣는 것만으로도 모든 불안이 해소되었다. 말도 안 되는 고민을 한 자신을 비웃고 싶었다. 정말 바보 같은 생각들이었다.

지형은 자신이 지나치게 예민하고 굴었다고 생각했다. 아무것도 걱정할 것이 없었다. 주윤의 목소리는 평온했고 또 행복하게 들렸다. 그 모든 것이 꾸며 낸 것일 리 없었다. 주윤은 여전히 아무것도 몰랐고, 앞으로도 모를 것이다.

'어쩌면 너무 행복해서, 내가 항상 바라던 것이 너무 쉽게 이뤄져서 불안해하는 건지도 몰라.'

지형은 피식 웃음을 터뜨리며 비서에게 점심에 갈 식당을 예약하라고 말했다.

막 책상에 앉으려는데 노크 소리가 나고 비서가 들어왔다.

"손 이사님이 오셨습니다."

일주일쯤 전, 손 이사가 드릴 말씀이 있으니 편한 시간에 약속을 잡아 달라고 했었다. 우 비서실장이 오늘 약속들을 취소하면서 손 이사의 약속을 집어넣은 것 같았다.

"들어오시라고 하세요."

잠시 후 손 이사가 회장실로 들어왔다.

"무슨 일이십니까?"

"별일은 아닙니다."

별일 아니라면서 손 이사가 품에서 꺼낸 건 사직서였다. 지형은 너무 놀라서 눈을 크게 떴다.

"이사님."

"다음 달부터 문화재단 이사장으로 가게 되었습니다."

"네?"

"이사장님께는 제가 회장님을 정식으로 찾아뵙고 하직 인사 드리겠다고 말씀드렸습니다."

"라렌느를 떠나는 것, 이사장 뜻입니까, 아니면 손 이사님 뜻입니까?"

"100퍼센트 제 뜻입니다. 이사장님도 많이 말리셨습니다."

심각하게 굳은 지형의 얼굴을 본 손 이사는 사람 좋은 웃음을 지으면서 말했다.

"회사나 회장님께 불만이 있어서 그러는 게 아니라 개인적인 일 때문입니다. 둘째 아이가 한창 사춘기인데, 학교도 안 가고 안 좋은 친구들과 어울려 경찰서도 몇 번 들락날락하고……. 감당하기 힘들 만큼 속을 썩여서 아내한테 우울증이 왔습니다."

지형은 솔직히 그런 일로 회사를 그만둔다는 것이 이해가 되지 않았다. 손 이사는 대부분의 그 나이 또래가 그렇듯, 가정보다 회사 일을 우선시하는 사람이었다.

"회사를 그만두려고 했는데 이사장님이 문화재단 이사장직을 맡아 달라고 하시더군요. 문화재단은 매일 출퇴근을 안 해도 되고 시간을 훨씬 자유롭게 쓸 수 있으니까요. 감사한 제안이지요."

손 이사는 주윤이 이사장이 되기 전 2년 정도 문화재단 이사장으로 일한 적이 있었다. 그때의 경험을 살리면 별 무리 없이 재단 일을 할 수 있을 거라고 주윤이 생각한 것 같았다.

"몇 년 후에라도 좋으니 다시 회사로 복귀해 주십시오."

"말씀만이라도 고맙습니다. 그렇지만 아마 몇 년 후에 저라는 사람은 생각도 나지 않으실 겁니다. 회사라는 곳이 원래 그렇습니다. 대체 불가능한 사람은 없습니다. 그렇지만 아내와 아이들에게는 저를 대체할 수 있는 사람이 없습니다."

가족 일이라면 지형도 어쩔 수 없었다. 손 이사를 놓아줄 수밖에.

손 이사는 가벼운 발걸음으로 회장실을 나갔다.

지형은 기분이 묘했다. 마지막 악수를 나눌 때 손 이사는 지형의 눈을 보지 않았다. 가장 강력한 우군이었던 손 이사가 이렇게 쉽게 회사를 떠나는 이유가 뭔지 짐작조차 할 수 없어 마음이 답답했다.

지형과 점심을 먹은 후 주윤은 집이 아니라 라렌느호텔로 왔다.

오늘 지형은 밤에 약속이 있었고, 새벽 1시는 되어야 집에 올 것이다. 그 시간에 오면 지형은 곧바로 자기 방으로 가 씻고 잠을 잤다. 주윤을 깨우지 않기 위해서였다.

그런데 그 방이 텅 비어 있다는 것을 알면 지형은 어떤 표정을 지을까?

'이번엔 무슨 핑계를 대야 할까?'

주윤은 내일 아침에도 지형을 보지 않을 핑계를 생각하다가 그만두었다. 이젠 핑계를 꾸며 내기도 귀찮았다. 연 비서에게 적당히 스케줄표를 채워 넣으라고 할 작정이었다.

출산이 가까워질수록 주윤은 자신이 텅 비어 가는 기분이었다. 그저 아이를 건강하게 낳기 위해서 먹고 움직이고 숨을 쉬었다. 다른 것을 할 기운도, 의욕도 없었다. 하루 중 많은 시간을 멍하니 있었다. 무엇을 했는지 기억나지 않는 시간들도 많았다. 시간 도둑에게 시간을 도둑맞은 것 같았다.

오늘 점심은 평소보다 기름지게 먹은 터라 저녁 식사는 더 가볍게 해 달라고 호텔 주방에 룸서비스를 요청하고 침대에 누웠다. 조금만 움직여도 숨이 차고 힘이 들었다.

호텔방에서 보내는 시간이 점점 길어졌다. 그 집에서는 이제 지형의 품에 안겨 있어도 편히 잠을 잘 수 없었다. 억지로 잠이 들어도 길게 자지 못했다. 악몽 때문에 몇 번이나 소스라치게 놀라 지형의 잠마저 깨워 버린 것이 여러 번이었다.

주윤은 배 속 아이를 핑계로 댔다. '아이가 갑자기 발길질을 해 놀라서 깼어.'라고 말하면 지형도 이해한다는 눈치였다. 주윤은 잠이라도 서로 편하게 자자면서 출산할 때까지 따로 자자고 했다. 지형은 아이를 가진 주윤이 편안한 것을 제일 중요하게 생각해 주윤의 뜻을 따랐다.

주윤이 불면증에 시달리는 것을 보고는 혹시라도 깰까 봐, 지형은 밤늦게 집에 올 때는 주윤의 방에 들어오지 않았다.

자신을 믿는 사람을 속이는 건 어이가 없을 정도로 쉬웠다.

지형은 주윤의 방이 밤새도록 비어 있었을 거라곤 꿈에도 상상하지 못했다.

주윤은 새벽에 집에 들어가 침대에 누워 자는 척을 했고, 지형이 출근하면 자신 역시 출근이라도 하듯 예전에 쓰던 라렌느의 호텔방으로 갔다. 그곳에서는 적어도 잠은 잘 수 있었다.

이제 그마저도 싫어서 아침 스케줄을 가짜로 만들어 집에 들어가지 않았다. 새벽 도우미가 몰래 주윤의 방에 들어가 침구를 잔 것처럼 헝클어 놓는 것만으로도 지형은 속아 넘어갔다.

너무 쉬워서 허탈할 정도였다. 마치 예전의 주윤처럼 지형은 쉽게 믿었다. 조금도 의심하지 않았다.

거짓말은 눈 깜짝할 사이에 주윤도 다 기억하지 못할 만큼 불어났다. 지형은 아마 주윤이 정신없이 바쁜 거라고 믿고 있을 터였다. 그 시간, 주윤이 호텔방에서 잠을 자고 있을 거라곤 꿈에도 상상할 수 없을 것이다.

매일매일 도미노 블록을 세우는 것 같았다. 언젠가 와르르 쓰러져 버릴 게 분명했다.

'당신 참 행복해 보였어.'

막달 검사를 끝내고 담당 의사는 주윤과 지형에게 웃으며 말했다.

"아이는 건강해요. 이젠 언제 태어나도 괜찮아요. 정말 수고 많으셨어요."

진료실을 나오자마자 지형은 주윤의 손을 꽉 잡았다.

"주윤아, 너 안고 가고 싶은데 그건 안 되겠지?"

"오빠."

주윤은 못 말린다는 눈으로 지형을 바라보았다. 지형은 행복해서 어쩔 줄 몰랐다. 주윤은 그의 곁에 있었고 아이는 건강했다. 너무 행복해서 두려울 지경이었다.

"빨리 태어났으면 좋겠어. 보고 싶어 죽겠어."

점심을 먹으면서 지형은 아이가 태어난 이후에 하고 싶은 것을 쉬지 않고 말했다.

"아이 태어나면 우리 이사 가자."

"성북동 집이 많이 불편해?"

"불편하다기보단 싫어. 거기서 우리 아이가 자라는 게 싫어."

지형은 성북동 집이 불길했다. 행복하면 할수록 불안한 이유가 그 집에 살고 있어서인 것 같았다.

거기에서 산 사람들은 모두 불행했다. 어린아이가 죽은 것도 마음에 걸렸다. 세상에 사람이 죽지 않은 땅은 없겠지만, 그래도 알고 사는 것과 모르고 사는 것은 달랐다.

한 가지는 확실했다. 그 집은 결코 지형의 집이 될 수 없었다. 그 집에 있으면서 아버지를, 한 회장을, 그리고 학대받았던 주윤을 잊는 건 불가능했다.

그 집은 모든 것을 보았고, 어느 것 하나 잊지 않았다. 그 집은 지형에게 속삭였다.

넌 거짓말쟁이라고.

"넌 여전히 반대야?"

지형은 조금 불안한 얼굴로 물었다.

"아니, 좋아. 그 집에 미련 없어. 그래도 아이 낳고 이사 가는 게 나을 것 같아."

"그래, 그게 좋겠다."

지형은 안도의 미소를 지었다. 주윤과 자신의 마음이 같다는 게 참 좋았다.

"난 마당 있는 집에서 아이를 키우고 싶어. 아이에게 나무 이름하고 꽃 이름을 가르쳐 주고 싶거든."

주윤은 가만히 미소를 지으며 고개를 끄덕였다. 언제 그런 생각을 했는지 지형의 계획은 세밀했다.

한창 신이 나서 이야기를 늘어놓던 지형은 너무 자기만 말한 것 같다는 생각을 했다. 주윤은 그저 동의만 하고 있었다.

왜 가만히 듣고만 있지? 혹시 너는 나와의 미래에 아무런 꿈도 희망도 없는 걸까? 우리는 여전히 계약 관계일 뿐일까?

주윤과 함께 있을 때 지형은 문득문득 이유를 알 수 없는 서늘함을 느꼈다. 가끔 자신이 어둠 속에서 혼신을 다해 춤을 추는 댄서 같다는 생각을 했다.

관객석의 불이 켜지는 순간, 거기 만약 네가 없다면 나는 어찌해야 할까?

　"주윤이 넌 어떤 집에서 살고 싶어?"

　"난……."

　주윤은 대답을 망설였다.

　지형은 눈빛으로 대답을 재촉했다.

　"난 오빠랑 같이 사는 집이면 어디든 좋을 것 같아."

　주윤의 대답은 진심이었다.

　지형은 가슴이 벅찼다. 주윤이 정말로 그렇게 생각해 준다면 너무 행복할 것 같았다.

　자신의 걱정은 기우였다. 주윤은 조금씩 천천히 마음을 열고 있었다. 조금만 더 기다리면 옛날처럼 서로 사랑하는 날이 올 거라고 확신했다. 아이만 태어나면 모든 게 다 괜찮아질 것이었다.

　지형은 아이와 함께 하고 싶은 것이 너무 많았다. 자신에게 부모와의 추억이라고 할 만한 게 없어서 그런지, 태어날 아이에게 해 주고 싶은 게 많았다.

　"늦었지만 아빠학교에라도 등록해야 할 것 같아."

　"아빠학교?"

　"아이 돌보는 걸 아무것도 모르잖아. 우 비서실장은 와이프가 둘째 아이를 가졌을 때 그 바쁜 와중에도 아빠학교에 다니더라고. 그게 둘째를 가지는 조건이었대."

　"그런 거 하지 않아도 당신은 좋은 아빠가 될 거야."

주윤의 말에 지형은 또다시 미소를 지었다. 그러나 주윤은 그 미소에 화답할 수 없었다.

행복한 미래를 꿈꾸는 지형을 보는 건 많이 괴로웠다. 할 수만 있다면 그에게 그런 미래를 주고 싶었다.

하지만 줄 수 없었다. 이미 오래전에 써진 결말이 있었다. 주윤은 자신이 그 이야기를 썼음에도 결말을 바꿀 힘이 없었다.

울고 싶었지만 지형 앞에서는 울 수 없었다. 호텔방에 혼자 있으니 이제 실컷 울어도 괜찮았다. 슬픔의 눈물이기도 했고, 기쁨의 눈물이기도 했고, 안도의 눈물이기도 했다.

한참을 울던 주윤은 눈물을 닦으며 침대에서 몸을 일으켰다. 오늘은 오랜만에 '그곳'에 가야 할 것 같았다. 그곳에 가서 할 이야기가 있었다.

그렇지만 혼자 갈 수는 없었다. 배가 불러서 운전은 힘들었다. 회사 기사에게 운전을 부탁하기도 그랬다. 그래서 주윤은 동연에게 전화를 걸었다. 동연은 갑자기 아버지 회사에서 나와 돈 많은 백수 생활을 하는 중이었다.

동연이 주윤이 있는 라렌느호텔로 왔다. 조수석에 탄 주윤은 동연에게 주소를 불러 줬다.

"어디야?"

주소로는 도무지 어디인지 알 수 없는 곳이었다.

"도착하면 이야기해 줄게."

동연은 내비게이션에 주소를 입력하고 차를 운전하기 시작했다.

"너 갑자기 회사는 왜 그만둔 거야?"

"나 올해 말까지만 한국에 있을 거야."

"어디 가?"

"아버지한테 말했어. 성준이랑 결혼하겠다고."

동연은 덤덤하게 말했다.

"뭐라고 하셔?"

"뭐라고 하든 상관없어서 내 말만 하고 나왔어. 우리 부자가 어디 대화를 해 봤어야 말이지. 지난 10년 동안 시키는 것만 하면서 꼭두각시처럼 살았어. 그 사람 아들로 태어난 빚, 넘치게 갚았어. 이제 나 좋은 대로 살려고."

주윤은 피식 웃었다. 동연답다 싶었다.

"북유럽 쪽으로 가고 싶었는데 성준이가 추운 건 딱 질색이라잖아. 그래서 포르투갈로 갈까 생각 중이야. 작은 레스토랑을 하려고. 거기 생활에 익숙해지면 농장이 딸린 작은 와이너리를 사서 운영하려고 해."

오래전부터 준비한 미래였다. 먼 곳으로 가 정말 하고 싶은 일을 하며 사랑하는 사람과 함께 소박한 하루하루를 살고 싶다. 동연은 뭔가 만드는 것을 좋아했다. 서류 속 숫자와 씨름하는 사업가는 체질에 맞지 않았다. 좋아하는 음식과 와인에 남은 생을 쓸 생각이었다.

"언제 한번 놀러 와라. 강지형이랑 아이랑 함께. 너 오면 와인값은 안 받을게."

주윤은 대답하지 않고 고개를 돌려 창밖을 바라보았다. 그런

날은 결코 오지 않을 것이다.

"나 성준이 이제 용서했어."

주윤은 놀라서 동연을 바라보았다.

"평생 용서 못 할 줄 알았는데……. 그때 죽었으면 평생 용서 못 했을 거야. 그렇지만 살아 있으니까 용서할 날이 오더라. 그러니까 이주윤, 너도……."

동연은 뒷말을 흐렸다.

주윤 또한 아무 대답도 하지 않았다.

목적지에 도착하자 동연은 주차장에 차를 대고 내렸다.

"여기가 어디야?"

동연은 주변을 두리번거렸다. 무언가가 있을 것 같지 않은, 외진 곳이었다.

"우리 아이가 있는 곳."

동연의 눈에 그제야 '추모공원'이라고 쓰인 간판이 눈에 들어왔다.

"사산한 아이는 장례를 치르지 않는다고 하던데……."

"내가 우겨서 했어. 이 세상에 태어났는데 아무 흔적도 없으면 너무 가엾잖아."

주윤은 잠시 후에 덧붙여서 말했다.

"태어난 건 아니지만, 그래도 그 아이가 분명히 있었으니까……."

"그럼 나라도 데리고 오지."

주윤은 그저 작게 미소 지을 뿐이었다. 동연은 친구로 넘칠

만큼 많은 호의를 주윤에게 베풀었다. 그래서 여기까지 동연을 데려올 수 없었다.

추모관 앞에서 주윤이 말했다.

"여기서 기다려 줄래?"

"알았어."

주윤은 천천히 계단을 올라가 유진의 안치단 앞에 섰다. 한참 동안 안치단을 바라보고 있다가 유리창에 손을 댔다.

주윤이 작은 목소리로 속삭였다.

"유진아, 엄마한테 다시 와 줘서 고마워. 너는 이제 곧 태어날 거란다."

주윤은 가져온 산모수첩과 임신 기간 동안 아이를 위해 썼던 다이어리를 안치단 안에 넣었다. 이곳에 올 땐 항상 슬펐지만, 오늘은 아니었다.

동연은 추모관 1층 로비에 있는 벤치에 앉아 주윤을 기다렸다. 저곳에 있는 아이와 동연도 묘하다면 묘한 인연이었다.

게이였기에 동연의 인생에 아이는 없었다. 그래서 남의 아이라도 이 세상에 살 곳을 마련해 주는 게 나쁘지 않을 것 같았다. 그래서 주윤에게 만약에 아이 아빠가 필요하다면 자기를 이용하라고 했었다.

동연은 긴 한숨을 내쉬었다.

30분 정도 시간이 흐르고, 휴대전화로 뉴스 기사를 읽는 게 지겨워졌을 때쯤 주윤이 내려왔다. 눈물이라도 흘릴 줄 알았는데 주윤의 얼굴은 멀쩡했다. 주윤이 너무 홀가분해 보여 도리어 불안했다.

동연은 서울로 차를 몰았다. 돌아오는 내내 두 사람은 아무 말도 하지 않았다. 주윤은 생각에 잠긴 듯했고, 동연은 동연대로 주윤에 대해 생각하느라 대화를 나눌 수가 없었다.

동연은 마음이 무거웠다.

주윤이 무슨 마음으로 그 아이를 화장해 이곳에 안치하고 지금까지 찾았을까?

그와 성준은 둘만의 문제였지만, 주윤과 지형 사이에는 아이가 있었다.

어떻게 해야 할까? 어떻게 해야 주윤을 멈출 수 있을까?

"이주윤."

"왜?"

"사는 건 다치는 것의 연속이더라. 사랑하는 사람과 함께해도 마음이 다치지 않는 건 불가능해."

"……."

"예전에는, 그러니까 성준이가 아무 말도 없이 내 곁을 떠났을 때는 다시는 사랑도, 용서도 하지 않을 거라고 생각했어. 그 누구에게도 마음을 열지 않겠다고 결심했지. 지독하게 아팠거든. 한 사람을 사랑한다는 게, 그 사랑을 일방적으로 거부당하는 게 나를 그렇게까지 벼랑으로, 바닥으로 밀어붙일 줄 몰랐어. 성준이에게 버림받았다고 여겼을 때 감정이 나를 괴롭히게 놔두지 않겠다고, 어떤 것에도 홀리지 않겠다고 마음먹고, 마음을 닫고 살았어. 그런데 그때가 더 힘들었어. 마음을 다치는 것보다 외로운 게 더 아팠어."

주윤은 아무 말도 하지 않았다.

"상처 받지 않고 사는 건 삶의 목표가 아니었어. 사랑하며 사는 게 삶의 목표지. 그래서 난, 신은 믿지 않지만 가끔씩 기도는 해."

"뭐라고 기도하는데?"

"내가 사랑하면서 받은 상처를 사랑으로 극복하고 치유할 수 있게 해 달라고. 다치더라도 성준이를 사랑하는 나를 포기하지 말게 해 달라고 말이야."

잠깐 말을 쉰 후 동연이 입을 열었다.

"너한테 강지형이 그런 사람 아니야?"

주윤은 그저 앞만 바라볼 뿐이었다.

동연은 소리 내지 않고 한숨을 내쉬었다. 그도 알았다. 그 어떤 말도, 그 어떤 마음도 가슴에 닿지 않을 때가 있다는 것을.

갑자기 주윤이 입을 열어 동연은 흠칫 놀랐다.

"지동연, 너는 성준이 사랑하면서 행복했지? 증오하던 때도, 마음을 꽉 닫아 버린 때도 그 사람을 떠올리면 분명 행복했을 거야. 그런데 나는, 강지형을 사랑하면서 행복하지 않았어. 단 1분도."

"행복하지 않았어?"

"행복할 겨를이 없었어. 그래도 그 사람이 날 떠났을 때보다는 그때가 좀 더 나았으려나? 그래도 그때는, 그 사람이 내 곁에 있을 때는 적어도 왜 살아야 하는지는 알 것 같았거든."

주윤이 나지막이 한숨을 내쉬었다. 그 한숨이 눈물 같았다.

주윤은 부푼 배에 손을 얹었다. 아이의 태동이 느껴졌다. 발길질이 세서 자기도 모르게 얼굴을 찌푸렸지만, 아픔으로 느껴지지 않았다.

"근데 말이야, 이 아이를 가지고 처음으로 행복했어. 내가 왜 살아 있었는지 알 것 같았거든. 강지형이 떠난 후 죽지 않고 살아 있어서 다행이라고 생각했어."

차는 어느새 라렌느호텔 앞에 닿았다. 주윤은 동연에게 고맙다고 인사를 하고 호텔방으로 올라갔다.

그냥 침대에 누워 자고만 싶었지만, 아이를 위해선 먹어야 했고 움직여야 했다.

주윤은 억지로 저녁 식사를 다 비우고, 몸을 움직이기 위해 호텔 정원으로 나갔다. 겨우 정원 한 바퀴를 돌았는데 숨이 찼다. 가쁜 숨을 몰아쉬며 벤치에 앉았다. 저 멀리 서 있는 직원에게 오라고 손짓을 했다.

"물 좀 가져다줘요."

주윤은 벤치에 등을 기댔다. 허리와 골반이 많이 아팠다. 무릎과 손목도 시큰거렸다.

가만히 손을 배 위에 얹었다. 아이가 기분 좋게 놀고 있는 태동이 느껴졌다.

눈을 감고 한참을 그렇게 있었다. 누군가가 곁에 오는 인기척을 느끼고 주윤은 부탁했던 물이 온 줄 알고 눈을 떴다. 그런데 낯선 여자가 주윤 앞에 서 있었다.

"여기 앉아도 되나요?"

주윤은 눈짓으로 그렇게 하라고 했다.

맨디는 주윤 옆에 앉았다. 잠시 마음을 진정시키고 주윤을 바라보았다. 주윤은 무심한 얼굴로 정면을 응시하고 있었다.

맨디를 알아본 눈치는 아니었다. 하긴 기억하기에는 너무 짧은 시간이었다.

맨디는 심호흡을 하고 입을 열었다.

"혹시 저 기억나세요?"

주윤이 맨디 쪽으로 고개를 돌렸다.

"얼마 전에 제 차를 박으셨죠. 지하 주차장에서요."

"아……."

"몸은 괜찮으신가요?"

"네, 괜찮아요."

주윤은 그때 경황이 없어서 제대로 인사를 못 했던 것이 기억났다.

"그때는 죄송하고, 또 무척 고마웠어요. 제대로 인사도 못 드렸네요."

"아뇨, 별로 한 것도 없는데요. 배를 보니까 이제 곧인 것 같네요."

"네, 얼마 안 남았어요."

그때 호텔 직원이 주윤이 마실 물을 가져왔다. 맨디는 직원에게 무알코올 피나콜라다를 부탁했다.

주윤이 물을 마시고 물잔을 놓는 순간 맨디는 용기를 냈다.

"저 사실 이주윤 씨를 오래전부터 알고 있었어요. 알고 있는 이름은 좀 달랐지만."

"네?"

"윤다은, 그게 내가 오랫동안 알고 있던 이름이었어요."

윤다은이라는 이름을 듣자마자 주윤의 얼굴이 티가 나게 굳었다.

금방이라도 일어나 가 버릴 것 같아 맨디는 마음이 조마조마했다. 재빨리 자기소개를 했다.

"제 이름은 맨디 고 메이어예요. 이든 메이어, 윤명진이 제 남편이고요."

주윤은 전혀 관심이 없어 보였다. 일어나려는 주윤에게 맨디는 서둘러 질문을 던졌다.

"이든이 어떻게 당신을 찾았는지 궁금하지 않아요?"

일어나려던 주윤이 멈칫했다.

서류상 주윤은 실종된 후 죽은 사람이었다. 그런 자신을 어떻게 찾았는지 궁금했다. 이든이 보낸 변호사는 어떤 불법적인 일도 없었다고 했다. 주윤이 알아본 결과 그것은 사실이었다.

"내가 당신을 찾았어요."

주윤은 못 믿겠다는 눈으로 맨디를 바라보았다.

"그날 주차장에서 마주쳤을 때 나는 당신이 이든이 그렇게 찾아 헤맨 여동생이라는 걸 알아봤어요. 정말 신기하죠? 어떻게 한 번도 본 적 없는 당신을 그렇게 알아볼 수 있었는지……."

주윤 역시 신기했다.

결혼식에 온 이든도 알아보지 못한 자신을 어떻게 한 번도 본 적 없는 이 사람이 알아본 것일까?

"주윤 씨가 이든의 어머니를 많이 닮았어요. 늘 어머니 사진을 보고 있어서 당신을 금세 알아볼 수 있었던 것 같아요."

그랬나? 내가 어머니를 많이 닮았나? 어머니는 어떤 사람이었지?

기억이 나지 않았다.

"그 사람의 평생소원은 여동생을 찾는 거였어요. 그런데요, 소원은 상세하게 빌어야 했었나 봐요. 20년 넘게 찾아 헤매던 여동생은 찾았지만 만나지 못했으니까요."

맨디는 주윤의 표정을 살폈다. 눈은 딴 곳을 보고 있었지만, 자신의 이야기를 무시하는 것 같지는 않았다.

"고마워요."

뜻밖의 말에 주윤이 맨디를 바라보았다.

"그 말을 하려고 온 거예요. 난 당신을 만나면 정말 이 말을 제일 하고 싶었어요. 살아 있어서 고맙다고요."

"내가 살아 있는 게 왜 고마운데요?"

"당신이 살아 있는 덕에 내가 사랑하는 사람도 살아 있으니까요. 당신은 이든이 살아 있는 이유였어요. 이든은, 윤명진은 단 한 번도 당신이 살아 있다는 것을 의심하지 않았어요. 이 세상에서 당신을 포기하지 않은 유일한 사람일 거예요."

맨디는 가볍게 한숨을 내쉬었다. 마음이 아팠다. 두 사람 다 지독하게 슬픈 사람들이었다.

"이든을 용서해 달라는 것도 아니고, 이든과 만나 달라는 것도 아니에요. 그저 이든을 위해서 뭔가 변명 내지는 설명을 하고 싶어서 온 거예요."

주윤은 가만히 듣고만 있었다. 주윤에게서 뿜어져 나오던 경계와 적의가 아까보다는 덜했다.

"그 사람 인생은 겉으로 보면 완벽하죠. 그런데 그 사람은 한 번도 그런 삶을 바란 적이 없었어요. 그 사람의 유일한 소망은 오직 여동생과 함께 사는 것이었으니까요."

주윤은 가만히 맨디가 하는 말을 듣고만 있었다.

"그 사람이 왜 유어블루버드를 론칭한 줄 알아요? 여동생을 찾기 위해서였어요. 그 사람의 인생을 움직인 건 오직 이주윤 씨 하나였어요. 양부모님도, 형과 누나도, 나도 결코 그 사람 마음 가장 안쪽엔 닿을 수 없었어요. 그 사람은 한국에 두고 온 여동생 윤다은을 찾는 것 말고는 중요한 게 없었거든요. 나는 주차장에서 주윤 씨와 마주쳤을 때 신이 이든에게 응답해 준 거라고 믿었어요. 신이 아니면 누가 그런 기적을 일으킬 수 있겠어요?"

맨디는 잠시 쓴웃음을 지으며 덧붙였다.

"그렇지만 참 못된 신이에요. 그렇지 않아요?"

주윤은 아무 대답도 하지 않았다. 신이 한 번도 자신의 편이었던 적이 없어서, 주윤은 신을 죽여 버렸다.

"이제 내 이야기를 해도 될까요?"

주윤이 가만히 고개를 끄덕였다.

"저하고 이든은 고등학교 때부터 알고 지냈고, 대학교 때 연인이 됐어요. 제가 일방적으로 크러쉬해서 쫓아다녔어요. 이든이 좋아서 대학도 이든을 따라간 거였거든요. 연인이 되면서 여동생에 대한 걸 알았어요. 여동생에 대한 그 사람의 마음이 이 정도라는 것을 알았다면 시작도 하지 않았을 거예요. 나는 이름도, 얼굴도 모르는 여동생보다 늘 뒷전이었어요. 부모 형제보다 더 사랑하는 이든의 마음에 내가 결코 들어갈 수 없는 방이, 자물쇠로 꼭꼭 잠가 둔 방이 있는 기분이었어요."

주윤도 너무 잘 아는 기분이었다. 지형의 마음에도 주윤이 결코 닿을 수 없는 곳이 있었다.

"아무리 애를 써도 난 그 방문을 열 수 없었죠. 그리고 이든은 그 방문을 열려고 하는 나를 이해하지 못했어요. 마지막 1년은 사귀는 것도 아니고 사귀지 않는 것도 아닌, 그런 모호한 상태였어요. 이별을 고한 것도 아니고, 그렇다고 다음 단계로 무브온할 힘도 없었고……. 이든은 유어블루버드로 막 성공 가도에 올랐을 때라 정신없이 바빴어요. 저는 그걸 핑계로 헤어지자고 했어요. 진짜 이유는 임신이었지만요."

"임신을 알았는데 헤어지자고 했다고요?"

"저는 솔직히 그 사람을 실체도 없는 여동생과 나눠 가질 자신이 없었어요."

별 감정 없이 이별을 받아들일 줄 알았는데 이든은 맨디를 잡았다. 자신이 달라지겠다고, 변하겠다고 했지만, 이미 마음을 정리한 맨디에게 그 말은 귀에 들어오지 않았다. 이든이 변할 것이라는 것이 믿어지지 않았다.

"결혼은 잘 모르겠지만 아이는 낳아서 키워 보고 싶었거든요. 그래서 일을 핑계로 떠나 버렸어요. 어디로 갈 건지도 알리지 않았고요. 내가 이든에게 1순위가 아닌 것도 슬픈데, 아이까지 마찬가지라면 정말 슬프다 못해 화가 날 것 같았거든요."

"그럼 혼자 일하면서 아이를 키운 건가요?"

"네."

"정말 힘드셨겠어요."

"네. 솔직히 후회했어요. 아이를 낳아 키우는 것이 그렇게 힘든 거라고 왜 엄마는 말해 주지 않았던 걸까요?"

맨디는 살짝 웃음을 머금었다.

현호가 네 살이 되었을 때 이든이 그 사실을 알게 되었다. 자신에게 알리지 않고 맨디가 아이를 낳아 홀로 키웠다는 것에 이든은 크게 슬퍼했고, 또 화를 냈다. 그토록 화를 내는 이든의 모습을 처음 보았다.

너무 무섭게 화를 내서 겁이 났지만, 안심도 됐다. 어쩌면 이 사람의 마음 가장 깊은 곳에 맨디와 현호를 위한 자리가 있을지도 모른다는 생각이 들었다.

이든은 현호의 가장 예쁜 순간을 놓친 것을 매번 아쉬워하고 안타까워했다. 아버지가 자신에게 해 주었던 아름다운 추억들을 현호에게 주지 못한 것을 자책했다. 홀로 아이를 낳고 키워야 했던 맨디에 대한 죄책감 역시 어마어마했다.

이든은 그런 사람이었다.

연인에게는 마음의 10분의 1도 주지 못하지만, 가족에게는 자신이 가지지 못한 것까지 주려고 하는 사람이었다.

맨디는 연인의 자리를 포기하고 그의 가족이 되었다.

"가족에 대한 이든의 헌신은 어마어마해요. 주윤 씨에 대한 이든의 마음 역시 그래요. 지금 당장 이든을 만나 달라는 것도 아니고, 이든의 마음을 받아 달라는 것도 아니에요. 언제든 이든이 필요하면, 이든이라는 사람을 알고 싶다면 그 사람을 불러요. 그 사람은 늘 그 자리에서 주윤 씨의 연락을 기다리고 있을 거예요. 가족이란 원래 그런 거잖아요. 그리고 나 역시 마찬가지예요. 나 역시 주윤 씨의 가족이니까요. 시험해 봐도 좋아요."

맨디는 핸드백에서 메모지와 볼펜을 꺼내 자신과 이든의 개인 휴대전화 번호를 적었다. 극소수의 사람에게만 알려 준 번호였다.

맨디는 메모지를 주윤의 손에 쥐여 주며 말했다.

"그럼 연락 기다릴게요."

맨디는 몸을 일으켰다.

주윤 역시 자기도 모르게 몸을 일으켰다.

"순산하세요."

맨디는 산뜻하게 인사를 하고 뒤돌아 걸어갔다.

주윤은 맨디의 모습이 보이지 않을 때까지 서 있었다. 한참 동안 서 있던 주윤은 손에 쥐어진 종이를 바라보았다.

'살아 있어 줘서 고맙다고 했어.'

자기도 모르는 사이에 눈에서 눈물이 흘렀다.

주윤에게 그 말을 해 준 사람은 맨디가 처음이었다.

지형은 희미한 진동음에 잠에서 깼다. 침대에서 몸을 일으킨 후 잠시 멍하니 앉아 있었다. 자신이 무엇 때문에 깼는지, 여기가 어딘지 기억나지 않았다.

다시 희미한 진동음이 들렸다. 문자가 왔다는 수신음이었다. 지형은 그제야 자신이 주윤의 방에서 자다가 깼다는 것을 깨달았다.

어제 지형은 주윤을 깜짝 놀라게 해 주고 싶어서 저녁 약속을 일찍 끝내고 밤 9시가 조금 넘은 시간에 들어왔다. 지형이 집에 도착했을 때 주윤의 방은 텅 비어 있었다.

연 비서에게 물어보니 내년 기획전에 초대하려는 작가 전시 오픈일이라, 잠깐 얼굴을 비추고 돌아올 거라는 대답이 돌아왔다. 지형은 주윤의 방에서 기다리다가 피곤해서 잠이 들어 버렸다.

휴대전화의 액정을 확인했다.

문자로 전해 드릴 수 없는 급한 일입니다. 일어나시는 대로 전화 부탁드립니다.

임 비서가 새벽에 이런 문자를 보낸다는 건 정말 급한 일이라는 뜻이다. 지형은 주윤에 대한 생각을 잠시 마음 한구석에 미뤄 두고 임 비서에게 전화를 걸었다.

전화를 받자마자 임 비서는 인사도 생략하고 바로 본론으로 들어갔다.

— 회장님, 오늘 대한매일신문 특종이 이효관 전 회장님에 대한 것입니다. 이 전 회장님이 고소당했습니다.

"무슨 혐의로요?"

— 성폭행, 성희롱, 업무상 지위에 관한 갑질 행위입니다.

"뭐, 뭐라고요?"

임 비서가 말하는 단어들이 마치 지형의 명치를 세차게 치는 것 같았다.

— 대한매일신문에 피해자의 실명 인터뷰가 실렸습니다. 극비 인터뷰라 신문사 내부에서도 몇몇만 알고 있었답니다. 자정 넘어서 소식을 듣고 윤전기에서 신문 나오자마자 확인했습니다. 회장님 댁에는 아직 신문이 도착하지 않았을 것 같으니 제가 사진으로 찍은 걸 보내 드리겠습니다.

"그래요. 보내 주세요."

— 인터넷에는 6시쯤 기사를 올릴 거라고 합니다.

임 비서가 긴 한숨을 내쉰 후 말했다.

— 급하게 신문사 사람과 통화를 했는데, 후속 기사도 있다고 합니다. 다른 피해자들도 비실명을 조건으로 인터뷰했으며, 오늘 반응을 보고 내일 지면에 싣든지 아니면 오늘 오후 인터넷에 먼저 올리든지 할 거랍니다.

지형은 임 비서가 보낸 파일을 열어서 읽었다. 고소인의 사진까지 실린 기사였다. 사진 속 여성은 지형도 낯이 익었다. 회장 비서실에서 근무했던 효관의 비서였다.

피해자의 인터뷰를 읽으면서 지형은 몇 번이나 읽기를 멈췄다. 성폭행도 끔찍했지만, 성폭행 이후에 있었던 일과 피해자가 당해야 했던 고통은 상상 이상이었다. 피해자는 절대 감정에 호소하지 않았다. 사실에 근거해 건조하리만큼 덤덤하게 말했다. 그래서 더욱 피해자의 고통이 생생하게 느껴졌다.

'어째서, 어째서 당신은 이 수준밖에 안 되는 거지?'

지형은 소리를 지를 것 같아 이를 악물었다. 세상에서 제일 질 낮은 사람이 그의 아버지였다.

잠시 후 임 비서에게 다시 전화가 왔다.

"기사에 난 사람이 고소한 겁니까?"

― 그 사람을 포함해서 모두 여덟 명이 고소했습니다. 모두 다 이전에 라렌느에서 일했던 직원들입니다. 그중 세 명은 이전 회장님의 비서였습니다. 두 명은 이 전 회장님의 운전기사였고요. 저쪽에서는 거물 변호사를 선임해서 오랫동안 소송을 준비한 것 같습니다.

"그럼 일단 법무팀에……."

― 이 전 회장님은 지금 라렌느 소속이 아니라 회사 법무팀이 도움을 줄 수 없습니다. 이전의 소송 때 선을 그었는데, 이 문제로 법률적인 조언이나 서포트를 해 준다면 문제가 크게 될 겁니다.

"그럼 왜 제게 전화를 거신 겁니까? 매뉴얼대로 알아서 하시면 되지요."

— 이미 진행하고 있습니다. 제가 급하게 회장님께 전화를 드린 건 여쭤보고 싶은 게 있어서입니다.

"말씀하세요."

임 비서는 단도직입적으로 물었다.

— 혹시, 회장님이 하신 일이십니까?

"뭐, 뭐라고요?"

지형은 아연실색했다. 어떻게 그런 생각을 할 수 있는지 기가 막혔다.

— 저한테는 솔직하게 말씀해 주십시오. 그래야 제가 뒤처리를 잘할 수 있습니다.

너무 놀라 아무 말도 하지 못했다. 임 비서는 지형이 그랬다고 믿고 있는 것 같았다.

— 몇 달 전에 이 전 회장님 동향 보고를 상세하게 하라고 지시 내리신 것, 이번 일과 관련 있는 것은 아닌지요. 이 전 회장님이 이주윤 이사장님과 접촉하는 것도 막으셨고요.

모든 일은 내용보다 그 일이 드러난 시점이 중요했다. 마치 효관이 라렌느에서 쫓겨날 것을 알기라도 한 듯 회장 자리에서 물러나 검찰 조사로 효관의 평판이 떨어질 만큼 떨어진 그 절묘한 순간에 미투와 갑질 사건을 터뜨렸다. 가장 효과적으로 대중의 시선을 끌어 사람을 몰락시키기 좋은 시점이었다.

임 비서는 결코 우연을 믿지 않았다. 힘과 재력을 가진 누군가가 뒤에 있었다. 이효관을 몰락시키고 싶어 안달이 난 누군가가.

지형은 단호하게 말했다.

"모릅니다. 저와는 전혀 상관없는 일입니다."

지형이 이렇게까지 단호하게 잘라 말하니 임 비서는 믿을 수밖에 없었다.

— 그럼 이주윤 이사장님께서 하신 일이겠군요.

"아내가 왜 그런 일을 합니까? 어째서 그렇게 생각하신 거죠?"

그렇게 말하면서도 지형의 마음에는 의심이 싹 텄다. 이 일을 누군가 배후에서 조종한다면 주윤 이외의 사람을 찾을 수 없었다.

효관을 회사에서 쫓아내고 횡령과 배임으로 감옥에 보내는 것만으로는 부족했던 걸까?

임 비서는 차분한 목소리로 근거를 말했다.

— 제가 알아보니 고소인 서수진 씨의 변호를 맡은 사람이 김희숙 변호사입니다. 국내에서 손꼽히는 직장 내 성범죄 전문 변호사로, 거대 기업을 상대로 여러 케이스를 승소로 이끈 사람입니다.

지형 역시 이름은 들어 본 적 있었다.

임 비서는 말을 이었다.

— 김희숙 변호사가 설립한 여성지원센터에 라렌느문화재단의 기부금이 들어갔습니다. 지금까지 기부한 금액이 10억 원이 넘고, 앞으로 약속한 기부금이 20억 원입니다. 이주윤 이사장님이 주도해서 만들고 있는 학대 아동과 가정 폭력 피해 여성을 위한 보호 단체와 쉼터의 고문 변호사가 김희숙 변호사죠.

알고 계셨습니까?

"저는 모르는 일입니다."

— 그렇지만 세상 사람들은 강 회장님이 그렇게 했다고 생각할 겁니다. 거기에 대해 충분한 대비를 해야 하기에 불쾌한 질문을 드린 겁니다. 한동안 라렌느 주가가 곤두박질칠 겁니다. 거기에 대해서도 대비를 하셔야 합니다. 후속 대책도 강구해야 합니다. 요즘 소비자들은 이런 이슈에 민감합니다. 라렌느는 여성 소비자가 90퍼센트를 차지하는 기업입니다. 어느 여성이 강간범이 회장이었던 회사의 화장품을 쓰고 싶겠습니까? 어느 여성이 여직원이 성희롱을 당하는 회사의 화장품을 쓰고 싶겠습니까? 결코 가벼운 문제가 아닙니다.

"일단 내일 9시 전에 회사 홈페이지에 공식 사과문을 올리도록 하세요."

— 네, 우 비서실장에게 연락해서 그렇게 하겠습니다.

임 비서는 전화를 끊었다.

지형은 혼란스러웠다. 어떻게 해서든 생각을 정리해 보려고 애썼지만, 마음이 프리즘을 통과한 빛처럼 흩어져 버렸다.

습관처럼 손 이사에게 전화를 걸려고 하다가 멈칫했다. 이제 손 이사는 라렌느의 직원이 아니었다. 어떻게 해야 좋을지 아무 생각도 나지 않았다.

문이 열리는 소리가 났다. 지형은 흠칫 놀라 문 쪽을 바라보았다.

문을 열고 들어온 사람은 주윤이 아니었다. 2층 청소를 담당

하는 도우미였다. 도우미는 주윤의 침실에 지형이 있는 것을 보고, 귀신이라도 본 것처럼 소스라치게 놀랐다. 얼마나 놀랐는지 아무 말도 하지 못한 채 입만 벌리고 지형을 보고 서 있었다.

집안일을 하는 도우미들은 매일 하는 일상 업무가 아니라면, 요청이 있을 때를 제외하고는 본채에 오는 게 금지되어 있었다. 한 회장이 있을 때부터 엄격하게 지켜 온 규칙이었다.

지형은 요청한 적 없으니, 저 도우미가 지금 여기 있는 것은 이 집에 사는 다른 한 사람의 요청이라는 뜻이다.

저 도우미가 이 새벽에 무슨 일을 하러 온 것인지 깨달았다. 망치로 머리와 심장을 동시에 맞는 기분이었다. 지형은 순식간에 모든 것을 알아채 버린 자신이 싫었다.

"이사장에게는 아무 말 안 할 테니 돌아가세요."

도우미는 황급히 문을 닫았다.

지형은 참담한 마음으로 주윤의 침실을 돌아보았다. 익숙했던 공간이 낯설었다.

도대체 얼마나 오래전부터 주윤은 이런 식으로 자신을 기만해 온 것일까?

도대체 이 밤에 집에 오지 않고 어디서 무엇을 하는 것일까? 그것도 아이까지 가진 몸으로.

지형은 자기 방으로 돌아가 침대에 걸터앉았다. 뱃멀미를 하는 것처럼 어지럽고 속이 울렁거렸다. 끝이 없는 바닥을 향해 영원히 추락하는 것 같았다.

도대체 무엇부터 잘못된 건지 아무리 생각해도 알 수 없었다.

'우리 행복한 것 아니었나?'

행복한 아내는 한밤중에 남편을 속이고 집 밖을 떠돌진 않는다. 그건 이 집이, 이 집에 있는 지형이 미치도록 싫다는 뜻이었다. 한 공간에 있는 것을 참을 수 없다는 뜻이었다.

머릿속에서 효관의 일 따윈 이미 깨끗이 사라져 버렸다. 지형은 떨리는 손으로 주윤에게 전화를 걸었다. 전화가 음성 메시지로 넘어가기 직전 주윤이 전화를 받았다.

"이주윤, 너 지금 어디 있어?"

전화기에선 숨소리만 들렸다. 나지막하고 규칙적인 호흡이었다. 주윤은 지형의 추궁에도 전혀 당황하지 않았다. 지형은 숨이 막혔다.

"우리, 같은 미래를 꿈꾼 게 아니었니?"

지형의 목소리가 떨렸다.

아니라고, 오빠가 오해한 거라고, 지형이 생각해 내지 못한 변명이라도, 전혀 이해할 수 없는 황당한 핑계라도 말해 주길 간절히 바랐다.

한참 후 주윤이 대답했다.

— 난 단 한 번도 그런 미래를 꿈꾼 적 없어.

단호하면서도 차가운 말투였다.

주윤은 오랫동안 벼른 말을 하는 듯했다. 단어 하나하나가 지형의 심장에 커다란 돌덩이를 떨어뜨리는 것 같았다. 이제 더는 도망갈 수 없을 때 직면해야 하는 진실은 지독하게 아팠다.

주윤은 '이제 끝'이라고 말하는 것 같았다.

— 내가 말했잖아. 이 아이는 오빠의 아이라고. 오빠가 원하니까 낳아 주는 거라고.

더 이상 아무 말도 할 수 없었다. 지형은 전화를 끊었다.

이 집은 애초부터 모래성이었다. 파도가 무너뜨리든, 성을 쌓은 사람이 무너뜨리든, 어쨌든 무너질 운명인 모래성.

지형은 이 성을 지은 사람이 자신이 아니라 주윤이라는 사실 역시 깨달았다.

자신은 한 번도 이 성의 주인인 적도, 손님인 적도 없었다.

지형은 더 이상 이 집에 있을 수가 없었다. 대충 가방을 싸서 집을 나왔다.

아직 해가 뜨지도 않았는데 차를 몰고 그 집을 빠져나왔다. 어두운 도로를 응시하며 목적지도 없이 그저 앞을 향해 달리기만 했다.

지형은 이제 인정할 수밖에 없었다.

이주윤은 강지형을 사랑하지 않았다는 것을.

그리고 한 가지 더 깨달았다.

이주윤은 그에게 거짓말을 하지 않았다는 것을.

생각해 보니, 다시 만난 후로 주윤은 그에게 단 한 번도 사랑한다는 말을 한 적이 없었다.

어때, 오빠도 아파?

—

주윤은 오전에 집으로 돌아왔다. 주윤의 침실 청소 담당 도우미가 하얗게 질린 얼굴로 주윤을 기다리고 있었다.

안락의자에 기대 앉았다. 허리와 골반이 빠개질 듯 아팠다.

새벽에 있었던 이야기를 아무 표정 변화 없이 들은 후 주윤은 도우미를 바라보며 말했다.

"그만 가서 일 보세요."

도우미는 아직 할 이야기가 끝나지 않은 듯했다.

"회장님은 새벽에 가방을 가지고 나가셨어요."

"알았으니 그만 나가 보세요."

도우미가 방을 나가자 주윤은 천천히 몸을 일으켜 지형의 방으로 갔다. 침대는 깨끗하게 정리되어 있었다. 지형의 침대에 누웠다. 새 시트인데도 어쩐지 지형의 향수 냄새가 배어 있는 것 같았다. 주윤은 눈을 감았다.

　오랫동안 해 온 거짓말이 들통났지만 묘할 정도로 마음이 편안했다. 어쩌면 이래서 사람들이 광장에서 자신의 죄를 큰 소리로 고백하고 돌을 맞는 것인지도 모른다. 거짓말과 비밀을 마음속에 품고 사는 것보다 차라리 돌을 맞는 게 나았다.

　드디어 지형이 주윤의 방에서 매일 새벽 무슨 일이 있었는지를 안 것 같았다.

　'똑똑한 남자니까.'

　주윤은 피식 웃음을 터뜨렸다.

　'그런데 그렇게 똑똑한 사람이 어째서 나를, 내 마음을 그렇게 모를까?'

　주윤은 더 이상 지형 생각을 하지 않았다. 주윤에게 중요한 건 이제 지형이 아니었다. 배 속의 아이뿐이었다.

　꽉 쥐고 있던 유리컵을 놓아 버렸으니 물리 법칙대로 유리컵은 바닥에 떨어져 산산이 깨질 것이다.

　유리컵이 아직 공중에 떠 있는 그 시간, 그게 바로 주윤에게 허락된, 평온으로 가장된 지금 이 시간이었다.

　침대에서 일어났다. 배가 고팠다.

　주윤은 도우미에게 식사를 가져다 달라고 부탁했다. 얼마 후, 따뜻한 감잎차와 요거트, 닭가슴살을 곁들인 카프레제가 테이블에 차려졌다.

　천천히 밥을 먹었다. 요거트와 카프레제를 다 먹은 후 감잎차를 마시고 있는데 정 실장이 벌겋게 달아오른 얼굴로 노크도 없이 들어왔다.

"무슨 일인가요?"

"이 회장님, 아니, 이 전 회장님이 오셨습니다."

"그런데요?"

"막무가내로 집에 들어오려고 하셔서요. 이사장님을 꼭 봬야 한다고…….."

주윤의 귀에 유리컵이 바닥에 떨어져 박살 나는 소리가 들렸다.

"들어오라고 하세요."

"네?"

정 실장은 당황했다.

지금 두 사람이 만난다면 피를 볼 것 같았다. 그만큼 효관의 기세가 예사롭지 않았다. 물리력을 써서라도 밖으로 내보내는 게 나을 것 같다는 게 정 실장의 판단이었다. 그 허락을 받으려고 왔는데, 주윤은 정반대의 지시를 내렸다.

정 실장도 오늘 신문에 실린 피해자 인터뷰를 보았다. 크게 놀랍진 않았다. 정 실장은 신빙성 있는 정보를 들을 만한 위치에 있기에 여러 말들을 들어 왔다. 집에서 일했던 도우미 중에도 말 못 하고 있는 피해자들이 있을 것 같았다.

효관의 담당 도우미들이 유난히 자주 바뀌는 것을 사람들은 한 회장의 의부증 때문이라고 수군거렸다. 그렇지만 정 실장은 아마 이런 이유 때문이었을 거라고 확신했다.

한 회장은 효관을 철저하게 경멸했고 무시했다. 한집에 살았지만 온종일 말 한마디 하지 않을 때가 더 많았다.

"지금 많이 흥분하셨습니다."

"신문 기사 때문인가요?"

"그런 것 같습니다."

정 실장은 주윤의 눈치를 봤다. 그러나 주윤은 전혀 동요하는 얼굴이 아니었다.

"들어오라고 하세요. 도대체 그 입으로 무슨 말을 할지 궁금하네요."

주윤은 정말 효관을 만날 작정 같았다.

"이사장님, 뵙지 않는 게 나을 것 같은데요. 혹시라도 불미스러운 일이 생기면······."

효관이 폭력을 쓰면 어쩌려고 그러나 싶었다. 주윤은 홑몸이 아니었다.

"만나 주지 않으면 안 나갈 거예요."

주윤의 말도 맞았다. 그렇다고 효관을 다른 불청객들처럼 힘으로 밀어낼 수도 없었다.

주윤은 잠깐 생각한 후 입을 열었다.

"회사에 전화를 걸어 강 회장 오라고 하세요. 강 회장 도착할 즈음에 보죠. 경호 직원들도 본채 앞에서 대기하고 있으라고 하세요."

정 실장 역시 그 정도면 최악의 사태는 막을 수 있을 거라고 생각했다.

"알겠습니다."

"제가 비상벨 누르기 전에 강 회장 말고는 아무도 들여보내지 마세요."

"알겠습니다. 1층 작은 응접실로 안내하겠습니다."

작은 응접실은 중요한 손님을 만나는 공간이었다.

"아뇨. 손님도 아닌데 응접실로 안내할 필요가 있을까요?"

"네?"

"2층으로 올라오라고 하세요."

한마디로 손님을 대접하기 위한 어떠한 수고도 하지 않겠다는 뜻이었다.

"보고 싶은 사람이 수고를 해야지요. 안 그래요?"

주윤은 효관에 대한 멸시를 감추지 않았다.

"네, 이사장님. 그렇게 하겠습니다."

주윤은 다 마신 찻잔을 테이블에 놓았다.

"이것 좀 치워 주세요."

아무 일도 없다는 듯 무심하기만 한 주윤이 정 실장은 오히려 섬뜩했다. 오늘 뭔가 큰일이 나겠구나 싶었다.

정 실장은 주윤의 방을 나오자마자 직원에게 지형의 사무실로 긴급 연락을 하게 했다. 라렌느 본사에서 집까지는 막히지 않을 때 12분에서 15분 정도 걸린다. 다행히 차가 막히는 시간은 아니었다.

정 실장은 심호흡을 하고 대문 밖에서 경호팀 직원과 실랑이를 벌이는 효관에게 다가갔다. 효관은 얼굴이 벌겋게 달아올라 있었고, 직원들과 몸싸움을 하느라 머리와 옷은 보기 싫게 흐트러져 있었다. 주먹다짐을 해서라도 집 안으로 들어가겠다는 기세였다.

경호팀 직원들도 한때 모셨던 사람이라 거칠게 대응하지 못하고 그저 들어오지 못하게 몸으로 막는 수밖에 없었다.

정 실장은 허리를 굽히며 인사를 한 후 입을 열었다.

"이 전 회장님, 오랜만에 뵙습니다."

깍듯한 손님 응대에 근처에 있던 직원들뿐 아니라 효관 역시 놀랐다.

"들어오시지요. 안으로 모시겠습니다."

효관은 얼떨떨한 얼굴로 정 실장의 뒤를 따라갔다.

집 안에 들어간 효관은 움찔 놀랐다. 집이 완전히 다른 모습을 하고 있었기 때문이다. 그가 살았던 흔적은 물론, 혜선이 살았던 흔적 역시 깨끗이 지워져 있었다. 마치 다른 사람의 집에 들어온 것 같았다. 이 집의 주인이 주윤이라는 것이 실감 났다.

아내가 살아 있을 때는 벽에 그림 하나, 탁자에 액자 하나 마음대로 놓을 수 없었다. 죽은 아내는 그와 주윤을 자신이 만들어 놓은 아름다운 세상을 망가뜨리기 위해 태어난 존재로 대했었다.

헛웃음이 나왔다. 혜선은 자신이 만든 세상이 죽은 후에도 지속되리라 굳게 믿었을 것이다.

효관은 주윤의 칼끝이 오직 그에게만 겨눠져 있는 게 아니라는 사실을 집 안에 들어오자마자 깨달았다. 죽은 아내 역시 복수의 대상이었다.

그렇지만 자신에 비해 혜선이 당한 복수는 너무 약했다.

고작 죽은 뒤에 흔적이 지워지는 것뿐이라니.

효관은 억울했다.

정 실장은 지형이 올 때까지 시간을 벌기 위해 효관에게 일단 차를 대접했다.

"좀 전에 일어나셔서 지금 씻고 계십니다. 잠시만 기다려 주세요."

효관은 놀랐다. 이렇게 쉽게 주윤을 만날 수 있을 줄 몰랐다.

효관이 차를 다 마셨을 때 정 실장이 나타났다.

"이사장님 준비가 끝나셨습니다. 위로 올라가시지요. 기다리고 계십니다."

"위로?"

주윤이 아래로 내려올 거라고 생각했던 효관은 어리둥절한 얼굴을 했다.

정 실장은 곤란한 얼굴로 말했다.

"이사장님이 몸이 무거우셔서요."

임신 핑계를 댔지만, 왜 굳이 2층으로 올라오라고 하는 건지 모를 만큼 효관은 바보가 아니었다. 누가 우위인지 보여 주기 위해 혜선이 자주 썼던 방법이었다.

모멸감이 가슴 깊숙한 곳에서 올라왔다. 끓어오르는 화를 억누르고 효관은 정 실장의 뒤를 따라 계단을 올라갔다.

정 실장은 어느 방문 앞에서 가볍게 노크를 하며 말했다.

"이사장님, 손님 오셨습니다."

"들어오세요."

나지막한 목소리가 문 너머에서 들려왔다.

주윤의 목소리를 듣자 효관은 피가 끓어올랐다. 무슨 일이 있어도 고소를 취하하게 할 거라고 어금니를 사리물며 결심했다. 모든 배후는 주윤이었다. 주윤이 손을 떼면 자신을 둘러싼 법정 다툼은 부리는 자를 잃어버린 댓잎 군사들처럼 우수수 바닥에 흩어져 바람에 날릴 거라고 생각했다.

'강지형이 누구 아들인지, 네 배 속에 있는 아이가 누구 손자인지를 알고도 멀쩡할 수 있는지 두고 보자꾸나.'

주윤이 진실을 듣고 새파랗게 질리는 꼴을 볼 생각을 하니 수세에 몰린 와중에도 웃음이 났다.

자신은 주윤이 가진 아이의 할아버지였다. 아이의 할아버지를 경제사범이자 성범죄자로 만들진 못할 것이라는 계산속이 있었다. 아내 혜선이 남편이라는 이유로 그를 수없이 용서했던 것처럼 말이다.

주윤이 지형과 결혼하게 내버려 둔 게 차라리 나은 선택이었다. 태어날 아이 때문이라도 그에게 함부로 할 수는 없을 테니 말이다.

지형과 태어날 아이까지 진흙탕에 빠뜨려도 상관없었다. 지형이 주윤에게 이혼을 당해도, 라렌느에서 쫓겨나도 상관없었다. 지금 이 곤경에서 벗어날 수만 있다면 효관은 목숨 빼곤 무엇이든 내어 놓을 수 있었다.

정 실장이 문을 열어 주었다.

효관은 선뜻 그 방에 들어가지 못했다. 죽은 딸의 방이었다. 딸이 죽은 그 시간에 멈춰 있는 방이었다.

방문이 열리는 순간까지 그는 그 방이 누구의 방인지를 까맣게 잊고 있었다. 방만 잊고 산 게 아니었다. 딸도 잊고 살았다. 그에게 딸은 아픈 손가락이었던 적이 한 번도 없었다. 딸이 그에게 중요했던 적도 없었다. 그에겐 자기 자신 말고 중요한 것은 아무것도 없었다.

딸의 얼굴도 희미했다. 혜선이 딸을 학대한다는 것을 알면서도, 가끔 이 방에 자물쇠를 채워서 가둬 둔다는 것을 알면서도 모른 척했다. 그 아이가 제발 엄마를 말려 달라는 눈으로 그를 바라보았지만 그는 외면했다. 다 딸을 잘 키우기 위해서 그러는 거라고 스스로를 속였다. 훗날 라렌느를 물려받으려면 그정도 고생은 해야 한다고 여겼다. 왕관을 쓰려면 그 무게를 견뎌야 한다는 유명한 말도 있지 않은가.

그의 아내인 혜선도 어머니의 혹독한 훈육을 받으며 자랐었다. 이 방은 혜선이 어릴 때 쓰던 방이기도 했다. 이 방에서 혜선도 하루에 여덟 시간에서 열 시간이 넘게 수업을 받았다.

주윤은 방 한가운데 서 있었다. 지금 당장 아이를 낳아도 이상하지 않을 만큼 배가 많이 불러 있었다.

몇 달 만에 보는 주윤의 모습은 이전과 많이 달라져 있었다. 소극적이고 눈치를 보는 심약한 여자는 어디에도 없었다. 마치 암사자처럼 주윤은 당당하게 고개를 들고 허리를 편 채 효관을 노려보고 있었다.

"여기가 아니라 변호사 사무실을 찾아가셔야 하는 거 아닌가요?"

멸시가 가득한 목소리. 마치 혜선이 다시 살아난 것 같았다.

그 여자도 저런 눈으로, 하찮은 벌레를 보듯 자신을 바라보았다. 아니, 그 여자보다 주윤은 더했다. 그 여자는 그를 감옥에 처넣지는 않았다.

"당장 그만둬라. 네가 한 일이라는 거 알고 있다. 횡령, 배임부터 오늘 아침에 터진 것까지."

"제가 당신에게 성폭행을 하라고 했나요, 아니면 횡령을 하라고 했나요? 죄는 당신이 지어 놓고 왜 나한테 와서 이러죠? 내가 당신을 감옥에 넣는 게 아니에요. 대한민국의 법이 당신을 감옥에 넣는 거예요."

"손 이사를 시켜 검찰에 자료를 넘긴 게 너라는 걸 내가 모를 것 같냐. 그 여자를 부추긴 게 너잖아! 변호사 비용도 네가 대고 있다는 거 다 알고 왔다."

주윤은 피식 웃음을 터뜨렸다.

"제가 사회정의를 실현하는 데 아주 관심이 많아서요. 여자들한테 화장품 팔아서 세운 회사인데 여자들을 돕는 데 앞장서야지요. 안 그런가요, 이 전 회장님?"

"회사 주가가 얼마나 떨어졌는지 알아?"

"애사심에 눈물이 나네요. 그렇지만 무슨 상관인가요? 당신은 더 이상 라렌느의 무엇도 아닌데. 그리고 난 라렌느 같은 거 망해 버려도 상관없어요."

"그게 복수냐? 라렌느가 망하는 게?"

"그래요. 복수예요."

"라렌느가 망하면 너도 망해."

갑자기 주윤은 허리를 잡고 웃음을 터뜨렸다. 얼음처럼 차갑고 바늘처럼 날카로운 웃음이었다.

내 인생은 이 집에 들어온 그 순간부터 망했어.

웃음을 그친 주윤이 효관을 노려보면서 말했다.

"당신은 평생 감옥에서 못 나와요. 내가 그렇게 되게 할 거예요. 나는 아주아주 오래 살 예정이거든요. 당신 시신에 침을 뱉을 때까지. 당신이 죽으면 그 무덤 앞에서 나는 춤을 출 거야!"

"과연 네가 그럴 수 있을까?"

효관의 웃음에서 비린내가 나는 것 같았다.

주윤의 눈에 효관은 별것 아닌 카드로 블러핑을 하는 한물간 포커 게이머 같았다. 그의 모든 것이 역했다. 그가 무슨 카드를 가지고 있는지, 무슨 계획으로 여기 왔는지 주윤은 다 알고 있었다.

참으로 지형이 가여웠다. 오로지 핏줄을 이용해 먹을 생각밖에 없는 자가 지형의 아버지였다.

정말로 주윤은 효관이 오지 않기를 바랐다. 그 카드를 들이밀지 않기를 바랐다.

주윤은 생각했다. 이자, 이효관에게는 단 한 줌의 구원도 허락하지 않을 거라고.

"왜 내가 할 수 없을 거라고 생각하세요?"

"내가 하는 말을 듣고 나면 생각이 바뀔 게다."

주윤은 효관이 하려던 이야기를 대신 했다. 이제 더 이상 그와는 대화 비슷한 것도 하기 싫었다.

"강지형이 당신 아들이라서? 내 배 속 아이가 당신 손자라서?"

효관의 얼굴에서 핏기가 사라졌다.

"평생 외면했던 아들을 이용하려고 하다니, 당신이라는 사람은 도대체 그 바닥이 어딘가요?"

효관의 마지막 카드, 상황을 반전시킬 조커를 주윤은 이미 알고 있었다.

너무 놀라 한참동안 주윤을 멍하니 바라보던 효관이 겨우 입을 열었다.

"언제부터? 도대체 어떻게 알았지?"

주윤은 효관의 질문이 바보 같았다.

"한참 전부터. 당신이 상상할 수도 없는 오래전부터 알고 있었어요."

"한 회장이 너한테 알려 준 거냐? 한 회장이 너더러 자기 대신 복수를 하라고 했어?"

주윤은 피식 웃었다.

"내가 한 회장에게 알려 주었죠, 당신에게 잘 자란 아들이 있다고. 그 아들을 보스턴으로 보내 경영 수업을 시키며 한 회장이 죽을 날만 손꼽아 기다린다고요."

효관은 믿을 수 없다는 표정을 지었다.

도대체 어떻게 한 회장도 모르는 것을 주윤이 알 수가 있었을까?

"그런데 왜 지형이와 결혼했지? 내 아들인 걸 알면서? 회사 지분까지 줘 가면서?"

"설마, 내가 강지형을 사랑해서 결혼한 거라고 생각하세요?"

주윤은 크게 웃음을 터트렸다.

"바보가 되어 버리셨어요? 조금만 생각해도 알잖아요. 내가 왜 강지형과 결혼했는지."

"복수냐?"

"빙고. 정답이에요. 회사에서 그냥 쫓겨나는 건 너무 약하잖아요. 당신은 20년 동안 날 짓밟았는데. 고작 회사에서 쫓겨나는 정도로 끝날 줄 알았어요? 어때요? 하나뿐인 아들 손에 회사에서 쫓겨나는 기분은요? 당신은 아무리 구걸해도 받지 못했던 라렌느 지분, 아들이 결혼하기도 전에 받았을 때 기분은 어땠어요? 하나뿐인 아들이 그쪽 편이 아니라 내 편을 들 때 기분은 또 어땠어요? 하나뿐인 아들이 당신을 상종 못 할 인간 이하의 파렴치한으로 보는 기분은 또 어땠나요? 당신이 짐승보다 못하게 학대했던 나를 사랑하는 아들을 볼 때 기분은 어땠어요? 벌레보다 못한 계집애한테 짓밟히는 기분은 또 어떤가요?"

주윤은 빙글빙글 웃었다. 효관의 손에 힘이 들어갔다. 당장 저 계집애의 웃는 얼굴에 주먹을 날리고 싶었다. 하지만 참고 또 참았다.

믿었던 동아줄이 끊겨졌지만 효관은 물러설 수 없었다.

"세상 사람들이 그걸 안다면 어떻게 생각할 것 같니?"

주윤은 피식 웃었다. 어째서 이 사람은 예상에서 조금도 벗어나지 않을까?

"하고 싶은 대로 하세요. 언제부터 저한테 일일이 허락받고 하셨어요? 광화문광장에 서서 1인 시위라도 하지 그러세요? 친아들과 양녀가 결혼해서 날 쫓아냈다고. 아주 볼만하겠네요. 그래 봤자 하루도 못 갈 가십이겠지만요."

주윤은 정말 아무렇지 않다는 얼굴이었다.

"세상 사람들의 손가락질이 아무렇지 않다는 거냐?"

"세상 사람들은 생각보다 남의 일에 관심 없어요. 그러니까 당신들이 날 20년 가까이 학대할 수 있었겠죠. 그리고 당신은 당신 아들이 상처 받는 건 아무렇지 않다는 건가요?"

효관은 움찔했다. 주윤이 정곡을 찔렀기 때문이다.

"하긴 아무렇지 않겠죠. 당신에게 중요한 건 오로지 당신 자신이니까. 걱정 말아요. 당신이 안 하는 아들 걱정 내가 많이 하고 있으니까요. 당신이 감옥에서 썩고 있는 동안 강지형 씨는 라렌느의 회장이자 오너로 잘 먹고 잘 살 겁니다. 당신과는 달리 아주 행복하게요."

"너 같은 계집애가 옆에 있는데 퍽도 행복하겠다."

효관은 이제 막다른 골목에 몰린 상태였다.

"정말 날 감옥에 보낼 작정이냐?"

"당신은 죽을 때까지 감옥과 재판정 말고는 달리 갈 곳이 없을 거예요. 사람들은 당신을 파렴치한 범죄자로 기억하겠죠."

"아니, 절대 그럴 리 없다. 지형이는 내 아들이야. 내 핏줄이라고. 결국 내 편을 들 게다. 네가 자기를 복수의 도구로 사용했다는 걸 알면 내 쪽으로 돌아설 게다. 아버지를 구하기 위해 최선을 다할 거야.”

효관은 진심으로 그렇게 생각했다. 지형이 이제는 주윤에게 등을 돌릴 거라고 굳게 믿었다. 그렇지만 그건 효관의 희망 사항일 뿐이었다.

“아니, 절대로 그렇게 되지 않아. 왜냐면 어떤 아버지도 제 자식을 죽인 사람은, 그 사람이 자기 핏줄이라도 용서하지 않으니까.”

효관은 주윤의 말이 이해되지 않았다.

“당신이 발길질해서 사산시킨 그 아이의 아버지가 누군 줄 알아? 강지형이야.”

효관은 여전히 이해할 수 없다는 얼굴을 했다. 여기서 왜 지형의 이름이 나오는지 알 수 없었다.

“무슨 헛소리를 하는 게냐.”

“못 믿겠거든 강지형에게 직접 물어봐. 그때 내가 가진 아이가 누구의 아이였는지.”

온몸에 소름이 돋았다. 그동안 아무리 애를 써도 풀 수 없었던, 수수께끼 같던 주윤과 지형의 관계가 그제야 이해가 됐다. 그렇게 오래된 사이이기에 효관이 결코 갈라놓을 수 없었던 것이다.

효관은 한 가지 더 깨달았다. 지형이 라렌느에 입사한 건 자신의 뒤를 잇기 위해서도, 라렌느가 탐이 나서도 아니었다. 이

주윤 이 계집애에게 다가가기 위해서였다.

효관은 억지를 부렸다.

"말도 안 되는 소리 하지 마! 그때 지형이는 한국에 없었어."

"임신 기간이 9개월이라는 건 상식이야. 당신이 몰래 입수한 의료 기록을 강지형한테 들이밀어 봐. 강지형이 당신을 어떤 눈으로 볼지 궁금하네."

효관은 입 안이 서서히 말라 갔다. 주윤이 준비한 복수의 마지막 반전이 무엇인지 드디어 깨달았다.

"당신은 화풀이로 당신 손자를 죽인 거야. 그 아이는 두 달만 더 있으면 이 세상 빛을 볼 아이였어. 당신이 그때 119만 불러 줬어도 아이는 죽지 않았어. 강지형이 그걸 알아도 당신 편을 들까? 자기 자식이 세상 빛도 못 보고 죽었는데 가만히 있을 만큼 강지형이 쓰레기일까? 아니, 강지형은 그런 사람이 아니야. 당신 아들이라고 믿을 수 없을 만큼 착한 사람이지."

거짓말쟁이긴 하지만.

"내가 말할까? 아니면 당신이 말할래? 어느 쪽이 더 괴로울까? 그때 일을 내 입으로 듣는 것과 당신 입으로 듣는 것."

누가 말하든 지형은 절대로 자신을 용서하지 않을 것이다. 그 말은, 그가 잡을 수 있는 동아줄이 이제 하나도 없다는 뜻이었다. 그에게 남은 건 감옥과 죽음뿐이었다.

주윤은 완벽하게 덫을 놓았다. 미로의 출구인 줄 알았던 곳이 아래에 독사가 우글거리는 절벽이었다.

"당신은 이제 끝이야."

주윤은 못이라도 박듯 말했다.

얼마나 이 말을 해 주고 싶었는지 효관은 모를 것이다.

'그래, 끝이지. 그러나 그 길을 혼자 가진 않아.'

효관은 주윤이 미웠다. 혜선보다 더 미웠다. 라렌느를 빼앗은 것으로 모자라 지형까지 빼앗았다.

효관의 눈이 기묘하게 번들거렸다. 주윤에겐 너무나도 낯익은 그 눈빛이었다. 자신에게 다가오는 효관을 주윤은 피하지 않았다. 지금쯤 지형이 집에 도착했을 것이다.

주윤은 손에 쥔 비상벨을 눌렀다. 효관의 손이 목을 감쌌을 때, 주윤은 입가에 미소를 띤 채 그를 똑바로 바라보며 말했다.

"이제 인정해. 당신은 졌어. 내가 이겼어. 당신은 아들에게조차 버림받은 불쌍한 인간이야. 내가 전에 말했었지? 당신은 변변치 않게 살다가 변변치 않게 죽을 운명이라고."

"입 다물어. 닥치라고."

그러나 주윤은 더 즐거운 듯한 목소리로 말했다.

"이 세상에 당신을 좋게 기억해 줄 사람은 아무도 없어. 잊히기 전까지 당신을 더러운 범죄자로 기억하겠지. 하나뿐인 아들조차."

효관의 마지막 이성이 사라져 버렸다.

무슨 정신으로 집까지 도착했는지 지형은 생각나지 않았다. 마음 같아서는 자신이 운전대를 잡고 싶었지만, 제정신이 아닌 상태에서 운전대를 잡았다가 사고를 낼까 봐 기사가 모는 차를 타고 왔다. 차는 지형의 재촉에 10분 만에 집 앞에 도착했다.

지형은 차가 완전히 서기도 전에 문을 열고 평소와 달리 차고를 통해 집 안으로 뛰어들어 갔다. 현관 앞에는 지형이 왔다는 연락을 받은 정 실장이 초조한 얼굴로 서 있었다.

"지금 어디 있습니까?"

"2층에 계십니다."

지형의 얼굴이 있는 대로 구겨졌다. 왜 2층이지?

"누가 옆에 있습니까?"

정 실장이 고개를 저으며 말했다.

"아무도 가까이 오지 말라고 하셔서요."

"2층 어느 방입니까?"

"……그 방입니다."

이 집에서 일하는 사람에게 그 방은, 죽은 이주윤의 방을 뜻했다.

그때 경호 직원이 집 안으로 달려들어 왔다.

"이사장님이 비상벨을 누르셨습니다."

지형은 서둘러 2층으로 뛰어 올라갔다. 정 실장과 경호 직원들도 지형의 뒤를 따랐다.

'제발.'

지형은 서둘러 방문을 열었다. 문이 열리고 방 안의 모습이 시야에 들어왔을 때 지형은 얼어붙었다.

효관이 주윤의 목을 조르고 있었다. 지형은 효관에게 달려가 주윤의 몸에서 손을 떼게 했다. 뒤따라 온 경호 직원들이 효관을 제압했다.

눈을 감은 채 축 늘어진 주윤은 마치 죽은 것처럼 보였다. 정 실장은 비명을 지르지 않으려고 입을 틀어막았다.

"어서 119에 연락해요!"

"네, 회장님."

정 실장이 바쁘게 1층으로 내려갔다.

"주윤아, 주윤아! 눈 좀 떠 봐."

주윤은 힘겹게 눈을 떴다. 지형은 안도의 한숨을 내쉬었다.

"주윤아, 병원부터 가자."

그러나 주윤은 지형의 손길을 밀쳐 냈다. 자신을 보는 주윤의 눈빛이 차가웠다. 마치 더러운 것을 보듯 그를 보고 있었다. 지형은 몸이 떨렸다.

설마 저 사람이 말한 건가? 내가 자기 아들이라고?

지형은 효관 쪽으로 고개를 돌렸다. 효관은 고개를 푹 숙이고 있었다. 지형은 다시 주윤을 바라보았다.

주윤은 지형을 똑바로 바라보며 말했다.

"내 몸에 손대지 마."

주윤은 지형을 밀어내고 몸을 일으켰다. 어지러워서 바로 서지 못하고 휘청거리던 주윤은 탁자에 손을 짚어 몸을 의지했다.

어디선가 비명 소리가 났다. 지형은 소리가 나는 쪽으로 반사적으로 몸을 돌렸다. 119에 전화를 하고 돌아온 정 실장이 하얗게 질린 얼굴로 주윤을 보고 있었다.

"이, 이사장님……, 피가 나요."

지형은 정 실장의 시선을 따라갔다. 붉은 피가 주윤의 다리를 타고 흘러내리고 있었다.

주윤은 바닥을 내려다보았다. 카펫이 피로 젖어 있었다.

주윤은 침착한 목소리로 정 실장에게 말했다.

"지금 병원에 갈 거니까 차 좀 준비해 주세요."

"곧 119가 올 텐데요."

"제 차로 가는 게 더 빠를 거예요. 담당 선생님한테 전화해 주세요. 지금 가고 있다고요."

주윤의 얼굴은 새하얗게 질려 있었고 이마에는 식은땀에 맺혀 있었다. 고통이 심한지 얼굴이 일그러졌다. 그러는 와중에 피는 더 많이 흘러내렸다.

"정 실장님, 저 좀 부축……."

말이 다 끝나기 전에 지형이 주윤의 몸에 손을 댔지만 주윤은 아까보다 더 차갑게 밀쳐 냈다.

지형은 자신을 밀치는 주윤의 손길이 마치 절벽에서 미는 것처럼 느껴졌다. 그렇지만 아무 말도 할 수가 없었다. 어떤 변명도 할 수 없었다.

이제 겨우 잡았다고 생각했는데. 행복할 수 있다고 생각했는데…….

주윤은 마치 지형이 보이지 않는다는 듯 정 실장에게 몸을 기대 방을 나갔다. 주윤이 지나간 자리에 핏방울이 이어졌다.

지형은 주윤의 뒤를 따라가려고 했다. 그러나 주윤은 뒤를 돌아 지형을 보며 말했다.

"병원에 올 필요 없어."

그 말에 지형은 얼어붙었다.

"주윤아, 그래도……."

"집 나간 거 아니었어? 이 집이 제멋대로 들락날락하는 여관이야? 호텔이야?"

"설명할게."

주윤의 입가에 냉랭한 미소가 어렸다 사라졌다.

"됐어. 지금은 아무 말도 듣고 싶지 않아. 당신 얼굴조차 보고 싶지 않아. 가! 어디든 가 버려."

경호 직원들도 밖으로 나가고 방에는 지형과 효관 단둘만이 남았다.

지형은 한동안 아무 생각도 못 하고 멍하니 서 있기만 했다. 멀리서 들려오는 차 소리에 지형은 정신을 차렸다. 지형은 망연자실한 효관을 바라보았다.

"도대체 주윤이에게 뭐라고 하신 거예요?"

효관은 천천히 고개를 돌려 지형을 바라보았다.

"내가 행복한 게 그렇게 싫었어요? 당신이라는 사람은 어떻게 바닥이 없어? 어떻게 한평생 날 실망시키기만 하지? 어떻게 그렇게 더럽고 치졸하고 비겁하게 살 수 있냐고! 어떻게 내 자식을 가진 여자한테 그럴 수 있냐고! 당신이 인간이야?"

지형의 말에 효관의 입가가 미세하게 떨렸다. 그렇지만 아무 소리도 나오지 않았다.

"뭐라고 말 좀 해 보라고. 왜 그랬어? 왜 그랬어!"

지형은 효관의 멱살을 잡고 흔들었다. 효관은 마치 헝겊 인형처럼 힘없이 흔들렸다.

"라렌느가 그렇게 탐나? 줄게. 다 줄 테니까 가서 말해. 당신이 거짓말했다고! 당신하고 나는 아무 사이도 아니라고 말하라고. 당신은 평생 거짓말만 하고 살았으니까, 거짓말 한 번 더 한다고 달라질 게 없잖아."

지형의 악다구니에도 효관에게선 아무런 반응이 없었다.

"그래, 당신은 이런 사람이었지. 자기 이익이 아니면 머리카락 하나 뽑지 않을 이기적인 사람이었어."

지형은 효관의 멱살을 잡았던 손을 팽개치다시피 놨다. 효관은 힘없이 바닥에 쓰러졌다.

"내가 말한 게 아니다."

"뭐라고요?"

"나도 속았고 너도 속았어."

겨우 입에서 나온 말이었다.

"그 계집애는 처음부터 다 알고 있었어. 네가 내 아들인 것을. 한 회장에게 알린 것도 그 계집애였어. 그래서 내가 가져야 할 재산을 가로챘지. 그게 아니었다면 라렌느는 당연히 내 것이 되었을 거다. 그리고 네게 물려줬겠지. 그 계집애는 네가 내 아들이어서 너와 결혼한 거였어. 나한테 복수하기 위해서. 네 손으로 날 쫓아내기 위해서 그런 거다. 하나뿐인 아들인 네가 내게 등 돌리게 하려고 널 사랑하는 척했을 뿐이야."

아들, 아들 하는 소리가 지형은 역겹기 그지없었다. 지형을 아들로 생각했다면 결코 이곳에 와선 안 되었다. 닥치라고 소리치고 싶었다.

지형은 이 지경에 이르러서도 효관이 거짓말을 한다고 생각했다. 주윤이 어떻게 그걸 안단 말인가.

지형은 철저하게 감췄다고 자신했다.

그런데 주윤이 알고 있었다고? 그것도 그렇게 오래전에?

그런데 왜 나와 결혼했지? 그렇게 증오하는 이효관의 아들인 나와?

"너는 그 계집애 복수에 이용된 거다. 그 계집애의 목적은 나한테 복수하고 라렌느를 통째로 집어삼키는 거였어. 이제 너도 쓸모가 없으니 버려지겠구나. 나처럼. 아니 넌 나보다 더 비참하게 버려지겠지. 난 그 여자 사랑한 적 없지만 넌 그 계집애를 사랑하고 있으니까."

충격이 심하면 머리는 생각을 멈춘다. 지형은 더 이상 효관을 상대하고 싶지 않았다.

방에서 나온 지형은 계단을 내려갔다. 집 안에는 아무도 없었다. 집에서 나와 처음 만난 경호 직원에게 차가운 목소리로 말했다.

"저 사람 밖으로 끌어내요. 안 나간다면 경찰이라도 불러서 유치장에 처넣든지."

지형은 직접 차를 몰고 병원으로 갔다. 그렇지만 주윤의 병실 앞에서 경호 직원이 그를 제지했다.

"절대 안정해야 한다고 합니다. 면회는 안 됩니다."

"나는 이 사람 남편입니다."

경호 직원은 입을 굳게 다물고 문 앞에 서 있었다. 지형 역시 입을 꾹 다물고 그 앞에 섰다.

보다 못한 정 실장이 지형에게 다가왔다.

"이사장님이 아무도 만나지 않으시겠답니다. 이 전 회장님 때문에 많이 놀라셨나 봐요. 기분이 나아지시면 제가 다시 말씀드리겠습니다. 지나다니는 사람들 눈도 많은 데다, 회장님이 여기서 지금 이러고 계시면 아무래도 이사장님이 편히 쉬실 수 없을 거예요."

"이사장 상태는 어떻습니까?"

"출혈은 멈췄지만 그리 좋은 상황은 아닌 것 같습니다. 유도 분만을 할 수도 있다고 합니다."

"분만이요? 예정일이 아직 남았는데……."

"걱정 마세요. 아이는 아주 건강해요. 지금 태어나도 별일 없다고 의사 선생님이 말씀하셨어요."

그건 남이나 할 수 있는 말이었다. 부모의 마음은 그렇지 않았다. 효관이 죽이고 싶도록 증오스러웠다.

지형의 휴대전화가 진동 소리를 냈다. 그를 찾는 소리였다.

라렌느고 뭐고 다 필요 없었다.

지형은 짜증스럽게 울리는 휴대전화를 집어 던지고 싶었지만 그럴 순 없었다.

"정 실장, 얼굴만 보고 갈게요."

정 실장은 난처한 얼굴을 하고 고개를 저었다. 아무리 그래도 안 되는 일이라는 뜻이었다.

여기는 정 실장에게 맡겨 두고 가는 수밖에 없었다.

"그럼 잘 부탁드립니다."

"네, 회장님."

지형은 종일토록 휴대전화를 손에서 놓지 않았다. 전화가 울릴 때마다 화들짝 놀라 휴대전화 화면을 확인했다. 그렇지만 밤이 될 때까지 병원에서도 주운에게서도 연락은 오지 않았다.

지형은 성북동 집으로 들어가는 대신 예전에 살던 아파트로 돌아갔다.

새벽녘 휴대전화가 시끄럽게 울렸다. 지형은 퍼뜩 전화를 받았다. 주운의 병원에서 온 전화일 거라고 생각했지만 아니었다.

— 강지형 씨 핸드폰입니까?

낯선 번호, 낯선 목소리였다. 밖에서 전화를 하는지 시끄러운 소음이 섞여 있었다.

"그런데요?"

— 이효관 씨와 어떤 사이십니까?

"이효관 씨요?"

바로 대답이 나오지 않았다. 그 사람과 내가 어떤 사이지?

지형은 한참 후에 입을 열었다.

"장인어른이십니다."

— 지금 당장 경찰서로 오셔야겠습니다.

"무슨 일입니까?"

건조하고 사무적인 목소리로 대답했다.

— 장인어른께서 극단적인 선택을 하셨습니다. 유서를 강지형 씨에게 남기셨습니다.

"그, 그게 무슨……. 누가 뭘 남겨요?"

— 밤 12시가 조금 넘어 한강에 투신하셨습니다.

"뭐, 뭐가 잘못된 거겠죠. 착오일 겁니다."

— 일단 경찰서로 오십시오.

지형은 뭔가를 더 물어보려고 했지만 전화가 끊어졌다.

지형은 한참 동안 어둠 속에 멍하니 앉아 있었다. 사방이 조용했다.

좀 전에 전화를 받은 것이 거짓말 같았다. 어쩌면 나쁜 꿈을 꾼 것일지도 모른다. 그렇지만 휴대전화에 남은 통화 기록은 꿈이 아님을 지형에게 일깨웠다.

지형은 옷을 갈아입었다. 단추를 끼우는 손이 와들와들 떨렸다.

거짓말이야. 그럴 리 없어. 그 사람이 왜?

지형은 멍한 머리로 경찰서를 향해 차를 몰고 갔다.

한 사람은 죽고 한 사람은 태어났다.

마치 배턴 터치를 하듯 효관이 목숨을 버린 그날 밤 유진이 태어났다. 3킬로그램이 채 되지 않는 작은 아이가 이 세상에 건강한 울음소리를 내며 태어났다.

지형은 효관의 일 때문에 병원에 가 보지도 못했다. 도저히 자리를 비울 수가 없었다. 주윤도 아이도 건강하다는 소식을 정 실장이 전해 왔다.

효관의 죽음으로 언론과 인터넷은 시끄러웠지만, 빈소는 적막했다. 회사장은 치를 수가 없어 가족장을 치르기로 했다.

사적으로 깊은 친분이 있는 사람에게만 비서실에서 부고를 보냈고, 그들 중 일부가 문상을 왔다. 빈소의 분위기는 무거웠다. 찾아온 이나 맞이하는 이나 침통하긴 마찬가지였다.

효관의 시신은 투신한 날 저녁에 찾았다. 가족이 확인을 해야 하는데, 지형이 대신 확인했다. 사고로 죽거나 자살한 사람의 시신을 보는 건 오랫동안 트라우마로 남기 때문에 가족 중 남자가 확인한다고 했다.

지형은 효관의 시신을 채 2초도 보지 못했다. 인생에서 가장 끔찍한 순간이었다.

멍한 정신으로 지형은 효관의 빈소를 지켰다. 문상객들은 지형을 몰랐고, 지형 역시 문상객들을 몰랐다. 잠깐씩 눈을 붙이라고 임 비서가 말했지만, 지형은 뜬눈으로 사흘 내내 빈소를 지켰다. 잠을 잘 수가 없었다.

효관의 자살과 그가 저지른 죄는 처음엔 언론에서 크게 다뤄지지 않았다. 라렌느 쪽에서 죽은 사람에 대한 예의와 유가족의 고통을 헤아려 고인에 대한 어떤 비판 기사도 한동안 싣지말아 달라고 부탁했기 때문이다.

그렇지만 피해자들은 침묵하지 않았고, 언론도 피해자들의 고통에 귀를 기울였다. 죽음으로 모든 문제가 덮이는 건 과거의 일이었다. 여러 언론에서 효관의 사건을 다루면서, 여성 문제와 성폭력, 강간 문화에 관한 기획 기사를 썼다.

지형은 거기에 대해 어떠한 대응도 하지 않았다.

아이를 보기 위해 지형은 집에 들러 샤워를 하고 새 옷으로 갈아입고 신생아실로 갔다. 커튼이 살짝 열리자 흰 싸개에 싸인 아이를 안고 간호사가 유리창 앞으로 나왔다. 아이는 눈을 꼭 감은 채 잠을 자고 있었다.

세상에 어떻게 이렇게 예쁜 존재가 있을까? 그리고 그 존재가 내 딸일까?

'안녕, 유진아. 아빠란다.'

자기도 모르게 지형은 유리창에 손을 댔다. 눈시울이 뜨거워졌다.

면회 시간은 짧았다. 간호사는 유진을 안고 들어갔고, 유리창의 커튼이 쳐졌다.

지형은 빈소로 발걸음을 돌렸다.

지형은 효관이 마지막으로 한 말을 떨쳐 낼 수 없었다. 효관은 주윤이 모든 것을 다 알고 있었다고 했다.

주윤이 다 알고도 그와 결혼했다면 자신은 복수의 도구, 그이상도 그 이하도 아니었다. 이효관의 아들인 자신을, 그 사실을 속인 자신을 사랑할 리 없었다.

효관에 대한 주윤의 증오는 자신을 버린 그의 아들과 결혼할 정도로 어마어마했다.

아니, 지형 역시 복수의 대상이었다. 자신을 학대한 효관과 자신을 속인 지형 둘 다를 나락으로 떨어뜨린 주윤의 복수였다. 얼마나 오랫동안 주윤이 이 복수를 생각했는지 지형은 상상도 할 수 없었다.

'이게 네가 나한테 내리는 벌이니?'

지형은 주윤에게 용서받았다고 믿은 자신이 바보 같았다.

'유진이는? 유진이는 너에게 무엇이었니? 유진이를 갖고 기뻐한 그것도 다 거짓말이었니?'

지형은 주윤에게 그것을 묻는 게 두려웠다. 효관이 자살한 이 와중에도 주윤에게 미련을 가지고 있는 자신이 싫었다. 여전히 주윤과의 미래를 꿈꾸는 자신이 싫었다.

가장 싫은 건, 주윤에게 거짓말을 한 자신이었다.

주윤은 병원에서 퇴원해서 성북동 집으로 돌아갔다.

오늘은 이 아이와 영원히 이별하는 날이었다. 지형에게 전화를 걸어 아이를 데려가라고 했다.

주윤은 아기 침대에서 잠을 자고 있는 유진을 가만히 바라보았다. 아이의 두 뺨은 태열이 있어서 발그레했다. 만지려고 손을 내밀다가 흠칫 놀라 손을 거두었다.

'만져선 안 돼. 이 아이는……, 강지형의 아이니까.'

그렇지만 보는 건 괜찮았다.

하루 종일 아이를 봐도 지루하지가 않았다.

어쩜 이렇게 조그마하면서 어디 하나 허술한 곳이 없을까?

손가락도 발가락도 손톱도 발톱도 예뻤다. 눈에 넣어도 아프지 않을 것 같았고, 밥을 먹지 않아도 배고프지 않았다. 그 어떤 기적보다 더 아름다운 기적이었다.

"저, 이사장님, 회장님이 오셨습니다."

주윤은 아기 침대에서 시선을 거두고 정 실장을 바라보았다.

"들어오라고 하세요."

주윤은 소파에서 몸을 일으켜, 심호흡을 하고 가운을 걸쳤다. 잠시 후 지형이 핏발 선 눈으로 방에 들어왔다. 지형은 아기 침대가 눈에 들어오지 않는 듯, 주윤을 바라봤다. 주윤은 가만히 그 시선을 응시했다. 잔뜩 상처 받은 얼굴이었다.

'당신이 진실을 알게 되면 어떤 얼굴로 날 찾아올까, 나는 어떤 기분일까 궁금했었어.'

그런데 마음이 아팠다. 강지형, 이 사람에 대한 마음은 늘 주윤의 예상을 벗어났다.

지형이 입을 열었다.

"언제부터, 도대체 언제부터 알고 있었니?"

"그게 중요해? 중요한 건 오빠가 나를 철저하게 속였다는 거지. 처음 만났을 때부터 지금까지. 안 그래?"

지형은 주윤의 지적에 움찔했다. 주윤의 말이 맞았다.

그는 주윤을 기만한 것으로도 모자라 버렸다. 그리고 뻔뻔하게도 널 사랑하니까 날 받아 달라고 돌아오기까지 했다.

그런 내가 너에게 어떻게 보였을까? 사람으로 보이긴 했을까?

주윤은 지형을 똑바로 노려보면서 말했다.

"아주 오래전부터 알고 있었어. 당신이 내가 치 떨리게 싫어

하는 이효관의 아들이라는 거. 당해 보니까 어때? 오빠도 아파? 내가 죽이고 싶게 미워?"

상처 받은 지형의 눈빛만으로도 대답은 충분했다.

"너는 지금 기분이 어떤데? 철저하게 속아 넘어가는 날 보면서 어땠는데?"

"오빠는 어땠어? 나는 그게 더 궁금한데. 아무것도 모르는 어린아이를 달콤한 거짓말로 속이는 건 어떤 기분이었어? 지킬 수 없는 약속으로 내 눈과 귀를 가리는 게 재미있었어? 이 세상에 의지할 사람이라곤 오빠 하나밖에 없게 해 놓고, 그렇게 훌쩍 사라져 버릴 때 기분은 어땠어?"

"주윤아, 나는……."

"오빠는 나를 구원하러 와 준 산타도 천사도 그 무엇도 아니라는 거, 오래전부터 알고 있었어."

한참 후에야 지형은 겨우 입을 열었다.

"나를 용서해 줄 수 없니?"

"미안하다는 말도 안 하는 사람을 내가 어떻게 용서해? 신도 용서를 구하는 자만 용서해. 날 바보로 알고 처음부터 끝까지 거짓말로 일관한 사람을 내가 어떻게 용서하지? 오빠라면 그런 사람을 용서할 수 있어?"

주윤은 고개를 돌려 창을 바라보았다. 처참하게 고통받는 지형을 보는 게 괴로웠다.

"오빠가 예전에 그랬지. 나를 너무 많이 사랑해서 사랑이라는 말로 다 표현할 수 없어서 사랑한다는 말을 할 수 없었다고.

그럼 이번에도 그런 건가? 너무 미안해서 미안하다는 말도 할 수 없는 거야?"

주윤은 말로 지형의 마음을 철저하게 짓밟았다.

"그 사람이 죽어서 이제 만족하니? 아니면 나도 죽어 버려야 네 복수가 끝나는 거니?"

"오빠는 비겁해. 처음부터 지금까지 오빠는 비겁하지 않았던 순간이 한순간도 없었어."

"뭐라고?"

"내가 학대를 견디다 못해 죽었다면 오빠는 분명 내 편이었 겠지. 오빠가 내 편을 안 드는 건 내가 살아 있기 때문이야. 오 빠한테 마지막의 마지막까지 사랑받으려면 죽었어야 했지. 안 그래? 그렇지만 난 살아 있고 그 사람은 죽었으니, 이젠 그 사 람 편을 드는 거야. 오빠는 지금 내가 끝까지 살아남았다고 비 난하는 것과 똑같아. 오빠가 죽어 버려야 만족할 것 같냐고? 죽 을 용기는 있어? 내 앞에서 감히! 감히! 죽겠다는 말을 해? 그 래, 죽어! 죽어 버려. 그 남자랑 똑같이 죽어 버리라고!"

주윤은 악을 썼다.

"그 사람이 자살했다고 내가 20년 넘게 그 사람에게 짐승만 도 못하게 학대당한 사실이 사라져? 그럼 내가 어떻게 해야 했 는데? 바보같이 신이, 운명이, 아니면 다른 사람이 내 복수를 해 주길 멍하니 기다리다가 죽어 버리라고? 웃기지 마. 신이 뭔데 그 사람을 벌해? 그 사람은 내가 벌해! 그 사람이 그렇게 불쌍 해? 뭐가 불쌍한데? 결국 벌 받기 싫어서, 감옥 가기 싫어서 죽어 버린 거잖아. 나는 억울해. 그 사람이 제대로 벌 받기도 전에 죽어 버려서 억울하다고. 그 사람은 그렇게 쉽게 죽어 버리면 안 돼. 지옥이라도 따라가서 그 죗값 다 치르게 하고 싶다고!"

지형은 자기도 모르게 주윤의 어깨를 잡고 흔들었다.

"그만해! 그만하라고! 죽었잖아. 네 소원대로 죽어 버렸잖아!"

주윤은 지형을 노려보았다.

"유진이는 왜 낳은 거니? 유진이를 낳은 것도 네 계획이었니?"

"아니야. 난 낳고 싶지 않았어."

또다시 가슴에 큰 칼이 박히는 것 같았다.

그 모든 것이 다 거짓이었다는 말이었다. 그렇게 행복했던 순간들이……

지형은 떨리는 목소리로 말했다.

"그래서 그런 말을 한 거니? 낳아는 주겠다고. 이 아이는 네 아이가 아니라고 말이야."

"그래."

주윤은 건조하게 대꾸했다.

처음부터 끝까지 넌 복수였구나.

그렇지만 지형은 주윤을 포기할 수가 없었다.

"유진이를 위해 한 번만 더 생각하면 안 되겠니? 쉽지 않겠지만……"

주윤은 냉정하게 지형의 말을 끊었다.

"난 다시 만난 후로 한 번도 오빠 사랑한 적 없어. 이제 그만 아이 데려가. 이제 다 끝났어. 아니, 이미 오빠가 날 떠났을 때 끝나 버렸다고."

마치 귀찮은 짐을 어서 빨리 치우라는 듯한 주윤의 태도에 지형은 상처를 받았다. 그리고 정말 끝나 버렸다는 생각이 들었다. 그가 무슨 짓을 해도 주윤이 용서해 주지 않을 것 같았다. 자신이 딛고 있는 땅이 사라져 버리는 것 같았다.

주윤은 인터폰을 들었다.

"정 실장, 사람 좀 보내요. 강 회장이 아이 데려갈 거예요. 짐 좀 챙겨 주세요."

주윤은 아무 관심 없다는 듯한 얼굴로 지형과 아기 침대를 지나쳐 옆방 문을 열고 들어갔다. 방문을 걸어 잠그고 주윤은 바닥에 주저앉았다.

잠시 후 발소리가 났고, 뭔가 부스럭거리는 소리가 났다. 칭얼거리던 아이는 뭐가 마음에 들지 않는지 큰 소리로 울기 시작했다.

아이 울음소리가 듣기 싫어 주윤은 귀를 틀어막았다.

한참 후, 주윤이 귀에서 손을 뗐다. 옆방에서는 아무 소리도 나지 않았다. 천천히 몸을 일으키고 문을 열었다. 아기 침대가 텅 비어 있었다.

주윤은 아기 침대에 얼굴을 묻고 소리 내지 않고 울었다.

'모든 게 다 뜻대로 됐잖아. 그러니 지금 우는 건 기뻐서야. 이 미친 집에 잡아 먹히는 건 그 사람들과 나로 족해. 오빠랑 유진이는 절대 안 돼.'

주윤은 그 집에 있는 자신의 흔적을 모두 지웠다. 시간은 얼마 걸리지 않았다.

그날 새벽, 날이 밝기도 전에 주윤은 간단한 짐만 챙겨서 집을 나갔다.

동연의 집에 가서 벨을 눌렀다. 문을 열어 준 건 성준이었다.

"누나, 연락도 없이 웬일이에요?"

"동연이는?"

"자요. 깨울까요?"

"응."

동연이 부스스한 얼굴로 침실에서 나왔다.

주윤은 동연이 뭐라고 말하기 전에 먼저 입을 열었다.

"차 좀 빌려줘."

동연의 얼굴에서 졸음기가 사라졌다.

"어디 갈 건데?"

"몰라. 그렇지만 가야 해."

"누나, 그게 무슨 말이에요? 어디를 간다는 거예요?"

성준이 놀라서 물었지만, 주윤은 동연을 바라보고 말했다.

"차, 빌려줘."

성준이 또다시 끼어들었다. 주윤의 기색이 심상치 않았다. 지금 잡지 않으면 나중에 후회할 것 같았다.

"누나, 내가 도와줄게요. 나하고 형이 누나 도와줄게요. 그러니까 가지 마요. 여기 있어요."

주윤은 고개를 저었다.

"안 돼. 가야 해. 여기 있을 순 없어."

동연은 자리에서 일어나 방에 들어갔다 나왔다.

"내 차 키야. 안 돌려줘도 돼."

"고마워."

"돈은 있어?"

"쓸 만큼은 있어."

주윤은 차 키를 받고 집을 나갔다. 성준은 주윤을 말리지 않는 동연을 믿지 못하겠다는 눈으로 바라보았다.

"형, 누날 저렇게 보내면 어떻게 해요."

성준은 당장 주윤 뒤를 쫓아갈 기세였다. 동연은 성준을 억지로 소파에 앉혔다.

"성준아, 너 친구와 연인의 차이를 아니? 친구는 같은 방향을 갈 때 같이 가 주는 거고, 연인은 가던 길을 되돌아서 그 사람이 가는 방향으로 가 주는 거야. 우리는 주윤이와 같은 방향으로 갈 때만 함께할 수 있는 친구 사이야. 주윤이와 같이 갈 수 있는 사람은 강지형 그 사람밖에 없어."

성준은 이해할 수 없다는 얼굴이었다.

"그럼 강지형한테라도 연락할게요."

"하지 마."

"형!"

"우리가 간섭할 일이 아니야. 그건 두 사람 문제고, 무엇보다 주윤이가 원하지 않아."

동연은 딱 잘라 말했다.

"난 더 자야겠다. 너도 눈 좀 붙여. 아침부터 또 촬영이잖아."

동연은 방으로 들어갔다. 방 밖에서 성준이 어쩔 줄 몰라 오락가락하는 발소리가 들렸다.

　동연은 침대에 다시 누워 이불을 덮었다. 눈을 감았지만 잠이 오지 않았다.

이제 진짜 놔줄게

현관문 너머로 아기가 자지러지게 우는 소리가 들렸다. 주윤의 마음이 급해졌다. 벨을 눌렀지만 아기 우는 소리 때문에 듣지 못했는지 응답이 없었다. 주윤은 다시 길게 벨을 눌렀다.

안에서 현관문으로 나오는 소리가 나더니 문이 열렸다. 문을 열어 준 사람은 주윤이 예상하지 못한 사람이었다. 승혜가 아기를 안고 놀란 얼굴로 서 있었다.

당황한 기색이 역력한 승혜는 자기도 모르게 큰 소리로 말했다.

"오, 오해하지 마세요. 지형이가 도와 달라고 해서 온 거예요."

주윤은 무표정한 얼굴로 승혜의 품에 안긴 유진을 바라보며 말했다.

"무슨 오해요?"

"네?"

주윤의 반응에 승혜는 도리어 더 당황했다. 승혜 따윈 아무 의미가 없다는 듯한 얼굴이었다.

"드, 들어오세요. 지형이는 뭐 좀 사러 갔는데 곧 올 거예요."

말을 하면서도 승혜는 자신이 뭔가 변명을 하는 듯해서 기분이 이상했다. 하지만 누가 봐도 이상한 상황이었다.

새벽에 지형이 갑작스럽게 전화를 했다. 도와 달라는 지형의 목소리가 심상치 않아서 달려왔다. 집은 난장판이었다. 아기 물건이 방 여기저기에 흩어져 있었고, 아기는 초대형 스피커가 저 작은 몸에 내장돼 있는 게 아닐까 의심스러울 정도의 큰 소리로 울어 댔다.

지형과 20년 가까이 친구였지만 그렇게 패닉인 얼굴은 처음이었다.

"애가 울음을 멈추질 않아. 할 수 있는 건 다 했는데도 계속 울어. 자지도 않고 울어. 응급실에도 다녀왔는데 아무 이상이 없대. 원래 아기는 다 우는 거라는데, 그게 말이 돼! 어떻게 몇 시간 동안 계속 울 수가 있냐고."

믿었던 현대 의학도 유진의 울음을 멈추게 할 수 없었다.

혼자 있다간 사달이 날 것 같아 누군가를 불러야 했는데, 올 수 있는 사람은 승혜가 유일했다. 그렇지만 육아 경험이 없는 승혜도 무능했다.

바보 하나나 바보 둘이나, 상황 해결에 도움이 안 되는 건 마찬가지였다. 아기는 울음을 멈추지 않았다. 지형도 승혜도 아기처럼 울고만 싶었다. 정말 혼이 쏙 빠진 상태에서 주윤이 나타난 것이었다.

"아기 주세요."

주윤은 팔을 내밀었다.

승혜는 유진을 주윤에게 건넸다. 내심 아기 엄마도 별수 없을 거라고 생각했지만 승혜는 눈앞에서 기적을 봤다.

유진의 울음소리가 조금 줄어들었다. 아까까지만 해도 얼굴이 시퍼렇게 될 정도로 온몸으로 자지러지게 울었는데, 주윤이 안자 '으앵으앵.' 하고 훌쩍거리는 정도로 울었다.

승혜는 아기가 원했던 게 주윤이라는 것을 깨달았다. 하긴 조금만 생각해 보면 당연한 것이었다.

얼마 전까지 아기와 엄마는 한 몸이었다. 엄마와 연결된 탯줄이 끊어지고 모든 것이 낯선 세상에 태어난 것도 엄청난 충격이었는데, 그 낯선 세계에서 유일하게 의지할 수 있는 존재인 엄마가 없으니 아기 입장에서는 얼마나 패닉이었을까?

세상이 완전히 뒤바뀐 것과 똑같았을 것이다. 우는 게 당연했다.

작은 아기가 이렇게 큰 소리로 울 수 있는 능력을 가진 건, 엄마를 부르기 위해서일지도 모르겠다고 승혜는 생각했다. 머릿속에서 몇 시간 동안 비명을 지르듯이 울려 대던 앰뷸런스 사이렌이 꺼지자 그제야 생각이라는 것을 할 수 있었다.

주윤은 유진을 아기 침대에 눕히고 배 마사지를 했다. 가져온 가방에서 약병을 꺼내 스포이드로 물약을 아기 입 안에 몇

방울 떨어뜨렸다. 얼마 후, 유진은 시원하게 트림을 하더니 울음을 그쳤다. 주윤은 속싸개로 유진을 단단하게 감쌌다.

"베개 좀 가져다주세요."

"네? 아, 네."

주윤은 아기 침대의 비는 공간을 베개로 채웠다. 유진은 마치 거짓말처럼 편한 얼굴이 되어 하품을 하더니 잠을 잤다. 주윤은 잘 자고 있는 아기를 미소 띤 얼굴로 보다가 손가락으로 살짝 통통한 볼을 건드렸다. 그 모습이 뭐라 표현하기 힘들 만큼 애처로웠다.

주윤은 승혜를 보며 말했다.

"아기 물건 중에 빠진 게 있어 주러 왔어요. 그리고 이건 유진이 태어나서 지금까지 돌봐 주셨던 아이 돌보미분들 전화번호예요. 오빠한테 전해 주세요. 미리 말해 뒀으니까 스케줄만 잡으면 돼요. 오늘 오후라도 와 주실 거예요. 원하는 돌보미 구할 때까지 쓰라고 하세요. 아니면 계속 써도 좋고요. 이건 가사 도우미 회사 전화번호예요."

승혜는 하늘에서 동아줄이 내려오는 기분이었다.

지형이 혼자서는 절대 애를 못 돌봤다. 믿을 만한 아이 돌보미를 바로 구하는 것도 쉽지 않았고, 맡길 만한 가족도 없어 난감한 상황이었다.

"그럼 전 이만 갈게요."

주윤은 현관문을 나섰다. 승혜는 어찌할 바를 모르고 주윤의 뒤를 졸졸 따라갔다.

"저, 지형이 보고 가요. 곧 올 거예요. 요 앞 마트에 아기 분유랑 기저귀 사러 갔거든요."

그렇지만 주윤은 승혜의 목소리가 들리지 않는다는 듯, 엘리베이터의 층수가 표시되는 화면에만 시선을 고정했다.

엘리베이터 문이 열리고 주윤이 막 타려는데 내리는 사람이 있었다. 아기 용품을 두 손에 잔뜩 들고 있는 지형이었다.

승혜는 지형을 보는 순간 살았다 싶었다. 부부 문제는 부부가 알아서 풀어야 하는 법이었다.

"지형아, 주윤 씨……."

그렇지만 지형의 행동은 승혜의 예상을 벗어나는 것이었다.

지형은 주윤에게 눈길 한 번 주지 않고 현관으로 들어와서 문을 닫아 버렸다. 주윤을 결코 들어오지 못하게 하겠다는 듯 잠금장치까지 모두 걸었다. 차가운 기계음이 현관에서 울렸다. 승혜는 문밖에 있는 주윤이 그 소리를 듣고 있을 거라고 생각했다.

"지, 지형아."

승혜가 놀라서 거의 소리를 지르듯 지형을 불렀지만, 지형은 아랑곳하지 않았다. 마치 아무것도 들리지 않고, 아무것도 보이지 않는다는 얼굴이었다.

"너 왜 이래? 무슨 일이 있었는지 모르지만 이건 아니지."

"문 열어 주지 마."

"강지형, 너 미쳤니? 지금 애 엄마한테 뭐 하는 짓이야."

"문 열어 주지 마."

지형의 목소리는 냉랭했다.

"지형아, 뭐가 문제인지 모르겠지만 둘이 얼굴 보고 얘기해."

지형은 승혜의 말을 무시하고 종이봉투에서 쇼핑한 물건들을 하나씩 꺼내기 시작했다. 개중에는 지형이 용도를 알 수 없는 물건도 있었다. 인터넷으로 검색해서 필요하다는 것은 무작정 다 카트에 담았다.

지형은 문희가 효관을 붙잡기 위해 낳은 아이였다. 부모의 이기적인 욕심 때문에 불안정한 유년 시절을 보내야 했다. 아버지도 아버지 노릇을 하지 않았고, 어머니도 어머니 노릇을 하지 않았다. 그는 고아 아닌 고아였다.

그래서 무슨 일이 있어도 자신의 아이는 사랑하는 사람에게서 태어나기를, 평범한 엄마와 아빠 밑에서 자라기를 소망했다. 그리고 불과 얼마 전까지는 그 꿈이 이루어졌다고 믿었다. 머저리처럼.

"애 엄마야. 애가 걱정돼서 달려온 거라고. 너 아무리 화가 나도 그렇지, 애를 데리고 나오면 어떻게 해. 유진이 좀 봐. 애 엄마가 오니까 당장 얼굴이 좋아지잖아."

"애 엄마라고?"

마치 쓸모없는 짐이라도 치우듯 유진을 데리고 가라고 말했던 주윤의 모습이 떠올랐다. 그래 놓고 도대체 왜 여기 온 건지 알 수 없었다.

지형은 흑백 모빌이 들어 있는 상자를 바닥에 집어 던졌다.

생전 처음 보는 지형의 난폭한 모습에 승혜는 놀라서 몸이 굳었다. 그렇지만 자신 말고는 지금 지형에게 바른말을 해 줄 사람이 없다고 느꼈다.

"강지형, 너 지금 당장 주윤 씨하고 얘기하지 않으면 나 갈 거야."

승혜가 정말 갈 것처럼 몸을 일으키고 겉옷과 가방을 챙기자 지형은 현관문을 열었다. 승혜가 큰 도움이 되는 건 아니었지만 혼자 해낼 엄두가 나지 않았다. 고양이 손이라도 빌리고 싶었고, 부지깽이에라도 기대고 싶었다.

주윤은 여전히 문밖에 서 있었다. 멍한 얼굴이었다.

지형은 마음보다 더 차갑고 야멸차게 말했다.

"여기 왜 온 거야?"

주윤은 지형의 시선을 피해 가볍게 고개를 숙였다.

지형은 혹시라도 주윤이 미안해서 온 게 아닐까 생각했다. 자신에게는 미안하지 않아도 유진에게는 미안할 거라고, 사람이라면 당연히 그럴 거라고 생각했다.

"할 말이 있어서."

"그럼 해."

주윤이 고개를 들고 당당한 눈빛으로 말했다.

"난 하나도 미안하지 않아."

"뭐?"

"하나도 미안하지 않다고. 내가 왜 미안해야 하는데?"

"뭐?"

"난 분명히 말했어. 그 인간을 법정에 세우고 법의 심판을 받게 하겠다고. 그 인간이 법의 심판을 받기 전에 죽어서 난 안타깝다고."

주윤은 정녕 끝까지 갈 생각이었다. 효관의 죽음은 분노만 더 키웠다.

"사람이 죽었어. 그걸로 부족해?"

"오빠는 내가 그 사람을 적당히 용서하길 바랐던 거구나. 어쨌든 남편의 아버지니까. 유진이 할아버지니까. 정말 못됐다. 어떻게 그렇게까지 이기적일 수 있어? 뭔가 착각하는 거 아니야? 오빠가 행복하다고 해서 내가 행복한 건 아니야."

지형은 말문이 막혔다.

"난 그 사람이 죽어서 좋아. 그 사람이 내 아이를 결코 볼 수도 만질 수도 없어서 좋다고. 내 아이가 그 사람을 보고 할아버지라고 말할 수 없어서 좋다고."

모든 것을 다 빼앗고 목숨까지 빼앗았는데도 용서할 수 없는 걸까? 잊을 수 없는 걸까?

효관을 이렇게 증오하는 건, 지형 역시 증오하고 있다는 뜻이었다.

"그만 가라."

지형은 더 이상 주윤과 얘기할 힘이 없었다.

"알았어."

주윤은 아무 미련 없다는 듯, 몸을 돌려 엘리베이터 쪽으로 갔다. 지형이 온 뒤로 아무도 엘리베이터를 타지 않았는지 버튼을 누르자마자 문이 열렸다. 주윤은 안으로 들어갔고, 문이 달혔다.

지형은 주윤이 순순히 자리를 떠나자 오히려 당황했다. 미친 듯이 계단을 내려갔다. 머리로는 설명할 수 없지만, 심장이 펄떡펄떡 뛰었고, 온몸의 혈관이 터질 듯이 울렁거렸다. 마치 누군가가 끌어당기는 것처럼, 마치 누군가가 등을 미는 것처럼 지형은 계단을 내려갔다.

주윤이 탄 엘리베이터는 아직 1층에 도착하지 않았다. 4층, 3층, 2층, 1층……. 문이 열렸다.

주윤의 두 눈에서 눈물이 흘러내리고 있었다. 흘러내리는 눈물을 닦으려 하지도 않은 듯, 두 뺨에 두 줄기 흔적이 남았다. 옷에는 뺨에서 떨어진 눈물방울이 마치 빗방울처럼 떨어져 있었다. 주윤은 마치 지형이 보이지 않는 듯 그를 스쳐 지나가려고 했다.

"주윤아."

이름을 불렀지만 아무 반응도 없었다. 지형은 주윤을 잡으려고 손을 내밀었다. 하지만 주윤은 그를 피해 아파트 현관을 빠져나갔다.

"이주윤!"

마치 지형의 목소리가 들리지 않는 듯 주윤의 발걸음에는 조금도 변함이 없었다.

이제 매달리는 쪽은 지형이었다.

"이주윤! 거기 서라고."

서라는 사람이 서지 않으니 지형이 달리는 수밖에 없었다. 두 팔로 주윤의 팔을 꽉 잡은 후에야 주윤을 멈추게 할 수 있었다.

"이주윤."

"왜?"

눈물을 흘리면서도 주윤의 목소리는 조금도 떨리지 않았다.

부른 사람은 지형이지만 할 말이 없었다. 그런 지형을 한참 동안 바라보던 주윤이 입을 열었다.

"오빠는 속인 거 없어. 나는 다 알고 있었으니까. 내가 속지 않았으니까, 오빠는 거짓말한 거 아니야."

주윤은 아무런 감정이 담기지 않은 멍한 눈을 하고 있었다. 지형을 보고 있으면서도 지형을 보지 않는 듯한 느낌이었다. 마음이 이곳에 있지 않은 것 같았다.

"이제 진짜 끝이야."

주윤이 속삭이듯 말했다.

"오빠, 꼭 행복해라."

지형은 온몸이 굳었고 팔에서 힘이 빠졌다.

"이제 진짜 놔줄게."

어쩐지 주윤이 살짝 미소까지 띠고 있는 것 같아 지형은 온몸에 소름이 돋았다. 뭐라 말로 표현할 수 없지만 불안하고 슬픈 미소였다.

주윤은 지형에게 가까이 다가왔다. 지형의 품에 몸을 기댄 후 주윤이 말했다.

"안녕."

주윤은 마치 아무 일 없었다는 듯 지형을 스쳐 지나가 버렸다.

지형은 영혼이 없는 허수아비처럼 한참 동안 서 있었다.

정신을 차리고 뒤를 돌았을 때 주윤의 모습은 보이지 않았다. 어디로 가야 할지 알 수 없어 지형은 우두커니 서서 사방을 돌아보았다.

한참 후, 지형은 왜 자신이 그렇게 놀랐는지를 깨달았다. 주윤이 처음으로 자신의 진짜 감정을 그 앞에서 드러냈기 때문이다. 주윤은 그를 만난 후 계속 마음속으로 울고 있었던 것이다.

그는 그 울음소리를 결코 듣지 못했다. 바보처럼. 그리고 그때처럼, 지형은 자신이 무엇을 잃어버렸는지 결코 깨닫지 못했다.

후회는 단어 뜻 그대로 뒤늦게 찾아올 예정이었다.

어떤 충격적인 뉴스도 일주일 이상 관심이 지속되진 않았다.

효관의 일 따윈 까맣게 잊었다는 듯 라렌느도, 세상도 평소와 다름없는 모습으로 너무나 빨리 돌아갔다. 지형 역시 매일 일거리가 쌓여 있는 일상으로 돌아갔다.

출장에서 돌아와 공항에 도착하자마자 지형은 휴대전화로 영상통화를 걸었다. 유진이 많이 보고 싶었다.

얼마 후, 돌보미 품에 안겨 있는 유진의 모습이 휴대전화 화면에 떴다. 졸리는지 잠투정을 하고 있었다.

고작 이틀인데, 지형의 눈에는 유진의 얼굴이 좀 달라 보였다. 아이들은 하룻밤 사이에도 얼굴이 변한다더니 그 말은 사실이었다. 정말 하루하루 얼굴이 달라졌다. 지을 수 있는 표정이 늘었고, 키도 무럭무럭 자라났다. 유진은 지형을 웃게 하는 유일한 존재였다.

솜씨 좋은 조각가가 공들여 얼굴을 깎듯, 유진의 이목구비는 천천히 제 모습을 드러냈다. 처음 봤을 때는 누굴 닮았는지 알 수가 없었는데 이제는 알 수 있었다. 유진은 제 엄마를 쏙 빼닮은 눈과 코 그리고 입을 가지고 있었다. 얼굴뿐만 아니라 귀 뒤에 잡힌 주름까지 주윤과 똑같았다.

지형은 유진이 어떻게 자랄지 눈에 선했다. 아주 예쁘게, 아주아주 예쁘게 자랄 것이다.

이렇게 예쁜 아이에게 엄마가 없다니.

지형은 또다시 누군가 심장 한가운데를 주먹으로 친 듯한 고통을 느꼈다. 유진은 그의 기쁨이자 슬픔이었다.

지형이 아무 말이 없자 돌보미가 말을 걸었다.

— 회장님, 저녁은 준비하라고 할까요?

돌보미의 말에 지형은 정신을 차리고 대답했다.

"아뇨. 저녁에 약속 있습니다. 한 10시쯤 집에 도착할 것 같습니다."

— 네.

"유진이는 어때요?"

— 잘 먹고 잘 자고 잘 놀았습니다.

"100점 만점이네요."

지형은 웃음소리를 냈다. 유진이 잘 먹고 잘 자고 잘 놀았다는 말이 지형에겐 이틀 동안 잠 한숨 못 자고 한 협상 끝에 성사한 M&A보다 더 가치 있었다. 큰 거래를 성사시킨 것보다 더 대단한 일을 한 것처럼 느껴졌다.

전화를 끊었다. 지형이 탄 차는 여의도에 있는 로펌 건물 앞에 섰다. 재벌가의 증여와 상속과 관련해서 실력 있다고 소문이 자자한 로펌이었다.

손 이사가 건조한 메일을 보내왔다. 라렌느의 지분과 관련해서 변호사 입회하에 해야 할 이야기가 있다고 했다.

효관이 쫓겨났으니 이제 그의 차례였다.

마음은 무서울 정도로 차분해졌다. 한 번도 라렌느가 목적이었던 적이 없었다.

지형이 자리에 앉자 손 이사가 입을 열었다.

"번거롭게 이곳까지 오시게 한 것 먼저 사과드리겠습니다. 하지만 강 회장님의 시간을 많이 뺏진 않을 겁니다."

손 이사는 잠시 말을 쉬며 숨을 골랐다. 충격적인 말을 하기전 잠시 마음을 가다듬는 것 같았다.

"이주윤 님이 강지형 님에게 모든 재산을 증여하셨습니다. 그 말씀을 드리기 위해 오늘 오시라고 했습니다."

지형은 손 이사의 말이 이해가 안 됐다. 자신이 뭔가 잘못 들은 거라고 생각했다.

"이주윤 님으로부터의 전언입니다. 라렌느는 물론, 이주윤 님의 개인적인 자산, 그리고 얼마 전 돌아가신 이효관 님의 유산까지 아무런 조건 없이 모두 강지형 님에게 주라고 하셨습니다. 서류 작업은 끝났지만, 세금 문제 등으로 강지형 님 앞으로 재산이 증여될 때까지 몇 년은 걸릴 겁니다. 서류상의 이혼은 모든 재산이 증여된 후에 할 것이고, 이혼 시 자녀분인 강유진 님에 대한 양육권과 친권은 모두 강지형 님이 갖게 되며, 면접권은 행사하지 않겠다고 했습니다. 혹시 증여 전에 이혼을 원하신다면 최대한 강지형 님의 뜻에 따르겠다고 하셨습니다. 양육비는 모든 재산을 넘겼으니 지급하지 않겠다고…….”

지형은 손 이사의 말을 끊었다.

“잠깐만요. 지금 무슨 말씀을 하시는 겁니까?”

“자세한 이야기는 여기 서류를 확인하시면 됩니다.”

“지금 그런 이야기가 아니지 않습니까. 이주윤 이사장이 왜…….”

“모든 서류는 어떠한 외압도 없이 변호사 입회하에 이주윤 님이 자의로 사인하셨습니다.”

손 이사의 목소리는 건조하기 그지없었다.

자신이 할 말을 다 한 후 손 이사는 자리에서 일어났다.

“앞으로 이 문제는 정 변호사와 의논하시면 됩니다.”

접견실을 나가려는 손 이사를 지형이 급하게 붙잡았다.

“잠깐만요. 제게 더 하실 말씀이 있지 않습니까?”

“없습니다.”

“전 있을 것 같은데요.”

지형은 손 이사를 노려보았다.

손 이사는 정 변호사에게 나가라는 눈짓을 했다. 정 변호사가 나가자 손 이사는 다시 자리에 앉았다.

“지금 무슨 음모를 꾸미고 계신 겁니까?”

지형의 목소리가 자기도 모르게 커졌다.

설마 재산으로 날 회유하려는 걸까?

손 이사의 태도는 건조했다.

"음모요? 몇조가 넘는 재산을 빼앗는 게 음모지, 주는 게 음모입니까? 받기 싫으면 다른 사람 주시면 됩니다. 받고 싶은 사람은 수두룩할 테니까요. 저는 지시받은 대로 일할 뿐입니다."

"이게 이주윤의 뜻이라고요?"

"네. 이사장님은 보상이라고 하셨습니다."

"보상이라고요?"

"네. 그렇게 말씀하셨습니다. 라렌느는 이제 온전히 강지형 회장님의 것입니다. 그게 보상이 될지는 저도 잘 모르겠습니다만."

손 이사의 태도가 지나치게 냉랭했다. 선을 긋는 정도가 아니었다. 지형과 길게 이야기하고 싶지 않다는 걸 바로 느낄 수 있었다.

그가 아는 손 이사의 모습과 너무 달랐다. 지금 손 이사는 지형에게 적대적이기 그지없었다. 정 변호사가 있을 때는 그저 냉정하다고만 생각했는데, 이렇게 단둘이 있게 되자 느낌이 달라졌다. 정 변호사 앞에서 애써 지켰던 매너를 싹 다 집어넣은 듯했다.

지형은 손 이사가 모든 것을 다 알고 있다는 느낌이 들었다. 아마 그 시기는 갑작스럽게 라렌느를 떠났던 그즈음일 것이다.

지형은 물었다.

"아버지의 목숨값입니까?"

손 이사는 지형의 말에도 크게 놀라지 않았다. 지형은 자신의 예상이 맞았다고 느꼈다.

"아닙니다. 고인을 욕되게 해서 죄송합니다만, 그분 목숨값이 라렌느 정도는 아니지요. 이사장님이 미쳤다고 그 사람의 목숨값을 라렌느로 보상하시겠습니까? 이사장님은 라렌느의 휴지 한 장도 그 사람을 위해 쓰지 않으셨을 겁니다. 이사장님이 보상하고 싶은 건, 강지형 씨 마음의 상처였을 겁니다."

"내 상처를 돈으로 보상하겠다고요?"

지형은 헛웃음이 났다.

"그걸로 내 상처가 아물 거라고 생각하는 겁니까?"

"돈으로 그 상처가 아물 수 없다는 것은 세상 누구보다 이주윤 이사장님이 잘 알고 계실 겁니다. 그렇지만 강지형 씨, 당신이 그렇게 결백합니까? 순수한 피해자입니까? 두 사람의 관계에 억지로 끼어든 건, 강지형 씨 당신이었습니다. 여러 번 도망칠 기회를 주었지만, 그때마다 도망치지 않은 건 강지형 씨의 선택 아니었습니까?"

지형은 아무 말도 할 수 없었다.

"도대체 왜 이사장님과 결혼하신 겁니까? 당신을 신뢰한 모든 사람에게 거짓말을 하면서?"

손 이사는 냉랭한 얼굴로 지형을 비난했다.

"당신은 라렌느라도 얻었지만, 이주윤 이사장님은 뭘 얻었습니까? 이사장님이 바란 것은 사적인 복수가 아니라 법적인 정의였습니다. 이사장님이 그렇게 결론을 내릴 때까지 얼마나 고통스러웠을지 상상해 본 적 있습니까? 이사장님은 충분히 사적으로 복수할 만한 동기도, 그럴 힘도 가지고 있었습니다. 그런데 당신과 당신 아버지는 그것도 못 하게 했죠."

손 이사의 목소리에는 효관에 대한 어떠한 동정도 묻어나 있지 않았다. 손 이사는 처음으로 효관에 대한 경멸을 그대로 드러냈다.

"당신은 라렌느에 오지 말았어야 했습니다. 이주윤 이사장님 앞에 나타나지 말았어야 했어요. 당신이 없었다면 이주윤 이사장님은 지금보다 나은 모습이었을 겁니다. 매번 당신은 최악의 선택을 했습니다. 앞으로는 당신이 옳은 선택을 하길 바랍니다. 이제 책임져야 할 자식이 있으니까요. 당신 아버지처럼 두 자식을 잃어버리는 한심한 인생을 살지 않길 바랍니다."

"주윤이 지금 어디 있습니까?"

"모릅니다. 알아도 알려 드리지 않을 겁니다. 당신을 떠나는 게 그분의 선택이셨고, 저는 그 선택을 지켜 드릴 겁니다."

손 이사는 그 말을 남기고 접견실을 나갔다.

손 이사가 나간 후 얼마 안 되어 정 변호사가 들어왔다.

"오늘 중에 꼭 처리해야 할 일이 있습니다."

"무슨 일입니까?"

"이효관 님의 대여금고에 있는 것을 인수하셔야 합니다."

"대여금고요? 그걸 제가 왜 인수하나요?"

지형의 목소리가 자기도 모르게 날카로워졌다. 효관의 것은 그 무엇도 받고 싶지 않았다.

"이주윤 님은 이효관 님께 상속받은 재산 역시 강지형 씨에게 증여하셨습니다. 가서 금고 내용물을 은행 직원과 함께 확인하고 인수증에 사인하시면 됩니다. 그건 상속인이 직접 가야만 합니다."

지형은 정 변호사와 함께 은행에 가 대여금고를 열었다. 특별한 것은 없었다.

서류가 든 봉투, 달러와 유로, 엔화 뭉치들, 골드바, 세팅되지 않은 다이아몬드 원석, 예금 통장과 채권 증서, 유가증권 등을 꺼냈다. 아마 효관의 비자금일 거라고 지형은 짐작했다.

내용물을 꺼내던 지형이 잠시 멈칫했다. 자신이 예전에 인연을 끊으면서 효관에게 준 현금 봉투였다. 기분이 묘했다.

왜 이걸 여기에 넣어 둔 걸까?

그렇지만 더 생각하지 않으려고 했다.

마지막으로 플라스틱 카드와 열쇠를 꺼냈다. 카드와 열쇠에는 똑같은 로고가 새겨져 있었다. 지형은 고개를 갸웃했다. 카드와 열쇠만으로는 용도를 알 수가 없었다.

"이건 뭐죠?"

정 변호사는 플라스틱 카드를 건네받았다.

"사설 대여금고의 보안 카드와 열쇠인 것 같은데요?"

"사설 대여금고요?"

"국세청이나 검찰, 경찰의 수사나 수색을 피하기 위해서 사설 대여금고를 이용하거든요. 실명으로 빌린 은행의 대여금고는 압수 수색을 당할 수 있으니까요. 아마 가명이나 차명으로 빌리셨을 겁니다."

"그런 곳이 있습니까?"

"등록되지 않은 업체라 소개받은 사람들만 이용하는 곳입니다. 카드와 열쇠가 둘 다 있어야 물건을 찾으실 수 있을 겁니다. 회사와 관련해서 유출되면 안 되는 중요한 자료를 보관해 두신 게 아닐까 싶은데요."

"어디에 있는 거죠?"

정 변호사도 잘 알고 있는 업체였다. 보안이 튼튼하기로 유명한 업체였다.

"제가 주소를 문자로 보내 드리겠습니다."

지형은 오늘 이 일을 다 해결하고 싶어서 정 변호사가 보낸 주소를 내비게이션에 입력하고 차를 몰았다.

지형의 차는 강남 모처에 있는 빌딩 앞에 멈췄다. 사무실과 식당이 있는 평범한 5층짜리 빌딩이었다. 지형은 기계식 주차장에 차를 주차하고, 건물 지하로 내려갔다.

허름한 겉모습과 달리 신분을 확인 후 들어간 사무실은 은행의 VIP 센터처럼 깔끔했다.

지형은 몇 가지 서류에 사인을 한 후, 내부 엘리베이터로만 내려갈 수 있는 금고실로 들어가 열쇠로 대여금고를 열었다. 변호사의 예상대로 서류들이었다.

"그럼 확인해 보시고 나오십시오."

직원은 금고실 옆에 있는 작은 사무실에 지형을 혼자 남겨 두고 나갔다.

지형은 제일 위에 있는 파일을 열어 보았다. 주윤의 입양 관련 서류였다. 효관은 자신의 약점이 될 수 있는 주윤의 입양 관련 서류들을 여기에 숨겨 둔 것 같았다.

두 번째 파일을 열자 초음파 사진이 제일 위에 있었다.

'이게 뭐지?'

지형은 왜 이런 게 있는지 이해할 수가 없었다.

초음파 사진에는 영어로 병원 이름과 날짜만 쓰여 있어, 이것이 누구의 초음파 사진인지는 알 수가 없었다.

지형은 초음파 사진을 옆에 내려놓고 파일에 들어 있는 서류를 확인했다. 산부인과 진료 기록 사본이었다. 그 진료 기록의 주인은 이주윤이었다.

쓰인 글씨의 반이 알파벳으로 된 의학 용어여서 정확한 내용은 알 수 없지만, 주윤이 임신을 했고 그 아이를 잃었다는 사실만은 똑똑히 알 수 있었다.

지형은 진료 기록이 쓰인 날짜를 확인했다. 그 아이는 자신의 아이가 맞았다. 그가 떠났을 때 주윤의 자궁에는 두 사람의 아이가 자라고 있었던 것이다.

지형은 초음파 사진을 다시 보았다. 손이 덜덜 떨렸다. 주윤과 이 아이에게 무슨 일이 있었는지 알아야 했다. 그걸 답해 줄 사람은 주윤밖에 없었다.

지형은 주윤에게 전화를 걸었다. 그렇지만 받지 않았다. 전화를 걸던 지형은 더 이상 가만있을 수가 없어 돌보미에게 회사에 급한 일이 생겨서 집에 늦게 가겠다고 전했다.

성북동 집에 도착하자 정 실장이 어두운 얼굴로 지형을 맞이했다.

"이사장 집에 있습니까?"

"안 계십니다."

"그럼 어디에 있습니까?"

"모릅니다."

"정 실장님!"

"그날, 회장님이 아이를 데리고 간 날 나가셨어요."

"연락은요?"

정 실장은 고개를 가로저었다.

"그런데 왜 저한테 연락도 안 하셨습니까!"

"이사장님 지시였습니다."

정 실장은 덧붙여서 말했다.

"연 비서님도 손 이사님도 모르세요. 정말 모르시는 것 같았습니다."

정 실장도 나름대로 주윤을 찾기 위해 애를 쓴 것 같았다.

지형은 주윤의 방으로 갔다. 주윤의 방은 불길할 만큼 썰렁했다. 방은 깨끗하게 치워져 있었지만, 지형은 공기 중에서 희미한 먼지 냄새를 맡을 수가 있었다. 사람이 머물지 않는 방에서 나는 냄새였다.

드레스룸으로 간 지형은 화장대 서랍을 하나하나 열어 바닥에 내용물을 다 쏟아 보았다. 주윤의 것이다 싶은 것은 아무것도 없었다. 서랍이란 서랍은 다 뒤져 보았지만 별 소득이 없었다. 역시 주윤의 물건으로 보이는 것은 없었다.

이곳은 모델하우스나 다름없는 공간이었다.

이 집에 이주윤이라는 사람이 살긴 살았나 의심스러울 정도였다. 주윤의 뭔가를 담은 것은 사진 한 장도 찾을 수 없었다. 방에 걸어 둔 결혼사진도 액자만 남아 있었다.

주윤이 자신의 흔적을 모두 지우고 사라져 버렸다는 것을, 지형은 깨달았다.

저 좀 살려 주세요

———

주윤은 정말 연기처럼 사라져 버렸다.

도대체 언제부터 준비를 한 건지 그날 이후 주윤의 행적은 찾을 수가 없었다.

지형은 실력이 좋다는 민간 조사관을 고용해서 주윤의 행방을 비밀리에 쫓게 했다. 대외적으로 여전히 주윤은 라렌느의 오너였고, 재산의 증여 사실은 극비에 부쳐졌다. 그래서 주윤의 실종을 경찰에 신고할 수가 없었다.

두 달이나 흘렀는데도 주윤이 어디에 있는지는 고사하고, 살아 있는지 죽었는지도 알 수 없었다. 경찰과 보험 조사관으로 오랫동안 일한 정인범은 주윤의 행방을 두 달이 넘어도 찾을 수가 없자 자존심이 상할 지경이었다.

인범은 CCTV를 분석하다가 주윤이 라렌느호텔에서 누군가와 차를 타고 어디론가 가는 장면을 발견했다. 크게 기대하진 않았지만, 혹시 주윤에 대해 뭔가 정보를 얻을 수 있지 않을까 싶어서 연 비서를 불렀다. 연 비서가 정리한 주윤의 그날 스케줄에는 그 남자와의 일정은 적혀 있지 않았다.

연 비서는 굳은 얼굴로 인범이 보여 주는 CCTV 화면을 응시했다.

"이 사람이 누군지 아십니까?"

연 비서는 긴장이 풀렸다. 아는 얼굴이었다.

"네. 이사장님 친구분이세요."

"누구지요?"

"지동연 씨요. 미성유통 지상근 회장님의 셋째 아들입니다."

"연락처 줄 수 있나요?"

"네, 회장님."

연 비서는 동연의 연락처를 메모지에 적어 지형에게 건넸다.

"그럼 나가 봐요."

연 비서가 나간 후, 지형은 인범을 보고 말했다.

"지동연 씨한테는 내가 연락해 보죠."

"네, 알겠습니다."

인범이 나간 후, 지형은 동연에게 전화를 걸었다.

— 여보세요?

"지동연 씨 핸드폰입니까?"

— 그렇습니다.

"저는 라렌느의 강지형입니다. 이주윤의 남편 되는 사람입니다."

잠시 침묵이 이어졌다.

— 무슨 일이시죠?

"아내 일로 묻고 싶은 것이 있는데 지금 통화 괜찮으신가요?"

— 네, 말씀하시죠.

지형은 주윤과 동연이 CCTV에 찍힌 날짜를 말했다.

"그날 제 아내와 어딜 가셨는지 말씀해 주실 수 있을까요?"

한참 후, 동연이 입을 열었다.

— 저 주윤이 어디 있는지 모릅니다.

지형은 동연의 말에 놀랐다. 동연은 이미 주윤이 사라진 걸 알고 있었다.

"주윤이를 만났습니까? 언제요? 어디서요? 혹시 주윤이한테 무슨 연락이라도……."

지형은 절박하게 동연에게 질문을 던졌다.

그렇지만 동연은 대답 대신 다른 말을 했다.

— 강지형 씨, 저에게 잠깐 시간 좀 내주시겠습니까? 당신한 테 보여 줄 것이 있는데요.

지형은 한참 후 그러겠다고 대답을 했다.

목적지에 도착할 때까지 두 사람은 아무 말도 하지 않았다. 지형은 어디로 가는지도 모르는 상태였다. 동연은 가 보면 안 다는 말만 짧게 했을 뿐이다.

동연은 차를 주차장에 댔다. 조수석에서 내린 지형은 주변을 두리번거렸다. 추모공원이라는 간판이 눈에 들어왔다.

"가시죠."

영문을 몰랐지만, 지형은 동연의 뒤를 따라갈 수밖에 없었다. 동연은 추모관 1층에 있는 관리 사무소로 들어갔다.

70대로 보이는 관리인이 방문객들을 의아한 눈으로 바라보았다.

"무슨 일입니까?"

"유골함을 모신 안치단 위치가 어딘지 몰라서 그러는데요."

"고인의 이름이 어떻게 됩니까?"

"이름은 아마 유진이고, 사산된 아이인데······."

"아······."

관리인은 대번에 알아챈 눈치였다.

"따라오슈."

관리인은 2층으로 올라가 복도 가장 안쪽에 있는 방으로 들어갔다.

"여기요."

지형은 안치단을 바라보았다.

가로세로 40센티미터쯤 될까 싶은 작은 공간에 하얀 자기 유골함이 있었다. 유골함에는 성도 없이 '유진'이라는 이름만 쓰여 있었다.

태어나지 않았기에 생일도 없는, 오직 죽은 날짜만 있는 주윤과 그의 아이였다.

안치단 안에는 앙증맞은 분홍색 신발과 모자가 있었고, 그 뒤쪽에 직접 만든 것처럼 보이는 토끼 애착인형과 산모수첩이 놓여 있었다.

왜 배 속의 아이가 딸이길 간절히 바랐는지, 왜 그 아이에게 유진이라는 이름을 지어 준 건지 깨달았다. 지형은 그저 하염없이, 유골이 담긴 도자기 함과 산모수첩을 바라보았다.

"강지형 씨 딸입니다."

동연은 지형의 얼굴을 바라보았다. 놀란 것 같진 않고 그저 슬퍼하는 것 같았다.

"혹시 아셨습니까?"

만약 주윤이 임신한 것을 알고도 미국에 간 거라면 주윤과 죽은 아이를 대신해 이 자식의 턱을 날려 줄 생각이었다.

"안 지 얼마 되지 않습니다."

이제 잔인한 진실을 이야기할 순간이었다.

"2개월만 있으면 태어날 아이였죠."

"그런데 왜 죽은 겁니까? 어디가 아팠나요?"

"폭행이었습니다."

"뭐라고요?"

"이효관 씨가 무차별 폭행을 해서 아이가 사산되었습니다. 바로 119를 불러 병원에 갔으면 둘 다 살릴 수 있었을 텐데 그러지 않았죠. 정신을 잃고 쓰러진 주윤이를 방치했죠. 제가 달려갔을 때 아이는 이미 죽은 상태였습니다."

지형은 믿을 수 없다는 듯 되물었다.

"누가 폭행을 했다고요?"

"이효관 씨요. 주윤이의 양부."

"왜요? 왜? 도대체 왜?"

"사람이 사람을 때릴 이유가 있습니까? 그것도 아이를 가진 여자를? 사람이 아니니까 그런 짓을 했겠죠."

동연의 말이 맞았다.

사람이 사람을 때릴 이유가 뭐가 있을까? 사람이 아니니까 사람을 때리는 것이고, 사람을 사람으로 보지 않으니까 때릴 수 있는 것이다.

"주윤이는 끝까지 당신에게 이 일을 알리고 싶어 하지 않았어요. 내게도 꼭 비밀을 지켜 달라고 했죠. 그렇지만 강지형 씨도 아빠니까 알아야 할 것 같아서요. 강지형 씨가 물어본 그날, 주윤이와 여기에 왔어요."

그날은 막달 검사가 있는 날이었다. 주윤이도 아이도 건강하다고, 이제 언제 태어나도 괜찮다고 해서 정말 기뻤던 날이었다. 그날 주윤에게 많은 말을 했었다.

'너는 그때 도대체 무슨 마음으로 내 말을 듣고 있었을까?'

지형은 누군가가 자신의 가슴을 열어 심장을 있는 힘껏 꽉 쥐는 듯 고통스러웠다.

'왜 나는 그때 널 지켜 주지 못했을까? 왜 네 곁에 있어 주지 못했을까?'

주먹을 쥔 손에 힘이 들어갔고 부들부들 떨렸다.

어째서 주윤이 임신 기간 동안 때때로 슬퍼 보였는지 이제야 알 것 같았다. 죽은 그 아이의 그림자에서 주윤은 결코 벗어날 수 없었던 것이다.

동연은 지형이 혼자 있고 싶어 할 것 같아서 자리를 피해 주었다.

한참 후, 초췌한 얼굴로 지형이 1층으로 내려왔다.

"여기 관리인분이 주윤이에 대해 좀 아시는 것 같은데 이야기를 듣고 가시죠."

지형은 힘없이 고개를 끄덕였다.

두 사람은 추모관 1층 관리 사무소를 다시 찾았다. 관리인은 지형과 동연에게 믹스 커피를 타서 건넸다. 관리인은 동연에게 대강 사정을 들었지만, 지형에 대한 경계심을 풀지 않았다.

"제게 묻고 싶은 게 뭡니까?"

지형은 길게 한숨을 내쉬었다.

"아내가 집을 나간 지 벌써 두 달째입니다."

"저런……."

관리인은 한동안 말을 잇지 못했다.

"그 사람 여기 자주 왔습니까?"

관리인은 고개를 끄덕이며 말했다.

"1년에 서너 번은 왔수다."

"가장 최근에 온 게 언제지요?"

"석 달 전인지, 두 달 전인지……. 아무튼 그때 왔다 갔어요."

동연과 함께 왔을 때인 것 같았다.

"배가 꽤 불러 있었는데, 아이는 낳았습니까?"

"예. 딸입니다."

관리인은 습관적으로 '어이구, 축하드립니다.'라는 말을 하려다 입을 다물었다.

낳은 지 얼마 안 되는 딸을 두고 아내가 사라졌다면, 거기엔 축하라는 말이 걸맞지 않은 사연이 있기 마련이었다.

"사소한 거라도 좋습니다. 뭐든 말씀해 주세요."

관리인은 이야기를 할까 말까 망설이다가 입을 열었다.

"사산된 아이는 화장한 후에 한군데에 모아만 두거든. 그런데 아이 엄마가 무슨 일이 있어도 납골을 해서 안치하겠다고 고집을 부려서 해 줬수다. 그러면 안 되는 건데, 아이 엄마가 너무 가여워서."

태어난 날짜도 없이 죽은 날짜만 기록된 그 생명도 참으로 가여웠다.

관리인은 긴 한숨을 내쉬었다.

"사산한 아이를 화장하면 뭐 남는 것도 없어요, 워낙 작아서……. 가루 한 줌이나 될까."

사산아 장례는 드문 일이었고, 주윤의 경우는 더 특이해서 기억에 남았다.

사산아를 화장하고 장례를 치를 때 아이를 낳은 엄마는 오지 않는다. 아이를 잃은 충격에 다른 고통을 더하지 않으려고 사산된 아이를 보여 주지 않는 것이다. 보통 아이를 화장할 때는 아빠 혼자 오거나, 아빠와 다른 가족들이 와서 아이를 보내 주었다. 그런데 주윤은 혼자였다.

"참 안돼 보였지. 물어보니 두 달만 더 있으면 태어날 아이였다고 하던데. 무슨 사연으로 그렇게 된 건지……. 가족도 없는 건지, 아니면 있어도 말하지 못한 건지. 도대체 누구한테 두들겨 맞았는지 얼굴에는 시퍼렇게 멍이 들어 있었지요."

아이의 관을 껴안고 소리 내지 않고 울고 있던 모습이 생각났다. 소리 없는 슬픔이 더 처절해서 관리인은 주윤이 추모공원을 나설 때까지 남몰래 그 모습을 바라보았다. 혹시라도 쓰러지면 어쩌나 싶어서였다.

지형을 힐끗 보던 관리인은 덤덤한 얼굴로 휴지를 건넸다.

이곳은 죽음을 기억하는 공간이었고, 그래서 관리인은 사람의 눈물에 익숙했다.

지형은 자신이 울고 있는 것도 몰랐다.

주윤이 짊어진 것이 무엇이었는지 이제야, 늘 그렇듯이 너무 늦게 알았다.

주윤이 그를 받아 준 것이, 그와 결혼한 것이, 아이를 낳은 것이 무슨 의미였는지도 이제야 알았다.

그는 늘 자신이 주윤을 더 사랑했다고 믿었지만, 아니었다.

울음도 터져 나오지 않았다. 가슴에 무언가가 꽉 부풀어 올라 숨을 쉴 수 없었다. 지형은 가슴을 주먹으로 세게 치면서 컥컥 소리를 냈다.

"다은아……."

그 이름 말고는 할 수 있는 말이 없었다. 미안하다는 말조차 할 수가 없었다.

지형은 생각했다. 그와 주윤은 만나지 않아야 했다고.

마지막의 마지막까지 그는 단 한 번도 전적으로 주윤의 편인 적이 없었다. 그게 그의 사랑이었다. 참으로 비겁하고 구차한 사랑이었다.

주윤은 그를 사랑하지 않은 게 아니었다. 더 이상 사랑할 수 없었던 것이다.

주윤을 밀어낸 건 그였다. 그는 주윤을 찾을 자격조차 없었다.

동연과 지형은 한참 후에 사무실을 나와서 차를 탔다. 동연은 시동을 걸지 않고 차 앞유리 너머로 펼쳐진 풍경을 응시했다. 주윤과 함께 왔을 때와 다른 풍경이 펼쳐져 있었다. 계절이 바뀐 것이다.

"주윤이는 꽤 오래전부터 떠날 생각이었던 것 같습니다. 말리고 싶었지만 말릴 수가 없었어요. 강지형 씨가 떠난 후 주윤이가 어떤 마음으로 살았는지 알기에 말릴 수가 없었습니다."

지형은 그저 묵묵히 듣고만 있었다. 입을 열면 또다시 울음이 터질 것 같아서 이를 악물었다.

"제가 당신을 도와줄 수 있는 것이 있다면, 당신이 몰랐던, 당신이 없었던 시간 동안 주윤이가 어떻게 살았는지를 말해 주는 것밖에 없는데, 들으시겠습니까?"

한참 후 지형이 입을 열었다.

"듣고 싶습니다."

"나하고 주윤이를 맺어 준 건 저기 있는 저 아이였어요. 유진이라는 이름도 제가 지어 줬죠."

두 사람을 태운 차는 해가 질 때까지 주차장에서 떠나지 않앉다.

동연의 이야기가 끝난 후에도 두 사람은 한참 동안 차 안에 머물렀다.

낯선 호텔방에서 주윤은 잠을 깼다.

동연에게 차를 빌린 주윤은 목적지도 없이 차를 몰았다. 그런데 어느새 자기도 모르게 인천공항으로 차를 몰고 있었다. 몸에서 기운이 다 빠져서 숨 쉬는 것조차 힘들었을 때 저 멀리 공항의 모습이 보였다. 비행기가 뜨고 내리는 풍경이 눈에 들어오자 피곤이 몰려왔다.

자고 싶었다. 그 생각 하나로 주윤은 제일 먼저 보이는 호텔로 차를 몰고 들어갔다. 체크인을 하고 들어간, 싱글 침대 하나가 공간의 대부분을 차지하고 있는 객실에서 옷도 갈아입지 않고 잠을 잤다.

며칠인지도 알 수 없는 어느 날 아침, 배가 고프다는 것을 느끼고 침대에서 일어나 호텔 1층에 있는 레스토랑으로 갔다. 공항 근처에 있는 호텔이라, 주로 비행기를 타려는 사람들이 하루 이틀 정도 묵는 곳이었다. 며칠씩 이곳에 머무르는 사람은 별로 없었다.

돌아보니 아이를 데리고 온 가족들이 유난히 눈에 띄었다. 해외로 휴가를 떠나는 행복한 가족들이었다. 여행 갈 생각에 들떠서 웃으면서 재잘대는 소리가 듣기 좋았다.

가만히 그 소리를 듣다가 주윤 자신도 여행을 떠난다는 기분 좋은 착각에 빠져들었다. 아주 잠깐이었지만 말이다.

토스트한 식빵에 버터와 딸기잼을 바르면서 주윤은 생각했다.

'모두들 어디론가로 가는구나.'

다들 갈 곳이 있는 행복한 사람이었다.

"저, 숙박 연장을 하실 건가요?"

조심스럽게 묻는 호텔 직원의 표정에 불안감이 역력했다. 혼자 호텔에 오랫동안 머무르는 손님 중에 가끔 극단적인 선택을 하는 사람이 있어서, 며칠째 아무 데도 나가지 않고 호텔에만 틀어박혀 있는 주윤에게 신경이 쓰이는 눈치였다.

"네. 일단 오늘만요."

"알겠습니다."

주윤은 자신이 아침을 먹는 동안 청소를 마친 방으로 돌아갔다. 청결하게 정돈된 침대 위에 몸을 눕혔다. 다시 잠을 자려고 했지만 잠이 오지 않았다.

모든 것이 다 끝났을 때 어떤 기분일지 궁금했었다. 그런데 우습게도, 살아 있는 한 끝은 없었다.

강지형을 잃고도 살아야 했고, 배 속의 아이를 잃고도 살아야 했다. 그리고 이효관이 죽고, 유진이가 태어나고, 강지형과 영원히 이별한 지금도 주윤은 살아 있고, 또 살아가야 했다.

살아야 했다.

그렇지만 어떻게? 어디서? 누구와?

텅 빈 백지를 도대체 무엇으로 채워야 할지 알 수가 없었다. 강지형 말고는 인생에 아무것도 없었다. 처음에는 그가 그렇게 만들었고, 나중에는 주윤 자신이 그렇게 만들었다.

　주윤은 방에 딸린 작은 테라스에서 커피 잔을 쥐고 서서 수없이 뜨고 내리는 다양한 색깔의 비행기들을 바라보았다. 문득 웃음소리가 들려 주윤은 소리가 나는 쪽을 바라보았다. 호텔에 딸린 수영장에서 아이들이 물장난을 치며 노는 소리였다.

　'여기 수영장이 있었구나.'

　가족 여행객들이 유난히 많았던 건 저 수영장 때문이었다. 알록달록한 수영복을 입은 아이들이 웃음을 터뜨리며 튜브에 몸을 싣고 텀벙거리고 있었다. 아직 물놀이를 하기엔 추워 보였지만, 수영장에 있는 아이들을 그저 신나 보이기만 했다. 눈앞에 펼쳐진 천진하리만큼 행복한 장면에 주윤은 미소를 지었다.

　"오빠, 무서워!"

　노란색 긴팔 수영복을 입어 병아리처럼 보이는 여자아이가 오빠로 보이는 사내아이의 손을 잡고 조심스럽게 물장구를 치고 있었다. 사내아이는 연신 '괜찮아, 괜찮아.'라고 동생을 격려했다. 부모인 듯한 남녀가 흐뭇한 미소를 지으면서 두 남매의 모습을 지켜보고 있었다.

　'아.'

　주윤은 자기도 모르게 미간을 찌푸렸다.

　뭔가가 떠올랐다. 아주 오래전, 잊어버렸다고 생각한 기억이었다.

　태어나서 처음 본 바다는, 그때는 경포대라고 불리던 강릉의 경포해수욕장이었다. 바다는 푸르다기보다 시퍼렇다가 더 잘 어울렸다. 그림책과는 달랐다. 주윤은 무서워서 바다에 들어가지 못했다. 파도가 발끝에 닿을 때마다 무섭다고 비명을 지르며 도망쳤다. 바다가 꼭 자신을 잡아먹을 것만 같았다.

"괜찮아, 다은아. 오빠가 손 꼭 잡아 줄게."

그때 자신의 손을 꼭 잡아 준 그 손이 기억났다. 차가운 바닷물과 짭짤한 공기, 발밑에서 단단하게 밟혔던 고운 모래밭, 어디선가 들려오던 갈매기의 울음소리도. 자신을 보는 한 소년의 얼굴이 또렷하게 기억났다. 주윤은 그 손을 잡고 바다 쪽으로 천천히 한 걸음 한 걸음 걸어갔고, 주윤의 발걸음이 멈출 때마다 소년은 주윤을 응원했다.

"괜찮아, 다은아. 오빠가 있잖아."

손에서 힘이 빠지며 커피 잔이 테라스 바닥을 뒹굴었다.

주윤은 자신이 왜 우는지 알 수 없었다.

주윤은 전화기를 들고 번호를 눌렀다.

— 헬로우?

주윤은 가만히 있었다. 무어라 말을 해야 할지 몰랐다. 입이 떨어지지 않았다. 겨우 '저…….' 소리만 내고 말았다.

— 주윤 씨? 설마, 주윤 씨예요?

맨디의 목소리가 커졌다.

— 잘 지내죠? 우리는 잘 지내요. 저하고 이든도 건강, 애들 셋도 건강. 하하하. 주윤 씨, 딸 낳았다는 이야기 들었어요. 축하해요. 이든도 무척 기뻐했어요. 아이 이름은 뭐라고 지었어요? 궁금하네요. 주윤 씨만 괜찮으면 출산 축하 선물을 보내고

싶은데 괜찮을까요? 싫으면 얼마든지 거절해도 괜찮아요.

맨디는 혹시라도 주윤이 전화를 끊을까 봐 숨도 쉬지 않고 수다를 떨었다.

맨디의 말이 멈추자 주윤은 입을 열었다.

"맨디, 저 좀 살려 주세요."

주윤의 말에 놀랐는지 맨디는 아무 말도 하지 못했다.

"저, 갈 곳이 없어요."

맨디는 단단한 목소리로 말했다.

— 거기가 어디예요? 지금 당장 이든과 함께 갈게요.

너 없는 봄

—

설거지를 하던 지형은 창밖을 바라보았다. 창밖으로 이웃집 살구나무가 보였다. 연한 분홍색 꽃을 활짝 피운 살구나무는 단 한 그루만으로도 봄이 왔음을 실감하게 했다.

이 동네로 이사 온 지 일주일이었다. 이제 겨우 이삿짐 정리가 끝났고, 유진이 다닐 어린이집도 등록을 했다.

유진과 함께 살 집을 거의 2년 넘게 찾았다. 예산이 빠듯했지만 꼭 마당이 있는 집을 구하고 싶었다. 유진은 몸을 움직이는 것을 좋아했고 동물을 좋아했다. 누구 눈치 보지 않고 마음껏 뛰어놀 수 있는 환경을 주고 싶었고, 유진이 어느 정도 자라면 반려동물도 키우고 싶었다.

시간 날 때마다 서울 중심부에서 좀 떨어진 곳을 돌아다녔다. 차를 타고 가다가 마음에 드는 동네가 있으면 내려서 한참 동안 동네를 걸어 다녔다. 얼마 후면 집에서 쫓겨날 사람처럼, 자신도 이해할 수 없는 열정과 끈기로 지형은 집을 찾아 돌아다녔다. 돌이켜 생각해 보면, 그렇게 걷고 또 걸었던 것이 주윤이 없는 고통스러운 현실을 어느 정도 잊는 데 도움이 된 것 같다.

그러다 정말 운명처럼 이 집을 만났다. 집과 사람도 인연이 있다더니 정말 그랬다.

오랜만에 나간 대학 친구 모임에서 우연히 이 집에 대해 듣게 되었다. 건축을 전공한 친구가 평생 살 작정으로, 사소한 자재도 꼼꼼하게 골라서 정성 들여 지은 집이었다. 그런데 사정이 생겨 집을 빨리 팔아야 한다는 이야기를 지형이 듣게 되었다. 처음엔 딱히 살 마음이 없었다. 회사에서 출퇴근하기가 좀 멀었고, 유진의 교육을 생각하면 학군을 생각하지 않을 수 없었기 때문이다.

그렇지만 차에서 내려 동네를 걷기 시작하면서부터 기분이 좋았다. 버스가 다니는 큰 도로를 제외하고는 높은 건물이 없었다. 서울에 아파트도 없는, 옛날 모습을 그대로 간직한 소박한 마을이 있을 줄은 몰랐다. 평범한 사람들이 사는 평범한 동네였다.

지형은 그 집을 보고 3초 만에 구입을 결정했다. 'ㄷ' 자 건물로 둘러싸인 마당은 프라이버시가 지켜지면서도 아이가 놀기에 딱 좋은 넓이였고, 마당에 있는 큰 나무들도 마음에 들었다. 담 위에는 덩굴장미가 빨갛게 피어 있었고, 화단에는 이전 집주인이 심었다는 수국이 자라고 있었다.

그릇을 정리해 놓고 앞치마를 벗은 지형은 유진을 불렀다.

"유진아, 우리 밖에 나갈까?"

"어디? 소풍 가는 거야?"

"소풍? 그래 소풍 가자."

지형은 동네 분식집에서 유진이 먹을 꼬마김밥과 자신이 먹을 김밥을 샀다. 편의점에 들러 음료수와 유진이 먹을 과자도 몇 개 샀다.

차 뒤에서 부스럭거리는 소리가 들렸다.

"유진아, 아빠랑 밥 먹고 과자 먹기로 약속했잖아."

"알았어."

유진은 시무룩한 얼굴로 비닐봉지에 초콜릿 과자를 다시 넣었다.

한 시간 정도 차를 달려 지형은 유진이 잠자고 있는 추모공원에 도착했다. 늘 혼자 왔던 곳이었다. 그러나 이제 만 네 살이 되었으니, 언니를 만나러 와도 될 것 같아 오늘은 이곳에 데리고 왔다.

늘 이곳에 올 때 느꼈던 날카로운 아픔은 여전했다. 슬픔 중에는 결코 무뎌지지 않는 것이 있었다.

여기에 올 때마다 지형은 자기도 모르게 주변을 두리번거렸다. 어쩌면 우연히라도 주윤과 마주칠 수 있을 거라는 헛된 희망을 버릴 수가 없었다. 주윤이 그를 잊을 순 있지만, 유진은 잊을 수도 버릴 수도 없을 것 같았다.

"아빠, 여기가 어디야?"

유진은 추모관을 신기한 눈으로 두리번거렸다.

"사랑하는 사람들이 잠자고 있는 곳이야."

유진을 데려오긴 했지만 지형은 죽은 언니에 대해, 떠난 엄마에 대해 어떻게 설명을 해야 할지 알 수가 없었다. 좀 더 자라면, 이곳이 어떤 곳이고 여기에 누가 있는지를 설명해 줘야겠다고 마음먹었다.

유진은 지형의 설명을 이해한 눈치는 아니었다. 죽음을 이해하기에는 만 네 살은 많이 어린 나이였다.

지형은 유진의 손을 잡은 채로 유진의 안치단을 하염없이 바라보았다.

'유진아, 아빠 왔어.'

지형은 조용히 마음속으로 말을 걸었다.

'오늘은 혼자가 아니야. 네 동생도 데려왔어.'

지형이 한참 동안 꼼짝하지 않고 안치단을 바라보자 유진은 그곳에 무엇이 있는지 궁금해졌다.

유진이 지형의 손을 잡아당겼다.

"아빠, 나도. 나도 보여 줘."

지형은 유진을 안아 올렸다. 유진의 시선을 잡아끈 건 토끼 인형이었다.

"와, 토끼 인형 귀엽다."

"갖고 싶니?"

"응."

지형은 망설이다가 안치단 안에 있는 토끼 인형을 꺼냈다.

'유진아, 미안. 네 동생은 엄마에게 받은 선물이 하나도 없어. 동생한테 선물해 주렴. 다음에 올 때 아빠가 인형을 가져올게.'

지형에게 받은 토끼 인형을 유진은 꼭 껴안았다. 정말 마음에 드는지 뽀뽀를 퍼부었다.

토끼 인형은 소박하다 못해 투박했다. 아무리 봐도 예쁜 인형이라고 하긴 힘들었다.

지형은 기분이 이상했다. 유진에게는 셀 수 없이 많은 인형이 있었다. 지형이 방 하나를 가득 채울 만큼 많은 인형을 선물했지만, 이렇게 마음에 든다는 표정을 지은 건 처음 보는 것 같았다. 마음이 착잡했다.

"자, 이제 나가서 김밥 먹자."

지형은 유진을 데리고 밖으로 나갔다. 지형은 나무 그늘 아래 돗자리를 펴고 앉았다. 꼬마김밥을 순식간에 해치운 유진은 잔디밭을 뛰어다녔다. 지형은 그 모습을 보면서 천천히 김밥을 먹었다. 미운 네 살이라지만 지형에겐 한 번도 미운 적 없는, 처음부터 끝까지 예쁜 유진이었다.

"아빠!"

유진이 지형에게 달려왔다.

"아빠, 같이 놀아."

아직 김밥은 덜 먹었지만, 지형은 자리에서 일어났다.

추모공원에서 실컷 놀았는지 유진은 집으로 돌아오는 차에서 곯아떨어졌다. 잠을 자면서도 토끼 인형에서 손을 떼지 않았다.

유진을 침대에 눕히고 이불을 덮어 준 뒤 지형은 1층 거실로 내려왔다. 거실에서 마당이 보이는 자리가 이 집에서 지형에 제일 좋아하는 장소였다.

지형은 프렌치도어를 활짝 열고 나무로 만든 데크에 발을 뻗고 눈을 감았다. 봄바람이 부드럽게 얼굴을 어루만졌다. 옆집에서 날아온 살구꽃잎이 눈썹을 스치고 지나갔다.

언젠가 꿈꾸었던 삶과 비슷한 삶을 살고 있었다. 그러나 행복하진 않았다. 주윤이 없기 때문이었다.

'주윤아.'

지형은 가만히 주윤을 불렀다.

'주윤아, 너 없는 봄이 또 왔어. 유진이는 잘 자라고 있고, 이제 우리 둘이 살아가는 것에도 어느 정도 익숙해졌어. 그런데 말이야, 난 두려워. 너 없이 사는 게 익숙해질까 봐.'

흐르는 눈물에 꽃잎이 지형의 얼굴에 붙어 버렸다.

인범에게 소개받은 조나단 정은 50대의 남성이었다. 키도 컸고 체구도 단단했다. 조나단 정은 초등학교 때 이민을 간 교포 1.5세대로, LA에 거점을 두고 사립탐정으로 일하고 있었다.

인범은 '이주윤은 한국에 없다.'라는 결론을 내렸다. 자신이 가진 역량을 총동원해서 내린 결론이었다.

"만약 이주윤 씨가 해외에 있다면 어디에 있을 것 같습니까?"

지형의 머리에 미국이 떠올랐다. 처음엔 동연과 성준이 있는 포르투갈을 떠올렸지만, 거긴 아닌 것 같았다.

지형은 누군가가 주윤을 꼭꼭 숨기고 있다는, 어떤 흔적도 드러나지 않게 하고 있다는 느낌이 들었다. 그걸 가능하게 하려면 엄청난 힘이 있어야 했고, 주윤과 관련된 사람 중 그게 가능한 사람은 이든 메이어밖에 없었다.

인범은 지형에게 조나단을 소개해 줬다. 까다로운 의뢰를 매끈하게 해결하기로 유명한 사람이었고, 한번 맡은 일은 절대로 놓치지 않아 '악어'라는 별명이 붙은 사람이었다.

"일단 저는 불법적인 일은 절대 손대지 않습니다."

조나단이 자기소개를 마치자마자 한 말이었다.

"사람을 찾을 순 있지만, 그 사람의 의사에 반해 데려올 순 없다는 얘기입니다."

지형은 조나단의 말에 수긍했다.

"저도 불법적인 방식은 원하지 않습니다. 이주윤이 어디 있는지만 알면 됩니다."

"알겠습니다."

"이든 메이어를 아십니까?"

"알죠."

"그 사람 주변에서 찾아주세요."

지형은 이든 메이어가 주윤을 보호하고 있다고 90퍼센트 정도 확신했다.

조나단은 미간을 살짝 찌푸렸다. 그런 엄청난 부자들은 접근하는 것조차 힘들었다. 게다가 이든 메이어는 사생활에 대해서 지나치게 예민하게 굴어 이든 메이어 본인을 빼고는 아내와 자식들의 파파라치 사진조차 찍지 못하게 했고, 설령 찍히더라도 언론이나 인터넷에 절대 유출하지 못하게 했다. 그래서 그의 사생활은 베일에 싸여 있었다.

"이주윤과 이든 메이어는 무슨 관계입니까? 어떤 관계이길래 이든 메이어 주변을 알아보라는 겁니까?"

"그건 당신이 알 필요 없습니다."

"불법적이거나 윤리적으로 비난받을 관계입니까?"

"아닙니다."

지형은 딱 잘라 말했다.

조나단은 잠시 생각한 후 입을 열었다.

"시간이 오래 걸릴 겁니다. 일단 접근하는 것조차 쉽지 않을 테고요."

"그럼 연 단위로 계약하기로 하죠. 성공 보수는 따로 드리겠습니다. 이든 메이어에게 그쪽의 정체를 들킨다면 전 그쪽과의 모든 관계를 부인할 겁니다. 그리고 그쪽 역시 부인해야 할 겁니다."

지형은 계약서와 비밀 유지 각서를 탁자 위에 올려놓았다.

"동의하신다면 사인하시죠."

조나단은 계약서를 천천히 읽은 후 사인을 했다.

유치원 원복을 입은 유진을 보는 지형은 가슴이 뻐근했다.

유진은 집 근처의 어린이집을 졸업하고 성 알렉시오 재단의 유치원에 입학하게 되었다.

지형은 굳이 성 알렉시오로 보낼 생각이 없었다. 모교에 대한 지형의 감정은 복잡했다. 유진이 좋은 환경에서 질 높은 교육을 받길 바라는 마음도 있었지만, 자신이 그곳에서 보낸 시간이 그리 유쾌하지만은 않았기 때문이다. 한국의 특권층이나 부유층 아이들만 다니는 그곳에서 고등학교까지 나오면 유진의 시야가 너무 좁아지는 건 아닐까 걱정도 됐다.

어린이집 근처에 평판이 좋은 동네 유치원이 있어서 거길 보낼 생각이었다. 그런데 원래 목표했던 유치원은 추첨에서 떨어졌고, 급하게 알아본 유치원은 대기 번호가 100번이었다. 직장 유치원에 보낼까 생각도 했지만, 그럼 모두가 불편해질 게 뻔했다.

성 알렉시오 유치원도 입학 경쟁이 치열한 건 마찬가지였다. 그래도 부모가 모두 성 알렉시오 출신이면 가산점이 있고, 라렌느가 오랫동안 꾸준히 기부를 많이 했던 터라 입학할 수 있었다.

그런 아빠의 마음을 아는지 모르는지, 유진은 예비 소집일에 다녀온 유치원이 멋있고 원복도 예쁘다며 활짝 웃었다. 새 유치원이 썩 마음에 드는 듯했다.

흰색 긴팔 티셔츠에 하늘색 바지를 받쳐 입고, 그 위에 파란색 카디건까지 원복을 예쁘게 차려입은 유진은 흰 운동화를 신고 지형의 카메라 앞에서 폴짝폴짝 까불거렸다. 신난 것 반, 긴장한 것 반이었다. 설레면서도 낯선 사람과 낯선 환경이 부담스러운 것 같았다.

지형 역시 유진만큼 긴장이 됐다. 아이가 좀 더 넓은 세계로 나간다는 것은 그만큼 위험에 노출될 가능성도 커지고, 부모가 지켜 줄 수 없는 시간이 늘어난다는 뜻이었다. 성장이라는 것은 기쁘면서도 슬픈 일이었다.

"아빠, 빨리 찍어."

유진이 셔터를 누르지 않는 지형을 재촉했다. 자기 딴에는 예쁜 표정을 짓느라 힘든 것 같았다.

"그래, 찍는다."

매일 사진을 찍는 건 지형과 유진의 오래된 습관이었다. 주윤이 떠난 후부터 지형은 매일 유진의 사진을 한 장씩 찍었다. 찍은 사진은 모두 인화를 해서 앨범에 정리했다. 주윤을 위한 것이었다. 혹시 나중에라도 주윤이 유진을 궁금해하면, 유진이 어떻게 자랐는지를 보여 주고 싶었다.

지형은 유진을 물끄러미 바라보았다. 정말 유진은 제 엄마를 쏙 빼닮았다.

"이 사진, 엄마한테 꼭 보내 줘. 유진이 이제 유치원 입학했다고."

"그래."

유진의 입에서 '엄마' 소리가 나올 때마다 심장이 아프게 뛰었다.

어디에 사는지는 알았다. 그렇지만 사진을 보낼 순 없었다. 조나단이 건진 정보는 이든 메이어의 집 주소와 그 집에 주윤

나이의 동양인 여성이 언젠가부터 같이 살고 있다는 것뿐이었다. 그마저도 조나단이 이든 측에 들켰을 때 소송에 걸릴 것을 각오하고 지형에게 넘겨준 것이었다. 그 이상의 정보는 넘겨줄 수 없으며, 지형에 대해서는 약속대로 입을 다물 거라고 했다. 그 후 조나단은 지형에게 연락을 끊었고, 지형 역시 연락하지 않았다.

이든이 가족 주변을 맴도는 조나단의 움직임을 알고 압력을 넣은 것 같았다. 하긴 언론에 아내와 아이들 사진 한 장 나돌지 않는 것을 보면, 이든은 철저하게 자기 사생활을 지키고 있는 것 같았다.

조나단은 그 동양 여자가 이주윤이라고 확신하진 않았지만 지형은 확신했다. 적어도 주윤은 안전한 곳에서 그녀를 사랑하는 사람들에게 보호받으며 있었다. 그것만으로도 만족해야 하는데 만족이 되지 않았다. 자신이 주윤에게 그 무엇도 요구할 자격이 없다는 것을 알면서도, 주윤에 대한 마음은 접어지지 않았다.

가끔씩 지형은 구글 지도로 주윤이 살고 있는 도시를 보곤 했다. 지도로 여행하는 사람처럼, 혹시 이 도로를 주윤이 지나가지 않았을까, 이 해산물 레스토랑에서 밥을 먹지 않았을까, 이 쇼핑몰에서 옷을 사지 않았을까 상상하곤 했다.

지형은 언젠가부터 유진이 엄마 이야기를 입 밖에 꺼내는 일이 많이 줄었다는 것을 깨달았다.

유진이 뭔가 이상하다는 것을, 그리고 엄마 이야기를 꺼낼 때마다 지형의 표정이 어두워진다는 것을 느꼈기 때문이었다.

진실을 말해 줄 시점을 정하는 건 너무 어려웠다.

"아빠, 엄마 목걸이를 방에 두고 왔어."

"여기서 기다려. 아빠가 가져다줄게."

지형은 유진의 방으로 급하게 들어갔다. 침대 옆 작은 협탁에 펜던트 목걸이가 놓여 있었다. 지형이 펜던트 안에 주윤의 사진을 넣어 주었는데, 유진은 어딜 가든 항상 그 목걸이를 하고 다녔다.

지형은 펜던트 뚜껑을 열고 엄지손톱만 한 사진을 바라보았다. 지형이 가진 주윤의 사진이라곤, 지갑 속에 넣어 둔 스티커 사진이 전부였다. 나머지 사진은 주윤이 모두 없애 버렸다. 결혼식 사진의 원본 파일마저 모두 삭제해 버렸다. 유진이 볼 수 있는 엄마 사진은 이게 다였다. 유진은 이 펜던트 목걸이를 애지중지했다.

지형은 유진의 목에 목걸이를 걸어 줬다.

"자, 이제 가자. 더 늦으면 지각하겠다."

지형은 카시트에 유진을 앉히고 유치원으로 차를 몰았다.

예전에는 엄마나 할머니 보호자들 사이에 서 있으면 어색하고 부끄러웠지만 이젠 아무렇지 않았다. 한 사람이 두 사람의 몫을 하려면 일단 스스로 단단해져야 했다. 부끄럽고 어색한 것 때문에 유진이의 중요한 순간을 놓칠 수 없었다.

"아빠."

"응?"

"엄마도 유치원에 다녔어?"

"그럼. 엄마도 네가 다닐 성 알렉시오 유치원을 다녔어."

"정말?"

유진은 엄마와 아빠는 태어나자마자 어른인 줄 알고 있었는지, 엄마가 자기처럼 어릴 때가 있었다는 것을 알고 진심으로 놀란 얼굴이었다.

"아빠는 그때부터 엄마랑 알았어?"

"응. 엄마가 유진이만 할 때부터 알았지."

유진은 드물게 지형이 엄마 이야기를 해 줘서 신난 얼굴이었다. 유진은 엄마 이야기에 목이 말랐다. 궁금한 것도 많았다. 어째서 엄마는 한 번도 자기를 보러 오지 않을까? 전화도 하지 않을까? 왜 집에 엄마 사진은 한 장도 없을까?

"그때부터 사랑했어?"

"뭐? 사랑? 꼬맹이가 무슨 말을 하는 거야. 네가 사랑이 뭔 줄 알아?"

지형이 어이없다는 듯 묻자 유진은 자신 있게 말했다.

"왜 몰라? 알라딘이 자스민 공주를 사랑하고, 에리얼 공주가 왕자님을 사랑하고, 안나가 엘사를 사랑하고, 야수가 미녀를 사랑하고, 우디가 앤디를 사랑하고……."

그냥 뒀다간 태어나서 본 모든 애니메이션의 등장인물들이 나올 것 같았다.

"그래그래, 알았어."

"그리고 아빠도 날 사랑하지."

지형은 주저하며 물었다.

"그럼 엄마는? 유진이는 엄마를 사랑하니?"

대답이 한참 후에 나왔다.

"잘 모르겠어."

솔직한 대답이었다. 여섯 살 유진에게 사랑은 항상 곁에 있어 주고, 안아 주고, 뽀뽀해 주고, 같이 바닥에 드러누워서 애니메이션을 보고, 그림책을 읽고, 피자를 먹는 것이었다.

"엄마는 아빠를 사랑했어?"

마침 차가 빨간불 때문에 멈췄다. 지형은 고개를 돌려 유진을 보면서 말했다.

"응. 아주 많이. 아빠가 엄마를 사랑한 것보다 더 많이 사랑했어. 유진이는 아빠보다 더 많이 사랑할 거야."

'그런데 왜 엄마는 나를 보러 오지 않아?' 하는 눈으로 유진은 지형을 바라보았다.

지형은 고개를 돌렸다. 때마침 신호등이 파란불로 바뀌었다.

"아빠."

"응."

"나, 이제 여섯 살이고 유치원에도 가잖아. 그럼 많이 큰 거 아니야?"

지형은 유진이 무슨 말을 하려고 하는지 알았다. 미국으로 엄마를 보러 가자고 할 때마다 지형은 유진이 아직 어려서 비행기를 탈 수 없다고 말했었다.

"아니, 아직 유진이는 꼬맹이야."

유진은 조금 풀이 죽은 얼굴을 했다.

"유진아, 엄마 보고 싶어?"

유진은 대답하지 않고 딴청을 피웠다.

유치원에 도착할 때까지 두 사람은 아무 말도 하지 않았다.

손 이사가 회장실로 들어왔다.

손 이사는 협탁에 놓인 유진의 사진을 힐끗 봤다. 처음 봤을 때 주윤의 어릴 적 사진으로 착각했을 만큼 엄마를 많이 닮은 아이였다.

"많이 컸군요. 이제 여섯 살인가요?"

"네."

사진 속 아이는 눈이 보이지 않을 정도로 활짝 웃고 있었다. 건강한 웃음이었다. 지형이 아빠 노릇을 잘하고 있다는 뜻이기도 했다.

손 이사는 그가 아는 다른 소녀를 떠올렸다. 그 소녀의 얼굴에선 미소를 찾아보기 힘들었다. 늘 겁에 질려 주눅 든 얼굴로 다른 사람의 얼굴을 똑바로 바라보지도 못했다.

"무슨 일이십니까?"

손 이사는 짧게 한숨을 내쉬고 말했다.

"이걸 어떻게 이야기해야 할지……."

"사표라면 안 받습니다."

문화재단으로 간 손 이사는 얼마 되지 않아 라렌느로 돌아와야 했다. 지형이 육아휴직을 1년 쓰겠다고 선언했기 때문이다.

손 이사는 문화재단 이사장과 라렌느 이사를 겸직하면서 두 배나 더 바쁘게 살아야 했다.

휴직 후에도 회사 일에서 완전히 손을 뗀 건 아니어서 사실상 재택근무라 봐야겠지만, 어쨌든 휴직 기간 동안 지형은 회사에 거의 출근하지 않았다. 1년 동안 지형의 최우선 순위는 유진이었다. 그 덕인지 몰라도 유진은 아빠와의 애착이 아주 잘된, 정서적으로 건강한 아이로 잘 자랐다.

손 이사가 단도직입적으로 이야기했다.

"어제 이주윤 이사장님 쪽 연락을 받았습니다."

지형은 벼락이라도 맞은 얼굴이었다. 주윤의 소식을 이렇게 갑자기 들을 줄은 꿈에도 몰랐다.

"뭐, 뭐라고요?"

"이사장님을 대리하는 윌마 비젤 변호사에게 연락을 받았습니다."

"그 사람 지금 어디에 있습니까?"

"미국에 계십니다. 지난해에 대학을 졸업했고, 지금은 수의사로 동물 보호 단체에서 일하신다고 합니다."

손 이사가 전해 준 주윤의 근황은 놀라웠다.

"수의사요?"

생각해 보니 주윤은 어릴 때부터 동물을 무척 좋아했고, 중고등학교 때는 지형에게 나중에 수의사가 되고 싶다고 말하기도 했었다. 그렇지만 전혀 흥미도 없는 미학과로 진학해서 지형은 의아해했었다.

"서류 정리를 했으면 좋겠다고 연락하셨습니다. 조만간 미국에서 이사장님의 대리인이 올 겁니다."

손 이사는 자기 생각을 덧붙여 말했다.

"아마 한국엔 안 들어오실 생각인 것 같더군요."

지형은 아무 말도 할 수 없었다. 한참 후 지형이 입을 열었다.

"유진이 이야기는 안 하던가요?"

손 이사는 난처한 얼굴을 했다. 지형이 지독하게 상처 받은 표정이었기 때문이다.

그러나 그는 어디까지나 메신저였다. 손 이사는 더하지도 빼지도 않고 간결하게, 자신이 전해 들은 그대로만 전했다.

"네. 변호사가 거기에 대해 언급하진 않았습니다. 양육권과 친권 문제는 이미 다 정리가 되었다고…….

지형이 말을 끊었다.

"그 이야기가 아니지 않습니까. 아이에 대해선 아무것도 궁금해하지 않던가요?"

"거기에 대해선 따로 말씀하지 않으셨습니다."

"저 이혼 안 합니다."

"회, 회장님."

"제가 왜 이혼을, 그것도 당해야 하지요?"

손 이사는 당황했다.

"그쪽에서 소송을 걸려면 걸라고 하세요. 난 이혼당할 만큼 주윤이한테 잘못한 거 없고, 결혼 생활에 충실하지 않았던 적 없습니다."

"저는 그저 그쪽 변호사의 말을 전해 드리는 것뿐입니다."

손 이사는 변호사의 연락처와 이메일 주소가 적힌 메모지를 지형에게 건넸다.

"그럼 가 보겠습니다."

손 이사는 자리를 떴다.

지형은 한참 동안 유진의 사진을 바라보았다.

주윤이 이혼 관련 얘기 말고는 아무것도 말하지 않았다는 게 마음 아팠다. 그래도 유진에 대해 뭔가 물어보길 바랐었다. 자신이 밉기 때문에 유진에게도 무심한 거라고 생각했다.

지형은 곁에 없는 주윤에게 말을 걸었다.

'이제 네 인생엔 나도 유진이도 필요 없는 거니? 넌 우리 없이도 괜찮은 거니?'

'그래.'라는 대답이 귓가에 들리는 것 같았다.

지형은 긴 한숨을 토해 내며 눈을 감았다.

'너는 나를 깨끗이 잊었구나.'

독일어 억양이 느껴지는 윌마라는 변호사는 지형의 연락을 받고 '이혼 얘기 말고는 어떠한 말도 하지 않겠다.'라며 대화를 거부했다. 그것이 주윤의 뜻이라고 했다.

주윤에게 그들의 결혼은 오래전에 깨졌고, 단지 필요에 의해 서류상의 관계로 남았을 뿐이었다. 한번 만나고 싶다는 지형의 말에 말도 안 되는 소리 하지 말라고 차갑게 잘랐다. 두 사람이 만날 날이 있으면 그건 이혼 서류에 사인하는 날일 거라고 말했다.

나흘간의 런던 출장을 마친 지형은 바쁜 와중에도 서점에 들러서 패딩턴 인형과 그림책을 산 뒤 손에 꼭 쥐고 집으로 돌아왔다. 유진이 활짝 웃으며 달려올 줄 알았는데 그를 맞이한 건 송 여사였다.

"유진이는요? 벌써 자요?"

"안 자요. 지금 자기 방에서 애니메이션 보고 있어요."

송 여사는 작은 목소리로 말했다.

"유진이가 오늘 좀 안 좋았나 봐요."

"네?"

"오늘 유치원 같은 반 친구 생일 파티를 했거든요. 거기 다녀오고부터 계속 기분이 안 좋아요."

송 여사는 앞치마를 벗으며 말했다.

"목욕은 했고, 저녁을 안 먹어서 좀 전에 쿠키랑 우유 한 잔 따뜻하게 데워서 가져다줬어요. 자기 전에 꼭 양치질시키시고요."

지형은 송 여사를 배웅하고 유진의 방에 들어갔다.

유진은 지형의 노트북을 제멋대로 가져가 애니메이션을 보고 있었다. 〈이웃집 토토로〉, 유진이 제일 좋아하는 애니메이션이었다.

"유진아, 아빠 왔다."

지형은 침대에 패딩턴 인형을 내려놓으면서 말했다.

"봐, 아빠가 런던에서 유진이 친구를 데려왔어."

유진은 지형을 본척만척했다.

지형은 유진의 옆에 앉았다. 애니메이션은 거의 끝이었다. 사츠키와 메이가 고양이 버스를 타고 엄마가 있는 병원으로 가고 있었다.

지형은 유진이와 함께 애니메이션을 끝까지 다 봤다. 애니메이션을 다 본 후에야 유진은 지형을 바라보았다.

"무슨 일 있었어? 우리 유진이가 얼마나 속이 상했으면 아빠한테 인사도 안 할까?"

유진은 지형을 노려보면서 말했다.

"우리 엄마가 미친년이야?"

지형은 화들짝 놀랐다.

"강유진, 그런 나쁜 말 쓰면 안 돼."

지형은 엄한 목소리로 야단을 쳤다.

유진의 눈가에 눈물이 고였다. 유진은 지형 앞에서 오늘 온종일 마음속에 꽉 붙잡고 있던 슬픔을 토해 냈다. 여간해선 눈물을 보이지 않는 유진이었기에 지형은 당황했다.

유치원의 같은 반 아이들이 모두 초대된 생일 파티였다. 친구들과 신나게 놀던 유진은 뭔가 이상한 시선이 자꾸 느껴졌다. 아이들의 보호자로 따라온 엄마들이 자꾸만 유진을 힐끗거렸고 유진과 눈이 마주치면 화들짝 놀라 시선을 피했다. 신경을 끌 만하면 또다시 그런 시선이 느껴졌다.

엄마들은 귀엣말로 '아, 그 애?'라고 말하며 기분 나쁜 표정으로 수군거렸다. '생각보다 멀쩡해 보이네.'라는 말도 들렸다.

유진은 주먹으로 눈물을 닦은 후 또랑또랑한 목소리로 말했다.

"우리 엄마보고 미친년이라고 했어. 나도 엄마를 닮았으면 이상할 거라고 그랬어. 아빠, 이상하다는 거 나쁜 말 맞지?"

아이를 꼭 안아 주는 것 말고는 해 줄 수 있는 게 없었다. 지형은 유진을 꼭 안아 주었다.

정확한 뜻은 모르겠지만 뭔가 대단히 나쁜 말이라는 건 아무리 아이라도 충분히 알 수 있었다.

지형은 일단 한숨 말고는 나오는 게 없었다. 아이를 키우면서 가장 힘든 건, 아이의 눈높이에 맞춰 설명하는 것이었다. 어디서부터 설명해야 할지 감이 잡히지 않았다.

이래서 성 알렉시오에 보내고 싶지 않았다. 그곳에선 좋든 싫든 누가 누구의 자식인지가 훤하게 드러났고, 뒷말이 무성하기 마련이었고, 결국 상처 받는 건 제일 약한 아이들이었다.

주윤은 루머를 몰고 다니는 것이 운명인 것처럼, 결혼 전에도 결혼 후에도 항상 무성한 소문을 몰고 다녔다. 어느 정도까지는 변명으로 돌려 막을 수 있었다. 주윤이 워낙에 외부 활동을 하지 않았고, 출산 전후로 해서 라렌느와 효관과 관련한 엄청난 사건들 때문에 정신적으로 큰 충격을 받아 회복할 시간이 필요하다는 말이 설득력이 있었다.

그렇지만 3년 가까이 주윤이 공식 석상에 얼굴을 드러내지 않자 서서히 악소문들이 돌기 시작했다. 주윤이 정상 생활이 불가능할 정도로 심신이 망가져 정신병원에 갇혀 있다는 소문이었다. 지형이 라렌느를 차지하기 위해 주윤을 정신적으로 학대했다는 소문도 있었다. 업계에서는 지형이 효관을 막다른 골목으로 몰아 극단적인 선택을 한 거라고 믿고 있었다.

언젠가는 유진의 귀에도 그 더러운 소문이 닿을 거라고 생각했지만, 지형의 예상보다 빨랐다.

"유진아, 엄마는 유진이를 정말 사랑해."

유진은 지형이 가장 두려워하던 질문을 던졌다.

"근데 왜 유진이랑 아빠랑 안 사는 거야? 왜 유진이랑 아빠를 보러 안 오는 거야?"

"아빠한테 화가 무지무지무지 많이 났거든."

"소피처럼?"

소피는 예전에 지형이 읽어 줬던 그림책 주인공이었다. 소피는 화가 너무 나서 세상을 조각조각 부수고 싶어 했다.

"응, 소피처럼."

"미안하다고 하면 되잖아."

"근데 아빠가 그 말을 못 했어. 그래서 엄마가 미국으로 가 버렸어."

"왜 미안하다고 안 했어?"

"……너무 미안해서."

유진은 이해가 안 된다는 얼굴이었다.

"아직 유진인 잘 모를 거야. 너무너무너무 미안한 일을 해 버리면, 미안하다는 말이 안 나와."

"그럼 나는? 엄마는 나한테도 화가 났어?"

"아냐, 유진아. 엄마하고 아빠는, 유진이가 무슨 일을 해도 진짜로 미워하거나 진짜로 화를 낼 수 없어."

"엄마는 미국에서 뭘 해?"

오늘 이 질문을 유진이가 해서 다행이었다.

"엄마는 수의사야."

"돌리틀 선생님처럼?"

"동물들 말은 알아듣지 못하지만, 응, 돌리틀 선생님처럼. 미국에서 아픈 동물들을 치료해 주고 보호해 주는 일을 하고 있어. 아픈 동물들이 너무 많아서 유진이 보러 올 시간이 없는 거야."

"왜 그 이야기를 지금까지 안 했어?"

"우리 유진이가 이렇게 다 큰 줄 아빠가 몰랐거든."

엄마 소식을 들은 유진의 눈이 반짝였다. 지형은 유진이 얼마나 엄마에 목말라 있는지 깨달았다. 아무리 지형이 노력한다고 해도 엄마의 빈자리를 메울 수는 없었다. 그건 불가능한 일이었다.

"유진아, 엄마 보고 싶니?"

유진은 바로 대답했다.

"응. 보고 싶어."

지형은 충동적으로 물었다.

"그럼 엄마한테 오라고 할까? 우리 유진이 보러?"

"응. 오라고 해."

지형은 고개를 끄덕였다. 주윤을 만날 수 있는 단 하나의 카드를 써야겠다고 마음먹었다.

유진은 잔뜩 들뜬 얼굴로 토끼 인형 토토를 꼭 껴안고 눈을 감았다.

지형은 윌마에게 전화를 걸었다.

"이혼하겠다고 전해 주세요. 단, 조건이 있습니다."

오랜만이야

—

주윤의 연락을 받자마자 이든과 맨디는 전용기를 타고 인천으로 날아갔다.

주윤이 연락한 지 채 24시간이 되기도 전에 두 사람은 인천에 도착했고, 이든은 차마 눈 뜨고 보기 힘들 만큼 피폐한 눈을 하고 있는 주윤을 아무 말도 하지 않고 일단 꼭 안아 주었다. 이든은 아무것도 묻지 않았다. 맨디 역시 마찬가지였다.

이든과 맨디는 주윤을 당연히 자신의 집으로 데려갔다. 일단 몸과 마음을 푹 쉬게 할 생각이었다.

주윤이 뭔가 이상하다는 것을 처음 느낀 사람은 맨디였다.

잠을 너무 많이 잤다. 하루에 깨어 있는 시간이 대여섯 시간도 되지 않았다.

처음엔 '시차 때문이겠지. 피곤해서겠지. 지치기도 했겠지.

낯선 환경에 아직 적응하지 못했겠지.'라고 생각하고 넘어갔다. 그러나 점점 먹는 것도 줄고, 물도 잘 마시지 않고, 잠만 자는 것을 보고 맨디는 물론 이든도 뭔가 이상하다는 생각을 했다.

말수도 점점 줄었다. 묻는 말에 대답만 할 뿐 아무 말도 하지 않았고, 어느 순간부터는 뭐라고 말을 걸어도 멍한 눈으로 딴 곳을 바라보고 있을 때가 많았다.

어느 날 아침, 주윤은 깨어나지 않았다. 아무리 흔들어도, 뺨을 살짝 때려도 깨어나지 않았다.

의사는 주윤이 혼수상태라고 진단했다. 온갖 검사 끝에 나온 결론이 고작 그것이었다. 그것도 원인을 알 수 없는 혼수상태였다. 내일 깨어날 수도, 1년 후에 깨어날 수도 있고, 아니면 이대로 사망할 수도, 혼수상태에서 벗어나 식물인간 상태로 있다가 서서히 죽게 될 수도 있다고 했다. 의사의 말은 어느 하나 끔찍하지 않은 것이 없었다.

주윤에 대한 이야기를 듣고 한참 동안 뭔가를 생각하는 듯한 표정을 짓던 의사가 입을 열었다.

"혹시 체념증후군이라는 말을 들어 본 적 있으세요?"

생전 처음 듣는 단어였다.

"사람이 죽음에 가까운 스트레스를 지속적으로 받게 되면 이렇게 잠을 자는 것 같은 혼수상태에 빠지는 경우가 있습니다. 정식 진단명으로 인정받진 못했는데 이런 상태를 체념증후군이라고 부르더군요."

이든과 맨디는 아득한 기분이었다. 주윤의 고통과 절망을 사실은 하나도 몰랐다는 것을 깨달았다. 그들은 주윤을, 주윤이 견뎌 낸 시간을 몰랐다.

"내전과 테러로 원래 살던 나라에서 극심한 고통을 겪고 유럽에 망명을 했는데, 그곳에서도 쫓겨날 처지에 몰린 난민 아이들이 몇 개월씩 혼수상태로 잠을 자는 거예요. 처음에는 꾀병인 줄 알았답니다. 부모가 자식을 독살했다는 소문도 돌았지요."

의사는 말을 멈췄다. 이든이 울고 있었기 때문이다. 맨디 역시 눈물을 참고 있었다.

터널 끝의 빛이 보인다고 생각했는데, 아니었다. 또 다른 터널이었다. 이전보다 더 깊고 긴 터널이었다.

"오랜 시간 학대를 받은 게 원인인가요?"

겨우 눈물을 멈춘 이든이 물었다.

"글쎄요. 영향이 없다고는 말할 수 없지만, 이 증후군은 과거가 아니라 미래의 불안 때문에 주로 오는 겁니다."

"미래의 불안이요?"

이든은 이해할 수 없었다.

자신이 있는데 왜 주윤은 불안해하는 걸까?

주윤이 원하는 거라면 뭐든지 해 줄 수 있었다. 그럴 능력도 있었고 마음도 있었다.

"나치 독일 치하의 수용소에서도 어린아이들이 이렇게 된 적이 있었다고 합니다. 더 이상 삶에 아무런 희망을 가질 수 없어서 이런 상태가 되는 게 아닐까 추측할 뿐입니다. 사람은 아무리 가혹한 환경에서도 희망만 있으면 버틸 수 있어요."

그렇지만 성인이 이런 상태인 것은 보지 못했다고 의사는 덧붙였다.

"치료 방법은요?"

의사는 고개를 가로저었다.

"증명된 치료 방법이 있는 게 아닙니다. 몇 개월 동안 혼수상태에 빠진 아이가 부모가 난민 지위를 인정받고 안정된 살 곳을 얻었을 때 마치 자다가 일어나는 것처럼 깨어나는 일이 여러 번 있었습니다. 이제 안전하게 살 곳이 있고 미래가 있다는 희망이 아이를 깨운 게 아닐까 부모들은 그렇게 생각하는 것 같더군요. 그렇게 깨어난 아이들에게 물어보면, 그냥 잠을 잤다고 말하더래요. 환자에게 살아야 할 희망을 주는 것, 이 세상이 살 만하다고 안심시키는 것은 의학의 영역이 아니죠. 굳이 말하자면 그건 사랑의 영역이 아닐까 싶은데요."

이든은 주윤을 병원에 입원시키지 않았다. 겨우 찾은 여동생을 삭막한 병원에 두고 싶지 않았다.

이든은 모든 외부 활동을 끊고 주윤을 보살폈다. 매일 휠체어에 태워 정원을 산책하고, 말을 걸어 주고, 그가 기억하고 있는 어렸을 때의 추억을 이야기해 주었다.

맨디 역시 많은 시간을 아이들과 함께 주윤 옆에서 보냈다. 아이들에게 매일 고모에게 말을 걸어 주라고 부탁했다. 현호는 주윤을 '잠자는 숲속의 공주' 같다고 했다.

혼수상태에 빠져 자고 있는 주윤의 모습은 이상할 정도로 편안해 보였다. 아픈 사람 같지 않았고, 절망에 빠진 사람 같지도 않았다.

맨디는 힘들어하는 이든에게 이렇게 말했다. 주윤은 죽고 싶어서 전화한 게 아니라 살려 달라고 전화한 거라고. 그러니 분명히 저 잠에서 깨어날 거라고. 우리는 지금처럼 기다리기만 하면 된다고.

주윤은 지금 깊은 잠을 자면서 살아갈 희망을 찾고 있는 거라고 생각하며, 이든과 맨디는 어두운 밤바다를 향해 매일 등댓불을 켜는 심정으로 주윤의 곁을 지켰다.

그리고 6개월 후 어느 아침, 마치 거짓말처럼 주윤은 잠에서 깨어났다.

주윤은 토요일과 일요일은 특별한 일이 없으면 이든의 가족과 함께 보냈다.

대학에 입학해 기숙사에 들어간 후에도 이든은 주윤의 방을 쓰던 그대로 두었다. 언제든 주윤에게 돌아올 곳이 있다는 이든과 맨디의 배려였다.

졸업이 반년 정도 남았을 때 주윤은 기숙사를 나와 작은 플랫을 얻었다. 주윤은 그곳이 처음 생긴 자기 공간, 자기 집이라고 생각했다. 그 누구도 주윤의 허락 없이 들어올 수 없는 그 작은 공간을, 주윤은 정말 사랑했다. 이든은 좋은 집을 얻어 주고 싶어 안달이었지만 거절했다.

서운해하는 이든에게 주윤이 런던으로 가는 비행기표를 졸업 선물로 달라고 했다. 주윤은 유럽과 아프리카를 석 달 동안 여행했다. 등에 무거운 배낭을 짊어지고 매일매일 걷고 또 걸었다.

평범한 사람들이 스물 즈음에 할 일들을 주윤은 서른 즈음에 할 수 있었다. 남들보다는 느렸지만, 차근차근 살아가는 법을 배웠고 어울리는 법을 배웠다.

매일매일이 주윤에겐 작은 경이의 연속이었다. 자기 자신에게 놀랐고, 세상을 보고 놀랐다. 그리고 조금씩 주윤은 세상과 사람을 믿기 시작했다.

일을 마치고 집으로 돌아와 문을 열었을 때 나는, 온종일 사람이 없었던 집 냄새를 주윤은 좋아했다. 누군가는 분명 쓸쓸하다고 할 수 있는 그 냄새가 주윤에겐 마음의 평화를 가져왔다. 그 작은 공간에서 주윤은 처음으로 자유를 느꼈다. 혼자 있지만 완벽하게 안전했다.

맨디가 웃으면서 주윤을 맞이했다. 조카인 새러와 클로이도 주윤을 열렬히 환영했다.

"오빠는요?"

"핀란드에서 열리는 컨퍼런스에 특별 연사 자격으로 갔어요. 월요일에 올 거예요. 현호는 친구들과 2박 3일 캠핑을 갔고요."

"모처럼 걸스 나이트네요."

"고모, 우리 오늘 파자마 파티 해요."

"고모, 〈겨울왕국〉 같이 봐요."

새러와 클로이는 주윤의 양손을 잡고 흔들었다.

"고모 옷 갈아입고 내려올게."

주윤은 이곳에 올 때마다 쓰는 방으로 올라가 짐을 풀고 편한 옷으로 갈아입었다. 새러는 주윤의 방까지 쫓아와 학교에서 있었던 이야기를 영어와 한국어를 섞어 재잘거렸다.

이든과 맨디는 아이들에게 한국어를 열심히 가르치고 집에서는 될 수 있으면 한국어를 쓰게 했지만, 학교에 다니면서 영어를 쓰는 시간이 늘어나자 집에서도 자연스럽게 영어를 섞어 썼다.

쌍둥이 중 언니인 새러는 주윤과 유독 사이가 좋았다. 새러와 주윤은 생김새만 닮은 게 아니라 성격도 비슷했고, 좋아하는 것도 비슷했다. 주윤과 새러가 함께 다니면 모녀 사이로 착각하는 사람이 있을 정도였다.

고모와 밤을 새우겠다고 장담한 새러와 클로이는 10시까지도 버티지 못하고 소파에 널브러져 잠을 잤다. 맨디와 주윤은 두 아이를 업어서 2층 침실로 데려가 눕혔다.

"우리 와인 한잔할까요?"

"좋죠."

맨디가 지하 셀러에 와인을 가지러 간 사이 주윤은 냉장고를 열어 치즈와 과일을 꺼내 썰고, 올리브와 피칸테고추피클을 작은 그릇에 담았다.

"바람이 좋은데, 수영장 옆에서 한잔해요."

"그러죠."

주윤은 선선히 자리에서 일어나 집 뒤편에 있는 수영장 쪽으로 걸어갔다.

"덥죠? 마음 같아선 물에 들어가고 싶네."

"발을 담그니까 그래도 시원해요."

두 사람은 와인 잔을 부딪쳤다. 챙 하는 맑은 소리가 오랜 여운을 남기며 울렸다. 이든과 함께 있을 때보다 맨디와 함께 있을 때가 주윤은 더 편했다.

"이번 주에는 현장에 나갔다면서요? 힘들진 않아요?"

"할 만해요."

"식사는 잘 챙겨 먹고 있어요? 저번에 보낸 서플리먼트 효과 어때요?"

맨디는 가끔 엄마처럼 굴 때가 있었다. 주윤은 그게 싫지 않았다.

"잘 먹고 있어요. 확실히 아침에 덜 피곤해요. 눈도 덜 아프고요."

"차 바꿀 생각 정말 없어요?"

"맨디."

"우리 안 타는 차예요. 주차장에 세워 두는 게 아까워서 그러는 거라니까요."

"제가 어떻게 그 차를 몰고 다녀요. 제 연봉 열 배나 되는 차를요. 저 그거 감당 못 해요. 지금 타는 현대 차도 좋아요. 연비도 좋고, 잔고장도 없고."

"그럼 학자금 대출이라도……."

"그 이야긴 안 하기로 했잖아요."

"거기 연봉이 많지 않잖아요. 대출금에 플랫 월세 내고 나면 남는 것도 없을 텐데요."

주윤은 웃으면서 와인을 한 모금 삼켰다.

"맨디, 나는요, 지금껏 내 것이 거의 없었어요. 하다못해 빚도 말이죠. 나도 내 것이 아닌 것 같았어요."

"아니, 세상에 갖고 싶은 게 없어서 빚을 갖고 싶어 해요?"

"그 빚을 가지기 위해서 내가 얼마나 큰 대가를 치러야 했는지 맨디는 모를걸요."

어쩐지 미소에 살짝 슬픔이 밴 것 같아 맨디는 고개를 돌려 일렁이는 수영장 물을 바라보았다. 맨디는 와인 잔을 가볍게 흔들면서 주윤이 잃은 것을 떠올렸다. 지난 6년 동안 주윤은 그 이야기를 한 번도 자기 쪽에서 먼저 꺼낸 적이 없었다.

"지금 저 정말 좋아요. 잘 지내고 있어요. 약속할게요. 도움이 필요할 때는 항상 맨디하고 오빠한테 말할게요. 지금은 기대기 싫어서 안 기대는 게 아니라, 기댈 필요가 없어서 안 기대는 거예요. 나 꽤 단단해졌어요."

그렇게까지 말하니 맨디는 더 이상 이야기할 수가 없었다.

"근데 오빠가 좀 얄밉네요."

"예?"

"자기가 말하기 힘든 건 꼭 맨디한테 해 달라고 하잖아요. 내가 맨디 말은 거절 못 한다는 걸 알고 그러는 거잖아요."

이든이 얄밉다고 말하는 주윤을 맨디는 신기하다는 듯 바라보았다. 두 사람 사이에 쌓인 서먹함의 벽이 조금은 낮아진 건지도 모른다. 시간은 정말 많은 것을 해결해 주고 있었다.

"주윤 씨, 참 많이 변한 거 같아요."

"제가요?"

맨디는 웃으면서 고개를 끄덕였다.

"하긴 제가 여기 왔을 때 상태가 좀 많이 안 좋았죠."

주윤은 킥킥 웃으면서 잔을 부딪쳤다. 이제 그때 일을 농담으로 이야기할 만큼 주윤의 마음은 건강해졌다. 하고 싶은 일, 좋아하는 일을 하면서 주윤은 맨디와 이든이 놀랄 만큼 빠르게 안 좋은 상태에서 벗어났다.

맨디는 새삼스럽게 주윤의 얼굴을 빤히 바라보았다. 표정만 달라졌을 뿐인데 사람이 다른 사람처럼 보였다. 처음 주윤을 봤을 때와 비교하면 지금의 주윤은 다른 사람이라고 해도 과언이 아니었다. 어쩌면 이제야 주윤의 진짜 모습이 드러난 것인지도 모른다. 이 얼굴을 볼 수 있다는 것만으로도, 맨디는 이든이 주윤을 찾았던 시간이 헛되지 않았다고 느꼈다.

"이든은 여전히 그쪽 사람들하고 연락 안 해요?"

맨디가 딱 잘라 말했다.

"그건 주윤 씨가 걱정할 문제가 아니에요."

"저 때문에 멀어진 거잖아요. 전 이든에게 그 가족을 빼앗고 싶지 않았어요."

여전히 이든은 션을 만나지 않았고, 션과의 거리가 벌어지자 다른 가족들과의 사이도 서먹해졌다. 형과는 언쟁을 벌이다가 몸싸움까지 했었다. 누나와도 관계가 냉랭해지긴 마찬가지였다. 그들은 션이 잘못을 하긴 했지만, 이든이 용서해야 한다는 입장이었다. 이든은 그런 태도에 충격을 받았다.

"이든은 주윤 씨가 혼수상태에 빠졌을 때, 완전히 방전되어서 죽을 힘도 없어 혼수상태에 빠진 주윤 씨를 보면서, 션이 무슨 짓을 했는지 뼈저리게 깨달은 거죠."

주윤은 이제 션을 원망하진 않았다. 이든을 오빠로 다시 받아들이면서 션을 어느 정도 용서했다.

자신에게 지형이 있었다면, 이든에겐 션이 있었다. 이제 주윤은 이든의 행복을 진심으로 바랐다.

"가족이라는 거, 참 어렵네요."

"맞아요. 참 어려운 관계죠. 이든은 자신이 션에게 진짜 가족이었나, 그런 고민도 하는 것 같아요."

"어쨌든 이든에겐 좋은 아버지였잖아요. 이든을 위해 희생한 것도 사실이고요."

"그럴까요? 죄책감은 아니었고요? 이든을 정말 가족이라고 여겼다면 절대로 이든과 주윤 씨를 분리해서 생각할 수 없었을 거예요. 입바른 소리일지 몰라도 저는 제 자식을 그런 피 묻은 돈으로 먹이고 입히고 싶지 않아요. 설사 그것 말고는 방법이 없다고 해도 그렇게 해서는 안 되는 거였어요."

"맨디, 그건 맨디가 한 번도 바닥에 내동댕이쳐 진 적 없기 때문에, 막다른 골목에 몰려 본 적 없기 때문에 그렇게 말할 수 있는 거예요."

주윤의 지적에 맨디의 얼굴이 붉게 달아올랐다.

"미안해요."

잠시 후 맨디가 입을 열었다.

"주윤 씨는 션을 원망하지 않아요?"

"이젠 원망 안 해요. 그러니까 오빠가 그쪽과 관계를 끊지 않았으면 좋겠어요. 나보다 그쪽이 오빠에겐 진짜 가족이니까."

"그 말 이든이 들으면 슬퍼할 거예요."

주윤은 피식 웃으면서 말했다.

"가끔 이든이 날 진짜 여동생처럼 대해 줬으면 좋겠다고 생각해요."

"진짜 여동생이요?"

"현실 남매요. 원래 남매는 우리 같지 않잖아요. 안 그래요?"

남동생이 있는 맨디는 주윤의 말에 격하게 동의했다.

"그렇죠."

두 사람은 웃음을 터뜨렸다.

"윤다은으로 돌아오는 거, 여전히 생각 중이에요?"

이든은 윤다은이라는 원래 이름을 되찾아 주고 싶어 했지만, 주윤의 반응은 미지근했다.

"잘 모르겠어요. 이든은 왜 그렇게 내가 윤다은으로 돌아가길 바라는 걸까요?"

"이주윤으로 살았을 때 힘들고 아픈 일이 많았으니까요. 이주윤으로 불릴 때마다 그때 생각이 날 것 같아 그런 것 같아요."

"이주윤으로 살 때 괴로웠던 것만은 아니었어요. 많진 않았지만 좋은 일도 분명히 있었어요."

주윤은 와인을 잔에 따랐다. 더워서 얼음 조각을 와인 잔에 넣었다.

"저도 한 잔 더요."

주윤은 맨디의 잔에도 와인을 따라 주었다.

"월마에게 들었어요. 안 만난다고 했다면서요?"

월마는 맨디와 함께 일하는 파트너 변호사였다. 주윤의 이혼과 관련한 업무를 대리하고 있었다.

"네."

맨디는 이해가 되지 않는다는 얼굴을 했다. 이혼과 자녀 양육은 전혀 다른 영역의 문제였다. 이혼을 한 후에도 자녀를 함께 키우는 부모들을 많이 봤고, 맨디의 주변에서는 적어도 그것이 당연한 일로 받아들여졌다.

"왜요?"

"엄마는 산타클로스의 선물이 아니잖아요. 그렇게 한 달을 같이 지내고, 엄마가 또 떠나고 나면 아이는 무슨 생각을 할까요? 차라리 없는 게 나아요. 나 같은 엄마는."

맨디는 안쓰러운 눈으로 주윤을 바라보다 월마가 주윤에게 전해 달라는 말을 전했다.

"월마가 그러는데 강지형 씨 측에서 언제든 원할 때 이혼해 주겠대요."

"네?"

"아이 만나는 것도 강요하지 않겠다고 했대요. 그렇지만 언제든 만났으면 좋겠다고도요. 아이 만나는 건, 주윤 씨가 원하는 곳에서 원하는 형태로 해도 된대요. 아이를 이곳에 보낼 생각도 있나 봐요."

"왜 그렇게까지 해요?"

"아이가 엄마를 많이 보고 싶어 하나 봐요."

"저를요? 기억에도 없는데요?"

"기억이 없으니까요. 엄마라는 커다란 백지에 아무것도 쓰여 있지 않으니까요. 그런데 조금만 더 나이 먹으면 엄마를 미워하게 될 거예요."

"미워하게 된다고요?"

"너무너무 원해서 미워하게 되는 거예요. 강지형 씨는 아이가 그렇게 되길 원하지 않겠죠. 누군가를 미워하는 게 얼마나 힘든 일인지 주윤 씨도 잘 알잖아요. 부모에게 사랑받지 못한 아이는 부모에게서 독립하지 못해요. 평생 사랑받지 못했다는 것에 마음이 묶여서 지내죠."

주윤은 왜 이혼에 지형이 그런 조건을 걸었는지 이제 이해가 됐다. 아이가 구김 없이, 그늘 없이 자라게 하고 싶어서 그런 조건을 걸었던 것이다. 아이에게 엄마를 보여 주기 위해서 주윤을 다시 보는 끔찍한 일을 감수하겠다는 뜻이었다.

"난 겁이 나요."

"애도 낳았는데 뭐가 그렇게 겁이 나요. 난 애 셋을 낳고 나니 세상 무서울 게 없던데요."

맨디는 분위기를 가볍게 하려고 웃음기 가득한 얼굴로 말했다. 그렇지만 주윤의 얼굴은 여전히 어두웠다.

"난, 좋은 엄마는 고사하고 그냥 엄마도 되어 주지 못할 거예요. 그러니까 없는 게 나아요. 아이한테 상처를 주느니, 그늘을 주느니 사라져 버리는 게 나아요."

"왜 그렇게 생각해요?"

주윤은 고개를 숙였다. 맨디를 좋아하지만, 자신이 거쳐 온 어둠을 결코 이해하지 못할 거라고 여겼다.

"보고 싶지 않아요?"

주윤은 입술을 세게 깨물었다. 보고 싶었다. 새러와 클로이를 보면서 유진은 얼마나 자랐을까, 생각하지 않은 날이 없었다.

그런 주윤을 한참 동안 보고 있다가 맨디가 입을 열었다.

"잠깐만요."

맨디는 집 안으로 들어가 뭔가를 들고 왔다.

"이거 강지형 씨가 전해 달라고 사무실에 보낸 거예요."

"이게 뭔데요?"

"나도 모르죠. 열어 보지 않았으니까."

주윤은 박스를 옆에 놓았다. 뭔지 몰라도 꽤 묵직했다.

"그냥 단도직입적으로 물을게요. 주윤 씨, 앞으로 주윤 씨 인생에 강지형 씨 말고 다른 사람을 사랑하게 될 일이, 삶을 함께 나누고 싶은 사람이 생길 일이 있을 것 같아요?"

평소 같으면 대답을 회피했을 것이다. 그렇지만 화이트 와인 세 잔이 마음의 빗장을 내려놓게 했다.

"아마 없을 거예요. 그런 사람이 둘 있을 순 없잖아요. 모든 것을 다 줘도 아깝지 않고, 어떤 거짓말을 해도 그냥 속아 주고 싶은 그런 사람이요."

주윤은 긴 한숨을 내쉬었다.

"강지형은 나한테 가족이었고 연인이었고 남편이었어요. 그 사람은 내가 이 세상에서 믿고 사랑한 유일한 사람이었어요. 내 세계의 전부였지요. 나는 강지형이라는 세계에서 살았어요. 그리고 그 세계에서 잔인하게 추방됐죠. 그 이후 제정신이었던 적이 거의 없었던 것 같아요."

맨디는 아무 말도 하지 않고 주윤의 말을 들었다.

"그래서 싫어요. 한 사람이 내 모든 것이라서요. 그 사람도 그게 싫었을 거예요. 그 사람도 어떻게 해서든 내게서 벗어나고 싶었을 텐데 그럴 수 없어서 싫었겠죠."

맨디는 그게 어떤 건지 상상도 할 수 없었다. 이든을 무척 사랑하지만, 이든은 맨디의 모든 것이 아니었다. 대부분의 사람들은 그랬다.

"나는 아무리 노력해도 그 사람을 미워할 수 없었어요. 그래서 도망쳤죠. 그게 내가 할 수 있는 유일한 거였어요. 이렇게 지구 반대편에 있는 게 우리에겐 제일 좋아요."

주윤은 와인 잔을 내려놓았다. 더는 이 이야기를 하고 싶지 않았다.

여전히 강지형을 떠올리면 아팠다. 슬펐다.

처음에는 추방당했지만, 두 번째에는 스스로 그 세계에서 걸어 나왔다. 그런데도 주윤은 또 그곳에서 추방당한 것 같았다.

주윤은 몸을 일으켰다.

"피곤해요. 이제 잘게요."

"잘 자요."

방으로 올라온 주윤은 침대에 누웠다. 잠이 오지 않았다. 자꾸만 지형이 보냈다는 박스의 내용물이 궁금했다. 보지 않고 돌려보내는 게 맞았다. 그렇지만 보고 싶은 마음에 결국 지고 말았다.

망설이다가 박스를 열었다. 박스 안에는 두꺼운 앨범 세 권이 들어 있었다. 주윤은 시한폭탄의 전선이라도 제거하듯, 떨리는 손으로 앨범을 케이스에서 꺼냈다.

숨을 한 번 크게 들이쉬고 앨범 페이지를 열었다. 사진 밑에는 날짜와 짧은 코멘트가 쓰여 있었다. 지형이 유진이를 돌본 후 거의 매일같이 사진을 찍고 기록한, 앨범이라기보다는 육아일기에 가까운 것이었다. 유진의 6년이 고스란히 담긴 기록이었다.

한두 장만 보려고 했지만, 몇 시간 동안 꼼짝하지 않고 사진을 보았다. 한 번 다 본 후에 다시 처음으로 돌아가 더 꼼꼼히 사진을 보고 글을 읽었다.

자기도 모르게 주윤은 눈물을 흘렸다.

유진이는 사랑받고 있었다. 그것도 아주 많이. 사진 속 아이는 항상 웃고 있었다. 뚱한 얼굴을 하고 있어도 눈에는 웃음이 가득했다. 사진기 너머의 사람을 진심으로 사랑하고 믿고 의지하고 있었다.

사진기 너머의 사람, 강지형은 좋은 아빠였다.

어느새 소리 내어 울고 말았다. 마음에 있는 높은 벽이, 소리

없이 무너지고 말았다.

거의 잠을 자지 못한 주윤은 해가 뜨자마자 운동복으로 갈아입고 집 밖으로 나왔다. 운동화 끈을 단단하게 조여 매고 숲속을 달렸다. 온몸이 땀범벅이 되고, 심장이 터질 듯이 빠르게 뛰고, 숨을 쉴 때마다 폐와 옆구리가 아파 올 즈음이 되자 머릿속이 텅 빈 듯 가벼워졌다.

주윤은 집 뒤쪽, 부엌과 바로 연결된 문으로 들어갔다. 쌍둥이 중 클로이가 부엌의 아일랜드 식탁 앞에 앉아 시리얼을 먹고 있었다. 주윤이 오렌지주스를 따라 마시고 있는데 새러가 부엌에 뛰어 들어왔다.

"고모, 손님이 왔어."

주윤은 맨디의 손님이 온 거라고 생각했다.

"그래. 너도 오렌지주스 마실래?"

새러가 답답하다는 듯이 다시 말했다.

"고모, 손님이 왔다니까."

그제야 주윤은 새러가 말하는 손님이 자신의 손님이라는 것을 깨달았다.

"내 손님?"

"1층 응접실로 오래."

"누구?"

모른다는 듯 새러가 고개를 가로저었다.

"손님은 언제 왔는데?"

"아까. 고모 달리기하러 나갔을 때."

주윤은 힐끗 부엌에 걸린 벽시계를 보았다. 남의 집에 방문하기엔 너무 이른 시간이었다. 게다가 오늘은 일요일이었다. 분명 맨디와 사적 친분이 깊은 사람인 것 같았다.

'후원자가 되려는 사람일까?'

맨디는 가끔 자신의 지인 중에 동물 보호 활동에 관심 있는 사람을 주윤에게 소개해 주곤 했다. 단체는 늘 후원자나 기부금이 필요했기 때문에 주윤은 맨디의 소개를 감사히 여겼다.

주윤은 일요일 아침의 방문객도 그런 사람이거니 생각하고 방에 가서 재빨리 샤워를 했다. 그러고는 편하지만, 그래도 너무 편해 보이지는 않은 셔츠 원피스로 옷을 갈아입고 1층으로 내려갔다.

"어, 왔네요."

맨디의 말에 소파에 앉아 있던 남자가 일어났다. 남자는 주윤 쪽으로 몸을 돌려 성큼성큼 다가왔다. 주윤은 꼼짝도 할 수 없었다.

어째서 저 사람이 여기에 있는 걸까?

"오랜만이야."

강지형이었다. 주윤은 지구가 거꾸로 도는 듯한 현기증을 느꼈다.

0과 1의 세계

―

주윤의 변호사라는 윌마 비젤은 네이티브가 아닌 지형을 배려해 천천히 한 단어씩 끊어서 말했다.

― 그녀는 당신도 아이도 만나는 것을 원하지 않습니다. 이혼은 그쪽이 원하는 시기에 원하는 방식으로 하면 된다고 전해 달라고 했습니다.

지형은 아무 대답도 하지 못하고 전화를 끊었다. 그리고 몇 시간 동안 멍하니 앉아서 도저히 소화할 수 없는 그 단어들을 하나씩 곱씹었다.

'그녀는 당신도 아이도 만나는 것을 원하지 않습니다.'

무언가가 마음속에 타올랐다. 견딜 수 없이 뜨거웠고 숨도 쉴 수 없었다.

오지 않겠다고? 그럼 내가 가면 되지. 내가 언제 주윤의 허락을 받고 좋아했고, 주윤의 허락을 받고 찾아갔다고.

내가 언제 그렇게 착한 사람이었지? 언제부터 주윤의 말을 그렇게 잘 들었지?

세상 대부분의 일은 미묘하고 복잡했지만 주윤에 대한 건 그렇지 않았다. 지나치게 단순해서 도리어 두려웠다.

너 없는 세상과 너 있는 세상. 그게 다였다.

너에게서 도망치려던 나는 항상 실패했어. 너는 성공할 수 있을까?

아니, 너도 실패할 거야.

내 마음이 이렇게 간절한데, 내 세상이 오직 너 하나뿐인데, 네가 실패하지 않을 리 없어.

마음이라는 건 결코 호수가 아니었다. 시작이 있으면 끝이 있고, 늘 어딘가로 흘러가기 마련이었다.

단 한 번도 내 마음이 너 아닌 다른 곳으로 흘러간 적은 없었어.

지형은 바로 비행기표를 끊었다.

마치 자신도 모르는 바람에 떠밀려 이곳에 온 것 같았다. 열네 시간 넘게 비행기를 타고 왔지만 지루한 비행 역시 기억나지 않았다. 눈 한 번 깜빡이고 나니 이곳에 있는 듯한 기분마저 들었다. 그렇지만 티켓을 끊은 것도 그였고, 비행기를 탄 것도 그였다.

이든의 집 문 앞에서 지형은 쓰게 웃었다.

'어떻게 너를 만나러 갈 때마다 이렇게 높고 단단한 문이 날 기다리고 있을까?'

그리고 그 문은 언제나 닫혀 있었다. 이 세상 전부가 그와 주윤이 만나지 않길 바라는 것처럼.

어쩌면 그의 눈에만 보이는 높고 단단한 문일지도 모른다. 주윤의 마음이 그에게 없는 것을 알기에 더욱더 높고 단단하게 느껴지는 것일지도 모른다.

이든의 저택은 저택이라는 말보다 작은 마을이라는 말이 더 맞을 것 같았다. 저택 안에 호수와 숲이 있을 정도였다. 보안 요원이 지키는 철문 앞에서는 아예 건물이 보이지도 않았다.

양복 안에 분명 총이 있을 것 같은 건장한 보안 요원은 지형에게서 시선을 떼지 않았다. 지형은 그 시선을 피하지 않고 똑바로 그를 바라보았다.

눈싸움의 승자는 지형이었다.

지형은 이마에 손을 짚은 채 뭔가 말하고 있는 윌마의 모습을 바라보았다.

'한 번도 너에게 가는 길이 쉬웠던 적 없어.'

세상엔 답이 하나밖에 없는 문제가 있었다.

'나에겐 너, 너에겐 나. 그것이 내 답이야.'

다른 답을 인정할 생각은 없었다.

행복까진 바라지 않았다. 단 한 번만이라도, 단 한 순간만이라도 주윤이 아무 의심 없이 사랑받고 있다고, 충분히 사랑받을 자격이 있는 사람이라고 느끼게 하고 싶었다.

그것이 지형의 소망이었다.

통화를 끝낸 윌마가 굳은 얼굴로 지형에게 다가왔다.

"노."

단호한 거절을 드러내기 위해서인지, 윌마는 단 한 마디만 짧게 하고 어깨를 으쓱했다.

일요일 아침에 아무런 약속 없이 자신을 달가워하지 않는 사람의 집에 방문하다니, 윌마의 상식으로는 도저히 말이 안 되는 일이었다.

맨디는 일고의 가치도 없다는 듯 거절했다. 돌아가라고 전해 달라고 했다.

면전에서 '노.'라는 말을 듣고도 지형의 얼굴은 태연하기만 했다. 순순히 들어갈 수 있을 거라고 생각하지 않았다. 이든이 그에 대해 가지고 있는 반감을 생각한다면 문전 박대는 오히려 신사적인 행동이었다. 그랬기에 지형은 들어갈 수밖에 없는 구실을 만들어 놨다.

"아이 엄마가 거절한 겁니까?"

"아니요. 지금 자리를 비운 상태라 맨디에게 물었어요. 여기는 맨디의 집이라 맨디의 허락이 있어야 들어갈 수 있으니까요."

지형은 한숨을 길게 내쉬었다.

"정말 아이와 만나지 않겠다는 건지 직접 듣고 싶은 것뿐입니다. 아이 엄마에게 직접 물어봐 주세요. 만나는 건 꼭 여기가 아니어도 상관없으니까요."

"몇 번이나 말씀드렸지만, 이주윤 씨는 거절 의사를 분명히 밝혔습니다."

"개인적인 질문이지만 아이가 있으십니까?"

"네? 네."

"만약 당신이 저 같은 상황이라면 어떻게 하시겠습니까? 제 아이는 태어나서 한 번도 엄마를 만나지 못했어요. 지금껏 어디에서 무엇을 하며 살고 있는지도 몰랐습니다. 겨우 엄마에 대한 소식을 들은 그 아이가 엄마를 만나고 싶다고 하면, 아빠로서 저는 어떻게 해야 할까요? 한 번 거절을 당했다고 아이에게 '네 엄마가 널 보는 것을 원하지 않는다.'라고 말해야 할까요? 여섯 살짜리 아이한테요? 아니면 그럴듯한 거짓말을 해야 할까요? '네 엄마는 우주 비행사라서 한동안 지구에 올 수 없단다.'라고요?"

윌마는 쉽게 대답하지 못했다. 만약 자신이 지형의 입장이었다면 직접 찾아와서 부탁했을 것 같았다. 아이가 엄마를 만나는 건 아이의 권리였다.

"딸을 위해 저는 할 수 있는 건 다 할 겁니다."

윌마는 잠시 생각한 후에 입을 열었다.

"맨디에게 한 번 더 부탁해 볼게요."

지형은 고개를 가볍게 끄덕이며 말했다.

"그리고 아이 앨범을 지금 돌려받고 싶은데요."

"앨범이요?"

"제가 보낸 소포요."

월마는 꽤 묵직했던 박스를 생각했다.

"저힌텐 세상에서 제일 소중한 보물입니다. 아이 엄마가 저를 안 만나겠다고 확실하게 거절하면 지금 이곳에서 바로 돌려받고 싶습니다. 혹시라도 분실되면 안 되니까요."

월마는 맨디에게 다시 전화를 걸었다.

잠시 후, 월마가 전화를 끊고 지형에게 말했다.

"일단 들어오래요."

검은 철문이 서서히 열렸다. 지형은 월마가 모는 차 뒤를 따라 천천히 운전했다. 10분 정도 운전하자 커다란 호수가 보였고, 호수 뒤쪽으로 18세기 농가를 리모델링한 저택이 보였다. 집 가까이에 다가가자 포치에 청바지에 플란넬 셔츠를 입은 사람이 서 있는 게 보였다. 맨디였다.

"맨디, 이쪽은……."

월마가 지형을 소개하려고 하자 맨디가 말을 끊었다.

"구면이야. 소개할 필요 없어. 안 그런가요?"

"네. 서로 반가워할 사이는 아니지만."

맨디는 지형을 노려보듯 바라보다가 표정을 다르게 하고 월마를 보았다.

"월마, 고마워. 아침 일찍부터 미안해."

"아냐, 내 일인걸. 그럼 난 이만 갈게."

월마는 두 사람을 남겨 두고 차를 몰고 갔다. 월마의 차 소리가 들리지 않을 때까지 두 사람은 포치에 서 있었다.

"운 좋은 줄 아세요. 이든이 집에 있었다면 강지형 씨는 총에 맞았을지도 몰라요."

미국인다운 살벌한 농담이었다. 물론 농담만은 아니었다.

"그 정도도 각오 안 하고 여기 온 것 같습니까?"

"일단 들어가서 기다리자는 것이지, 주윤 씨를 만나게 해 주겠다는 것은 아닙니다."

들어가기 전에 확실히 해 두고 싶었다.

"알겠습니다."

"들어오시죠."

어쨌든 손님이어서 맨디는 응접실로 지형을 안내했다.

맨디와 지형이 막 소파에 앉았을 때 새러가 잠옷 차림으로 응접실에 들어왔다.

"엄마, 배고파요."

"클로이는?"

"키친에요."

새러는 호기심 어린 눈으로 지형을 바라보며 영어로 물었다.

"누구세요?"

"손님이야."

새러는 더 알고 싶다는 얼굴이었지만 맨디는 엄한 얼굴을 했다.

"손님 있을 때 응접실에 들어오면 안 된다고 그랬지."

새러는 풀이 죽어 응접실을 나갔다. 그렇지만 호기심이 사라진 건 아니었다.

맨디는 지형을 보며 말했다.

"아이들 아침 챙겨 줘야 해요. 잠시만 양해 부탁드려요."

맨디는 부엌으로 가 과일과 시리얼로 간단하게 아침을 차려 주고 다시 응접실로 왔다. 돌아온 맨디의 손에는 머그잔 두 개가 들려 있었다.

"드시죠."

"고맙습니다."

"앨범은 주윤 씨에게 물어보고 드려야 할 것 같아서요. 주윤 씨 올 때까지 기다리세요."

"네."

"도대체 여긴 왜 오신 거죠? 주윤 씨가 분명히 의사를 표현한 거로 아는데요."

앨범이 집에 들어오기 위한 핑계라는 것을 맨디가 모를 리 없었다.

지형은 담담하게 대답했다.

"보고 싶어서요."

"네?"

"보고 싶어서 왔습니다."

지나치게 솔직한 지형의 말에 맨디는 두 눈을 크게 떴다. 그 말이 진실이라는 것을 의심할 수 없었다. 정말 보고 싶어서, 한 달음에 비행기를 타고 날아온 것이었다.

지형이 솔직하게 말해서 맨디 역시 솔직하게 말했다.

"강지형 씨가 주윤 씨를 만날 자격이 있다고 생각해요?"

지형의 얼굴이 흐려졌다. 가장 아픈 곳을 세게 찔려 버렸다.

지형은 아이의 유골이 담겨 있는, 새하얀 도자기 유골함을 떠올렸다.

"자격이 있는 사람만 사랑할 수 있다면 이 세상에서 사랑은 이미 멸종되어 버렸을 겁니다."

그 말은 여전히 주윤을 사랑한다는 뜻이었다.

"주윤 씨가 당신을 만나 줄 것 같아요?"

"네. 언젠가는 말이죠."

"지나치게 낙관적이군요."

"아뇨, 전 전혀 낙관적이지 않습니다. 오히려 비관적이죠."

"비관적인 사람이 이렇게 무작정 연락도 없이 찾아오나요?"

"낙관적인 사람이라면 여기 오지도 않았을 겁니다. 낙관적인 사람이라면 이미 다른 누군가를 사랑하게 되었을 테니까요. 저는 그런 축복을 받지 못해서요. 인생에 두 번째가 있다는 것을 절대로 믿지 않죠."

비관적인 사람에겐 그런 여유가 없었다.

"비관적인 사람에겐 그런 가능성이 있을 수가 없거든요."

비관적인 사람의 세계는 0과 1밖에 없는 컴퓨터의 세계와 비슷했다. 열 개의 숫자가 있는 세상에 사는 사람은 절대 모를 0과 1의 세계. 그곳은 있거나 혹은 없을 뿐인, 잔인하리만큼 단순한 세계였다.

지형에겐 주윤이 있거나 아니면 없거나였다. 다른 사람은 없었다. 있을 수가 없었다.

"하지만 오늘은 유진이 때문에 온 겁니다. 유진이가 엄마를 많이 궁금해해요."

지형의 목소리에서 물기가 느껴졌다. 맨디는 지형이 6년 동안 아이를 홀로 키웠다는 사실을 상기했다.

맨디 역시 이든 없이 현호를 홀로 키운 시간이 있었다. 일을 하면서 아이를 키우는 것이 얼마나 힘든 건지 알았다. 현호가 아빠의 존재를 물었을 때 얼마나 괴로웠는지도 떠올렸다.

맨디는 생각했다. 자격이 있는 사람만 아이를 낳을 수 있다면 이 세상에서 인류는 이미 멸종돼 버렸을 거라고.

"아이에겐 뭐라고 하셨어요?"

지형은 나지막하게 한숨을 쉬었다.

"거짓말을 할 수밖에 없었어요."

"믿던가요?"

"아직은요. 그렇지만 언제까지 아이가 제 거짓말에 속아 줄지 모르겠습니다. 산타를 믿을 때까진 제 거짓말을 믿어 줬으면 좋겠는데요."

주윤에게도 거짓말쟁이였는데, 이젠 유진에게도 거짓말쟁이가 되고 말았다.

"혹시 사진 있으세요?"

지형은 휴대전화에 저장한 유진의 사진을 보여 주었다. 건강하고 사랑스러운 아이였다. 아빠 혼자라도 사랑은 부족함 없이 듬뿍 주고 키운 것 같았다. 마음에 질러 둔 빗장이 서서히 풀리려고 했다.

"엄마를 많이 닮았네요."

"네. 주윤이 어렸을 때랑 정말 똑같아요."

그랬다. 지형은 주윤의 여섯 살 때 모습을 아는 사람이었다. 이든이 없는 그 긴 시간 동안 지형이 있었다. 지형이 보호시설에 쪽지를 남겨 놓지 않았다면 주윤을 찾는 건 더 힘들었을 것이다. 주윤이 무너졌을 때 도와줄 수도 없었을 것이다.

맨디는 마음을 정했다. 그것에 대한 사례를 하겠다고. 가장 원하는 것을 주는 게 제일 좋은 사례일 테니까. 이든은 크게 화를 내겠지만.

'둘 사이에 도대체 무슨 일이 있어서 이런 식으로 아이까지 두고 이별을 한 걸까?'

그건 듣는다 한들 이해할 수 있는 이야기가 아닐 것 같았다. 세상 모든 연인들의 이야기가 그들에게만 의미가 있는 것처럼 말이다.

맨디는 시간을 확인했다. 지금쯤이면 주윤이 달리기를 마치고 집에 돌아왔을 시간이었다. 응접실 문을 열었다. 예상대로 새러가 문 앞에 쪼그려 있었다. 호기심 많은 새러가 순순히 부엌에서 아침을 먹고 있을 리 없었다.

"고모 집에 오면 손님 왔으니까 응접실로 오라고 해."

새러는 부엌으로 부리나케 달려갔다.

맨디는 지형을 보며 말했다.

"당신을 위해서가 아니에요. 유진이를 위해서예요."

지형은 놀란 눈으로 주윤을 바라보았다. 자신이 예상했던 모습과 전혀 다른 주윤을 보고 당황했다.

공들여 세팅한 긴 머리 대신 목덜미가 드러나는 짧은 머리에, 누군가가 입혀 주고 신겨 준 명품 옷과 구두 대신 편해 보이는 셔츠 원피스와 흰 스니커즈를 착용했고, 고가의 보석과 시계 대신 애플 워치를 차고 있었다. 아무것도 바르지 않은 맨얼굴이 싱그럽게 빛났다.

어디선가 상쾌한 바람이 부는 것 같았다.

주름 하나 없는 파란 셔츠 원피스가 주윤에게 썩 잘 어울렸다. 6년 동안 시간이 거꾸로 흐른 듯 주윤은 더 어려 보였다. 생기가 넘쳐서 그렇게 느껴지는 것인지도 모른다. 종이처럼 핏기 없이 하얗던 얼굴에는 연한 붉은 기가 돌았고, 팔과 다리는 햇볕에 그을려 단단해 보였다. 안쓰러울 정도로 말랐던 몸에도 적당히 살과 근육이 붙어 보기 좋았다.

무엇보다 달라진 건 눈빛이었다. 이렇게 맑고 밝게 빛나는 주윤의 눈은 처음이었다.

아는 사람인데 알지 못하는 사람 같은 기묘한 기분이었다. 주윤이면서 주윤이 아니었다. 온몸에서 빛이 뿜어져 나오는 듯해서 눈이 부셨다. 지형은 주윤을 똑바로 바라보기가 힘들었다.

처음 만났을 때부터 마지막으로 보았을 때까지, 지형에게 주윤은 섬세한 무늬로 짜인 수제 실크 레이스처럼 아름다우면서도 연약한 이미지였다. 늘 곁에서 지켜 주지 않으면 안 될 것 같은 보호 본능을 불러일으켰다.

그를 보는 주윤의 눈을 볼 때마다 더욱 그랬다. 버려진 반려

동물같이, 잔뜩 겁을 먹고 있으면서도 간절하게 애정과 호의를 구하는 슬픈 눈빛을 가지고 있었다.

지형은 주윤에게 자신이 없으면 결코 안 될 거라는 자신감이 있었다. 그렇지만 지금 주윤은 결코 연약해 보이지도 않았고 눈빛에는 조용한 자신감이 넘쳤다.

지형은 깨달았다. 이제 주윤에게 그는 필요 없는 존재였다. 그가 없어도 주윤은 괜찮았다. 주윤에겐 더 이상 오빠가 필요 없었다.

그 사실에 마음 가장 깊은 곳이 뒤흔들릴 만큼 큰 충격을 받았다.

지형은 몸을 일으켜 주윤 쪽으로 걸어갔다.

"오랜만이야."

그를 보는 주윤의 눈빛은 놀라움으로 가득했다. 살짝 파르르 떨렸던 입술에 힘이 들어갔다. 굳게 닫힌 입술은 마치 그를 거부하는 것 같아 지형은 심장이 거친 돌바닥에 비벼지는 듯한 통증을 느꼈다. 그저 놀라움뿐이었다. 조금도 그를 반가워하는 기색이 없었다.

지형이 손을 내밀었다. 그렇지만 주윤은 그 손을 잡지 않고 말없이 지형을 쏘아보았다. 지형은 머쓱하게 손을 거둘 수밖에 없었다.

"주윤 씨가 결정하는 게 맞는 것 같아서요."

맨디가 두 사람 사이에 끼어들어 말했다.

"어떻게 할래요?"

맨디는 전적으로 주윤의 결정에 따를 생각이었다. 그러나 주윤의 입술은 쉽사리 떨어지지 않았다.

지형이 입을 열었다.

"아이 문제로 온 거야. 네가 가라면 갈게."

지형은 덧붙이듯 말했다.

"그렇지만 앞으로도 찾아오지 않겠다는 약속은 못 해."

즉, 가라고 하는 건 네 마음이지만 오는 건 내 마음이라는 뜻이었다.

"갈까? 아니면 잠깐 시간을 내줄래?"

제삼자인 맨디의 눈으로 볼 때 지형은 굉장히 노련한 협상가였다. 주윤에게 선택권을 주는 것처럼 보이지만, 사실상 심리적으로 압박하는 것이다.

무언가를 구체적으로 요구한 것도 아니었다. 시간만 잠깐 내달라는데, 그것조차 하지 않는 사람은 가책을 느낄 수밖에 없었다.

맨디의 예상대로 주윤은 지형에게 시간을 내주는 쪽으로 마음이 기울었다.

"맨디, 자리 좀 피해 줘요."

맨디는 고개를 끄덕이며 자리에서 일어났다. 맨디는 웃음기 없는 얼굴로 지형을 보며 말했다.

"아까 한 총 이야기, 그거 100퍼센트 농담은 아니에요."

"명심하겠습니다."

맨디는 어리둥절한 얼굴을 한 주윤을 두고 응접실 밖으로 나갔다.

두 사람은 자리에 앉았다.

주윤은 소파에 앉아 지형의 모습을 찬찬히 볼 마음의 여유를 되찾았다. 그렇지만 눈이 마주친 순간 시선을 돌렸다. 심장이 빠르게 뛰어서 주먹을 꽉 쥐었다. 숨이 빨라지는 것을 들키고 싶지 않아 애써 천천히 심호흡을 했다.

주윤은 지형의 손을 보고 놀라서 고개를 들었다. 지형은 여전히 왼손 네 번째 손가락에 결혼반지를 끼고 있었다. 주윤은 오래전에 반지를 뺐다. 자기도 모르게 왼손을 오른손으로 덮어 지형이 결혼반지를 끼지 않은 손을 못 보게 했다.

지형이 입을 열었다.

"유진이가 널 많이 보고 싶어 해."

목소리가 떨렸다.

지형은 주윤의 반응을 보려고 힐끗 바라보았다. 주윤은 그저 아무 말 없이 듣고만 있었다. 놀란 표정은 어느새 사라졌고, 얼굴엔 아무런 감정도 서려 있지 않았다. 사무적으로 이야기를 듣고 있는 것 같았다.

"너와 나 사이의 문제는 유진이와 상관없어. 네가 어떤 마음으로 유진이를 낳았는지 알아. 그래서 보고 싶지 않겠지."

주윤의 얼굴이 일그러졌다.

아니, 당신은 절대로 몰라. 내가 무슨 마음으로 유진이를 낳았는지, 당신이 열 번을 고쳐 죽어도 몰라.

주윤의 손이 희미하게 떨렸다.

"그렇지만 널 보는 건 유진이의 당연한 권리야. 양육을 하라는 것도 아니고, 친권을 행사하라는 것도 아니야. 1년에 한 번 정도 유진이와 정기적인 시간을 보내 줘. 그게 내가 바라는 전부야. 그리고 가급적이면 빨리 네가 한국에 유진이를 보러 와 줬으면 좋겠어."

"왜?"

"네가 6년 동안 사람들 앞에 나타나지 않았잖아. 사석에서도 공식 행사에서도 널 볼 수 없으니 사람들이 무슨 생각을 하겠어? 내가 널 정신병원에 감금해 두고 라렌느를 빼앗았다는 소문이 돌고 있어. 문제는 유진이 귀에 그 소문이 들어갔다는 거지."

"사람들이 뭐라고 하는데?"

지형은 간략하게 말했다.

"네 엄마는 미친년이라고."

"미, 미친년?"

자기도 모르게 입에서 큰 소리가 나오고 말았다.

"유진이가 친구 엄마한테서 들은 말이야."

주윤은 아연실색했다.

"엄마 없이 자란 것도 마음 아픈데 그런 소리를 듣게 하고 싶진 않아. 사람들이 얼마나 그런 가십을 좋아하는지 너도 잘 알고 있잖아. 아이 낳고 완전히 정신줄을 놓아서 폐쇄 병동에 입원하고 있다는 소문이 파다해. 금치산자로 지정된 거 아니냐는 소문까지 돌고. 회사 내에서는 네가 살아 있는 게 맞는지 확인해 봐야 되는 거 아니냐는 말까지 나오고 있어."

주윤의 재산을 지형이 증여받은 사실을 공식적으로는 공표하지 않았다. 그렇지만 눈치챈 사람들이 적지 않았다. 다들 입을 다물고 있을 뿐이었다. 주식과 부동산은 공개되어 있기에 찾아보기만 하면 다 알아낼 수 있었다. 세금만 추적해도 금방 알 수 있는 일이었다.

"예전엔 유진이가 누군지 모르는 어린이집에 다녀서 별문제가 없었는데, 올해부터 성 알렉시오 유치원에 다니고 있어. 거기 분위기가 어떤지, 거기 아이들 보호자들이 어떤 사람들인지 너도 잘 알잖아."

알았다. 너무 잘 알았다.

주윤은 자기도 모르게 깊은 한숨을 내쉬었다. 그곳에선 단한 명의 친구도 사귈 수 없었다. 순수한 관계 같은 건 동화책에나 있는 것이었다. 졸업할 때까지 주윤은 '입양아'라는 수군거림을 들어야 했다.

"우리가 왜 이렇게 되었는지 유진이가 이해할 때까지 적어도 10년은 더 기다려야 하잖아. 딱 10년 동안만, 1년에 한 번씩 유진이를 만나 줘. 그 이후엔 유진이가 결정할 문제겠지."

주윤은 가만히 눈을 내리깔았다.

"너도 언제까지고 이렇게 숨어서 살 수는 없잖아."

"숨어서 산다고? 내가? 누구를, 뭘 피해서 산다는 거야?"

"유진이."

"뭐?"

"걱정하지 마. 넌 절대 유진이를 학대할 일 없어."

주윤은 흠칫 놀랐다.

자신의 유년 시절을 혹시라도 유진이에게 겪게 할까 봐 겁이 났다. 학대받은 아이 중 상당수가 나중에 자신의 아이를 학대한다는 연구 결과를 읽고 더 두려워졌다. 무의식중에 자신이 보고 듣고 경험한 그대로 아이를 대할까 봐 겁이 났다.

이성을 잃었을 때 주윤은 효관이나 혜선처럼 화를 냈고, 물건을 부쉈다. 견디기 힘든 일이 있으면 쉽게 술로 도피했었다. 비디오로 찍어 놨다면, 거울을 보듯 똑같았을 것이다. 그런 비참한 모습을 아이에게 보이고 싶지 않았다.

"넌 절대로 누군가를 학대하지 않아. 넌 한 번도 너보다 약한 사람을 짓밟은 적이 없으니까. 그 사람들은 가장 약한 너를 짓밟았지만 넌 그러지 않았어. 넌 항상 너보다 약한 존재들을 보호했어. 넌 죽었다 깨어나도 그 사람들처럼 될 수 없어. 그 사람들은 누군가를 사랑할 줄도, 보호할 줄도 모르는 사람이야. 그렇지만 넌 그렇지 않지."

"그렇지 않아."

"그럼 그때처럼 유진이가 네 아이가 아니라고 부정해 보라고."

부정할 수 없었다.

너무 사랑하고 소중해서 떠날 수밖에 없었다.

그 마음을 지형은 누구보다 잘 알았다. 그리고 그렇게 한 후 벌어질 일도 주윤보다는 더 잘 알았다.

"너는 그 일이 끝났을 때 나를, 유진이를 어떻게 봐야 할지 용기가 나지 않았던 거야. 감당할 자신이 없었던 거지. 내 경험에서 하는 말이야. 내 정체가 들통났을 때 네 얼굴을 마주할 용기가 안 났지. 그래서 차라리 숨어 버리자고, 사라지자고 마음먹은 거였어. 그때는 그럴듯한 말로 내 행동을 포장했지만 결국 그거였어. 너도 그런 거야. 아니라면 아니라고 해."

주윤은 부정하지 못했다. 아니라고 반박하고 싶은데 입이 열리지 않았다.

"넌 계속 나를 용서하려고 했지만 내가 매번 그 기회를 놓쳤지. 넌 마지막의 마지막까지 날 용서하려고 했는데. 네가 그랬지. 미안하다고 말하지 않는데 날 어떻게 용서할 수 있냐고. 그 말을 들을 때까지 몰랐어. 네게 사과해야 한다는 것을. 그렇게 도망쳐서 내가 뭘 잃어버렸는지 너도 알 거야."

"당신이 뭘 잃어버렸는데?"

지형은 주윤이 자신을 '당신'이라고 부르는 것에 놀랐다. 그렇지만 곧 깨달았다.

'진짜' 오빠는 윤명진이니까. 이제 진짜 오빠를 만났으니까 자신은 오빠가 될 수 없었다.

"너, 그리고……."

지형은 뭔가 더 말하려고 하다가 입을 다물었다. 그 이야긴 아직 하고 싶지 않았다. 주윤이 꺼내기 전까지는 모른 척하고 싶었다.

지형은 표정을 바꾼 후 입을 열었다.

"혹시 윤다은으로 돌아가려고 이주윤일 때의 모든 것들을 없는 것으로 하고 싶었던 거야? 그렇다면 이주윤 쪽을 이렇게 내

팽개치지 말고 잘 정리해 줘."

"당신도 그렇고 이든도 그렇고, 왜 그렇게 윤다은이라는 이름에 집착하지? 이름이 그렇게 중요해? 나는 나야. 윤다은으로 불리든 이주윤으로 불리든 그건 부르는 사람 마음이겠지. 그렇지만 나는 나라고."

한때는 윤다은이라는 이름에 집착했었다. 윤다은이 되면 행복해질 거라고 맹목적으로 믿었다.

이곳에서 살면서, 자기 자신을 찾아가면서 주윤에겐 어떤 이름이든 상관없어졌다. 윤다은이면 행복하고 이주윤이면 불행한 것이 아니었다.

그냥 '내'가 불행할 때도 있었고 행복할 때도 있었을 뿐이었다. 이제 주윤은 불행에 휘둘리지 않을 만큼 어른으로 성장했다. 불행을 견딜 만큼 자란 것이다.

"당신한테 난 이주윤이야, 윤다은이야?"

지형은 바로 대답하지 못했다.

"이주윤을 만나러 온 거야, 윤다은을 만나러 온 거야?"

"너를 만나러 온 거야."

잠시 후 지형은 덧붙였다.

"네가 이주윤이 아니라 윤다은이길 바랐던 건⋯⋯."

지형은 시선을 돌려 창밖에 보이는 푸른 호수를 응시했다.

"⋯⋯내가 이효관의 아들이었기 때문이야. 네가 이주윤이면 난 절대 안 되니까. 네 곁에 있는 것도 안 되니까. 언젠가, 언젠가 밝혀야 한다고 생각했어. 너에게 선택권을 줘야 한다고. 그렇지만 두려웠어. 네가 날 떠난다는 생각만으로도 난 머릿속이 텅 비는 것 같았어. 네 몸에 멍 자국이 늘고, 네 눈빛이 흐려지는 것을 보면 볼수록, 널 그렇게 만든 사람이 내 아버지라는 것, 그리고 나는 그 사람의 아들이라는 것을 잊으려야 잊을 수가 없었어. 네 말이 맞아. 난 비겁했고 이기적이었어. 그리고 널 믿지 못했어. 네가 날 사랑하는 걸 말이야."

"내가 당신을 사랑하는 걸 못 믿었다고?"

"너도 그랬지 않니? 너도 내가 널 사랑하는 걸 못 믿었잖아. 우린 겁쟁이였잖아. 바닥이 단단한 걸 믿지 못해 발을 딛지 못하는 사람들이었지."

두 사람은 잠시 말을 잊고 멍하니 있었다.

지형이 입을 열었다.

"나는 내가 이효관의 공범이라는 것을 인정해."

지형은 지갑에서 명함 한 장을 꺼냈다. 주윤은 명함에 적힌 이름을 보았다.

"인동주 감독? 누구야?"

"다큐멘터리 감독이야. 문화재단에서 이 사람 다큐멘터리 제작을 지원해 주기로 했어. 여성 문제와 아동 학대를 테마로 하는 다큐멘터리 제작을 앞으로도 계속 지원할 거야."

"그런데 왜 이걸 나에게 주는 건데?"

주윤은 영문을 모르는 얼굴로 지형을 응시했다.

지형은 한참을 망설인 후에 말했다.

"그게 내 사과야. 네가 받아 줄진 모르겠지만."

"사과라고?"

"네가 가장 바랐던 것이 뭔지 생각해 봤어. 넌 그 사람들이 널 학대했지만 살아남았다는 이야기를 하고 싶었을 거야. 그래서 아동 학대 피해자들의 이야기를 듣고, 널리 알리는 일이 하고 싶어졌어."

주윤은 지형이 그렇게까지 생각했다는 사실에 놀랐다.

"그 다큐멘터리에 출연자로 나갈 생각 없어?"

"뭐?"

"온 세상 사람 앞에서 한혜선과 이효관이 널 어떻게 학대했는지, 그리고 넌 어떻게 살아남았는지를 이야기하지 않을래? 둘 다 죽어 버려서 법으로 처벌할 수 없다면 이렇게라도 알려야지. 그들이 어떤 사람인지 말이야."

기록은 사람보다 오래 살아남았다. 그들이 죽은 후에도 기록은 남았다.

"그리고 유진이를 위해서도."

"그게 어떻게 유진이를 위한 일이지?"

"누구보다 유진이가 알아야 할 일이니까. 엄마가 얼마나 대단한 사람인지 알고 싶을 테니까."

"내가 대단해?"

"그래. 살아남은 것만으로도 넌 대단해. 게다가 지금 네 모습을 보니까 더더욱 대단해. 그 사람들은 평생 알지 못했던 빛과 행복 속에 네가 있으니까. 그리고 누군가가 네 이야기를 듣고 살아야겠다는 희망을 품는다면, 네 고통은 우리뿐만 아니라 다른 사람에게도 의미가 있겠지. 어쩌면 그게 네가 가장 바랐던 복수가 아닐까."

주윤은 아무 말도 하지 못했다. 지형이 갑자기 몸을 일으켜 주윤도 놀라서 따라 일어났다.

"그럼 연락해 줘. 내 전화번호는 그대로야. 메일도 그대로고."

혹시라도 주윤에게 전화가 올지 몰라 번호를 바꾸지 못했다.

"아, 참. 주윤아, 잠깐만 가만히 있어 줘."

주윤은 영문도 모르고 가만히 서 있었다.

지형은 휴대전화로 주윤의 사진을 찍었다.

"네 사진이 거의 없어서. 유진이한테 보여 줄게."

지형이 응접실을 나갔다. 지형의 발소리가 들리지 않자 주윤은 다시 소파에 풀썩 주저앉았다. 온갖 감정이 복잡하게 뒤섞여 폭발할 것처럼 눈물이 나왔다.

맨디는 포치 근처 마당에서 아이들과 놀고 있다가 지형이 나오는 것을 보고 다가왔다.

"생각보다 오래 걸렸네요? 금방 쫓겨날 줄 알았더니."

"다행히도요."

맨디는 심술궂은 미소를 지으며 물었다.

"앨범은요?"

지형은 허가 찔려서 어색한 미소를 지었다.

"세상에 하나밖에 없는 거라면서요? 그걸 돌려받으려고 오신 거 아닌가요?"

"그러니까 주윤이한테 주고 싶어요."

두 사람은 지형의 차가 있는 곳으로 걸어갔다.

"강지형 씨, 여긴 온 진짜 이유가 뭐죠?"

"아시잖아요."

"모르는데요?"

기어이 지형의 입에서 듣겠다는 맨디의 고집이 느껴졌다.

"집으로 데려가려고요."

"과연 그럴 수 있을까요?"

"한 번도 내 앞에 장애물이 없었던 적이 없었습니다. 나는 애초부터 주윤이 앞에 나타나선 안 되는 사람이었습니다. 안 되는 줄 알면서도 시작했고, 끝낼 수 있는 줄 알고 끝내 봤지만 그건 불가능한 일이었습니다."

한때는 자신이 사라져 주는 게 주윤을 위한 일이라고 생각했지만, 아니었다.

"주윤이가 제게 한 마지막 부탁을 들어주고 싶어요. 주윤이는 제게 행복하라고 했습니다. 그래서 여기 왔습니다. 주윤이 없이는 제가 행복할 수 없거든요."

맨디는 할 말을 잃었다.

지형에 비하면 불도저는 아주 젠틀했다. 이든도 막무가내인 구석이 있었지만, 이 남자보다는 덜했다. 도대체 이 남자가 6년을 어떻게 참았는지 이해할 수 없을 정도였다.

지형은 나지막한 소리로 말했다.

"저 이혼 안 합니다. 절대로."

지형은 밝게 미소 지으며 차에 탔다.

사라지는 지형의 차를 보면서 맨디는 중얼거렸다.

"이런 이든, 당신은 또다시 여동생을 잃을 것 같네."

그렇지만 맨디는 미소를 짓고 말았다. 그리고 생각했다.

주윤의 긴 잠을 깨운 건, 자신과 이든이 아니라 바로 강지형이었을지도 모르겠다고. 주윤이 눈을 뜬 건, 강지형을 다시 보기 위해서였을 거라고.

우리 엄마 아니야!

—

월요일인데 주윤이 집에 있었다. 이번 주는 주윤을 못 보는 줄 알았는데 이렇게라도 얼굴을 보니 이든은 좋았다.

그러나 기분이 좋은 것도 잠시였다. 맨디가 조심스럽게 지형의 이야기를 꺼낸 것만으로 이든의 표정이 확 구겨졌다. 지형이 집에 다녀갔고, 주윤을 만났다는 이야기를 듣고 나서는 이미 마음속으론 화를 내고 있었다.

"그래서?"

주윤은 짧게 대답했다.

"가려고."

"뭐?"

"언젠가는 해야 할 일이니까. 나와 그 사람 사이가 어떻든 아이를 없는 존재로 만들 순 없잖아."

이든은 마음속으로 이를 갈았다. 아이 문제에 대해서는 아무리 강지형이 싫어도 험한 소리를 할 수 없었다.

그 역시 비슷한 경험이 있었다. 현호의 존재를 알고 얼마나 힘들었던가. 주윤의 마음을 이든은 충분히 이해할 수 있었다.

자신은 존재 자체를 몰랐지만, 주윤은 열 달을 품어서 낳은 아이를 포기한 것 아닌가. 자신보다 백배 더 힘들었을 것이다.

주윤은 다큐멘터리 건에 대해서는 입 밖에 내지 않았다. 그 이야기는 맨디한테도 하지 않았다. 아직 마음의 결정을 내리지 못했기 때문이었다.

"하아."

이든은 기가 막힌다는 듯 고개를 세게 젓고는 팔짱을 꼈다.

"맨디, 자리 좀 비켜 줘."

맨디는 고개를 끄덕이며 자리에서 일어나 나갔다.

이든은 한참을 망설이다가 말했다.

"아이를 데려오길 원한다면 오빠가 어떻게든 해 줄 수 있어."

아이 때문에 굳이 지형을 만날 필요는 없다는 뜻이었다.

"그 아인 강지형 아이야. 내 아이가 아니라. 처음부터 그랬어."

이든은 한숨을 내쉬었다. 지형과 주윤이 어떤 관계인지 도무지 알 수 없었고, 또 물어볼 생각도 없었다.

주윤을 그 지경으로 만든 것만으로도 이든에게 지형은 가석방 없는 종신형에 처해야 마땅한 놈이었다.

"오빠가 뭘 걱정하는지 알아. 하지만 그렇게 되진 않을 거야."

"내가 뭘 걱정하는데?"

"돌아오지 않을까 봐, 강지형 때문에 또 상처 받을까 봐 걱정하잖아."

"도대체 강지형은 너한테 어떤 존재니?"

이든은 지형을 순수하게 미워할 수만은 없었다. 그가 없는 시간 동안 주윤을 실질적으로 지켜 준 사람이 지형이었기 때문이다.

그렇지만 지형에게 주윤을 보내고 싶지 않았다. 주윤과 지형 사이에 무슨 일이 있었는지는 모르지만, 주윤이 그와 맨디에게 SOS 신호를 보냈을 때의 모습이 여전히 뇌리에 선명하게 남아 있었다.

그때 지형은 주윤의 쉴 곳이 되어 주지 못했다. 주윤이 자신을 거기까지 몰아붙인 데에는 분명 지형의 탓도 있었다.

"도대체 두 사람 사이에 무슨 일이 있었던 거야?"

그건 말로 할 수 없는 길고도 복잡한 이야기였다. 그리고 그 누구에게도 말하고 싶지 않은 이야기였다.

주윤은 자리에서 일어나 창 쪽으로 걸어갔다. 창에 비친 호수의 풍경을 멍하니 바라보면서 주윤은 천천히 입을 열었다.

"……긴 잠을 자면서 나는 꿈을 꾸었어."

주윤이 그 잠에 대해 이야기를 꺼낸 건 처음이었다.

"꿈에서 난 여섯 살 난 아이였고, 눈이 펑펑 내리는 길을 혼자 걸어가고 있었어. 길에는 아무것도 없었어. 집도 없었고 차도 없었고 그 흔한 나무도 없었지. 나는 코트조차 입지 않았고, 맨발에 맨손이었어. 어디를 가는지도 모르고 계속 기계적으로 발을 내디뎠어."

아마도 목적지는 죽음이었을 거라고 생각한다.

"발을 내디딜 때마다 온몸을 바늘로 찌르는 것처럼 아팠어. 그렇지만 눈물조차 나오지 않았어. 처음엔 발목까지 왔던 눈이 나중엔 내 키보다 높이 쌓이고 난 눈 속에 파묻혀서 잠이 들려고 해. 영원히 깨지 않을 것 같은 길고 편한 잠이 막 들려고 할 때마다 강지형이 날 깨우고 사라져. 그럼 또 나는 눈밭을 걷고, 쓰러져서 잠이 들려고 하고, 또 강지형이 나타나 날 깨워. 제발 깨우지 말아 달라고 애원해도 그 사람은 날 깨워. 잠이 들면 춥지도 않고 아프지도 않은데, 그래서 영원히 자고만 싶은데, 그 사람이 못 자게 했어. 울면서 깨우지 말라고 해도 깨우고, 내 눈앞에서 사라지라고 해도 사라지질 않았어."

주윤을 자게 한 것도 지형이었고 또 깨운 것도 지형이었다.

"그래서 깨어났어. 그 사람을 볼 때마다 너무 괴로워서. 그 사람을 보지 않으려면 내가 깨어나는 수밖에 없었어."

이든의 눈에서 눈물이 쏟아졌다.

"미안해. 정말 미안해."

얼마나 추웠을까. 얼마나 외로웠을까.

거기에 있어 줬어야 했다.

주윤은 꼭 해 주고 싶었던 말을 했다.

"오빠, 이제 미안해하지 마. 내가 그 이야기를 할 수 있는 건 더 이상 그 이야기를 해도 마음이 아프지 않아서야."

아마도 지형 역시 마찬가지일 것이다. 이제 주윤을 봐도 괜찮고, 아무렇지 않은 것이다. 그러니 이곳에 올 수 있었던 것이다.

"그 사람은 나에 대한 마음이 다 정리된 것 같아. 감정이 남았다면 여길 오지 않았을 거야."

"너는?"

"나는……."

주윤은 한참 동안 말을 잇지 못했다.

"나도 그래야겠지."

"조금이라도 다시 시작하고 싶은 마음이 있다면, 말리지 않을게."

주윤은 고개를 저었다.

"싫어."

이제 겨우 지형이 없는 시간에 익숙해지려고 하고 있었다.

"오빠, 나 그 사람 사랑하면서 정말 힘들었어."

주윤은 농담처럼 말했다.

"인생에 남자가 강지형 하나라면 내 인생이 너무 불쌍하지 않아? 이혼 잘 마무리한 뒤에 실컷 데이트도 하고 연애도 하고 그럴 거야."

이든은 무겁게 한숨을 내쉬며 말했다.

"그래, 가라. 그렇지만 언제든 네가 돌아올 곳이 있다는 것을 잊지 마."

주윤은 힘없이 미소 지으며 고개를 끄덕였다.

이든에게 말하지 않은 것이 하나 있었다. 지형을 본 순간, 주윤은 자신이 지형을 만날 날을 고대하고 있었다는 것을 깨달았다. 지금 모습을 지형에게 보여 주고 싶었다.

예전에 주윤은 거울을 보는 것도 싫었다. 자기 자신이 너무나도 끔찍해서였다.

그렇지만 이젠 아니다. 주윤은 지금의 자신이 꽤 마음에 들었다.

언제부터 그런 마음이 들었을까?

아마도 자신이 혼자 잘 살고 있다는 것을 실감한 순간부터였을 것이다.

당신 없이도 나는 잘 살아, 그런 마음이 아니었다.

당신 없이도 나는 잘 살 수 있어. 그러니까 걱정 마, 그런 마음이었다.

무수한 고통에서 벗어나 조금씩 괜찮아질 일만 남은 순간부터 든 마음이었다.

'그날, 당신은 날 어떻게 봤을까?'

주윤은 진심으로 궁금했다. 조금은 괜찮아 보였으면 좋겠다고 생각했다.

"오빠, 내가 고맙다는 말을 했던가?"

"수없이 했지."

"그래도 다시 하고 싶어. 오빠, 고마워. 오빠가 있어서, 윤명진이 내 오빠라 정말 다행이야."

이든은 주윤에게 다가가 가만히 포옹했다.

"날 구해 줘서 고마워, 오빠."

이든이 말했다.

"내가 널 구한 게 아니야. 네가 날 구한 거지."

이든의 전용기를 탄 순간, 지형은 그가 억만장자라는 사실을 처음으로 실감했다.

주윤은 안 와도 된다고 했지만, 지형은 굳이 주윤을 데리러 왔다. 미국에 출장 왔다가 돌아가는 길이라는 거짓말을 한 후에야 주윤은 겨우 그렇게 하라고 고개를 끄덕였다. 비행기표는 지형이 준비할 생각이었지만, 이든이 자기 전용기를 타고 가라고 고집을 부렸다.

유치한 재력 자랑 같기도 했고, 주윤 뒤에 누가 있는지 잊지 말라는 경고 같기도 했고, 또 언제든 네가 원할 때 비행기표 같은 거 끊지 말고 바로 이곳으로 날아오라는 말 같기도 했다. 하여튼 지형이 상종 못 할 나쁜 놈이라는 생각엔 여전히 변함이 없는 것 같았다.

무언가가 바닥에 떨어지는 느낌이 들어 지형은 고개를 들었다. 건너편에 있는 주윤이 몸을 뒤척이는 서슬에 덮고 있던 담요가 바닥에 떨어지는 소리였다. 전날 거의 밤을 새웠는지 주윤은 피곤해 보였다. 갑작스럽게 장기 휴가를 내는 것이 쉽지 않나 보다고 지형은 생각했다.

주윤이 직장 생활을 한다는 게 좀 우스웠다. 지형에게 주윤은 그런 현실과는 상관없이 사는 사람이었다. 지형이 아는 주윤은 전자레인지를 돌릴 줄도, 인터넷 쇼핑을 할 줄도 몰랐고, 마트나 편의점에 가 본 적도 없었다.

주윤과 자신 사이에 6년만큼의 간격이 벌어져 있음을 실감했다.

공항을 출발한 지 여섯 시간, 주윤은 가끔 몸을 뒤척이긴 했지만 표정은 편해 보였고 숨소리도 골랐다.

유진이를 가졌을 때 편안하게 잘 자다가 갑자기 발작하듯 몸을 떨며 잠에서 깨고 한참을 울다가 다시 잠이 드는 것을 지형은 모른 척했었다. 그때 주윤이 무슨 악몽을 꾸고 있었는지 지형은 한참 후에야 알게 됐다.

'나는 정말 네게 아무 도움이 되지 않았구나.'

모든 것을 다 주윤에게 지우고, 지형은 자신의 감정에만 충실했었다.

지형은 자리에서 일어나 주윤에게 다가가 바닥에 떨어진 담요를 주웠다. 객실 안의 공기는 적당히 쾌적해서 굳이 담요를 덮지 않아도 괜찮았지만, 그 핑계로 주윤에게 가까이 가고 싶었다.

담요를 덮어 준 후에도 지형은 자기 자리로 돌아가지 않았다. 한참 동안 주윤을 내려다보다가 손가락으로 조심스럽게 뺨을 어루만졌다. 따뜻하고 부드러운 촉감이 손끝에 맴돌았다. 미세한 전류가 손가락을 타고 흘러들어 오는 것 같았다.

지형은 숨을 훅 들이쉬었다. 머리가 어지러웠다. 그 짧은 접촉으로도 많은 것이 되살아났다. 이제 주윤이 깨든 말든 상관없다는 기분이었다. 주윤의 머리카락을 쓰다듬으며 생각했다.

'우리에겐 다시라는 말이 어울리지 않아. 주윤아, 우리는,

우리 사이는 단 한 번도 진짜로 끝낸 적이 없었으니까. 적어도 나는.'

지형은 주윤의 머리카락에 입을 맞췄다. 이 비행기가 이든의 것이라는 것 말고 모든 것이 만족스러웠다.

"긴장되니?"

지형은 조수석에 앉아 두 손을 꽉 쥐고 있는 주윤을 힐끗 보면서 물었다. 주윤은 지형의 질문에 아무 대답도 하지 않고 정면만 계속 응시했다.

지형 역시 긴장되는 건 마찬가지였다. 아직 유진에게는 주윤이 온다는 이야기를 하지 않았다.

지형은 집 앞 주차 공간에 차를 세웠다. 차에서 내린 주윤은 집을 보고 깜짝 놀랐다. 마당이 딸린 2층 주택이었다. 눈처럼 흰 2층 건물이 붉은 벽돌담 안에 서 있었다.

어디선가 장미 향기가 나는 것 같아 주윤은 숨을 깊게 들이쉬었다. 달콤한 장미 향기와 함께 된장찌개 끓이는 냄새, 고등어를 굽는 냄새도 났다. 평범한 사람들이 살아가는 일상의 냄새였다.

주윤은 이 집이, 이 집이 있는 동네가 좋아졌다.

예쁜 집이었지만 동네도 그렇고, 아무리 봐도 라렌느의 강지형 회장이 살 법할 집은 아니었다.

"성북동 집은 팔았어?"

"아니. 리모델링해서 설치미술 전시 공간으로 쓰고 있어. 아델린하우스처럼 예술을 위한 공간으로 리모델링하는 게 한 회장의 유지였다고 했어."

그 집은 지형에게도 지긋지긋한 곳이었다. 마음 같아선 벽돌하나 남기지 않고 다 부숴 버리고 싶었지만, 자신에게 그럴 권리가 없는 것 같았다.

그렇다고 그 부부를 위한 기념관 따위는 결코 짓고 싶지 않았다. 마침 문화재단에서 설치미술 전시 공간을 고민하고 있길래 지형은 기꺼이 그 집을 내놓았다. 한 회장의 유지 운운은 손이사가 꾸며 낸 말이었지만, 아무도 그 진위를 궁금해하지 않았다.

"이 집이 지금 내가 번 돈으로 얻을 수 있는 최선의 집이야."

아파트를 팔고 저축을 깨고 대출도 받아서 산 집이었다. 지형이 대출을 받아야겠다고 하며 액수를 말하자 은행 직원은 황당해했다.

지형은 주윤의 표정에서 주윤이 묻고 싶은 것이 뭔지 알았다. 왜 자신이 이런 평범한 서민 동네의 평범한 집에서 사는지 궁금해하는 눈치였다.

"그 사람들 돈으로 내 딸 키우고 싶지 않아. 한 번도 그 재산을 내 것이라고 생각해 본 적 없어. 그 돈, 한 푼도 건드리지 않았어. 걱정하지 마. 유진이 키우는 데에는 부족함 없이 버니까."

분위기가 다소 무거워진 것 같아 지형은 표정을 밝게 바꾸고 가벼운 어조로 말했다.

"이 동네는 옛날 동네라 집집마다 다 별명이 있어. 우리 집은 벽돌집, 앞집은 브리사집이라고 부르고, 뒷집은 전파사집이라고 불러."

앞집은 집주인 할아버지가 70년대에 중동으로 일하러 가서 번 돈으로 브리사 자동차를 사서 그렇게 불리게 됐고, 뒷집은 동네에서 전파사를 오래 하다가 건물을 허물고 가정집으로 새로 지어 더 이상 전파사도 아닌데도, 옛날에 불리던 대로 계속 전파사집이라고 불렸다.

"그럼 들어가자."

지형이 대문을 열쇠로 열고 들어갔다.

"편하게 앉아서 기다리고 있어. 유진이 데리고 올게."

곧 유진의 유치원 차가 집 앞에 올 시간이었다. 원래는 송 여사가 유진을 데리고 오지만, 오늘은 주윤이 오는 날이라 일찍 퇴근하시라고 말해 두었다.

유진을 기다리는 짧은 시간 동안 주윤은 긴장해서 안절부절 못했다. 아이를 어떻게 봐야 할지 어색하고 또 어색했다. 도망치고 싶었다. 문이 열리는 소리가 나자 심장이 입 밖으로 튀어나올 것 같아 입을 꽉 다물었다.

지형이 아이 손을 잡고 거실로 들어왔다. 주윤은 소파에서 벌떡 일어났다.

유진은 낯선 사람이 거실에 있는 것을 보고 발걸음을 멈추고는 무슨 일이냐고 묻는 듯한 눈으로 지형을 바라보았다.

지형이 벅찬 목소리로 말했다.

"유진아, 엄마야."

유진은 놀라서 눈을 깜빡거렸다.

"아빠가 약속했잖아. 엄마 데리고 오겠다고. 엄마가 미국에서 유진이 보러 왔어."

지형이 재차 말했지만 유진의 표정은 오히려 더 굳어졌다. 아까는 낯설어만 했다면 지금은 적개심까지 느껴지는 얼굴이었다.

침입자를 보는 눈빛. 유진의 눈빛이 딱 그랬다.

주윤은 유진의 적개심에 온몸이 굳는 기분이었다. 유진에게 다가가 겨우 인사를 했다.

"안녕."

주윤은 유진의 머리를 쓰다듬어 주려고 했지만 아이는 날쌔게 몸을 뒤로 뺐다. 어색하게 손을 거둬들였다.

당황한 건 지형도 마찬가지였다. 그렇게 엄마가 보고 싶다고 말한 유진이 맞나 싶을 정도로 반응은 차가웠다.

유진은 냉랭한 눈빛으로 주윤을 훑어보았다.

어디서 아이 우는 소리가 들리는 것 같아 주윤은 혀를 깨물었다. 숨넘어갈 듯 울면서 아이는 엄마를 찾았지만 주윤은 고개를 돌렸다. 그날의 기억이 면도칼처럼 주윤의 심장을 저몄다.

이 아이는 알고 있었다. 주윤이 자신을 버렸다는 것을.

'오지 말았어야 했어. 내가 무슨 자격으로……'

지형의 달콤한 말에 넘어간 자신을 원망했다.

"유진아, 엄마한테 인사해야지."

"우리 엄마 아니야!"

유진은 날카롭게 소리를 질렀다.

"강유진."

지형은 당황해서 자기도 모르게 엄하게 유진을 불렀다.

주윤은 그러지 말라는 듯 고개를 젓고는 유진의 눈높이에 맞춰 쪼그려 앉아 아이를 바라보았다.

참 예쁜 아이였다. 지형이 온 힘을 다해 키운 게 분명했다. 마땅히 받아야 할 사랑과 보호를 받고 자란 아이는 이런 빛을 내뿜는다.

그렇지만 주윤은 당황했다. 당연히 느껴져야 할 애정이, 끌림이 없었다. '이 아이가 누구지?'라는 게 솔직한 심정이었다. 유진은 주윤이 낳았지만 낯선 존재였다.

불편한 공기가 거실을 가득 채웠다.

가장 당황한 사람은 지형이었다. 그가 상상한 모습은 이런 게 아니었다. 유진은 주윤에게 와락 달려가 안기고, 주윤은 그런 유진을 꼭 껴안고 눈물을 흘리는, 그런 감동적인 장면을 상상했었다. 그렇지만 현실은 서로 낯선 사람처럼 바라보는 주윤과 유진이었다. 기가 막혔다. 그렇게 엄마가 보고 싶다고 말한 유진이 왜 이러나 싶었다.

유진의 눈앞에 있는 주윤은 그동안 상상했던 엄마와 달랐다. 엄마를 상상할 때 느꼈던 기분은 온데간데없었다. 눈앞에 있는 이 여자는 그냥 처음 본 낯선 여자였다.

어색함을 견디다 못한 유진이 지형의 뒤로 숨었다.

"강유진, 너 왜 그래? 엄마한테 제대로 인사해야지. 유치원에서 배웠잖아.”

생전 처음 듣는, 지형의 야단치는 듯한 소리에 유진은 기분이 나빠졌다. 아빠가 이 여자 때문에 화를 내고 있다고 생각하니 이 여자가 이젠 싫어졌다.

지형은 당황해서 유진을 앞으로 끌어내리려고 했다. 그럴수록 지형의 바짓가랑이를 쥔 유진의 고사리손에 힘이 들어갔다.

할 수 없이 지형은 유진을 안아 올렸다. 고목에 붙은 매미처럼 유진은 지형에게 찰싹 매달렸다. 마치 아빠를 절대 안 뺏기려는 듯한 행동 같기도 했다.

유진은 주윤을 거부했다. 아이들은 자신에게 사랑과 시간과 공을 들인 만큼 마음을 돌려준다. 아무것도 준 게 없으니 당연한 결과였다.

주윤이 입을 열었다.

“그래, 난 유진이 엄마가 아니야.”

유진이 고개를 돌려 어리둥절한 눈으로 주윤을 바라보며 말했다.

“우리 엄마 아니야?”

“응.”

“그럼 누구야?”

“유진이를 낳은 사람.”

낳았다고 다 엄마가 되는 건 아니지.

주윤은 그렇게 생각했다.

유진은 혼란스럽다는 얼굴을 했다.

낳은 사람이 엄마 아닌가?

"유진이가 날 엄마로 생각하지 않으면 엄마가 아니야. 그러니까 억지로 엄마라고 부를 필요 없어. 음, 선생님이라고 부르면 되겠다. 아줌마를 다른 사람들은 선생님이라고 많이 부르거든."

수의사 선생님이니까 틀린 말은 아니었다.

"선생님 갈까?"

유진은 고개를 끄덕이며 말했다.

"가."

지형이 급하게 말했다.

"주윤아, 가긴 어딜 가. 위층에 네 방 마련해 뒀어. 거기서 잠시 쉬고 있어. 2층 복도 왼쪽에서 두 번째 방이야. 씻고 옷 갈아입고 내려와. 저녁 먹자."

지형은 일단 둘을 떨어뜨려 놓는 게 좋을 것 같다고 생각했다.

주윤이 트렁크를 들고 2층으로 올라가자, 지형은 유진을 바닥에 내려놓고 말했다.

"강유진, 너 왜 그래? 엄마 보고 싶다고 해서 엄마가 미국에서 유진이 보러 온 거잖아. 그리고 우리 집에 온 손님한테 가라고 하는 건 도대체 어디서 배운 나쁜 버릇이야."

유진은 입을 비죽거렸다. 눈앞에 있는 사람이 엄마라는 게 믿어지지 않았다. 잘 모르는 어른이 집에 있는 게 불편했다.

반항이라도 하듯 유진은 말했다.

"우리 엄마 아니야."

"강유진."

"우리 엄마 아니라고!"

지형은 유진이 늘 하고 다니는 펜던트 목걸이를 열어 사진을 보여 주며 말했다.

"사진을 봐. 엄마잖아."

"아니야. 우리 엄마 아니라니까."

지형은 막무가내인 유진을 진정시키지 못해 쩔쩔맸다.

"진짜 엄마를 데려오란 말이야!"

유진은 발까지 구르며 소리를 질렀다. 유진의 눈에는 눈물까지 고여 있었다.

계단 끝에서 주윤은 그 말을 고스란히 들었다. 방문을 열고 들어갔다. 짐을 푸는 것도 잊고 침대에 앉았다.

'이주윤, 너 참 뻔뻔하다. 유진이한테 네가 환영받을 생각을 하다니.'

자신이 낳은 아이가 낯선 자기 자신도 미웠다.

어째서 그렇게 보고 싶어 했고 그리워했던 아이가 눈앞에 있는데 와락 안아 줄 마음이 생기지 않는 걸까?

'역시 나는 엄마가 되면 안 되는 사람이 맞나 봐.'

주윤은 쓰게 웃었지만, 눈에는 눈물이 고였다.

아래층에서 들려오는 우는 소리가 더 커졌다.

주윤은 침대에서 벌떡 일어났다. 다시 가방을 들고 내려갔다.

유진을 달래던 지형은 가방을 들고 내려오는 주윤을 보고 놀라서 몸을 일으켰다.

"아무래도 내가 여기 묵는 건 힘들 것 같아. 이 근처 호텔로 갈게. 유진이 진정되면 그때 밖에서 보자. 갑자기 집에 온 게 싫었나 봐."

주윤은 자신이 유진에게 한 번도 본 적 없는 낯선 여자라는 사실을 인정했다. 주윤에게도 유진은 처음 본 낯선 아이였다. 이야기와 현실은 달랐다.

지형은 당황해서 주윤의 손을 꽉 잡았다.

"가긴 어딜 가. 유진이는 곧 괜찮아질 거야. 강유진, 너 자꾸 고집부릴래?"

늘 자기편이던 지형이 또 언성을 높이자 유진의 얼굴이 새빨갛게 달아올랐다. 유진은 폭발 직전이었다. 조금만 더 감정이 상하면 서너 살 때처럼 바닥에 누워서 울부짖을 작정이었다. 아빠가 오늘처럼 이상해 보인 적은 없었다.

지형 역시 폭발 직전이었다. 주윤이 자신을 거짓말쟁이라고 해도 할 말이 없었다. 어째서 이렇게 아빠 마음을 몰라주는 건지, 유진이 야속했다. 엄마한테 예쁜 모습을 보여 주는 것만으로도 부족한데, 이렇게 떼쓰고 울고 화내는 모습을 보여 주다니, 정말 속이 상했다.

그렇지만 주윤은 그런 유진이 하나도 미워 보이지 않았다.

이 아이는 자신과 달리 정상이고 평범했다. 이 아이에겐 그늘도, 상처도 없었다.

보호받고 사랑받은 아이는 이렇게 크게 울고, 떼쓰고, 짜증을 부린다. 그래도 버림받지 않을 것을 알기 때문이다.

주윤은 단 한 번도 이렇게 떼를 써 본 기억이 없었다. 매 순간 숨죽이고 눈치를 보았다.

사랑까지는 바라지도 않았다. 그저 버려지지만 않기를, 내동댕이쳐지지만 않기를, 죽도록 얻어터지지만 않기를 바랐다.

"유진이가 진정될 때까지 나가 있을게."

주윤은 유진을 보고 말했다.

"유진아, 이제 갈게. 유진이가 오라고 할 때 올게."

지형의 얼굴이 사정없이 구겨졌다. 유진은 그런 지형의 모습을 불안한 눈으로 바라보았다.

"안녕, 유진아. 나중에 보자."

주윤은 손을 흔들고 아무 미련 없다는 듯이 현관으로 나갔다.

막 신발을 신고 나가려는데 작은 손이 주윤의 트렁크를 붙잡았다.

"가지 마."

주윤은 작은 손을 물끄러미 내려다보았다.

"안 가도 돼, 선생님."

"그럴까?"

유진은 고개를 끄덕였다.

"그럼 선생님 여기 며칠 있어도 돼?"

"응."

"고마워."

주윤은 겨우 집에 다시 들어올 수 있었다.

유진은 여전히 낯선 눈으로 주윤을 바라보았다. 경계하는 기색이 역력했다.

이 아이와 친해지는 건, 쉽지 않을 것 같았다.

저녁 식사는 아무리 좋게 봐도 좋다고는 말할 수 없는 분위기였다.

어색한 주윤, 명백하게 삐친 것 같은 유진, 그리고 그 둘 사이에서 우왕좌왕하는 지형.

주윤은 입에 뭐가 들어가는지도 모를 정도였다. 뭔가 화제를 꺼내 이야기를 하려고 해도 대화가 이어지지 않았다. 유진은 주윤이 묻는 말이나 하는 말을 모두 무시했다. 보다 못한 지형과 주윤이 뭔가 이야기를 나누려고 하면 유진이 끼어들어 엉뚱한 말을 해서 번번이 대화가 중단되었다.

대화만 문제가 아니었다. 딱히 엄하게 키우지 않았는데도 유진은 지형이 뿌듯할 정도로 생활 습관이나 식사 예절이 잘 잡힌 아이였다. 도우미로 일하는 송 여사가 '유진이 같은 애는 열 명이라도 키우겠다.'라고 말할 정도였다.

그렇지만 오늘은 누가 봐도 눈살을 찌푸리게 굴었다. 식탁에 팔꿈치를 괴고 손가락으로 반찬을 만지질 않나, 반찬이 맛이 없다, 국이 뜨겁다, 밥이 질퍽거린다, 끊임없이 징징댔다. 가자미구이, 백김치, 브로콜리계란찜, 미역국 모두 다 유진이 좋아하는 반찬들이었다. 거기에다 아기처럼 반찬을 하나하나씩 숟가락에 올려 주길 바랐다. 지형이 그렇게 해 주자, 유진은 가시가 있다고 씹던 밥을 그대로 식탁에 뱉어 버렸다.

결국 지형은 싫은 소리를 내고 말았다.

"강유진, 밥 먹기 싫으면 네 방에 올라가."

자기가 잘못을 했으면서 세상 억울하다는 얼굴로 유진은 지형을 바라보았다. 아빠가 이렇게 자신을 배신할 줄 몰랐다는 얼굴이었다.

결국 유진은 울면서 2층에 있는 자기 방으로 올라갔다. 유진이 몇 번이나 뒤돌아보며 흘끔거렸지만, 지형은 따라가지 않았다.

유진이 떠난 식탁. 지형과 주윤도 입맛이 없긴 마찬가지였다.

"미안하다. 유진이가 원래 안 그러는데……."

낯설어서 그렇다는 변명도 이젠 하기 싫었다. 아이는 내키는 대로 천사도 악마도 될 수 있는 존재였다. 오늘처럼 유진이 지형을 괴롭히고 부끄럽게 했던 적은 없었다. 제일 예쁘게 보이고 싶은 오늘, 하필 저렇게 징징거리는 유진에게 지형은 배신당한 기분이었다.

"정말 유진이 평소에 안 그래."

"변명할 필요 없다니까."

식탁은 유진이 헤집어 놓은 음식으로 난장판이었다.

"잠깐 기다려. 다시 밥 차려 줄게."

"아냐. 나 입맛도 없고 피곤해서 쉬고 싶어."

지형 역시 입맛이 없긴 마찬가지였다. 지형은 마음도 지치고 몸도 지쳐서 가만히 앉아 있었다.

"유진이한테 안 올라가 봐도 돼?"

주윤은 유진이 울면서 올라간 게 마음에 걸렸다.

"아니. 잘못하면 혼이 나야지."

지형은 단호하게 말했다. 유진의 잘못도 잘못이었지만 지형
도 기분이 많이 상한 상태였다.

　"저기……."

　주윤은 망설이다가 입을 열었다.

　"유진이가 왜 그러는지 난 알 것 같은데? 불안해서 그래."

　"유진이가 뭐가 불안한데?"

　지형은 그토록 보고 싶다던 엄마를 보고 유진이 왜 저러는지
정말 이해가 되지 않았다.

　"당신 행동이 평소와 너무 다르니까, 아빠를 빼앗기는 것 같
아서 그러는 것 같은데?"

　지형은 뜻밖이라는 얼굴을 했다.

　유진은 아빠밖에 없으니 지형에 대한 애착이 평범한 아이보
다 더 클 것이다. 갑자기 나타난 엄마를, 엄마라기보다는 아빠
의 관심을 뺏는 존재라고 생각할 수도 있었다.

　"내가? 내가 뭐가 다른데?"

　"유진이가 아니라 나한테만 신경을 쓰고 있었잖아. 유진이가
몇 번을 불러도 못 듣고……."

　식사 시간 내내 지형은 주윤에게 시선을 고정하고 있었다.
유진이 태어나서 처음 겪는 일이었다.

　"당신이 엄하게 굴면 유진이는 아마 날 더 미워할걸. 저 여자
때문에 아빠가 저런다고 생각할 테니."

　"저 여자라니."

　"저 여자 맞아."

주윤은 빙긋 웃었고, 지형은 긴 한숨을 내쉬었다.

"나는 어렸을 때의 기억이 있는데도, 여전히 오빠가 많이 낯설어. 평범한 오빠 동생처럼 허물없이 대하지 못해. 오빠도 나도. 어딘지 어색하고, 연기하는 느낌도 들고. 서로 절대 건드리지 말아야 할 선이 있어. 대화할 때도 조심스럽고. 유진이는 어리니까 자기가 느끼는 감정을 거르지 않고 표현하는 거겠지."

이든 이야기가 나오자 지형의 얼굴이 굳어졌다. 오빠라는 호칭을 이든에게 빼앗긴 것 같았다.

"유진이는 날 전혀 모르잖아. 유진이는 엄마가 보고 싶었던 거지, 내가 보고 싶었던 건 아니었을 거야. 나는 유진이의 상상 속의 엄마가 아니라 살아 있는 사람이니까."

주윤은 의자에서 몸을 일으켰다.

"여긴 내가 대충 치울 테니까, 당신은 유진이 곁에 있어 줘."

지형은 망설였다. 주윤이 지형의 손을 잡아 일으켰다. 지형은 화들짝 놀랐다.

"어서. 가서 아무 말도 하지 말고 유진이를 꽉 안아 줘. 내가 그랬으면 좋겠어. 아이가 아무도 없는 방에서 혼자 울고 있는 거, 너무 싫어."

주윤이 식탁 위에 있는 그릇들을 치우기 시작하자 지형은 의자에서 엉덩이를 뗐다.

주윤은 남은 음식물을 처리하고 식기세척기에 그릇들을 넣은 뒤 식탁을 닦았다.

식탁을 닦은 행주를 빨고 있을 때 지형이 부엌으로 들어왔다.

생각보다 빨리 지형이 내려와서 주윤은 의아한 얼굴을 했다.

"유진이가 화가 많이 났나 봐."

하지만 주윤의 눈에는 지형이 화가 난 것처럼 보였다.

지형이 문을 열라고 해도 유진은 요지부동이었다. 열쇠로 문을 열고 들어가자 이불을 뒤집어쓰고 침대에 누워 있는 유진이 보였다.

주윤은 아무 말 하지 말고 안아 주라고 했지만, 육아의 현실은 그렇게 만만하지 않았다. 지형이 억지로 이불을 내리자 유진은 뭐가 서러운지 울음을 터뜨렸다. 유진을 안아 주려고 했지만, 침대에 있던 인형이 날아왔다.

"아빠 미워. 저리 가. 나가!"

"유진아."

"나가라니까. 보기 싫어!"

밉다는 말이 자기를 더 사랑해 달라는 뜻이고, 나가라는 말이 있어 달라는 뜻임을 모르는 게 아니었다. 평소 같았으면 유진이 안쓰러워 '아빠가 미안해.'라고 사과를 하곤 했다.

그렇지만 아무리 어른이고 아빠라도 아이의 감정보다 자신의 감정이 먼저인 날이 있었다. 지형에게 오늘이 그런 날이었다. 오늘 지형은 인내심이 여러모로 바닥이 난 상태였다. 그래서 그렇게 하면 안 되는 줄 알면서도 짜증스러운 표정을 짓고 유진의 방문을 소리 내서 닫아 버렸다.

어른스럽지 못한 행동이라는 것도 알았고, 유진이 놀라고 상처 받을 거라는 것도 알았지만, 그 순간 지형은 도저히 참을 수가 없었다.

"맥주 한잔할래?"

주윤의 입에서 선뜻 '그래.'라는 말이 나오지 않자 지형이 덧붙여 말했다.

"잠 잘 올 거야."

잠이 잘 올 거라는 말에 주윤은 고개를 끄덕였다. 시차에 적응하느라 생체리듬이 깨진 느낌이어서 오늘 밤은 푹 자야 할 것만 같았다.

지형은 냉장고에서 맥주 캔을 두 개 꺼내서 한 개를 주윤에게 던졌다.

"냉동 피자도 있는데, 데울까?"

"응."

"넌 먼저 마당에 나가 있어."

주윤은 마당으로 나갔다. 의자에 앉아 마당을 바라보며 맥주를 반쯤 마셨을 때 지형이 전자레인지에 데운 피자를 가지고 나왔다. 아까는 전혀 식욕이 없었는데, 맥주를 마시고 나니 배가 고팠다.

두 사람은 말없이 캔을 살짝 부딪치고 맥주와 피자를 먹었다.

딱히 할 말은 없었지만 침묵이 부자연스럽지 않았다. 그러고 보면, 예전에 지형과 있을 때도 그렇게 말을 많이 한 기억은 없었다.

시간은 참 이상하다. 영원히 이 사람을 다시 보지 않을 거라고 생각했고, 이 사람 역시 그럴 거라고 생각했다. 다시는 강지형과 삶이 교차되지 않을 거라고 생각했다. 지구 반대편에서 지형이 낮을 살 때 자신은 밤을 살고, 자신이 낮을 살 때 지형은 밤을 사는 게 낫다고 주윤은 생각했다. 그렇게 꿈에서조차 마주치지 말아야 한다고 다짐했다. 그런데 이렇게 낯선 집에 마주 앉아 같이 맥주와 피자를 먹는 날이 올 줄이야.

상상했던 것보다 마음이 불편하지 않았다. 지형의 마음이 어떤지는 알 수 없었다.

"다큐멘터리, 나갈 거야?"

"아직 잘 모르겠어."

확답을 하진 않았다.

감독과 미국에서 전화 통화로 이야기를 나누었을 때 받았던 느낌은 괜찮았다. 자신이 찍는 대상을 존중하고 애정할 줄 아는 사람이었다. 그렇지만 여전히 주윤은 마음을 정하지 못했다. 하고 싶은 마음 반, 하고 싶지 않은 마음 반이었다.

상처를 누군가에게 보이는 것이, 그것도 자신을 모르는 불특정 다수에게 고백한다는 것이 두려웠다. 게다가 이런 이야기를 하는 것이 이든과 지형에겐 상처일 수도 있었다.

이야기를 다 하고 나면 어떤 바람이 불어올까 두려웠다. 자신을 모르는 사람들의 입에 오르내리는 것도 두려웠고, 학대받은 아이라는 낙인이 찍히는 것도 싫었다.

대부분의 범죄에서 수치의 낙인은 피해자의 것이 아니라 가해자의 것이다. 그렇지만 학대나 성범죄는 그 반대였다.

주윤은 지금의 고요함이 좋았다. 그 기억을 다시 떠올리는 게 두려웠다.

지형은 다큐멘터리에 대해 더 이상 묻지 않았다. 지형은 편안하게 등을 의자에 기대고 맥주를 마셨다.

어디선가 고양이 울음소리가 났다. 주윤은 귀를 쫑긋했다. 소리가 나는 곳을 찾으려고 두리번거렸다. 주황색과 노란색의 중간쯤 되어 보이는 빛깔의 통통한 고양이가 담장 위를 천천히 걸어갔다.

"꿀빵이야."

정말 이름이 잘 어울렸다. 자기 이름인 걸 아는지, 고양이가 잠깐 발걸음을 멈추고 '야옹.' 하고 소리를 냈다.

"우리 집 근처에 길고양이 급식소가 있거든. 밥 먹고 가는 길인가 봐."

지형이 손을 내밀어 이리 오라고 하자 꿀빵이가 냉큼 내려왔다. 꿀빵이는 지형의 몸에 얼굴을 비비며 애교를 부렸다. 그리고는 지형을 빤히 바라보다가 혀를 날름거리며 입맛을 다셨다.

지형은 웃으면서 말했다.

"알았어, 간식 줄게."

지형은 집에 챙겨 둔 고양이 간식을 가지러 들어갔다.

붙임성이 좋은 건지 아니면 이 동네 사람들이 잘 대해 줘서 그러는 건지, 한동안 경계하는 듯 꼬리를 낮게 내리고 흔들던 고양이가 꼬리를 치켜들고 다가왔다. 주윤의 냄새를 맡더니 손에 이마를 콩 부딪치며 자기 냄새를 묻혔다.

지형이 간식을 가져왔다는 것을 눈치챈 꿀빵이는 바닥에 등을 대고 벌러덩 누웠다. 주윤이 살짝 배를 만져도 가만히 있었다. 순한 아이였다.

주윤은 고양이를 보고 웃었고 지형은 주윤을 보고 웃었다.

"사실은 주면 안 되는데……. 동네 사람들이 얘만 보면 간식을 줘서 살이 많이 쪘어. 근데 보면 안 줄 수가 없어. 너무 맛있게 먹잖아."

꿀빵이는 눈을 감고 소리까지 내며 간식을 싹싹 먹었다.

"수의사가 키우는 고양이도 풍풍해. 담배 끊는 사람보다 고양이 다이어트시키는 사람이 더 독종이라니까."

두 사람은 웃음을 터뜨렸다. 웃음은 두 사람이 자기도 모르게 세웠던 마음의 벽을 허물게 했다. 주윤은 이런 예쁜 시간이 다시 허락된 것이 믿어지지 않았다.

두 사람은 맥주 한 캔씩을 다시 새로 땄다.

주윤은 자신이 불행하다고는 생각하지 않았다. 하고 싶은 공부를 했고, 원하는 일도 하고 있다. 힘들긴 하지만 보람 있는 일을 한다는 자부심도 있다. 흉금을 털어놓을 수 있는 친구도 있고, 언제든 기댈 수 있는 가족도 있다.

'그런데 이 기분은 뭘까?'

참 편했다.

술기운 때문인지 모르겠지만 주윤은 자기도 모르게 입을 열었다.

"저기 말이야. 우리 친구가 되면 어떨까?"

이렇게 가끔 얼굴 보면서 유진이 소식도 나누고, 좋은 마음으로 웃을 수 있는 시간을 같이 보낼 수 있으면 좋겠다고 주윤은 생각했다.

주윤의 주변에는 이혼하고도 아이 문제로 친구처럼 지내는 커플이 꽤 있었다. 각각 다른 사람과 재혼을 한 후에도 아이 문제로 자주 만나고 같이 시간을 보내곤 했다.

자신과 지형도 그렇게 될 수 있지 않을까?

구차하지만 그렇게라도 지형과 시간을 보내고 싶었다.

주윤의 말을 듣고 지형의 얼굴이 하얗게 질렸다. 캔을 쥔 손이 살짝 떨렸다. 지형은 다 마신 맥주 캔을 세게 우그러뜨렸다. 지형의 얼굴도 맥주 캔처럼 구겨졌다.

지형은 차가운 목소리로 말했다.

"그건 불가능한 일이야."

주윤은 누가 얼굴에 찬물을 끼얹은 듯 화들짝 놀랐다. 살얼음인 줄 모르고 밟았다가 차가운 물속에 빠진 것 같았다.

"그럼 먼저 들어갈게."

지형은 벌떡 일어나 안으로 들어갔다.

주윤은 술이 확 깨 버렸다.

그랬다.

자신과 강지형이 어떻게 친구가 될 수 있단 말인가.

정말 말도 안 되는 제안이었다.

주윤은 씁쓸한 웃음을 지으며 맥주 캔에 입을 댔다.

'내가 선을 넘었구나.'

지형은 주윤이 유진을 낳은 사람이어서 예의 바르게 대할 뿐이었고, 유진을 위해서 주윤이 과거에서 자유로워지길 바랐을 뿐이었다. 그런데 유진이 저렇게까지 주윤을 거부하는 모습을 보았으니, 어쩌면 괜히 불러왔다고 생각할지도 모른다.

너무 편한 분위기에 자기도 모르게 휩쓸려 그들의 과거에 무슨 일이 있었는지 까맣게 잊어버린 척했다. 그런 자신이 지형에게 얼마나 뻔뻔하게 보였을까. 주윤은 두 볼이 붉게 달아올랐다.

맥주 캔 하나를 더 땄다. 혼자 마시는 맥주는 아까처럼 시원하지도, 맛있지도 않았다. 그렇지만 집 안으로 들어가기가 싫었다.

주윤은 맥주를 다 마신 후에도 한참 동안 마당에 앉아 있었다. 자신의 뒷모습을 지형이 오랫동안 불 꺼진 거실에 앉은 채 보고 있다는 것을 주윤은 몰랐다.

아빠한텐 비밀로 해 줘

—

맥주를 세 캔이나 마셨지만 잠은 오지 않았다.

가슴속에서 스산한 바람이 계속 불었다. 지형의 차가운 표정
이 사라지지 않았다.

'내일 호텔을 알아봐야겠다.'

한집에 사는 건 지형도 불편할 테고, 유진 역시 마찬가지였
다. 근처 호텔에 묵으면서 왔다 갔다 하는 게, 천천히 유진과
친해지는 게 나을 것 같았다. 그게 맞았다. 처음부터 그렇게 해
야 했다.

주윤은 트렁크에서 잠옷 대신 입을 티셔츠와 편한 반바지를
꺼내 갈아입고 침대에 누웠다.

억지로 잠을 청해 겨우 잠이 든 것도 잠시. 금세 잠에서 깼
다. 아까 마신 맥주 때문이었다. 주윤은 방에 딸린 화장실에서

소변을 보고 침대에 누웠지만 잠이 오질 않았다. 한참 동안 잠을 청했지만 오히려 정신만 더 말똥해졌다.

침대에서 뒤척거리는 것도 지겨워 주윤은 자리에서 일어났다. 노트북으로 영화나 보자 싶었다.

침대 헤드에 기대 영화를 고르고 있는데 우는 소리가 들렸다. 귀 기울여 듣지 않으면 들리지 않을, 아주 작고 가느다란 울음소리였다. '아빠, 아빠.' 하는 소리가 들렸다.

주윤은 카디건을 걸치고 문밖으로 나갔다. 복도는 캄캄했다. 주윤은 벽을 더듬어 불을 켰다. 지형의 방 앞에 유진이 주저앉아 있었다. 주윤은 서둘러 그쪽으로 다가갔다. 방문이 열려 있었다. 방에는 아무도 없었다.

"잠시만."

1층으로 내려가려고 했지만 움직일 수 없었다. 유진이 주윤의 카디건 자락을 꽉 쥐고 놓아주지 않았다. 주윤은 유진을 업고 1층으로 내려갔다. 아이는 주윤의 등에 얼굴을 묻고 훌쩍훌쩍 울고 있었다. 유진의 옷이 젖어 있었다. 오줌을 싼 것 같았다. 주윤은 모른 척했다.

1층에서도 지형을 찾을 수 없었다. 2층으로 다시 올라왔다. 유진은 주윤의 등에 달라붙은 것처럼 떨어지려고 하지 않았다. 주윤은 자신의 방문 앞에 붙은 포스트잇 메모를 그제야 발견했다. 회사에 급한 일이 있어 세 시간 정도 자리를 비울 거라는 내용이 휘갈겨 쓰여 있었다.

"유진아, 아빠가 회사에 급한 일이 있어서 잠시 나가신 것 같

아. 방에 가서 옷부터 갈아입자."

주윤은 젖은 옷을 벗기고 새 속옷과 잠옷으로 갈아입혔다. 문제는 침대 시트였다.

'이걸 어쩐다.'

시트가 어디 있는지 집에 처음 온 주윤이 알 리 만무했다. 그렇다고 손님 입장에서 여기저기를 뒤지는 것도 안 될 일 같았다.

"저기 있어."

갑자기 말소리가 들려 주윤은 놀랐다. 유진이 손가락으로 벽장을 가리켰다. 벽장을 열자 유진의 말대로 세탁된 침대 시트와 매트가 차곡차곡 개켜져 있었다. 주윤은 서둘러 시트와 매트를 치우고 새것으로 갈았다.

"자, 이제 됐어. 이건 선생님이 빨아서 다시 넣어 둘게."

유진이 침대에 눕자 주윤은 이불을 목까지 덮어 주고, 무드등을 켠 후 방 불을 껐다.

유진은 그런 주윤을 물끄러미 바라보았다. 주윤이 낯설고 이상해서 좋은지 싫은지 잘 모르겠다는 감정을 유진은 투명하게 드러냈다.

주윤은 유진의 눈동자를 마주 보는 것이 괴로웠다.

젖은 옷과 시트 등을 한 아름 껴안고 밖으로 나가려던 주윤은 멈칫했다. 주윤은 침대에 누워 있는 유진을 바라보았다. 유진이 안고 있는 낡디낡은 토끼 인형이 낯익었다. 그렇지만 시판되는 DIY 키트로 만든 애착인형의 디자인은 비슷비슷했다.

'그 인형이 여기 있을 리가 없잖아.'

주윤은 1층 부엌 옆에 있는 세탁실로 갔다. 주윤은 멍하니 드럼세탁기 앞에 앉아 빨래가 돌아가는 단조로운 움직임을 눈으로 좇았다. 장거리 비행과 시차 적응으로 인한 피곤이 이제 제대로 느껴졌다. 온몸이 젖은 솜처럼 무거웠다.

인기척이 느껴져 주윤은 세탁실 문 쪽을 바라보았다. 토끼 인형을 꼭 껴안은 유진이 서 있었다. 혼자 있는 게 싫어서 여기까지 내려온 것 같았다. 그렇지만 안으로 들어오지 못하고 쭈뼛거리며 주윤의 눈치를 보았다.

주윤은 가만히 손짓을 했다. 유진은 세탁실로 들어와 주윤의 옆에 앉았다.

"얘 이름이 뭐야?"

"토토."

"토토?"

"토끼니까 토토. 아빠가 지어 줬어."

좀 성의 없는 작명이었다. 주윤은 토토가 지형이 만든 애착 인형이라고 여겼다.

"유진이 친구야?"

"응. 내 친구 중에 제일 착한 친구야."

"그러니? 토토가 어떻게 착한데?"

"토토는 내가 무슨 말을 해도 들어 줘. 나랑 맨날 같이 있어 줘. 나랑 어디든 같이 가 줘. 꿈에도 말이야."

"정말 착한 친구네."

주윤은 토토의 머리를 쓰다듬어 주었다.

"선생님도 그런 친구가 예전에 있었는데……."

지형과 처음 만난 날, 햄버거 가게에서 사은품으로 받은 양 인형이었다. 그 양 인형은 지형이 없는 시간 동안 주윤의 곁을 지켜 주었다. 주윤은 그 양 인형을 절대 몸에서 떼어 놓지 않았다.

주윤은 그 방에서 양 인형을 만지작거리면서 창가에 웅크리고 있었다. 손에 느껴지는 부드럽고 따뜻한 감촉이 주윤의 마음을 편하게 했다. 양 인형을 만지고 있으면 지형과 같이 있는 기분이 들었다.

주윤은 멍하니 창밖을 바라보았다. 주윤의 시선은 의류함에 고정되어 있었다. 지형이 올지도 모른다고 생각하며 그를 기다렸다. 하루 중 제일 행복한 시간이었다.

문이 거칠게 열렸다. 혜선이었다. 주윤은 흠칫 놀라 손에 들고 있던 인형을 감추려고 했지만, 혜선의 매서운 눈은 그것을 놓치지 않았다.

"그거 뭐야?"

혜선은 손을 내밀었지만 주윤은 인형을 꽉 쥐었다.

"이리 내."

주윤은 꼼짝도 하지 않았다. 빼앗기고 싶지 않았다. 결국 혜선은 힘으로 인형을 빼앗았다.

"어디서 난 거야? 이런 더러운 걸 내 집에 가지고 들어온 거야?"

"줘요."

"뭐?"

"내 거예요."

주윤은 손을 내밀었다. 이건 그 여자가 준 게 아니었다. 지형이 준 것이었다.

이 집에는 주윤이 자기 것이라고 주장할 수 있는 물건이 둘 있었다. 하나는 로켓 목걸이였고, 다른 하나가 양 인형이었다.

혜선은 기가 막힌다는 얼굴을 했다. 그렇지만 주윤의 눈빛을 보고 움찔 놀랐다. 주윤의 눈빛은 마치 폭발하기 직전의 화산 같았다. 살기마저 느껴졌다.

"그건 내 거예요."

"너처럼 더럽고 너절한 인형이구나. 이딴 건 누구도 갖고 싶지 않을 거야. 쓰레기지. 너하고 똑같이."

그렇지만 혜선의 말이 하나도 아프지 않았다.

"달라고! 내 거라고!"

혜선이 주지 않자 주윤은 귀를 막고 미친 듯이 소리를 질렀다. 혜선의 얼굴이 하얗게 질렸다. 겁에 질린 건지 화가 난 건지 알 수 없었다. 혜선이 뭐라고 말을 했지만, 주윤은 더 크게 소리를 질렀다.

"내 거야! 내 거야!"

주윤은 주지 않으면 혜선에게 달려들 생각이었다. 나중에 받을 벌 따윈 하나도 무섭지 않았다.

혜선은 인형을 주윤에게 던지고 뒷걸음질 쳐서 방을 나갔다. 뭐라고 악담을 퍼부었지만 주윤에게는 들리지 않았다. 중요한 건 양 인형을 되찾은 것이었다.

절대 빼앗기지 않아.

주윤은 양 인형을 꼭 안고 중얼거렸다.

그날, 주윤은 처음으로 혜선을 이겼다.

"왜 그렇게 슬픈 얼굴이야?"

주윤은 고개를 돌려 유진을 바라보았다.

"보고 싶어서. 그 인형 친구가."

"아빠가 그러는데, 장난감들이 가는 천국이 있대. 아마 거기에 있을 거야."

지금 나를 위로해 주는 건가?

정말 착한 아이였다. 주윤은 유진의 머리카락을 가만히 쓰다듬었다. 유진은 주윤에게 몸을 기댔다. 얇은 천 사이로 어른보다 더 뜨거운 아이의 체온이 전해졌다.

주윤은 베이비 파우더 냄새가 섞인 유진의 체취를 맡을 수 있었다. 아주 옛날에 맡았던 그 냄새와 비슷하면서도 조금 달랐다. 성장의 냄새였다. 그때는 그저 달콤하기만 했는데 이제 제법 사람 냄새가 났다.

"이상해."

유진은 고개를 갸웃거렸다.

"뭐가 이상한데?"

"토토 냄새가 나."

유진은 주윤의 옷에 코를 박고 킁킁 냄새를 맡았다.

"맞아. 토토 냄새야."

유진의 표정이 한결 더 누그러지고 편안해졌다. 주윤은 토끼 인형 냄새를 맡아 보았지만 희미한 섬유유연제 냄새만 났다.

유진은 주윤에게 기대 꾸벅꾸벅 졸기 시작했다. 주윤은 유진을 업고 2층으로 올라갔다. 유진을 조심스럽게 침대에 눕혔는데, 등이 침대에 닿자마자 눈을 떴다.

"나 안 졸려."

목소리에 졸음이 가득한데도 유진은 안 졸린다고 고집을 부렸다.

"난 졸리는데."

주윤은 하품하는 척했다.

"그럼 여기서 자."

주윤의 말을 기다리기라도 한 것처럼 유진은 자기 침대 한쪽을 손바닥으로 두드렸다.

못 이기는 척, 주윤은 유진의 침대에 누웠다. 침대가 작고 좁아서 몸을 웅크려야 겨우 누울 수 있었다.

잠이 든 유진의 고른 숨소리가 느껴졌다. 주윤이 조심스럽게 몸을 일으켰다. 침대에서 일어나려는데 무언가가 주윤을 잡아당겼다. 유진이 주윤의 카디건을 꼭 쥐고 있었다. 주윤은 카디건을 벗어 침대에 두었다.

세탁한 것들을 건조기에 넣고 주윤은 2층으로 올라왔다.

주윤은 침대에 누워 이불을 덮고 잠을 청했다. 막 잠이 들려고 할 때 방문이 열렸다. 지형이 온 줄 알고 몸을 일으켰다. 지형이 아니었다. 유진이었다. 주윤의 카디건과 토토를 안은 유진이 방 밖에 서 있었다. 혼자 자기가 무서운 것 같았다.

주윤은 망설이다가 입을 열었다.

"여기서 잘래?"

마치 그 말을 기다렸다는 듯 유진은 침대로 올라왔다.

주윤은 몸을 옆으로 옮겨 유진이 편하게 누울 자리를 만들었다. 유진은 주윤 옆에 누웠다.

주윤은 유진에게 이불을 덮어 주었다. 자기도 모르게 유진의 머리를 쓰다듬어 주고, 배를 토닥토닥해 주었다. 생각을 하고 한 것이 아니라 자연스럽게 나온 행동이었다.

유진이 이상한 눈으로 보자 주윤은 화들짝 놀라 손을 거뒀다. 유진은 아기가 아니었다.

주윤이 다시 잠을 청하는데 옆에서 말소리가 들렸다.

"엄……마."

잔뜩 긴장하고 어색한 목소리로 유진은 주윤을 불렀다.

주윤은 깜짝 놀랐다. 기분이 이상했다. 말하는 유진도 어색했지만 듣는 주윤 역시 어색했다. 머릿속에 있는 말과 입으로 뱉는 말은 그렇게 달랐다.

유진은 다시 한번 주윤을 불렀다.

"엄마."

두 번째는 꽤 자연스러웠다.

주윤은 아무렇지 않은 듯 대꾸했다.

"응."

"엄마."

유진이 다시 주윤을 불렀다.

"응. 왜 유진아?"

심장이 기분 좋게 콩콩 뛰었다.

"아빠한텐 비밀로 해 줘."

주윤은 고개를 돌려 유진을 보며 그렇게 하겠다고 말했다.

"절대로 말하면 안 돼."

"응. 그렇게 할게."

그걸로는 부족한지 유진은 작은 새끼손가락을 내밀었다. 약속하라는 뜻이었다. 주윤과 새끼손가락을 걸고 나서야 유진은 안심이라는 얼굴을 했다.

작은 입으로 하품을 한 후 유진은 스스럼없이 주윤의 품에 파고들었다. 주윤은 놀랐지만 유진이 하는 대로 내버려 두었다. 퍼즐 조각이 맞춰지듯, 유진의 몸은 주윤의 품에 딱 맞았다. 주윤은 가만가만 유진의 머리카락을 쓰다듬어 주다가 등을 가볍게 토닥토닥했다.

주윤은 유진이 자신이 좋아서 이렇게 다가오는 것이 아님을 잘 알았다. 혼자인 게 싫어서, 그곳에 있는 사람이 주윤뿐이어서 그러는 것이었다.

아이는 기댈 존재를 고를 수 없었다. 그래서 어른은 좋은 사람이 되어야 했다.

주윤은 자신이 지형에게 너무 큰 것을 기대했다고 생각했다.

지형 역시 그때 아이였을 뿐이다. 누군가의 세계 전체가 되기엔 어리고 미숙했다. 자기 자신도 책임지지 못할 연약한 어린아이였다. 다만 주윤보다 조금 더 컸을 뿐이다.

그 비밀을 품고 주윤을 만나는 것이 얼마나 힘들었을까?

유진이 자다가 몸을 뒤척였다.

주윤은 불편한가 싶어서 몸을 살짝 뗐지만, 도리어 유진은 주윤의 품으로 더 깊게 파고들었다. 주윤의 품에 얼굴을 가져다 대고 부드러운 젖무덤에 얼굴을 비볐다. 마른 지 오래된 젖이 찌르르한 느낌이 들었다. 아이와 엄마는 열 달 동안 한 몸이었기에, 이렇게 닿기만 해도 마치 다시 한 몸으로 돌아간 듯한 기분이었다.

유진은 주윤의 심장 소리를 듣고 있었다. 열 달 동안 자신을 지켜 준 사람의 심장 소리였다.

유진이 영아 산통으로 울 때 불러 줬던 자장가가 자기도 모르게 입 밖으로 나왔다. 누가 가르쳐 준 기억이 나지 않는데도 저절로 입에서 흘러나왔던 그 노래는, 어쩌면 이젠 잘 기억나지 않는 어머니가 불러 줬던 노래였을지도 모른다. 자장가를 부르다 주윤 역시 잠이 들었다.

지형은 새벽 5시가 되어서야 집에 다시 올 수 있었다.

미국 공장에서 갑작스럽게 화재가 났다. 화재 사고 수습에 대해 화상회의를 하기로 했다. 보안이 유지되는 회사 서버에서만 확인할 수 있는 자료를 보고 회의에 임해야 해서 회사로 향했다.

사고는 생각보다 규모가 커서 사태를 수습하는 데 긴 시간이 걸릴 것 같았다. 화재 원인을 두고 보험회사와 긴 소송을 해야 할 것 같다는 암울한 보고를 들었다. 더 큰 문제는 화재로 인한 유독 가스가 인근 마을로 퍼져 나간 것이었다. 그 보상 문제도 꽤 오랜 시간이 걸릴 것 같았다. 유일한 좋은 뉴스는 사망자가 없다는 것이었다.

회의를 마치고 파김치가 되어 집으로 돌아온 지형은 습관적으로 유진의 방문부터 열었다. 유진이 없었다. 너무 놀란 지형은 주윤의 방을 노크도 하지 않고 열었다. 깊게 잠이 든 두 사람은 문소리가 꽤 컸지만 깨지 않았다.

유진이 주윤의 품에서 잠을 자고 있었다.

그가 없는 동안 무슨 기적이 일어났는지 지형은 알 수 없었다.

새근새근 잠을 자는 유진의 모습은 천사 같았고, 유진을 품에 안고 있는 주윤은 성모 마리아처럼 자비로워 보였다. 둘은 편안하고 행복해 보였다.

지형은 한참 동안 그 모습을 바라보았다. 주윤과 유진의 모습을 본 순간, 몸을 짓누르던 피곤함이 사라졌다. 안도의 한숨도 나왔다. 유진이 계속 주윤을 거부한다면, 그가 할 수 있는 일이 없었기 때문이다.

지형은 욕실로 가서 몸을 씻었다.

편한 옷으로 막 갈아입었을 때 휴대전화가 진동으로 울렸다. 임 비서가 보내는 보안 메일이었다. 메일에 첨부된 사진을 본 순간 지형의 얼굴이 일그러졌다.

미국 공항과 한국 공항에서 찍은 지형과 주윤의 모습이었다. 먼 데서 찍어 두 사람의 얼굴은 흐릿했지만, 아는 사람이라면 누군지 충분히 알아챌 수 있을 정도였다. 그것만으로도 머리끝까지 화가 났는데 다음 사진을 보고 화가 폭발할 것 같았다. 지형의 집으로 들어가는 주윤의 사진이었다. 선을 넘어도 보통 넘은 게 아니었다. 마치 얼굴 없는 침입자가 자신의 집에 들어온 것 같았다.

지형은 임 비서에게 전화를 했다.

"어디서 받은 사진입니까?"

— 보낸 사람도 모르는 것 같습니다. 단순히 전달자입니다.

"원하는 게 뭡니까?"

언론에 터뜨리기 전에 사진을 보낸 건 거래를 하자는 뜻이었다.

— 큰 거 두 장이라고 전해 달라고 합니다.

2억 원이라는 뜻이었다.

임 비서는 '반 정도는 깎을 것으로 예상하고 부른 것 같습니다.'라는 의견을 덧붙여 말했다. 이런 거래는 유쾌하진 않았지만 어쩔 수 없이 여러 번 했던 경험이 있었다. 오로지 돈만 목적일 때는 해결이 쉬웠다.

— 돈을 받아 낼 목적으로 이런 스캔들만 주로 찍고 다니는 그런 사람이 있습니다.

아마 지형의 뒤를 몇 년 동안 쫓아다녔을 거라고 임 비서는 덧붙였다.

이 전 회장 일도 있고, 주윤의 행방이 묘연한 것을 두고 온갖 억측이 난무하니, 뭔가 돈이 될 만한 사진을 건질 수 있을 거라고 믿고 끈질기게 따라붙어서 이 사진을 건진 것 같았다.

"안 삽니다."

거기에 2억 원을 줄 바엔 차라리 그 돈이 절실하게 필요한 단체에 기부하는 게 나았다. 돈이 남아돌아 땔감 대신 써도 그런 놈들한테는 주지 않을 것이다.

임 비서는 지형의 코웃음에도 침착하게 말을 이었다.

— 정보지에는 이니셜 기사로 돌고 있는 것 같습니다. 지금으로선 그 내용만으로는 회장님을 특정할 수 없습니다. 돈을 입금하지 않으면 사진을 공개하거나 팔겠죠. 꽤 시끄러울 겁니다. 회장님을 주시하는 사람들이 무척 많으니까요. 경쟁사에도 분명 말을 흘렸을 겁니다. 겨우 이효관 회장님 스캔들에서 벗어났습니다. 이런 거래가 유쾌하진 않지만 다들 합니다. 미국 공장에서 화재가 난 걸로 언론이 시끄러울 겁니다. 그런데 이런 스캔들 기사까지 터지면…….

스캔들 기사?

지형은 어리둥절했다.

도대체 주윤과 찍힌 사진이 무슨 스캔들이 된단 말인가.

— 그 여자분 입단속도 시키셔야 할 것 같습니다. 아무래도 누군지 찾고 있는 눈치입니다. 연락처를 주시면 제가 알아서…….

지형은 임 비서가 사진 속의 여자가 주윤인 걸 전혀 모른다는 것을 깨달았다. 자신이 주윤을 두고 바람을 피운다고 생각하는 것이었다. 머리로 피가 솟구치는 것 같았다. 6년 동안 자신을 봐 왔으면서 어떻게 그런 오해를 할까 싶었다.

"난 그런 거래 안 합니다. 과거에도 안 했고, 앞으로도 안 합니다. 그런 협박을 받을 만큼 헛살지 않았습니다. 내 사생활 사진을 찍은 것에 대해서 그쪽도 대가를 치러야 할 겁니다. 내일 법무팀 불러서 알아보도록 하세요."

― 회장님, 몇 번이나 이사장님에 대한 기사를 막았습니다. 이 사진이 인터넷에 돌아다니면, 회사에서 수습하는 게 힘들어집니다.

임 비서는 목소리를 낮춰 말했다.

― 몇몇 대형 언론사에서 회장님의 재산 취득 과정에 대해 취재를 하고 있습니다. 제가 몇 번이나 말씀드리지 않았습니까. 돈에는 이름표가 붙어 있다고요.

임 비서는 이 사진이 도화선이 될까 두려웠다. 대중적인 관심이 몰렸을 때 재산 문제까지 터지면 사람 하나 사회에서 매장당하는 것은 일도 아니었다. 사람들은 진실에는 조금도 관심 없었다. 그저 물어뜯을 거리가 필요했다. 갈가리 찢어 놓고 나면 또 다른 먹잇감을 찾아 떠났다.

지형은 냉랭한 어조로 말했다.

"내가 내 아내와 함께 있는 사진이 뭐가 문제가 되죠?"

― 네?

"사진 속 여자, 제 아내 이주윤입니다. 그쪽에서 바라는 불륜 상대가 아니라요."

임 비서가 놀란 숨소리를 냈다. 임 비서는 지형의 가장 가까운 곳에서 그를 수행했다. 하지만 주윤의 모습을 본 적은 손에 꼽을 정도였다. 사람 기억하는 데에는 특출난 재능이 있는 임 비서였지만, 사진 속 여자가 주윤인 줄은 몰랐다. 그만큼 분위기가 완전히 달라져 있었다.

임 비서는 지형이 누구에게도 알리지 않고 내연녀와 밀회를 한 거라고 굳게 믿어 버렸다. 6년 동안 행방도 알 수 없던 주윤이 이렇게 갑자기 나타날 줄은 몰랐다.

— 이, 이사장님이라고요?

"왜요? 증거가 필요한가요?"

— 아, 아닙니다. 이사장님이 그동안 미국에 계셨습니까?

"그렇습니다."

임 비서의 오래된 궁금증이 드디어 풀렸다.

지형의 경쟁자들이 국내에 있는 정신병원과 고급 요양 시설을 이 잡듯이 뒤졌지만, 주윤의 흔적조차 찾을 수 없었다.

임 비서는 지형을 오해한 것이 미안해졌다. 그러면서 그가 모시는 사람이 파렴치한이 아니라는 사실에 안도의 한숨을 내쉬었다.

소문이라는 것은 그래서 무서웠다. 곁에서 지형을 지켜보면서 결코 그런 사람이 아니라고 생각했다. 하지만 좀처럼 가라앉지 않는 소문들에 사람은 좋든 싫든 자기도 모르게 영향을 받았고, 사람을 보는 눈에 편견의 색안경을 쓰게 되었다.

— 그럼 앞으로 어떻게 대응할까요?

"아무 대응도 하지 마세요."

— 네?

"무슨 대응을 한단 말입니까? 그 사진 속 인물이 내 아내라고 말하면 그 사람들은 또 다른 증거를 내놓으라고 하겠죠. 증거를 내놓으면 그걸로는 충분하지 않다고 할 겁니다. 주윤이가 정말 소문처럼 정신병원에 감금될 정도로 이상한 상태인지, 아니면 정상인지를 알아봐야 한다고 우기겠죠. 주윤이를 카메라 앞에 세우고 동물원 원숭이처럼 구경하게 만들 겁니다. 내가 내 아내에게 그런 치욕을 감당하게 할 것 같은가요? 세상 사람들 앞에서 자기 자신이 멀쩡하다고, 자기 의사에 반하는 일을 남편인 내가 하지 않았다고 증명하는 꼴을 보게 할 것 같습니까?"

지형의 말이 맞았다. 그 사진 속 인물이 주윤이 맞는다면, 지형의 당당한 대응 역시 이해가 됐다. 그 사진 속 여자가 자기 아내라고 말하는 것 자체가 구차한 일이었다.

"제가 임 비서님에게 어지간히 신뢰를 주지 못했나 봅니다."

— 아, 아닙니다. 그렇지만……

지형은 거칠게 말을 끊었다.

"사생활에 무슨 해명이 필요합니까? 누구나 자기 사생활을 보호받을 권리가 있는 것 아닌가요? 제 사생활이고 제 아내의 사생활입니다. 주윤이는 사람들이 자기가 누군지 알아보는 것을 원하지 않을 겁니다. 전 제 아내의 뜻을 존중할 거고요."

임 비서는 한동안 할 말을 찾지 못해 가만히 있다가 입을 열었다.

— 곧 있을 100주년 파티에 이사장님이 안 나오신다는 말씀입니까?

얼마 후, 라렌느 창업 100주년 기념 파티가 라렌느호텔에서 성대하게 열릴 예정이었다. 임 비서는 그 행사에 참석하기 위해 주윤이 온 게 아닐까 추측했다.

파티에서 부부의 자연스러운 모습을 보여 주면, 모든 루머를 단숨에 불식시킬 수 있다. 적어도 몇 년은 주윤이 얼굴을 내밀지 않아도 지금 같은 이상한 소문은 돌지 않을 것이다.

임 비서는 주윤이 지형을 위해 그 정도는 해 줄 수 있을 거라고 예상했다. 그러나 지형의 목소리는 단호했다.

"이사장은 조용히 있다가 갈 겁니다. 이사장이 이번에 한국에 온 건 아이를 만나기 위해서입니다."

아이를 만난다는 건 지형과의 관계가 소문처럼 최악은 아니라는 뜻이었다.

— 회장님, 그럼 기자와 인터뷰라도 짧게……. 사진은 안 나가도 되니까요.

"시간이 많이 늦었네요. 그럼 내일 뵙죠."

지형은 전화를 끊어 버렸다.

주윤의 부재로 인해 생긴 루머는 차마 듣기 끔찍한 수준이었다. 주윤만 나타나면 여름에 내린 눈처럼 사라질 것들이지만, 지형은 주윤을 대중 앞에 내세워 그 루머를 없앨 생각이 없었다.

주윤의 얼굴이 대중들에게 노출된 순간, 삶에 제약이 생길 것이다.

이제 겨우 라렌느로부터 자유로워진 주윤이었다. 주윤이 세상에, 타인들 앞에 서는 건, 철저히 주윤이 원할 때여야 했다.

지형은 6년 만에 본 주윤의 모습을 떠올렸다.

같은 사람에게 두 번이나 반한다는 말을 지형은 그전까지 믿지 않았다. 그렇지만 주윤을 본 순간, 빛의 폭탄이 눈앞에서 터진 것 같았다. 심장이 터질 것같이 뛰었다.

어쩌면 그 모습이 주윤의 진짜 모습이었을 것이다. 효관과 혜선에 의해 짓밟히지 않았다면, 계속 그 모습으로 살았을 것이다.

지형은 주윤이 겨우 찾은 그 모습에 어떠한 그늘도 드리우고 싶지 않았다. 욕을 얻어먹는 건 아무렇지 않았다. 주윤의 삶을 지킬 수 있다면, 그건 너무 작은 대가였다.

지형은 주윤의 방으로 갔다. 두 사람은 여전히 깊게 잠을 자고 있었다. 자고 있는 표정이 너무 편안해 보여서 지형은 자기도 모르게 미소를 지었다.

지형은 유진 옆에 누워 주윤 쪽으로 팔을 뻗었다. 손끝에 주윤의 머리카락이 닿았다. 주윤이 깨지 않도록 조심스럽게 머리카락을 만지면서 생각했다.

어떻게 너는 나에게 친구가 되자는 말을 할 수 있니?

그렇게 잔인한 말을, 그렇게 예쁜 목소리로 말할 수 있니?

친구라니, 다시 생각해도 헛웃음이 나왔다.

다시 나를 사랑해 줄 순 없는 거냐고 주윤에게 묻고 싶었다. 아니, 다시 너를 사랑해도 되냐고 묻고 싶었다.

친구가 되자는 말은, 주윤 입장에선 최대한 호의를 베푼 말일 것이다. 유진이 아니라면 주윤이 지금 여기에서 지형과 얼굴을 마주할 이유 따윈 없었다.

그는 주윤이 증오하는 이효관의 아들이었다.

그는 주윤이 준 모든 기회를 다 발로 차 버렸다.

그러니 이렇게 와서 유진을 안아 준 것만으로도 고맙게 여겨야 했다. 그렇지만 마음은 늘 가진 것보다 더 많은 것을 원했다.

아니, 더 많은 것을 원한 적 없었다. 오직 주윤을 원했다. 한 번도 샛길로 새 본 적 없었고, 다른 쪽을 바라본 적도 없었다.

지형은 옆으로 누워 곤히 잠든 주윤과 유진을 바라보았다. 마치 자신이 거대한 성이 되어 두 사람의 행복을 지켜 주는 듯한 뿌듯한 기분마저 들었다. 이 세상에 지형에게 의미가 있는 단 두 사람이었다.

지형의 시선은 유진에게서 주윤에게로 옮겨 갔다. 지형은 몸을 일으켜 주윤의 이마에 입을 맞췄고, 뒤이어 유진의 볼에도 입을 맞췄다.

지형은 주윤과 유진, 두 사람의 몸을 보호하듯 팔을 두른 채 잠이 들었다.

유진은 주윤과의 생활에 서서히 적응했다.

지형은 주윤에게 아침 시간 동안 유진을 전적으로 돌봐 달라고 부탁했다. 아침 시간에 주윤이 유진을 위해 해야 할 일은 깨끗이 씻기는 것, 아침을 먹이는 것, 유치원 알림장을 체크해 준비물을 챙겨 주는 것, 그리고 유치원 버스에 태우는 것이었다.

유진은 첫날 그렇게 애먹인 것이 거짓말처럼 엄마 오리를 따라다니는 아기 오리처럼 주윤의 뒤를 졸졸 쫓아다녔다. 오후에 유치원에서 돌아오면 주윤의 곁에 찰싹 붙어 있었다.

주윤은 유진의 놀이방에서 그림책도 읽어 주고, 소꿉놀이도 하고, 인형놀이도 했다. 밖으로 나가서 아이스크림을 사 먹고, 도서관에도 갔고, 어린이를 위한 미술 전시회에도 갔고, 놀이터에 가서 모래 놀이도 했고, 키즈 카페에도 갔다.

주윤은 어렸을 때 그렇게 놀아 본 적이 없었다. 그래서 아이처럼 노는 게 무척 즐거웠다.

평소처럼 3킬로미터 정도 조깅을 하고 온 주윤은 샤워를 하고 맨디와 영상통화를 했다. 맨디와 짧게 이야기를 한 후, 새러와 클로이와 수다를 떨었다.

— 고모, 언제 와? 몇 밤 더 자야 해?

"이제, 스무 밤? 아니다. 스물한 밤이다."

— 그렇게 많이? 고모는 요세미티에 안 가?

매년 여름, 이든의 가족은 요세미티에 있는 별장으로 긴 휴가를 갔다.

"응. 못 가."

새러가 우는 얼굴을 했다. 클로이도 질세라 얼굴을 찡그렸다.

— 에이, 그럼 우리도 안 갈래. 고모가 없으면 재미없단 말이야.

멀리서 현호의 목소리가 들렸다.

— 나도 안 가!

맨디가 달랬다.

— 다음에 같이 가면 되잖아.

— 싫어. 같이 가기로 약속했잖아. 그치? 클로이, 고모가 분명히 약속했지?

— 응, 응. 약속했어.

새러가 막무가내로 떼를 쓰자 주윤은 어쩔 줄 몰랐다. 그런 주윤을 구해 주기 위해 맨디가 두 아이 사이로 끼어들었다.

— 그럼 내일 또 연락해요. 바이.

"네, 바이바이. 새러, 클로이, 굿 나잇. 사랑해."

노트북을 덮고 자리에서 일어나자 잠옷 차림의 유진이 문을 잡고 서 있었다. 마치 얼어붙은 것처럼 가만히 서 있었다.

"유진아, 왜?"

"아빠가 아침 먹으러 내려오래."

"그럼 유진이 옷 갈아입고 내려갈까?"

안아 달라는 듯 유진이 주윤에게 달려왔다. 유진은 주윤 앞에서 아기 노릇을 하려고 했다. 충분히 걸을 수 있는데도 안으라고 했고, 업으라고 했다.

주윤은 유진이 어리광 부리는 것을 다 받아 줬다. 오히려 유진이 그렇게 해 주는 게 고마웠다.

주윤은 유진을 안고 방으로 갔다. 오늘은 숲 체험을 가는 날이었다. 옷장을 열고 오늘 입을 만한 옷을 하나씩 꺼내 보여 줬다. 유치원에서 보낸 알림장에는 활동하기 편한 옷, 더러워져도 괜찮은 옷을 입혀 보내 달라고 쓰여 있었다.

유진은 초록색 공룡이 그려진 티셔츠에 빨간색 면 반바지, 엘사가 그려진 흰 양말을 골랐다. 메고 갈 가방은 노란색이었다. 빨강, 초록, 노랑. 신호등이 따로 없었다.

"엄마."

"응?"

주윤은 유진의 머리를 묶는 데 신경을 집중하고 있었다.

"새러랑 클로이가 누구야?"

"새러? 클로이?"

아, 아까 통화하는 것을 들었구나.

"유진이 사촌 언니들."

"사촌?"

아직 유진은 친척 개념이 없는 것 같았다. 싱가포르에 산다는 지형의 누나와는 연락하고 살지 않으니, 유진에겐 얼굴을 아는 사촌이 지금껏 하나도 없는 셈이었다.

"엄마한테 오빠가 한 명 있거든. 엄마 오빠의 아이들과 유진이는 사촌이야. 그런데 나이가 유진이보다 많으니까 언니지. 언니만 있는 게 아니야. 오빠도 있어. 현호 오빠."

주윤은 유진을 침대에 앉히고 양말을 신겼다.

"자, 다 됐다. 이제 밥 먹으러 가자."

그런데 유진은 침대에서 꼼짝도 하지 않고 주윤을 빤히 바라보았다.

"유진아."

주윤이 이름을 불렀는데도 유진은 계속 빤히 주윤을 바라보기만 했다. 무언가를 기다리는 듯한 눈치였다. 주윤은 고개를 갸웃거렸다.

혹시 내가 준비물을 깜빡했나?

주윤은 유진의 노란 가방 안에 있는 알림장을 꺼내 확인해 봤다. 빼먹은 것은 없었다.

"엄마가 유진이 안고 갈까? 업고 갈까?"

정답은 아닌 것 같지만 유진의 얼굴이 조금 밝아졌다. 유진은 침대에서 폴짝 뛰어내려 주윤의 손을 꽉 잡았다. 주윤은 유진의 얼굴에 뽀뽀를 퍼붓고 싶었지만, 유진이 싫어할 것 같아서 참았다. 여섯 살은 자기가 원할 때는 아기처럼 굴지만, 다른 사람이 아기 취급을 하면 질색을 하는 나이였다.

자연스럽게 마음을 표현하고 싶은데 그게 제일 힘들었다. 마음껏 꽉 껴안고 뽀뽀해도 되는, 다른 평범한 엄마들이 부러웠다.

주방 가까이에 가자 베이컨과 계란이 익는 소리가 났다.

"딱 좋을 때 내려왔네."

"유진이 밥은 내가 담을게."

지형이 두 사람의 아침을 식탁에 차리는 동안 주윤은 유진이가 먹을 아침을 그릇에 담았다.

지형과 주윤은 서양식으로 아침을 먹는데, 유진은 한식만을 고집했다. 오늘 유진의 아침은 적미가 들어간 잡곡밥에 닭가슴살과 알배추로 끓인 부드러운 된장국, 시금치나물, 파프리카와 새우를 다져 만든 완자, 안 매운 깍두기였다.

주윤은 지형의 정성에 두 손 두 발 다 들었다. 점심과 저녁은 다른 사람이 만든 것을 먹이지만, 무슨 일이 있어도 아침만은 직접 만들어 먹이는 것이 지형이 지난 6년 동안 지켜 온, 스스로 정한 규칙이었다.

유진은 아침 식사를 후딱 먹어 치우고 마당에서 놀겠다고 나갔다.

지형과 주윤은 천천히 아침을 먹었다. 두 사람만 남으면 어색한 공기가 흘렀다. 주윤도 지형도 어떻게 대화를 시작해야 하느지 잘 몰랐다.

"베이컨 맛있다."

주윤이 억지로 입을 열었다.

"그래?"

"응."

"그럼 내일도 이걸로 해 줄게."

그걸로 대화는 끝이 났고, 주윤은 그릇에 있는 음식을 묵묵히 비웠다. 지형도 마찬가지였다.

식당의 침묵이 유진 때문에 깨졌다. 유진이 쿵쾅거리며 거실을 가로질러 식당으로 뛰어왔다.

"엄마, 엄마! 마당에 새끼 고양이가 있어."

유진은 주윤을 끌고 가다시피 해서 나갔다. 지형도 서둘러 뒤따라갔다. 유진의 말대로 화단의 무성한 풀 속에 새끼 고양이가 몸을 웅크리고 있었다.

"와, 너무 예뻐."

주윤은 새끼 고양이에게 손을 내미는 유진의 손을 확 잡았다.

"만지면 안 돼."

새끼 고양이는 눈곱도 없었고, 털도 깨끗했고, 배도 통통했다. 어미가 잘 보살피고 있는 게 분명했다. 어미 고양이가 여기가 안전하다고 판단해 잠시 숨겨 뒀다가 나중에 데리고 가려고하는 것 같았다.

"왜?"

"사람이 만지면 어미 고양이가 새끼 고양이를 버리고 가."

유진은 놀라서 눈을 동그랗게 떴다.

"새끼 고양이를 그대로 가만히 두면 어미 고양이가 데리러 올 거야."

"안 오면?"

유진이 주윤의 옷자락을 잡아끌면서 말했다.

"엄마 고양이가 안 오면 어떡해?"

유진은 울 것 같은 얼굴을 했다.

"아냐. 엄마 고양이는 꼭 와. 엄마 고양이는 정말 똑똑해. 유진이같이 착한 아이가 사는 집을 찾아서 새끼 고양이를 숨겨 뒀잖아. 유진이는 새끼 고양이를 괴롭히지 않을 거니까."

그렇지만 유진은 꼼짝도 하지 않았다. 주윤은 혹시 어미 고양이가 근처에 왔다가 새끼 고양이 근처에서 사람들이 웅성거리는 것을 볼까 봐 걱정됐다.

"유진이는 숲 체험을 가야 하니까 엄마가 보고 있을게. 엄마 고양이가 오지 않으면, 유진이가 엄마가 되어 주면 되잖아. 그렇지?"

주윤이 지형을 보고 물었다.

지형은 고개를 끄덕이며 말했다.

"당연하지. 그렇게 하면 돼."

겨우 설득이 됐는지 유진은 집으로 들어갔다.

약속을 지키기 위해서 주윤은 마당이 보이는 거실 소파에 앉았다. 지형이 머그잔과 커피포트를 들고 와서 물었다.

"커피 더 마실래?"

"응."

지형은 주윤의 머그잔에 커피를 따르면서 물었다.

"오늘이지?"

"응."

주윤은 오늘부터 인동주 감독과 다큐멘터리 작업을 하기로 했다. 지형은 주윤의 얼굴을 가만히 바라보았다. 푹 잔 사람 같지 않게 얼굴이 까칠했다. 어딘지 좀 피곤해 보이기도 했다.

지형은 다큐멘터리 촬영 때문에 주윤이 잠을 설쳤다고 추측했다. 낯선 작업인 데다, 떠올리고 싶지 않은 기억들을 모조리 다시 떠올려야 하니 마음의 부담이 클 것 같았다.

"긴장돼?"

"조금."

조금이라는 말을 지형은 '아주 많이.'라고 알아들었다.

주윤은 가볍게 심호흡을 했지만 심장 박동은 느려지지 않았다. 그 집 앞에 섰을 때 어떤 기분일지 알 수가 없었다. 어쩌면 자신은 그 집이 품고 있는 거대한 괴물을 마주할 준비가 안 됐는지도 모른다.

주윤은 커피를 한 모금 마시고 두 손으로 머그잔을 꽉 쥐었다. 식은땀이 났다.

"언제라도 '노.'라고 해도 되니까, 못 하겠으면 그만두면 돼."

주윤은 여전히 머그잔을 꽉 쥔 채였다.

지형은 지금 주윤의 손이 얼음처럼 차갑다는 것을 알았다. 그 손을 잡고 말해 주고 싶었지만, 애써 참았다. 주윤은 분명 지형으로부터 '거리'를 원할 것 같았다. 마음대로 가까이 다가갔다간 지금 누리고 있는 이 작은 행복마저 사라져 버릴 것이다.

"누군가에게 자기 이야기 하는 것만으로도 큰 도움이 된다고 인동주 감독이 말하더라. 편하게 말해. 그 누구의 눈치도 보지 말고. 다 말할 필요는 없어. 말하고 싶은 만큼만 말해."

"사람들이 내 말을 믿어 줄까? 날 욕하지 않을까? 오갈 데 없는 고아를 길러 주고 막대한 재산까지 물려줬더니 이런 거짓말을 한다고 말이야."

"나는 믿어."

주윤은 지형을 물끄러미 바라보았다.

"이 세상에는 분명 네가 하는 말을 꼭 듣고 싶은 사람이 있을 거야. 그 사람들은 너를 보고 용기를 얻겠지. 단 한 사람이라도 네 이야기를 듣고 살아갈 힘을 얻는다면, 수많은 사람의 비난을 맞설 가치가 있다고 생각해."

주윤은 한참 후에 대답했다.

"고마워. 당신은 정말 좋은 사람이야."

의도하지는 않았지만, 주윤은 지형의 가슴에 또 한 번 날카로운 화살을 박았다.

친구에 이어 좋은 사람까지.

지형은 쓴 물이 올라오는 것 같았다. 다 너무 좋은 말이지만, 그가 가장 원하지 않는 말이었다.

'차라리 네가 날 증오하던 예전이 더 나은 것 같다. 내게 복수하던 그때가 더 나은 것 같아.'

사랑하니까 증오했고, 증오라도 하니까 곁에 있을 수 있었다. 그러나 지금 지형은 주윤에게 아무것도 아니었다. 주윤은 사랑도, 증오도 모두 끝나 버린 것 같은 얼굴이었다.

그것이 그 어느 때보다도 더 절망스러웠다.

지형은 유진을 카시트에 앉힌 후 옆좌석에 앉았다. 기사에게 오늘 유진이 숲 체험을 할 공원을 알려 주었다.

"회장님, 출발하겠습니다."

차가 조용히 골목을 빠져나왔다. 평소 같으면 귀가 따가울 정도로 조잘대던 유진이 입을 조개처럼 꽉 다물고 있었다.

'혹시 유치원에서 무슨 일이 있었나?'

지형이 막 말을 걸려고 할 때 유진이 고개를 돌렸다.

"아빠, 엄마는 새러랑 클로이랑 나 중에 누굴 제일 좋아할까?"

뜻밖의 질문에 지형은 잠시 어리둥절했다. 새러와 클로이가 누군지를 떠올리는 데도 시간이 좀 걸렸다. 유진이 새러와 클로이를 어떻게 아는지도 궁금했고, 왜 새러와 클로이와 자신을 저울에 올려놓고 주윤이 누굴 더 좋아하는지 묻는 걸까도 궁금했다. 온통 물음표투성이었다.

이것저것 생각하느라 지형은 한참 후에 대답을 했다.

"당연히 유진이지."

지형의 대답이 늦어서인지 유진의 얼굴이 밝아지지 않았다.

"새러랑 클로이는 몇 살이야? 어디 살아? 미국에서 엄마랑 같이 살아?"

"사촌 언니들 만나 보고 싶니?"

"아니! 안 보고 싶어!"

유진은 소리를 질렀다. 짜증이 난 얼굴이었다.

"왜 그래?"

지형은 한 번도 본 적 없는 새러와 클로이를 싫어하는 유진을 보고 또 어리둥절했다.

유진에겐 싫어할 이유가 있었다. 새러와 클로이가 자신보다 엄마와 더 친해 보였기 때문이다. 자기와 이야기할 때보다 엄마가 더 많이 웃고 즐거워했다.

'우리 엄만데.'

유진은 화가 났다. 새러와 클로이가 엄마를 빼앗아 간 것 같았다. 매일 아침 엄마가 미국에 있는 사람들과 전화하는 게 정말 싫었다.

"엄마는 다시 미국에 갈 거지?"

"응."

"왜?"

지형은 무어라 대답해야 할지 몰랐다.

"아빠랑 내가 여기 있는데 왜 미국에 가? 한국에서 아픈 동물들을 돌보면 안 돼?"

"글쎄."

"아빠, 엄마는 왜 나한테 사랑한다는 말을 안 해?"

"뭐?"

"새러랑 클로이한테는 사랑한다고 말했단 말이야. 그런데 나한테는 왜 안 해?"

유진은 울 것 같은 얼굴이었다. 지형은 유진을 어떻게 달래야 할지 몰랐다. 주윤이 가는 날만 생각하면 지형도 정말 울고 싶었다.

지형은 겨우 입을 열었다.

"너무 당연하니까 굳이 말하지 않는 거야. 말을 해야 하면 하루 24시간 동안 계속 사랑한다고만 말해야 하니까."

고개를 돌려 유리창을 바라보며 유진은 중얼거렸다.

"그래도 좋으니까 듣고 싶어."

"유진아."

지형은 유진이 자신을 보게 했다.

"아빠도 엄마한테 사랑한다는 말을 안 했어. 아주 오랫동안. 왜냐면 너무 당연해서 그 말을 해야 한다는 것도 잊어버렸거든."

유진은 한참 동안 아무 말도 하지 않았다.

"유진아, 엄마가 좋아?"

"응."

유진은 망설임 없이 대답했다.

"왜?"

"응?"

"엄마가 왜 좋아? 어디가 좋아?"

"유진이 엄마니까 좋아."

우문현답이었다. 지형은 자신이 참 바보 같은 질문을 했다고 생각했다.

유진은 주윤이 정말 좋았다. 더 정확하게 말하면 주윤이 아니라 엄마가 있는 게 좋았다. 엄마라고 수백 번을 불러도 '응.' 하고 대답해 줄 사람이 있다는 게 좋았다. 엄마가 있으니까 아빠가 많이 웃어서, 슬퍼 보이지 않아서 좋았다.

"엄마 미국 안 가면 안 돼?"

지형은 심장이 쪼개지는 것 같았지만 진실을 말할 수밖에 없었다.

"응, 안 돼."

유진은 기분이 상했는지 입이 튀어나왔다.

잠시 후, 뭔가 생각해 냈다는 얼굴로 유진이 지형을 바라보았다.

"아빠 영어 잘해?"

"하고 싶은 말을 할 수 있는 정도?"

유진이 활짝 웃으며 말했다.

"그럼 아빠랑 내가 미국에 가면 되잖아."

"그건 안 돼."

"왜?"

"아빠는 여기서 일해야 하니까. 유진이 엄마 따라서 미국으로 갈래?"

유진은 단번에 대답했다.

"그건 싫어."

아빠와 엄마 둘 중에 선택을 해야 한다면, 아빠였다.

얼마 후, 차가 공원 주차장 앞에 섰다. 지형은 유진을 데리고, 유치원 아이들이 모여 있는 곳까지 갔다.

"그럼 재미있게 놀다 와."

"아빠, 안녕."

지형은 노란 가방을 덜렁거리며 친구들과 함께 공원으로 걸어가는 유진의 모습을 한참 동안 바라보았다.

유진의 뒷모습이 기운 없어 보였다. 지형 역시 마찬가지였다.

주윤은 지형과 유진을 보내고 한참 동안 거실에 앉아 있었다. 아무리 기다려도 어미 고양이가 나타나지 않았다. 주윤은 거실 창에 비친 흐릿한 자신의 모습을 바라보았다. 자신의 모습 같기도 하고 다른 사람의 모습 같기도 했다.

한국에 온 후 주윤은 묘한 꿈을 자주 꾸었다.

시작은 피아노 소리였다. 어린아이가 치는 서툰 소리였다. 그다음엔 바이올린 소리도 났다. 이상하게도 그 소리를 들으면 마음이 괴로웠다. 눈을 뜨면, 꿈에서 주윤은 매번 똑같은 장소에 있었다. 눈을 감아도 어디에 무엇이 있는지 또렷하게 생각해 낼 수 있는 그 방에 어린 주윤이 있었다. 주윤은 작은 책상에 앉아 수업을 들었다.

주윤은 고개를 갸웃했다. 자신은 저 방에서 저런 수업을 들은 기억이 없었다.

'아냐, 저건 내가 아니야.'

꿈에서 주윤은 그림과 바이올린과 발레를 배웠다. 그렇지만 그 수업들은 너무나도 재미가 없었다. 레슨을 하는 선생님이 조용히 한숨 쉬는 소리가 났다. 주윤이 어려 무슨 말인지 못 알아들을 거라고 여기는지 작은 목소리로 중얼거렸다.

"얘는 전혀 재능이 없어. 시간 낭비고 돈 낭비야. 순 엄마 욕심이지. 하긴 얘 엄마도 재능이 없었으니 누굴 탓하겠어. 아무나 예술가가 되나."

그리고 소리를 지르는 혜선이 있었다.

"넌 누굴 닮아 그렇게 멍청해? 뭐 하나 잘하는 게 없잖아! 피아노도, 바이올린도, 발레도! 그럼 연습이라도 열심히 해야지! 네가 인형놀이를 할 겨를이 있어? 어떻게 내가 너 같은 걸 낳았지?"

그 뒤로 주윤도 너무나 많이 들었던 폭언이 쏟아졌다. 너무 겁이 나서 눈물도 나지 않았다. 그저 벌벌 떨면서 이 폭풍이 지나가기만을 기다리는 수밖에 없었다.

폭언만 쏟아지는 건 운이 좋은 편이었다. 폭언을 퍼붓는 것으로 분이 풀리지 않으면 혜선은 폭력을 썼다.

주윤이지만 주윤이 아니었고, 또 주윤이었다.

"방에서 반성하고 있어!"

불이 꺼지고, 문이 찰칵 잠기는 소리가 났다. 밖에서 문을 잠그는 소리였다.

숨이 막혔다. 방이 갑자기 작은 상자로 변한 것 같았다. 어둠 속에서 괴물들이 스멀스멀 기어 나오는 것 같았다.

"엄마! 엄마! 문 열어 줘요. 잘못했어요. 연습 잘 할게요. 엄마! 엄마!"

문은 열리지 않았다.

울부짖던 아이는 조용해졌다.

수업 시간에도 멍하니 앉아 있었고, 혜선이 무어라 말해도 대답조차 하지 않았다. 주윤은 하루 종일 방구석에 웅크려 있었다. 그러지 않을 때는 나무로 만든 장난감 기차들로 커다란 원을 만들고 그 안에서 잠을 잤다.

혜선이 방에 들어와 소리를 지르며 나무 기차들을 흩뜨려 놓았다. 그래도 주윤이 아무런 반응을 보이지 않자 기차를 집어 던졌다. 기차에 맞은 주윤은 비명을 질렀다. 혜선이 조용히 하라고 몸을 세게 흔들었다. 주윤은 오히려 더 크게 소리를 지르고, 자기를 잡은 혜선의 손을 물어뜯었다.

혜선은 괴물이라도 보듯 주윤을 보다 겁에 질려 뒷걸음질을 쳐서 방을 나갔다.

문이 찰칵 잠기는 소리가 났지만 무섭지 않았다. 주윤은 또다시 장난감 나무 기차로 커다란 원을 만들고 그 안에 들어가 누웠다. 저 여자가 없는 곳이 주윤에게는 천국이었다.

혜선이 울부짖는 소리가 났다.

저 아이는 내 아이가 아니야. 내 아이가 저럴 리 없어.

주윤은 몸을 떨었다. 꿈이지만 너무 생생했다.

꿈을 생각하는 것만으로도 숨을 쉬기가 힘들어서 깊은 심호흡을 몇 번 반복했다.

주윤은 이미 차갑게 식은 커피를 한 모금 마셨다.

'그건 내가 아냐. 그럼 누구지?'

다른 사람의 꿈을 주윤이 보는 것 같았다. 단지 보고만 있는 게 아니었다. 꿈속의 주윤이 느끼는 공포와 고통이 고스란히 전해졌다. 주윤도 겪었던 것이기 때문이었다.

주윤 역시 그 방에서 죽을 만큼 두려웠고 고통스러웠다.

'그 방에 살았던 사람은 둘이었어. 나 그리고 진짜 이주윤.'

주윤은 다시 유리창에 비친 자신의 얼굴을 바라보았다. 거울 속에 비친 얼굴은 여섯 살, 잔뜩 겁에 질린 주윤의 모습이었다. 그리고 그 모습은 두 개가 되었다.

언젠가 이 환영을 본 적이 있었다. 그때는 몰랐던 그 환영이 누구인지 이제야 깨달았다.

주윤에게 도망치라고 했던 그 목소리의 주인이었다.

"너구나. 이주윤."

'그래, 나야. 이주윤.'

마음에서 울리는 소리인지 머리에서 울리는 소리인지 알 수 없지만, 주윤은 그 소리를 분명히 들을 수 있었다.

'이제 나를 그곳에서 나가게 해 줘.'

"어떻게?"

주윤은 소리 내어 되물었다.

'너는 나니까.'

"너는 나?"

'그래. 너는 나야. 나는 너고.'

유리창 속의 환영도 환청도 사라졌다.

주윤은 몸을 일으켜 2층으로 올라갔다. 망설이다가 손 이사에게 전화를 걸었다. 진짜 이주윤에 대해 알고 있는 사람은 그밖에 없었다.

— 이사장님!

손 이사는 놀란 기색이 역력한 목소리로 전화를 받았다.

"여쭤보고 싶은 게 있어서 전화드렸어요."

— 네.

"혹시 한 회장이 죽은 이주윤을 2층에 있는 그 방에 가뒀나요?"

손 이사는 소스라치게 놀랐다. 그 일은 극비에 부쳐져 거의 아는 사람이 없었다. 한 회장이 본채에 도우미들을 오지 못하게 하는 이유가 바로 그 일에서 비롯되었다. 회사 사람 중에선 한 회장의 최측근에서 일하며 자주 그 저택을 오갔던 손 이사밖에 모르는 일이었다.

"아이한테 뭔가 정신적인 문제가 있었죠?"

손 이사는 여전히 아무 말도 하지 않았다. 그렇지만 주윤은 자신이 제대로 추측했다고 확신했다.

손 이사는 길게 한숨을 내쉬었다.

— 선천적인 건 아니었습니다.

학대로 인한 후천적인 문제라는 뜻이었다.

"그럼 어쩌다가……."

— 과도한 조기교육으로 인한 스트레스가 심했던 모양입니다. 이사장님도 아시는 것처럼 한 회장님은 화가가 되고 싶었지만, 회사를 이어야 해서 그림을 포기할 수밖에 없었습니다.

그래서 하나뿐인 자식이 자기 꿈을 대신 이뤄 주길 간절히 바랐습니다.

교육으로 포장한 학대였다. 하나뿐인 자식이어서 욕심이 지나쳤다.

문득 주윤은 혜선이 자신에게도 그림, 피아노, 발레 등을 억지로 시켰던 것이 떠올랐다.

— 처음엔 말을 하지 않았어요. 아이의 상태는 점점 나빠졌죠. 나중엔 대소변도 가리지 못하게 됐습니다.

그래서 가둔 거구나. 아무도 못 보게 하려고.

모르는 사람이 봐도 아이가 이상하다는 것을 알 정도였지만 한 회장 부부는 아이를 병원이나 상담소에 데려가지 않았다.

손 이사는 그때를 생각하자 자기도 모르게 긴 한숨이 나왔다.

그 누구에게도 하지 않으려고 했던, 이제는 그밖에 모르는 그 슬픈 죽음에 대해 이야기했다. 누구에게도 사랑받지 못했던, 겨우 여섯 살에 이 세상을 떠나야 했던 아이의 이야기였다.

그 이야기를 이 세상에서 들을 자격이 있는 유일한 사람이 주윤이었다.

어쩌면 그 아이는 자신의 죽음을 주윤만이 기억해 주길 바랄지도 모르겠다고 손 이사는 생각했다.

빨간불에 차를 세우고 주윤은 룸미러를 힐끗 바라보았다.

'또 저 차네.'

착각이 아니었다.

집에서 출발할 때부터 누군가가 따라온다는 느낌이 들었다. 기분 탓이라고 생각했지만, 집에서 출발할 때부터 봤던 흰색 그랜저가 계속 따라오고 있었다. 그저 우연이라고 생각할 수도 있었지만, 요새 들어 아침에 조깅을 하러 나가거나 유진을 유치원 버스에 태워 보낼 때 누군가가 자신을 보고 있다는 기분이 들었다. 사진이 찍히는 소리가 들리는 것 같기도 했다.

거슬리는 느낌이 있을 때마다 주윤은 자신이 예민한 탓이라고 여겼다.

누가 자신의 사진을 찍는단 말인가? 무슨 이유로?

혹시 지형이 경호를 붙일 수도 있지만, 그랬다면 분명 말을 해 줬을 것이다.

'어떻게 하지?'

인 감독하고는 성북동 집에서 만나기로 약속했다.

주윤은 인 감독에게 전화를 걸어 사정을 설명했다. 인 감독은 주윤의 말을 주윤보다 더 심각하게 받아들였다.

— 중간에 만나서 내 차를 타고 이동하는 게 나을 것 같네요. 지금 위치가 어디예요?

주윤은 인 감독에게 위치를 설명했다.

— 지금 내가 있는 곳으로 오는 게 낫겠네요.

"지금 어디 계신데요?"

— 작업실이에요. 사거리를 직진해서 오면 오른쪽에 파란색 건물이 보일 거예요. 거기가 ISU엔터의 별관인데, 제 작업실이 거기에 있어요.

인 감독은 임시로 ISU엔터 별관의 빈 공간을 사무실 겸 작업실로 쓰고 있었다.

— 거기 지하 주차장에 들어가서 제 이름을 대면 확인 후에 차를 대게 해 줄 거예요. 거긴 소속 연예인하고 회사 직원 이외에는 들어갈 수가 없어요. 따라오는 차는 들어오지 못할 거예요. 거기 도착해서 전화 주세요.

주윤은 주차장에서 인 감독의 차로 갈아탔다. 인 감독은 혹시 모른다면서 모자와 선글라스를 주윤에게 주었다.

성북동에 도착할 때까지 흰색 그랜저는 보지 못했다. 누군가가 따라오는 듯한 느낌도 없었다.

지형의 말대로 성북동 집은 미술관으로 바뀌어 있었다. 정원과 1층을 새롭게 리모델링해서 설치미술 작품을 전시했고, 두 사람이 살았던 2층은 그대로 두었다고 했다.

주윤은 대문 앞에 한참 동안 서 있었다.

이 집으로 오는 길은 늘 끔찍했다.

오고 싶지 않았지만 이곳 말고는 돌아갈 곳이 없었다. 제 발로 감옥으로 돌아오는 기분이었다.

그런데 이젠 아니었다. 더 이상 이 집이 아무렇지 않았다.

이곳으로 돌아올 일은 아마 이번이 마지막이리라, 주윤은 그렇게 생각했다.

열쇠로 문을 열고 들어갔다. 오늘 촬영을 위해 미술관은 임시 휴관이었다.

안으로 들어온 인 감독은 탄성을 질렀다. 정말 잘 관리된 멋진 집이었다.

주윤은 잠시 정원을 바라보다가 입을 열었다.

"잠깐 여기 있다 들어갈까요?"

"네. 그래요."

두 사람은 아무 말 없이 집 정원에 설치된 흰색 말 조형물을 바라보았다.

인 감독은 한혜선 회장의 예술적 안목이 빼어났다는 것을 떠올렸다.

'아름다움만이 자신을 구원한다고 했던가?'

오래전에 읽었던 인터뷰 기사를 떠올렸다. 너무 멋진 말이어서 기억하고 있었다.

어머니로부터 물려받은 회사의 이름을 '라렌느'로 바꾸고 세계적인 화장품 회사로 키워 낸, 슈퍼 우먼이라는 수식어가 늘 따라다녔던 뛰어난 경영자였다. 인 감독이 대학생이었을 때, 한혜선은 여대생이 닮고 싶은 여성 3위 안에 늘 이름을 올렸다.

매스컴을 통해 본 한 회장은 모든 것이 완벽한 사람이었다. 딸의 죽음과 양녀의 입양으로 완벽한 사람이 가지기 힘든 '스토리'까지 가지게 되었다. 한 회장의 입양 스토리는 뻔했지만, 그래서 더 감동적인 이야기였다.

"정말 멋진 집이네요. 집 자체가 보존해야 할 예술품 같아요."

"이런 집에 사는 사람들이 아이를 학대할 거라곤 누구도 상상 못 하겠죠? 모든 것을 가진 사람들이 말이에요. 그렇지만 이 집, 어딘가 이상하지 않아요?"

주윤의 말에 인 감독은 집을 다시 유심히 바라보았다. 잠시 후, 인 감독은 입을 열었다.

"그러게요. 어딘지 모르게 숨 막혀요."

"한혜선 회장은 완벽함에 집착하는 사람이었어요. 인생이 NG 없는 영화이길, 재봉선 없는 옷이길, 습작 없는 명화이길, 초고 없는 소설이길 원하는 사람이었어요. 그러니 불행할 수밖에 없었죠. 만약 그 사람이 결혼하지 않고 살았다면 그 환상 속에서 죽을 때까지 행복하게 살 수 있었을지도 몰라요. 그렇지만 결혼을 했고, 아이를 낳았죠. 자신의 모든 것을 물려받아야 하는 그 아이는 모든 면에서 완벽해야 했어요. 하지만 그러지 못했죠."

주윤은 이제 그만 집에 들어가자는 눈짓을 했다.

집 안으로 들어간 주윤은 천천히 2층으로 올라갔다. 허리를 굽혀 문 아래를 보았다.

왜 이 방 바깥에 자물쇠가 있었다는 걸 지금까지 몰랐을까?

방문을 열자 익숙한 풍경이 눈에 들어왔다. 그 방은 조금도 변하지 않았다.

"주윤 씨가 어렸을 때 썼던 방인가요?"

"아뇨. 이주윤의 방이죠."

인 감독은 어리둥절한 얼굴을 했다.

"그 사람들은 자기들의 죽은 딸 이름을 저에게 붙여 줬어요."

"뭐라고요?"

"죽은 딸을 대신하기 위해 절 입양했어요. 제가 죽었다면 또

다른 아이를 입양했겠죠."

이 방은 자신들이 진짜 이주윤을 사랑했다고 믿기 위해, 진짜 이주윤은 완벽한 딸이라는 허상을 만들기 위해 남겨 둔 서글픈 신전이었다.

주윤은 이 집의 모든 것을 다 부숴 버리면서도 이 방에는 손을 댈 수 없었다. 아무 죄도 짓지 않은 그 아이의 유일한 공간을, 그 아이가 이 세상에 산 유일한 흔적을 없애 버릴 수 없었다.

그렇지만 이제 주윤은 확실히 말할 수 있었다.

죽은 이주윤이야말로 이 방을, 이 방에 있는 모든 물건을, 이 방을 만든 사람들을 끔찍하게 증오했을 거라고. 이 방에 있는 어느 것 하나 원하지 않았을 거라고 말이다.

그 사람들은 '진짜 이주윤'을 결코 사랑한 적 없었다.

이 방에서 진짜 이주윤도, 주윤처럼 학대받았다.

주윤은 방에 걸려 있는 거울을 바라보았다.

'너는 나야. 나는 너고.'

혜선은 죽은 주윤 때문에 산 주윤을 학대한 것이 아니었다. 자기 딸은 죽었는데 주윤은 살아 있어서 학대한 것이 아니었다. 그것을 깨닫기까지 너무 오랜 시간이 걸렸다.

손 이사는 말했다. 한 회장은 비범한 아이를 원했지만 태어난 건 평범한 아이였다고. 그러나 그 아이가 정신적으로 완전히 망가진 후에야 한 회장은 평범한 아이를 원하게 되었다고. 평범한 아이가 얼마나 큰 축복인지 그제야 깨닫게 되었다고 말했다.

토악질이 날 만큼 이기적이었다.

이주윤이 윤다은을 지운 게 아니었다.

주윤은 지금껏 자신이 죽은 아이를 대체하기 위해 살았다고 믿었다. 그렇지만 진실은 그 반대였다.

지워진 건, 윤다은이 아니라 이주윤이었다. 그들은 윤다은으로 이주윤을 지웠다.

죽는 순간까지 혜선은 그 아이를 조금도 떠올리지 않았다. 효관 역시 마찬가지였다. 이주윤과 윤다은은 둘 다 이 세상에 자기 자리가 없는, 그 누구도 원하지 않는 아이로 살아야 했다.

주윤은 또 하나의 주윤에게 말을 걸었다.

'나는 오랫동안 너를 미워했어. 네가 없었다면 나는 이곳에 오지 않았을 거라고 생각했지. 그렇지만 이제 너와 내가 같다는 것을 알았어. 너 역시 나처럼 학대당했어. 하지만 너는 죽었고 나는 살아남았지. 너에겐 강지형이 없었으니까. 아무 말도 할 수 없었던 널 위해서라도 꼭 이야기할게. 나는 널 몰라. 그러니 네 이야기를 할 수 없어. 내 이야기밖에 할 수 없는데, 그래도 괜찮겠니?'

어디선가 '그래.'라는 대답이 바람처럼 밀려왔다 사라졌다. 주윤만이 들을 수 있는 대답이었다.

'우리 같이 나가자. 이 지긋지긋한 방에서. 이 끔찍한 집에서. 고통뿐인 시간에서.'

주윤은 자리에서 일어나 창문을 열었다. 그러고는 뒤를 돌아 인 감독을 보며 말했다.

"여기서 시작하죠. 여기가 제 이야기가 시작된 곳이니까요."

그리고 두 이야기가 끝나는 곳이기도 했다.

두 아이 다 이제 이 방을 나가 다시는 돌아오지 않을 것이다.

인 감독은 재빠르게 카메라와 조명을 세팅했다.

"그럼 시작해 볼까요? 무슨 이야기라도 좋으니 편하게 얘기해 봐요."

주윤은 무슨 이야기를 해야 할지 감이 잡히지 않은 듯 입을 다물고 있었다.

인 감독은 주윤의 긴장을 풀어 주고 싶었다. 배우가 아닌 일반인들은 카메라 앞에서 얼어붙기 마련이었다. 게다가 주윤은 이제 힘든 과거 이야기를 꺼내야 한다.

"슬픈 이야기는 많이 할 테니 지금은 좋은 이야기, 행복한 기억부터 이야기해 볼까요?"

주윤은 잠시 생각에 잠긴 후 입을 열었다.

"그날은 크리스마스이브였어요. 전날 밤부터 눈이 내려 아침에 일어나 보니 온 세상이 하얗게 변해 있었어요. 세상에 나 홀로 남은 듯 이 집은 텅 비어 있었죠. 그날, 산타가 제게 천사를 선물로 보내 주었지요."

주윤은 잠시 말을 끊고 몸을 일으켰다. 여전히 의류함은 그 자리를 지키고 있었다.

주윤은 고개를 돌려 인 감독을 바라보면서 말했다.

"강지형. 제 남편이요."

주윤은 자기도 모르게 미소 짓고 있었다.

인 감독은 주윤의 미소가 너무 아름다워 넋을 잃었다.

30분 후면 퇴근이지만 라렌느의 회장 비서실에는 찬바람이 쌩쌩 불었다.

벌써 며칠째 라렌느와 회장 부부의 이름이 포털 사이트에서 사라지지 않았다. 여기저기서 오는 전화로 업무가 마비될 정도였다. 전화가 찾는 사람은 강지형이 아니었다. 이주윤이었다.

"죄송합니다. 그건 회장님 부부의 사생활이라, 비서실에서 알려 드릴 수 없습니다."

벌써 몇 번째 똑같은 멘트를 하는 건지 비서들은 셀 수조차 없었다. 그렇지만 지형은 이 대응 말고는 아무것도 하지 말라고 지시한 터였다.

자기도 모르게 감정이 들어가 최 비서는 전화기를 요란하게 내려놓았다. 그러나 전화기를 내려놓자마자 또다시 전화기가 울렸다.

최 비서는 짜증스러운 한숨을 내며 전화를 받았다. 붉으락푸르락하는 얼굴과 달리, 목소리는 친절하기 그지없었다.

"네. 네? 회장님과 같이 사진 찍힌 연예인이 누구냐고요? 하하하, 저희도 알고 싶네요. 그분 정체를 밝히는 건 저희보다 그쪽이 더 전문 아니신가요? 알게 되시면 꼭 연락 부탁드립니다."

저쪽에서 전화를 끊자 최 비서는 쾅 소리를 내며 수화기를 내려놓았다. 비서실 전체에 긴 한숨 소리가 흘러나왔다.

며칠 전, 사람들이 흥미를 가질 만한 주제라면 무엇이든 다

루는 파파라치 매체의 기사가 인터넷에 올라왔다.

공항에서 묘령의 여성과 함께 있는 지형이었다. 여성의 얼굴은 모자이크 처리가 되어 있었다.

사진은 그것으로 그치지 않았다. 그 여성이 지형이 운전하는 차를 타는 모습, 지형의 집 앞에서 내리는 모습, 집에 들어가는 모습, 집 근처에서 조깅을 하는 모습, 아이를 유치원 버스에 태우는 모습 등의 사진이 이어졌다.

국내 굴지의 코스메틱 회사 CEO의 불륜설. 상대는 모 엔터 소속 연예인이라고 쓰여 있었다. 기사는 지형의 부도덕한 사생활을 고발했다.

지형은 결혼한 지 얼마 되지 않아 불화설에 휩싸였었다. 또한 라렌느의 상속녀 이주윤은 출산 후 한 번도 대중 앞에 얼굴을 드러낸 적 없었기에, 일부 사람들이 주장하는 정신병원 감금설, 금치산자 아니면 한정치산자로 지정된 게 분명하다는 심신상실설 등 누구도 확인한 적 없는 이야기가 사실인 것처럼 쓰여 있었다.

기사 속의 강지형은 그야말로 인간쓰레기였다. 아내의 양아버지를 막다른 골목으로 몰아 극단적 선택을 하게 했고, 이후 고립무원 상태의 아내를 협박해 회사를 강탈하다시피 빼앗았으며, 토사구팽이라도 하듯 정신적으로 불안한 아내를 폐쇄 병동에 가두기까지 했다.

그것도 모자라 젊은 여성과 은밀한 해외여행을 즐겼으며, 파렴치하게도 자신의 집에서 동거까지 하고 있다는 것이다.

이니셜로 지칭되고 있었지만, 바보가 아닌 이상 누구라도 기사 속의 남자가 강지형이라는 것을 모를 수가 없었다.

기사를 읽고 다들 할 말을 잃었다. 그 사진을 본 순간 비서들의 마음속에 든 생각도 딱 하나였다. 불륜. 그것도 꽤 깊은 사이였다. 사진에서 느껴지는 친밀감은 한두 달 사이에 쌓은 것이 아니었다.

이 비서가 회장실을 힐끔 보면서 작은 목소리로 말했다.

"그런데요, 정말일까요?"

"뭐가?"

"기사요."

우 비서실장의 눈빛이 날카로워졌다. 이 비서는 움찔했다.

"이 비서, 난 회장님 부부를 직접 봤어. 재벌들, 서로 이해관계 때문에 쇼윈도로 사는 사람들 많지만, 회장님은 이사장님 두고 허튼짓하실 분 아닐세."

"그렇지만 사람 마음은 변하잖아요."

"따님을 두고 그러실 분 아닐세."

우 비서실장은 딱 잘라 말했다.

우 비서실장은 미래사업본부에서 부장으로 일할 때 주윤과 지형이 같이 있는 모습을 딱 한 번 가까이에서 봤다. 그 한 번의 만남으로도 확신할 수 있었다. 또, 부부 사이는 부부밖에 모른다는 것도 그의 지론이었다.

"그럼 이 사진은 뭐예요?"

최 비서가 막내의 패기로 우 비서실장에게 따지듯 물었다.

"합성은 아니잖아요."

분위기가 차가워지자 이 비서가 재빨리 끼어들었다.

"100주년 기념 파티 때 이사장님이 나오시면 모든 의혹이 한 방에 해결되겠죠? 아무리 바깥출입을 안 하신다고 해도, 라렌느 100주년 기념 파틴데, 꼭 나오실 거예요."

그건 모두의 희망 사항이었다. 그것처럼 깔끔하게 해결할 수 있는 방법은 없었다.

근거 없는 루머라고 무시하기엔 주가 하락 폭이 컸다. 분명, 지형이 어떤 식으로든 주윤의 모습을 대중들에게 보일 것이라고 회사 사람들은 굳게 믿고 있었다.

그러나 우 비서실장의 얼굴은 어두웠다. 아직까지 아무런 언질을 받지 못했다.

"ISU 측에서 입장문을 냈어요."

"뭐라고?"

"최근 모 화장품 회사 오너와 자사 소속 연예인에 대한 루머는 사실무근이며, 허위 사실을 유포한 사람들과 소속 연예인에 대한 악플을 단 사람들을 고소할 예정이래요."

"그럼 ISU는 아니라는 건가? 그럼 이 여자는 도대체 누구예요? 자기 이야기가 인터넷에서 이렇게 시끄러운데, 어떻게 지인 피셜 하나 안 나올 수 있죠? 이 여자는 친구도 없나?"

이주윤의 행방도 오리무중이었지만, 모자이크된 여성의 정체 또한 아무도 찾아내지 못했다.

"어, 어, 이, 이걸 어쩌죠?"

최 비서가 놀란 소리를 냈다.

"무슨 일인데?"

"청와대에 국민청원이 올라왔어요."

"뭐?"

"이주윤 이사장님의 생사를 확인해 달라고요. 세 시간 전에 올라온 청원인데 벌써 만 명 가까이 서명했어요."

다들 놀라서 입을 벌렸다.

겨우 정신을 차린 고 비서가 말했다.

"정말 할 일 없는 사람들 많네. 세상에서 제일 쓸데없는 걱정이 재벌 걱정이라는 걸 모르나?"

그렇지만 다들 수습할 생각을 하니 머리가 텅 빈 것 같았다.

국민청원이라니. 실제로 청와대에서 대답할 정도의 인원이 서명할지는 아직 알 수 없었고 청와대가 대답을 할지도 의문이었지만, 온 언론에서 이주윤을 찾아 댈 것이었다. 그들은 아무런 대답도 가지고 있지 않았다.

최 비서가 말했다.

"그런데 이사장님은 정말 어디 계신 거예요?"

누구도 대답을 할 수 없었다.

"회장님은 알고 계시겠죠?"

비서실 사람들은 굳게 닫힌 회장실 문을 바라보았다.

온 세상이 이렇게 시끄러운데, 마치 태풍의 눈처럼 지형이 있는 그곳만은 고요하기 그지없었다.

내 손이 닿는 곳에

—

　유진은 문소리를 내지 않으려고 애쓰면서 주윤의 방문을 열었다. 주윤은 이불을 뒤집어쓴 채 자고 있었다. 유진은 풀 죽은 얼굴로 아래층으로 내려왔다.

　"아빠, 엄마는 자."

　토요일. 지형은 회사에 나가지 않았다. 유진이 갑자기 아침으로 밥 대신 맥도날드의 핫케이크를 먹고 싶다고 해서 두 사람은 주윤이 깨어나기만을 기다렸다.

　지형은 시간을 확인했다. 이제 더 이상 미룰 수 없을 것 같았다.

　"우리끼리 다녀오자."

　"싫어. 엄마랑 아빠랑 같이 가고 싶단 말이야."

　유진은 거의 울먹거리면서 말했다.

"엄마가 많이 피곤한가 봐. 푹 자게 해 주자."

마지못해 유진이 고개를 끄덕였다.

유진은 먹고 싶다고 한 핫케이크를 반도 먹지 못했다. 지형도 입맛이 없긴 마찬가지였다.

오늘은 유진의 어린이 미술관 활동이 있는 날이었다. 평소 같으면 지형이 미술관까지 데려다줬겠지만, 집에서 혼자 자고 있는 주윤이 걱정됐다. 지형은 송 여사에게 유진을 부탁했다.

집으로 돌아온 지형은 2층으로 올라갔다. 지형은 주윤의 방문을 소리 내지 않고 열었다. 방 안은 조용했다. 주윤의 숨소리밖에 들리지 않았다. 주윤은 여전히 잠을 자는 것 같았다. 지형은 조용히 문을 닫고 주윤의 방 앞에 앉아 문에 등을 기댔다.

다큐멘터리 촬영이 거의 막바지에 이르면서 주윤의 얼굴이 눈에 띄게 수척하고 어두워졌다.

과거를 끄집어내 이야기하는 것은 그 시간을 다시 사는 것과 크게 다르지 않다고 인 감독은 말했다. 겨우 그 시간에서 죽을 힘을 다해 벗어난 주윤에겐 정말 잔인한 일이었다.

과거의 일이 너무 생생하게 기억났기 때문일까. 주윤은 지형에게 어쩐지 더 서먹하게 구는 것 같았다.

주윤의 과거 속에서 자신은 얼마나 끔찍한 악당이었을까.

지형은 생각조차 하기 싫었다.

촬영을 마치고 집에 오는 날이면, 저녁도 먹지 않고 계속 잠만 잤다. 그렇지만 푹 자는 것 같진 않았다. 밤에 흐느끼는 울음소리를 듣고 지형이 놀라서 주윤의 방문까지 달려간 게 여러 번이었다. 문 앞에서 지형은 그 울음소리가 잦아지기를 기다렸다.

주윤의 방에서는 아무 소리도 나지 않았다. 푹 자고 있는 것 같아 지형이 1층으로 내려가려고 할 때 방에서 날카로운 비명 소리가 들렸다.

지형은 놀라서 방 안으로 들어갔다. 이불 속에서 몸을 웅크리고 있는 주윤이 눈을 감은 채로 비명을 지르고 있었다.

"주윤아, 주윤아! 정신 차려!"

주윤의 몸은 땀으로 흠뻑 젖어 있었다. 그러나 얼굴을 적신 게 땀인지 눈물인지 지형은 알 수 없었다.

지형은 주윤을 흔들었다. 주윤이 겨우 눈을 떴다.

"오빠."

지형은 주윤이 자신을 오빠라고 부르자 흠칫 놀랐다. 이 집에 와서 지형을 오빠라고 부른 적은 한 번도 없었다.

주윤의 눈에는 초점이 없었고, 몸에는 힘이 하나도 없었다. 여전히 의식의 반은 꿈속에 있는 듯 몽롱했다. 그렇지만 흐느낌은 여전했다. 눈에서 흐르던 눈물은 멈췄지만, 여전히 몸을 사시나무 떨듯 떨었다.

"오빠."

주윤은 지형의 몸에 파고들었다. 지형은 놀라면서도 주윤을 꼭 안아 줄 수밖에 없었다.

"다은아, 괜찮아."

자기도 모르게 지형은 예전처럼 '다은아.'라고 불렀다. 그러자 주윤은 예전처럼 '응, 오빠.'라고 대답했다.

지형은 주윤을 안은 채로 한참 동안 침대에 누워 있었다. 주윤이 지형의 품에서 떨어지려고 하지 않았다. 울음을 그친 주윤이 어리둥절한 눈으로 지형을 바라보았다.

"오빠가 왜 여기 있어?"

"응?"

"오빠는 보스턴에 갔잖아."

지형은 주윤을 더 세게 안았다.

주윤이 어느 시간에 있는지 지형은 알 것 같았다. 미칠 것 같았다.

왜 하필 가장 아픈 시간에 머물러 있는 걸까? 널 거기서 데려올 순 없는 걸까?

"네가 여기 있는데 내가 어딜 가."

"그렇지만 승혜 씨가 그랬어. 오빠가……."

지형은 주윤의 두 뺨을 손으로 감싸고 눈을 똑바로 바라보면서 말했다.

"꿈을 꿨구나. 아주 나쁜 꿈을 꿨구나."

"꿈이라고?"

주윤은 멍한 목소리로 물었다.

"지금 이게 꿈이 아니고?"

"뭐?"

"정말 오빠야? 여기 지금 내 옆에 있는 거야?"

주윤은 믿을 수 없다는 듯 물었다.

지형은 충동적으로 주윤의 입에 입을 맞췄다. 주윤이 숨을 쉴 수 없을 만큼 세게 안았다.

"이래도 내가 옆에 없는 것 같니?"

주윤은 멍한 얼굴이었다.

지형은 뜨거운 입술로 뺨과 귀, 목덜미를 훑었다. 주윤은 그 노골적인 감각에 몸을 떨었다. 지형의 숨결도 거칠어졌다.

"오빠."

"내가 말했잖아. 난 너 말고는 갈 데가 없다고. 우리 약속했잖아. 마당이 있는 작은 집에서 고양이 키우면서 살자고."

주윤은 기쁜 듯 미소를 지었다. 주윤이 갑자기 지형의 손을 꽉 잡았다.

"오빠, 있잖아. 내가 할 말이 있는데……, 어쩌면 오빠가 싫어할지도 모르겠어."

주윤은 그물을 짜듯 지형의 손가락에 자신의 손가락을 얽는 장난을 했다. 예전에 주윤이 자주 하던 손장난이었다. 찌르르한 느낌이 지형의 심장에 잔물결처럼 밀려왔다.

"나를 떠날 거니?"

"뭐?"

"그것 말곤 내가 싫어할 말은 없어. 절대로. 그러니 말해 줘. 나를 떠날 거니?"

"그럴 리가 없잖아. 내가 오빠를 얼마나 사랑하는지 몰라?"

주윤은 지형에게 입을 맞췄다. 지형은 눈을 감았다. 살짝 부딪쳤다 떨어지는 주윤의 입술이 너무나도 달콤하고 부드러웠다. 시간이 멈춰 버렸으면 좋겠다고 생각했다.

"오빠, 그 집에 식구가 늘어도 괜찮을까?"

지형은 울지 않으려고 안간힘을 쓰고 겨우 평소와 같은 목소리로 대답했다.

"그것보다 더 기쁜 일은 없을 거야."

주윤은 안심한 듯했다.

눈을 천천히 깜빡이던 주윤은 다시 잠이 들었다. 이전에 울었던 게 거짓말인 것처럼 편하게 잠을 잤다.

지형은 주윤 옆에 한참 동안 누워 있었다. 눈물이 흘러내렸다. 눈물을 닦지 않고 그대로 흘러내리게 했다.

주윤의 방을 나와 서재로 갔다. 서재 문을 닫자마자 바닥에 허물어지듯 쓰러졌다. 정말 아이처럼 엉엉 울고 싶었다.

지형은 가만히 손을 허공으로 내밀었다.

이 손이 닿는 곳에 주윤이 있었으면 좋겠다고 생각했다.

바라는 건 그것뿐이었다.

미행은 정말 짜증스러웠다. 이쪽이 눈치를 채자 저쪽은 더 뻔뻔하게 나왔다.

주윤은 라렌느호텔의 VIP 주차장으로 차를 몰았다. 회원이 아니면 들어올 수 없는 공간이었다. 주윤은 호텔 직원의 안내를 받아 VIP 전용 엘리베이터를 탔다.

"이사장님?"

주윤을 본 손 이사는 믿지 못하겠다는 얼굴을 했다.

"잘 지내셨죠."

주윤이 어떤 모습으로 나타날지 손 이사는 긴장했다. 자신이 괜한 일을 한 게 아닌지, 나타나기 직전까지 고민했다. 그렇지만 주윤을 보는 순간 손 이사는 마음이 놓였다. 지금까지 본 주윤의 모습 중에 가장 건강하고 예뻐 보였다.

"어려운 부탁인데 들어줘서 고맙습니다."

"아니에요. 제가 라렌느에 빚이 많잖아요. 그러니 이 정도는 충분히 할 수 있어요."

손 이사는 주윤에게 인터뷰를 부탁했다. 지형에게 몇 번이나 부탁했지만 요지부동이었다. 주윤에게 말도 전하지 않은 것 같았다.

"주가가 많이 떨어졌더군요."

"요즘은 리스크 중에 오너 리스크가 가장 크다고 하죠. 회장님은 전혀 언급 안 하셨지요?"

"저는 전혀 몰랐어요."

주윤은 인터넷을 할 때 한국어 인터넷 포털을 거의 이용하지 않다 보니, 자신이 거의 반 달 동안 인터넷에서 핫한 이슈였다는 것 자체를 몰랐다.

손 이사가 보내온 몇몇 기사 링크를 본 주윤은 황당하기 그지없었다. 황당한 마음도 잠시, 이런 루머가 회사에 실질적인 손해를 끼친다고 생각하니 눈앞이 아찔했다.

라렌느에 대한 애정은 조금도 없었다. 다만 그곳에서 일하는 사람들에 대한 책임감이 있을 뿐이었다.

또, 자신을 미행하는 사람들의 정체를 드디어 알 것 같았다.

자신은 물론, 유진과 지형의 사생활이 그렇게 파헤쳐진다는 것이 소름 끼치게 싫었다. 그래서 정공법으로 나가는 것이었다.

"청와대 국민청원이라는 것이 뭔지도 처음 알았어요."

손 이사는 쓰게 웃었다. 난리도 그런 난리가 없었다.

"회사 업무에 방해가 될 정도로 전화가 오고 있습니다."

더 큰 문제는 직원들의 소리 없는 동요였다.

"그런데 이 사람은 왜 이런 이야기를 제게 안 한 걸까요?"

손 이사는 주윤의 눈치를 보면서 말했다.

"거짓말하기 싫으시다고요."

"거짓말이요?"

"이미 파탄 난 결혼이고 곧 이혼할 건데, 이렇게 사이좋은 부부인 양 기사를 내는 것이 싫으셨겠죠. 이렇게까지 일이 커질 거라곤 다들 예상 못 했습니다."

파탄 난 결혼.

그렇다. 이제 두 사람 앞에는 이혼 말고는 남은 게 없었다. 유진과의 관계는 그들의 결혼과는 별도로 취급되는 것일 뿐이다. 이혼을 해도, 주윤이 유진의 엄마라는 것은 변하지 않으니까 말이다.

"그쪽에 계신 분들은 남들 앞에서 이런 연극 하는 것을 아무렇지 않게 생각하죠. 그걸 거짓말이라고도 생각하지 않지만, 회장님은 좀 다르시니까요."

거짓말이라.

하지만 지금 주윤이 지형을 위해 뭔가 할 수 있는 일은 그것밖에 없었다.

"어느 정도 무게감 있는 언론, 경력이 있는 기자가 인터뷰를 해야 할 것 같아서, 고려일보를 골랐습니다. 기자는 정해연 기자인데, 인터뷰 전문 기자로 유명한 사람입니다."

"기사는 언제 올라가나요?"

"지면 기사는 내일 조간에, 인터넷은 오늘 오후 5시 전에 올라갑니다. 저, 그런데 그쪽에서 사진 촬영은 양보할 수 없다고 해서요."

주윤의 사진기피증을 손 이사는 잘 알고 있었다. 그렇지만 주윤은 시원스럽게 대답했다.

"전 괜찮아요."

"그럼 아델린하우스로 가시죠. 기자와 스태프들은 이미 와 있습니다."

주윤은 사진 촬영을 위해 간단한 메이크업을 받았고, 촬영용 의상으로 갈아입었다. 극비로 진행되는 인터뷰여서, 스태프들은 메이크업을 받는 주윤이 누군지도 모르는 눈치였다.

정원에서 기사에 실을 사진 촬영을 한 후 주윤은 지면 인터뷰를 하기 위해 아델린하우스 응접실로 갔다. 벽난로 위에 걸린 김환기의 추상화를 보고 있던 기자가 인기척에 몸을 돌렸다.

기자, 해연은 주윤을 보고 놀란 얼굴을 했다. 거의 경악에 가까워 주윤은 어리둥절했다.

해연은 인맥으로 모자이크가 되지 않은 사진을 봤다. 그 사진에 찍힌 여자가 지금 자기 앞에 서 있었다.

신문사 데이터베이스에서도 사진을 찾을 수 없어서 해연은 주윤의 얼굴을 몰랐다. 왜 라렌느에서 정말 이상할 정도로 대응을 하지 않았는지, 주윤을 보는 순간 이해가 됐다. 그 기사는 명백한 오보였고, 사생활 침해였다.

"이주윤입니다."

주윤은 해연에게 손을 내밀며 자기소개를 했다.

"고려일보 정해연 기자입니다."

해연은 인 감독과 비슷한 연배로 보였다.

"앉으시죠."

두 사람은 소파에 편하게 몸을 기댔다.

주윤이 입을 열었다.

"인터뷰에는 손 이사님이 동석하실 겁니다. 괜찮으시겠지요?"

"네."

해연은 미리 보낸 질문지를 꺼내 탁자 위에 올렸다.

"질문지는 보셨나요?"

"네."

"빼야 할 질문이 있으신지……."

"아뇨. 특별히 빼야 할 건 없던데요. 편하게 질문하세요."

해연은 혼란스러운 표정을 짓지 않으려고 애를 썼다. 혹시 닮은 사람을 데려와 인터뷰를 시키는 게 아닌가 의심이 들 정도로, 그가 사전 정보로 그려 본 이주윤이라는 인물과 지금 눈앞에 있는 이주윤의 이미지가 달랐다. 누구나 지금 이주윤을 본다면, 그녀를 둘러싼 루머가 얼마나 터무니없는 것인지 알 것 같았다.

해연은 가벼운 대화로 인터뷰를 시작했다.

"요 며칠 많이 놀라셨죠?"

"네. 정말 놀랐어요."

"청와대에 국민청원이 올라간 것은 보셨어요?"

"네. 그래서 제가 잘 있다는 건 알려 드려야 할 것 같아서 인터뷰를 요청드린 거예요."

"그럼 힘들게 돌아가지 않고, 사람들이 제일 궁금해하는 걸 바로 물을게요. 어째서 그렇게까지 공식적인 자리에 나오지 않으셨던 건가요?"

"제가 숫기가 없다 보니 사람들 앞에 나서는 것을 별로 좋아하지 않아요. 이전의 언론 기사를 보면 아시겠지만, 결혼 전에도 전 거의 사람들 눈에 띄지 않고 살았거든요."

그건 주윤의 말이 사실이었다. 주윤 정도의 사람은 어느 정도 신문사에 자료가 있기 마련인데, 얼굴을 알아볼 수 있는 제대로 된 사진 한 장 구할 수가 없었다.

"그래도 너무 얼굴을 안 보여 주셨죠. 혹시 육아 때문인가요?"

주윤은 미리 준비해 온 봉투에서 학위증과 수의사 면허증을 꺼냈다.

"이게 바로 제가 지난 6년 동안 사람들 앞에 나타나지 않은 이유예요. 제가 한국에 없었거든요. 저는 미국에서 수의학 공부를 하고 있었어요."

해연은 놀란 눈으로 학위증과 면허증을 번갈아 바라보았다. 이름을 들으면 누구나 알 만한 아이비리그의 대학이었다. 입학도 어렵지만 졸업은 더 어려운 곳이었다.

"제 꿈은 수의사가 되는 것이었어요. 부모님이 모두 반대하셔서 꿈을 포기할 수밖에 없었지만요. 결혼한 뒤 바로 아이가 생겨서 이제 정말 꿈은 꿈으로 놔둬야 하는구나 포기했는데, 남편이 용기를 줬어요. 늦지 않았다고요. 자기가 적극적으로 서포트해 줄 테니까 공부를 하라고요. 한국에서는 공부에 전념하기 힘들 것 같아 미국에 가서 공부를 했어요."

해연은 어안이 벙벙했다. 전혀 상상도 못 한 스토리였다. 주윤이 결혼 전부터 동물 보호 단체에 엄청나게 많은 기부를 꾸준히 해 왔다는 것이 떠올랐다. 정말 허무할 정도로 간단하게 의문이 풀렸다.

"정말 강지형 회장님, 대단하시네요."

진짜 그렇게 생각했다. 아내가 남편을 박사로 만드는 일은 흔했지만, 그 반대는 손에 꼽을 정도로 드물었다. 방해나 안 하면 다행이었다. 그런데 아내의 꿈을 위해 6년 동안이나 묵묵히 뒷바라지했다는 게, 그것도 누구에게도 알리지 않고 그렇게 했다는 게 놀라웠다.

"네. 정말 대단해요. 아이를 키우는 게 힘들었을 거예요. 태어나서 여섯 살까지면 제일 손이 많이 가는 시기잖아요."

"아이가 보고 싶진 않으셨어요?"

"정말 많이 보고 싶었어요. 울기도 많이 울었고요."

주윤의 목소리가 살짝 떨렸다.

"그러고 보니, 라렌느는 국내에서 육아휴직을 가장 잘 지원하는 곳이죠?"

"여성을 주 고객으로 하는 회사이다 보니, 여성의 현실에 관심을 많이 가질 수밖에 없죠."

"남성의 육아휴직 비율이 높다면서요?"

"너무 당연한 말인데요. 아이를 키우려면 엄마도 필요하지만, 아빠도 절실하게 필요하잖아요. 커리어는 남성과 동등하게 여성도 중요하니까요. 남편도 육아휴직을 하고 아이를 돌봤어요."

"강지형 회장님이 육아휴직을 하셨다고요?"

"제가 미국에 있으니까 아이를 전적으로 돌볼 사람이 남편밖에 없었거든요. 아이한텐 그래서 아빠의 존재가 참 커요. '엄마가 좋아, 아빠가 좋아?' 하고 물으면 단번에 '아빠가 좋아.'라고 말할 정도로요. 남편은 자기가 제일 잘한 일이 육아휴직이라고 할 정도예요. 아이와의 유대 관계는 그 무엇으로도 대신할 수 없는 거니까요."

"아빠로서 강지형 회장님은 거의 만점에 가까운 분인데……."

"아뇨. 만점에 가까운 게 아니라 만점이에요."

"그럼 남편으로는 어떤가요?"

"그 사람은……."

주윤의 눈빛이 아련해졌다.

해연은 아련한 주윤의 눈빛에 괜히 자기 볼이 붉어지는 기분이었다. 남편의 이야기를 하는 것만으로도 저렇게 설렐 수 있을까, 신기했다.

"글쎄요. 뭐라고 말해야 할지 모르겠어요. 강지형 씨는 남편 이전에 저한텐 가족 같은 사람이었고, 친구였고, 연인이었다가 남편이 된 거라서요."

"두 분이 어릴 때부터 아는 사이였다고 들었는데요."

"네. 제가 여섯 살 때 남편을 처음 만났죠."

"여섯 살 때요?"

"네. 그때부터 그 사람은 제 곁에 있어 줬어요. 제 인생의 선물 같은 사람이었고, 제 수호천사 같은 존재였죠."

정말 오래된, 깊은 인연이었다.

똑같은 말이어도, 말에 영혼을 담고 있는지 아닌지는 누구나 쉽게 알 수 있다. 누구라도, 이 사람이 남편을 진심으로 사랑한 다는 것을 느낄 수 있었다.

결혼한 지 6년인데도 여전히 남편을 이야기할 때 이 여자의 목소리는 살짝 떨렸고, 눈동자는 반짝거렸다.

"이 말은 빼 주세요. 너무 오글거리네요."

두 사람은 웃음을 터뜨렸다.

"따님이 몇 살이죠?"

"여섯 살이요."

"아유, 얼마나 예쁠까."

"기자님은요?"

"저는 중학생 하나, 고등학생 하나요. 둘 다 사내 녀석들이 라, 단순한 거 하나는 좋아요."

"얼마나 단순한데요?"

"기승전 고기요. 세상 모든 문제가 고기로 풀리는 세상에 살고 있죠. 아마 딸 키우는 분들은 상상도 못 할걸요."

인터뷰는 유쾌한 분위기에서 한 시간이 좀 넘게 이어졌다.

해연은 주윤의 미국 생활과 공부하면서 느낀 일들, 앞으로 하고 싶은 일들에 대해서도 질문을 던졌고, 주윤은 차분하게 대답했다.

"그럼 잘 부탁드리겠습니다."

주윤은 먼저 아델린하우스를 나왔다. 손 이사가 주윤의 뒤를 따라왔다.

"이사장님."

"저 이사장 아닌데요. 이사장은 손 이사님이시잖아요. 6년 전부터요."

손 이사는 멋쩍은 웃음을 지었다.

"뭐라고 불러야 할지 몰라서요. 사모님이라고 부르면 화내실 것 같아서요."

주윤은 웃음을 터뜨렸다.

사모님이라니, 너무 어색했다. 정말 미치도록 어색했다. 누군가의 부인으로 불리는 것도 별로였다.

"그러게요. 아줌마만큼이나 화나는 호칭이네요."

손 이사는 집으로 돌아가려는 주윤을 붙잡았다.

"차라도 한잔할까요?"

"그러죠."

한 시간 넘게 계속 이야기를 해서 목도 많이 말랐다.

손 이사는 직원을 불러 홍차와 케이크를 가져오게 했다. 직원은 라렌느호텔의 여름 명물인 복숭아케이크를 가지고 왔다.

"그나저나 수의사라니 많이 놀랐습니다."

"저도 놀랐는걸요. 제가 해낼 수 있는지 몰랐어요."

혜선과 효관에게 늘 쓸모없다는 폭언을 듣고 자라 주윤은 자신감이 없었다. 자신에게 무언가를 해낼 수 있는 힘이 있다고 생각하기 힘들었다. 그렇지만 보기 좋게 목표한 것을 이루었다.

되고 싶었던 무엇이 되었을 때 가장 좋은 점은, 더 이상 과거에 연연하지 않게 된다는 것이다.

"정말 장하십니다."

손 이사는 진심으로 그렇게 생각했다.

6년 전, 마지막으로 본 주윤의 모습은 너무 슬펐다. 삶을 포기해 버린 것 같아 손 이사는 어쩌면 주윤을 더 이상 볼 수 없을지도 모르겠다고 생각했다.

그렇지만 그의 예상은 틀렸다. 주윤은 이렇게 건강한 모습으로 그 앞에 앉아 있지 않은가. 주윤은 혜선과 효관보다 더 강했다. 그러니 분명 그들과는 다른 인생을 살 것이라고 손 이사는 믿었다.

"그럼 앞으로도 계속 미국에 계실 겁니까?"

"네. 별일 없으면 그렇겠죠."

가족도 일도 다 거기에 있으니, 한국에 오는 게 도리어 이상해 보이긴 했다.

늦었지만, 친오빠인 이든과 만나서 정말 다행이라고 손 이사는 생각했다.

"유진이하고는 아마 이런 식으로 만나겠죠. 제가 오거나, 아니면 유진이가 제 쪽으로 오거나 하면서요."

"잘 생각하셨습니다. 아이에겐 엄마가 필요하죠."

"저 같은 엄마가 과연 필요할까요?"

"부모의 존재가 빈칸인 건 정말 괴로운 일이니까요."

그럴까?

주윤은 손 이사의 말에 선뜻 동의가 되지 않았다. 친부모에 대한 기억이 거의 빈칸이라고 해도 과언이 아니었다. 그렇지만 주윤은 한 번도 그 빈칸이 괴로웠던 적이 없었다.

지형이 있었기 때문이다.

"그 사람은 그동안 어떻게 지냈나요?"

"직접 물어보시면 되지 않습니까."

"그럴 사이가 못 되어서요."

손 이사는 두 사람 사이가 어색하다는 뜻으로 받아들였다. 하긴 두 사람이 지금 한집에 사는 게 신기할 정도였다.

"숙소는 불편하지 않으십니까?"

"괜찮아요. 잘 지내고 있어요."

"회장님은 잘 지내셨습니다. 회사 쪽은 순조로웠습니다. 개인적인 것은 저보다 임 비서가 더 잘 알겠지만, 별일 없으셨습니다. 회사에서 딸바보로 소문이 자자하시죠."

"그랬군요."

주윤은 고개를 주억거리며 복숭아케이크를 포크로 잘라서 먹었다. 부드러운 백도와 피스타치오 크림이 입 안에서 달콤하게 녹았다.

"저……."

"네?"

주윤은 지형에게 혹시 만나는 사람이 있는지 물어보려다가 입을 다물었다. 궁금하긴 했지만, 자신이 그걸 물어보는 건 이상하다 못해 우스워 보일 것 같았다. 황급히 화제를 돌렸다.

"제가 손 이사님께는 너무 큰 폐도 끼치고 신세도 진 것 같은데, 그걸 어떻게 갚아야 할지 모르겠어요."

그때는 오직 복수밖에 생각하지 않아서 손 이사가 무슨 마음으로 주윤의 복수를 돕는 건지 알지 못했고, 궁금하지도 않았다.

"왜 절 도와주셨어요?"

손 이사는 아무 말도 하지 않고 홍차를 한 모금 마셨다.

"제 주변의 모든 사람은 오직 저를 이용하려고만 했지요. 손 이사님은 제게 아무런 대가를 요구하지 않은 유일한 사람이었어요."

"이사장님은 제게 어떤 빚도 지지 않으셨어요. 오히려 제게 빚을 갚을 기회를 주셨지요. 저는 두 아이가 학대받는 것을 보고도 아무것도 할 수 없었습니다."

손 이사의 목소리가 떨렸다.

"한 회장님은 아이가 이상해졌다는 것을 인정하지 않았어요.

치료가 필요한 아이를 방에다 가둬 버렸어요. 사람들 눈을 피해서요. 그 방에는 늘 자물쇠가 채워져 있었죠."

매번 그 방 앞을 지날 때마다 마음이 안 좋았다.

그 아이를 그 방에 가둔 순간, 혜선의 정신이 뒤틀리기 시작한 거라고 손 이사는 생각했다.

"한 회장님은 아이가 정신적으로 아프다는 것을, 전문적인 치료가 필요하다는 것을 인정하지 않았어요. 세상 전부와 싸울 기세였죠. 이 회장은 철저한 방관자였고요. 지금 생각해 보니, 왜 그랬는지 알 것 같네요. 이 회장에겐 강지형 회장이 있었으니까 그랬던 거겠죠. 그러다 아이가 죽어 버렸어요."

"아이는 어쩌다……."

"사고였습니다. 그렇지만 피할 수 있는 사고였어요. 그 방에 가두지만 않았다면……. 방치되어 있었던 탓에 골든 타임을 놓쳤죠."

그 끔찍했던 시간을 떠올리며 손 이사는 쓰게 웃었다. 한 회장은 자신의 유일한 아이를 그렇게 허망하게 잃었다.

"이사장님을 다시 보호시설로 돌려보내야 한다고 수없이 생각했지만, 이사장님만 보면 제정신을 찾는 한 회장님을 보면서 그럴 수가 없었습니다."

혜선은 누가 자신을 속여 주기를, 아이가 죽지 않았다고 거짓말해 주기를 바랐다. 효관은 그 거짓말을 기꺼이 해 줬다. 자기 이익을 위해 여섯 살 아이를 사자 굴에 던져 버린 것이다.

"하긴 그게 제정신이긴 했을까요? 친자식을 학대한 사람에게 또 다른 아이를 키우게 하다니, 정말 터무니없는 짓을 저지른 거지요. 저는 방조자였고요."

그렇지만 미친 사람들 사이에 있다 보면, 어느 것이 정상이고 어느 것이 옳은 일인지 판단하기 어려웠다.

"세상에서 가장 무서운 감옥이 뭔지 아시나요? 바로 양심의 감옥입니다."

손 이사는 환하게 웃으면서 말했다.

"오늘 저는 그 감옥에서 출소하는 기분입니다. 물론 전과는 남겠지만요."

손 이사는 이런 이야기를 주윤과 할 날이 오리라고는 상상도 하지 못했다.

"100주년 기념 파티에는 참석하실 겁니까?"

손 이사는 혹시 주윤이 마음을 바꾸지 않았나 확인했다.

"네. 그래야 더 이상 뒷말이 나오지 않을 테니까요."

"그럼 예전에 담당했던 분들을 다시 부를까요?"

"그게 좋겠죠."

아예 모르는 사람에게 맡기는 것보다는 나을 것 같았다.

"회장님께는 제가 말씀드리겠습니다."

"네."

지형의 반응이 어떨지 주윤은 예상이 안 됐다.

"싫어할까요?"

"아마도요."

손 이사는 될 수 있으면 부드럽게 말하는 버릇이 있었다. '아마도'라는 말은 '100퍼센트'라는 뜻이었다.

주윤은 삐딱한 생각이 들었다.

강지형이 언제부터 거짓말을 그렇게 싫어했다고.

"그래도 전 옳은 결정이라고 봅니다."

어떤 일이든 시기가 중요하다. 해명도 때를 놓치면 아무런
도움이 되지 않는다.

"뭐, 그렇게 거짓말을 많이 한 건 아니니까."

주윤은 혼잣말로 중얼거렸다.

"서류 정리는 그럼 좀 더 미뤄지겠군요."

"네?"

"인터뷰하고 얼마 안 지나서 이혼이 성립된 것이 밝혀지면
시끄러워질 겁니다. 인터뷰의 진의를 의심받겠죠. 그러니 이번
에 서류 정리를 하긴 어려울 것 같습니다."

"그렇군요."

주윤은 거기까지 생각하진 않았다. 이혼은 언제든 지형이 원
할 때 한다고 마음의 준비를 했기 때문이다.

"번거롭지만 다시 일정을 잡겠습니다."

"네. 부탁드릴게요."

주윤의 얼굴이 조금 어두워졌다. 지형이 왜 자신의 인터뷰
기사를 내지 않으려고 했는지 그 이유가 짐작돼서였다. 이혼이
늦어지는 것을 원치 않아서 그랬던 것이다.

주윤은 유진에게 줄 선물로 복숭아케이크를 샀다. 차에 시동

을 걸고 큰길로 나가 얼마 지나지 않았는데 낯선 차가 뒤를 따라왔다.

'이렇게 쫓아다니는 것도 오늘까지야.'

주윤은 굳은 얼굴로 차를 몰아 집으로 향했다. 얼마 못 가 붉은 신호등에 차를 멈췄다. 저 멀리 라렌느 본사 건물이 보였다. 저 건물 가장 높은 곳에 지형이 있었다.

그렇지만 만나러 갈 순 없었다.

주윤은 미국에 있을 때 자주 들었던 티시 이노호사의 노래를 흥얼거렸다.

"Donde voy, Donde voy……."

그 노래의 가사가 주윤의 마음과 똑같았다.

어디로 갈까요?

이 손이 닿는 곳에 지형이 있었으면 좋겠다. 바라는 것은 그것뿐이었다.

'당신을 위해 거짓말을 하는 거, 그리 기분 나쁘지 않았어.'

거짓말일까, 아니면 자신의 희망을 말한 것일까?

신호등이 초록색으로 바뀌었다.

주윤은 정신을 차리고 유진이 기다리고 있는 집으로 향했다.

그렇게 시끄러웠던 것이 거짓말처럼, 라렌느는 평소의 고요함을 되찾았다.

오후 5시 즈음에 인터넷에 올라온 고려일보의 인터뷰 기사는 얼마 지나지 않아 포털의 뉴스 순위 1위를 차지했고, 또다시 이주윤과 강지형, 라렌느는 검색어 순위에 올랐다.

물론 이번엔 좋은 일로 오른 것이었다. 모든 진실이 다 밝혀진 지금, 며칠 동안의 소동이 어이없게만 느껴졌다.

이미지가 변하는 건 정말 순식간이었다. 정신병자, 금치산자로 의심받던 이주윤은 늦게나마 꿈을 이룬 여성으로 주목받았고, 아내를 정신병자로 몰아 재산을 차지한 희대의 나쁜 놈이었던 강지형은 세상 이보다 더 스위트한 사람을 찾기 힘든, 딸바보, 아내바보로 등극했다.

기사 밑에 달린 댓글을 읽던 비서들은 저절로 입이 귀에 걸렸다. 홍보팀도 만세를 부르고 있을 것이다. '인터뷰는 이렇게 하는 것이다.'라고 인터뷰의 정석을 알려 주는 듯 깔끔한 인터뷰였다. 무엇보다 밝게 웃고 있는 주윤의 사진이 호감을 불러일으켰다.

언론을 통해 유포되었던 사진 원본과 주윤의 사진을 동시에 실어서 모든 의혹을 한 번에 해소했다. 순식간에 여론의 흐름이 호의적으로 바뀌었다. 주가 역시 회복 기미를 보였다.

헛소동이었지만, 그래도 끝이 좋으면 다 좋은 것이다.

"이사장님 대단하지 않으세요? 인터뷰 와중에 깨알같이 회사 자랑도 하셨어요."

육아휴직은 직장 어린이집과 함께 라렌느에서 제일 신경 쓰는 직원 복지 정책이었다.

"회장님, 너무하셨어요. 이런 거라면 귀띔이라도 좀 해 주시지. 괜히 오해했잖아요."

"정말 부부 사이는 부부밖에 모르는가 봐요."

비서실 사람 중에서 유일하게 지형의 결백을 100퍼센트 믿었던 우 비서실장도 인터뷰 내용에는 크게 놀랐다. 공부하러 미국에 갔을 줄은 정말 꿈에도 몰랐다.

"그럼 한국에 와서 다시 문화재단 일을 하시겠네요? 손 이사님이 지금 겸직하고 계시잖아요."

양반은 못 되는지, 손 이사가 사무실로 들어왔다. 우 비서실장이 자리에서 일어나 손 이사에게 다가갔다.

"손 이사님, 인터뷰 기사 보셨습니까?"

"네, 잘 봤습니다. 기사 잘 나왔더군요."

"그런데 무슨 일로 오신 건지요?"

"회장님이 당장 오라고 전화를 하셔서요. 연락 못 받으셨나 봐요?"

"잠시만요."

우 비서실장은 지형과 통화를 했다.

"들어오시랍니다."

"네."

손 이사는 회장실로 들어갔다. 예상대로 회장실의 공기는 이곳이 남극인가 착각할 정도로 차가웠다.

지형이 남극이었다면, 손 이사는 북극이었다. 손 이사에게서 부는 찬바람과 지형에게서 부는 찬바람은 막상막하였다. 지형은 말없이 손 이사를 노려보았다. 밖에 비서들이 있어서 큰 소리를 낼 수 없었다.

"앉으시지요."

손 이사는 말없이 자리에 앉았다.

손 이사가 소파에 앉은 후에도 지형은 한참 동안 그를 노려보았다.

"제가 분명히 인터뷰 안 한다고 했을 텐데요? 확실하게 말씀드렸는데, 잊어버리셨나요? 아직 그럴 나이가 아니시지 않습니까."

"회장님은 인터뷰를 하지 않겠다는 뜻을 밝히셨고 인터뷰를 안 하셨습니다. 그건 회장님 자유입니다. 그렇지만 이사장님의 인터뷰까지 막을 권리는 없지 않으십니까?"

"뭐라고요?"

"이사장님도 명예 회복을 하셔야지요. 언제까지 그런 이상한 소문의 주인공으로 사셔야 합니까? 저는 그것보다 더 좋은 해결 방법을 몰라서 그렇게 했을 뿐입니다."

손 이사는 잠시 말을 쉰 후 덧붙여 말했다.

"이사장님은 자신을 위해 인터뷰를 한 것이 아닙니다. 어차피 이사장님은 미국에서 사실 거고, 이름도 윤다은으로 바뀔 테니까요. 한국에서의 소문이 어떻든 크게 상관없으셨을 겁니다. 원래 그런 것에 별로 신경 쓰시는 분이 아니니까요. 이사장님은 따님과 회장님을 위해 뭔가를 하고 싶어 하셨습니다. 이곳에 머무르시는 동안 이 일로 이사장님을 불편하게 하시지 않았으면 좋겠습니다."

손 이사는 냉랭하게 자기 할 말만 다 하고 자리에서 일어났다.

지형은 더 이상 아무 말도 하지 못했다.

손 이사가 나간 후 지형은 짜증스러운 한숨을 내쉬었다. 사실은 그걸 물어보려고 부른 것이 아니었다. 그렇지만 손 이사와 마주하면, 특히 주윤이 중간에 끼면 둘 다 말이 곱게 나오지 않았다.

지형은 컴퓨터 화면에 띄워 놓은 인터뷰 기사를 읽었다. 벌써 열 번도 넘게 읽고 또 읽은 기사였다.

'어디까지가 거짓말이고 어디까지가 진실일까?'

진실과 거짓의 경계를 알 수 없었다.

지형은 기사에서 자신에 대해 주윤이 말한 것을 한 자 한 자 이집트 상형문자를 해독하는 서지학자처럼 정독했다. 그 말을 주윤이 무슨 마음으로 했을까 정말 알고 싶었다.

손 이사에게 인터뷰 분위기를 물어보고 싶었다. 주윤이 직접 나오겠다고 해서 나온 건지, 아니면 손 이사의 설득 끝에 나온 건지 알고 싶었다. 인터뷰의 행간을 아는 사람은 주윤과 손 이사밖에 없었다. 주윤이 어떤 표정으로 이 말들을 했는지 알고 싶었다.

표정이 어땠을까? 목소리는 어땠을까? 이 말들이 모두 거짓말일까? 그럴듯한 변명일까? 혹시 아주 조금이라도 주윤의 진심이 섞여 있지 않았을까?

그 모든 것이 지형은 미치도록 궁금했다.

'주윤아, 내가 희망을 가져도 되니?'

지형은 한참 동안 인터뷰 기사에서 눈을 떼지 못했다.

그림책을 열다섯 권이나 읽은 후에야 유진은 겨우 잠이 들었다. 주윤은 유진의 이마에 뽀뽀를 해 주고 방을 조용히 나왔다.

목도 아프고 허리도 아프고 팔도 아팠다. 그렇지만 이렇게 예쁘게 자는 얼굴만 볼 수 있다면 얼마든지 할 수 있는 수고였다.

주윤은 조용히 기지개를 켜며 시간을 확인했다. 꽤 늦은 시간이었지만 지형은 아직이었다. 늦으면 늦는다고 늘 문자를 보냈는데, 오늘은 아무 연락도 없이 늦고 있었다. 분명 인터뷰 기사를 봤을 텐데, 아직까지 전화 한 통 없었다. 그건 마음에 들지 않는다는 뜻이었다.

'뻔뻔하다고 생각하겠지. 곧 이혼할 주제에 온 세상에 남편을 사랑한다고 떠들어 댔으니.'

인터뷰 기사는 주윤의 생각과는 좀 다르게 편집이 되었다. 예상과 달리 주윤에게 포커스가 맞춰져 있었고, 인터뷰 때 한 이야기 중 오프 더 레코드나 중간중간 분위기를 살리기 위해 나눴던 농담을 빼고는 대부분 기사에 다 반영되어 있었다.

루머 해명에 초점을 맞춰 기사를 쓸 거라고 생각했는데, 정 기자는 주윤이 지형에 대해 말한 것에 깊은 인상을 받았는지, 그 부분도 다 기사에 넣었다.

그걸 지형이 읽었다고 생각하니 얼굴이 화끈거렸다. 주윤은 지형을 기다리다가 자기도 모르게 잠이 들었다.

한참 후, 방문을 두드리는 소리에 주윤은 화들짝 놀라며 잠에서 깼다.

문이 살짝 열렸다. 지형이었다.

"잠깐 시간 좀 내줄 수 있니?"

"응. 들어와."

주윤은 침대에 앉았고, 지형은 화장대 의자를 빼서 앉았다.

"인터뷰, 그거 꼭 해야 했니?"

지형은 꽤 언짢아 보였다.

"도대체 무슨 생각으로 인터뷰를 한 거야?"

주윤은 아무 말도 하지 않고 그저 지형을 빤히 바라보았다.

도대체 저렇게까지 화를 내는 이유를 알 수 없었다.

인터뷰 말고는 그 상황을 타개할 방법이 없었다. 지형 역시 모르지 않았을 것이다. 그렇지만 자신에게 부탁하지 않았다.

"난 거짓말이 지긋지긋한 사람이야."

거짓이라도 주윤이 자신을 사랑한다는 말을 듣기 싫다는 뜻이었다.

"그래서 내가 했잖아. 당신이 아니라."

주윤은 길게 한숨을 내쉬었다.

"만나는 사람 있어?"

지형의 얼굴이 하얗게 질렸다가 벌겋게 달아올랐다. 허를 찔린 듯 어쩔 줄 몰라 하는 것을 보고 주윤은 '있구나.'라고 생각했다.

"그래, 만나는 사람이 있으면, 기분 많이 나빴겠다. 곧 이혼할 부부가 세상 가장 다정한 부부인 척했으니까. 미안해. 그렇지만 나는 어떤 식으로든 책임을 지고 싶었어. 적어도 유진이가 나 때문에 험한 소리를 듣는 걸 원하지 않았어."

지형의 꽉 쥔 주먹이 가늘게 떨렸다.

"너는? 너는 만나는 사람 있니?"

"아니. 아직 이혼도 안 했잖아."

주윤은 지형의 얼굴이 더 하얗게 질리는 것을 보고, 자신이 말실수했다는 것을 깨달았다. 아직 법적으로 유부남이면서 다른 여자를 만나는 지형을 비난하는 것처럼 들렸을 것이다. 그렇지만 전혀 그럴 의도가 아니었다.

"오, 오해하지 마. 난 당신이 다른 사람 만나는 거 아무렇지 않아. 당신도 좋은 사람 만나야지. 그 사람이 유진이랑 잘 지냈으면 좋겠어. 내가 바라는 건 그것 하나뿐이야."

지형은 기가 막힌다는 얼굴을 했다.

주윤은 지형이 왜 이렇게 어이없다 못해 화가 난 얼굴을 하는 건지 이해할 수가 없었다.

"나도 당신처럼 6년 전 이미 우리 결혼은 끝났다고 생각해."

"6년 전에 끝났다고 생각한다고?"

주윤은 면전에서 차갑게 문을 닫았던 지형을 떠올렸다. 그보다 더 차가울 수 없게 지형은 그녀를 밀어냈다. 더는 그녀 곁에 있을 자신이 없다고 했었다. 그녀에게 좁쌀만 한 미련도 없어 보였다. 그래 놓고 이런 얼굴을 하는 이유는 뭐지?

6년 전 그날보다 오늘 더 상처 입은 것처럼 보인 건, 그녀가 뭔가 착각을 한 탓일지 모른다.

지형이 상처 받을 이유가 뭐가 있을까? 이 사람은 이제 나를 조금도 사랑하지 않는데.

주윤은 답을 찾았다.

"혹시 내가 서류 정리를 너무 늦게 해 줘서 화가 난 거야?"

이제 지형은 화낼 기운도 없었다.

어떤 벽도 주윤보다 높지 않았다. 열쇠 없이 잠긴 문 앞에 선 심정이었다.

"미국 가기 전에 깔끔하게 끝낼게. 그리고 고마워. 내게 유진이를 만날 기회를 줘서. 앞으로도 사정 봐서 유진이와 시간을 보내도록 할게.”

“너는 미국에서 다른 사람 만날 거니?”

“다가오는 인연이라면 거절하진 않으려고. 좋은 사람 있으면 만나 보고, 소개도 받고 그럴 거야.”

지형은 방을 나가면서 주윤을 보지 않고 말했다.

“만나는 사람 없어. 그리고 앞으로도 없을 거야.”

“뭐?”

“어떻게 그런 생각을 할 수 있어? 나한테 여자가 있을 거라니?”

지형이 여자가 없다는 것에 주윤은 마음이 놓이는 자신이 어이가 없었다. ‘유진을 위해서 그런 것’이라고 스스로를 속였다.

지형은 정말 어렵게 입을 열었다.

“그 인터뷰 기사를 읽고 나서⋯⋯, 나는 네가 어쩌면⋯⋯.”

그러고는 뒷말을 삼켰다. 도저히 그 말을 할 수가 없었다.

“내가 뭐?”

“아무것도 아니야.”

지형은 깊게 심호흡을 한 후 입을 열었다.

“그럼 잘 자라. 내일 보자.”

지형은 감정을 극도로 억누르고 문을 소리 없이 닫았다.

지형이 방을 나가고 한참 후까지 주윤은 멍하니 앉아 있었다.

도대체 지형은 무슨 말을 하려고 했을까?

도무지 알 수가 없었다.

잠을 설친 주윤은 자리에서 일어나자마자 운동복으로 갈아입었다. 마음이 복잡할 때 주윤에게 제일 좋은 약은 몸을 움직이는 것이었다. 평소보다 두 배 넘는 시간을 뛰고 집으로 돌아왔다.

샤워를 하고 맨디와 영상통화를 하려고 하는데, 책상 대신 쓰는 화장대 위에 있던 노트북이 온데간데없었다. 주윤은 놀라서 방을 둘러봤다. 혹시 침대에서 쓰다가 그냥 뒀나 싶어서 침대 위아래를 샅샅이 살펴보아도 노트북은 온데간데없었다. 방 안에 블랙홀이 있어서 그곳으로 사라진 게 아닌가 하는 얼빠진 상상을 할 정도로, 감쪽같이 없어졌다. 이 집에 있는 사람이라곤 지형과 주윤, 유진, 송 여사가 다였고, 외부인이 들어와 노트북만 훔칠 가능성은 제로에 가까웠다.

주윤은 유진의 방으로 갔다. 평소보다 일찍 일어난 유진이 잠옷 바람으로 그림책을 읽고 있었다.

"유진아, 혹시 엄마 노트북 가지고 놀았니?"

"아니."

애써 태연한 척 대답해도, 아이의 거짓말을 어른이 눈치채지 않기가 더 힘들었다.

"그럼 엄마 노트북 본 적은 있어?"

"아니. 못 봤어."

유진은 주윤을 똑바로 보지도 못했다.

"엄마가 어디 딴 데 놔두고 잊어버렸나 보다. 다시 찾아봐야겠다."

주윤은 최대한 아무렇지 않게 대답했다. 그렇지만 심장이 쿵쿵거렸다. 도대체 왜 유진이 거짓말을 하는 건지 알 수가 없었다. 아이가 거짓말을 했을 때는 어떻게 해야 하는 건지도 알 수가 없었다.

추궁을 해서 진실을 말하게 해야 하나? 방을 뒤져야 하나? 계속 우기면 어떻게 하지? 야단을 쳐야 하나? 혹시 내가 다른 데 노트북을 두고 아이를 의심하는 게 아닐까?

온갖 생각이 머릿속에서 오락가락했다.

주윤은 유진을 씻기고 옷을 갈아입혔다. 유진도 평소와 다른 주윤의 기색을 분명히 느끼고 있었다.

유치원 가방을 챙기는데 주윤은 뭔가 시선이 느껴져 고개를 돌렸다. 주윤과 눈이 마주치자 얼굴이 빨갛게 된 유진이 고개를 푹 숙였다. 이제라도 괜찮으니 솔직히 말해 주기를 바랐지만, 유진은 딴청을 피웠다. 잘못을 저지른 것보다 거짓말을 했다는 게 더 충격이었다.

"그럼 이따가 내려와."

자기도 모르게 주윤의 목소리가 차가워졌다.

주윤은 지형을 찾아 주방으로 내려왔다. 지형은 평소처럼 아침 식사를 만들고 있었다.

"할 말이 있는데……."

"무슨 일이야?"

주윤을 바라보는 지형의 눈은 타인을 보듯 건조했다. 주윤은 어제 밤새도록 뒤척거렸던 자신이 우스웠다. 정말 아무것도 아닌 일이었다.

"내 노트북 당신이 어디로 옮겨 놨어?"

"아니. 왜?"

'그걸 내가 왜?'라는 눈으로 지형은 주윤을 바라보았다.

"노트북이 없어졌어. 아침까지 있었는데, 운동하고 돌아오니까 없었어."

지형의 얼굴이 심각해졌다.

"운동 가기 전에 이메일 확인을 했거든. 유진이가 만진 것 같아."

"유진이가?"

유진은 가끔 지형의 노트북으로 유튜브 키즈 동영상을 보거나 게임을 하곤 했다. 지형은 유진이 주윤의 노트북을 가지고 놀았다고 생각해 대수롭지 않게 대꾸했다.

"내가 유진이한테 물어볼게."

"물어봤는데 모른대."

지형의 얼굴이 굳었다. 주윤 못지않게 지형도 당황한 것 같았다.

"유진이 밥 먹는 동안 내가 유진이 방을 뒤져 볼게."

"알았어."

지형은 유진이 아래층에서 주윤과 함께 밥을 먹는 동안 유진의 방을 뒤졌다. 노트북은 금방 찾았다. 옷장 서랍 제일 아래 칸 바닥에 숨겨 놓았다. 그런데 노트북 액정이 깨져 있었다.

밑으로 내려가니 밥을 다 먹은 유진이 마당에서 놀고 있었다. 지형은 유진의 모습을 잠시 관찰했다. 평소와 달리 풀이 죽은 얼굴이었다.

"노트북 찾았어. 유진이 방에 있더라. 유진이가 노트북을 가지고 놀다가 액정을 깨뜨린 것 같아. 야단맞을까 봐 겁나서 숨겨 놓았나 봐. 내가 유진이한테 이야기할 테니까 당신은 모른 척해 줄래?"

주윤은 잠시 생각하다가 고개를 끄덕였다. 그게 나을 것 같았다.

지형은 이야기를 나누기 위해 직접 차를 몰고 유진을 유치원에 데려다주기로 했다.

"유진아, 아빠한테 말할 거 없어?"

"없는데?"

유진은 건성으로 대답했다.

"이상하다. 아빠는 있는 것 같은데?"

유진은 고집스럽게 입을 꾹 다물고 있었다. 결국 지형이 말을 꺼낼 수밖에 없었다.

"엄마 노트북, 유진이가 숨겼어?"

유진은 고개를 푹 숙였다.

"가지고 놀다가 바닥에 떨어뜨렸니?"

고개를 숙인 유진은 아무 말도 하지 않았다.

"엄마한테 혼날까 봐 노트북 숨긴 거야? 괜찮아. 엄마 화 안 났어. 이따가 유치원 끝나면 집에 가서 엄마한테 '죄송합니다.' 하면 돼. 그렇게 할 거지?"

"싫어."

지형은 놀라서 운전 중인데도 뒤를 바라보았다.

"강유진."

"싫어. 안 할 거야."

이대로 유치원에 보내면 안 될 것 같아서, 지형은 아침 일찍 문을 연 브런치 카페 앞에 차를 세웠다.

커피와 우유를 주문한 후, 지형은 엄한 눈으로 유진을 바라보며 말했다.

"유진아, 노트북을 망가뜨린 것보다, 망가진 노트북을 숨긴 것보다, 엄마한테 사과하지 않는 게 더 잘못하는 거야. 누구나 실수로 뭘 망가뜨릴 수 있어. 엄마도 아빠도 그러는걸. 왜? 엄마가 야단칠까 봐 무서워?"

유진은 고집스럽게 입을 다물었다.

문득 지형은 이상하다는 생각이 들었다. 평소의 유진과 너무 달랐다. 지형이 아는 유진은 다른 사람의 물건을 망가뜨려 놓고 미안해하지 않는 아이가 아니었다.

유진은 주윤의 노트북을 망가뜨려서 혼이 날까 봐 겁이 난 것처럼 보이지 않았다. 유진은 화가 난 것 같았고, 지금 야단 맞는 게 억울하다는 얼굴이었다. 실수로 뭔가를 망가뜨렸을 때 지을 법할 표정이 아니었다.

"엄마 노트북을 네가 망가뜨린 거야? 일부러?"

유진은 고개를 더 깊이 숙였다.

지형은 기가 막혔고 당황스러웠다.

자기도 모르게 목소리가 높아질 것 같아서 지형은 애써 마음을 가라앉혔다.

"왜 그랬는지 아빠한테 이야기해 줘."

유진의 입은 쉬이 열리지 않았다. 지형은 시계를 힐끗 바라
보았다. 유치원에도 회사에도 지각할 것 같았다.

그렇지만 훈육에는 타이밍이 제일 중요한 법. 지형은 유치원
과 회사에 늦겠다는 전화를 한 후 카운터로 갔다.

"케이크 주문하려고 하는데요."

"지금 쇼케이스에 있는 건 어제 팔고 남은 건데, 괜찮으시겠
어요?"

"네. 괜찮습니다."

지형은 쇼케이스를 보며 케이크를 주문했다.

"키라임파이 하나, 초콜릿퍼지케이크 하나 주세요."

"음료는 리필해 드릴까요?"

"부탁드립니다."

케이크를 다 먹고 나서도 유진은 아무 말도 하지 않았다.

"유진이한테 이야기 듣기 전까진 여기서 꼼짝도 하지 않을
거야."

그래도 유진은 아무 말도 하지 않았다.

지형은 카운터로 가 커피를 또 주문했다. 노트북을 켜고 이
메일을 확인하면서 커피를 마셨다.

한참 후, 유진의 목소리가 들렸다. 소리가 작아서 잘 들리지
않았다.

"아빠가 들을 수 있게 이야기해야지."

"엄마가 걔들하고 이야기하는 게 싫어서 그랬어."

"걔들이라니? 누구?"

"새러랑 클로이."

유진은 매일 아침, 주윤이 새러랑 클로이랑 다정하게 영상통화를 하는 게 너무 싫었다.

"우리 엄만데……."

지형은 어떻게 말을 해야 할지 알 수가 없었다.

"엄마 미국 안 가면 안 돼? 여기서 유진이랑 아빠랑 계속 살면 안 돼?"

지형은 아무 말도 할 수 없었다.

유진의 눈에서 굵은 눈물이 흘러내렸다.

"엄마한테 말하지 마. 엄마가 알면 유진이 미워할 거야."

"아니야. 엄마는 그런 걸로 유진이 미워하지 않아."

"말하지 마."

유진이 울먹거렸다.

지형은 마음이 아팠다. 계속 말을 안 한 이유를 이제야 알았다. 야단맞는 게 무서운 게 아니라 미움받는 게 무서웠던 것이다.

유진이를 무릎에 앉히고 껴안아 줬다. 야단치고 싶지 않았다. 유진이는 이미 충분히 자기가 뭘 잘못했는지 알고 있었다.

"알았어. 아빠가 엄마한테 유진이가 실수로 노트북을 떨어뜨렸다고 말할게. 대신 오늘 집에 가서 꼭 엄마한테 '죄송해요.' 해야 돼. 약속할 수 있어?"

유진은 고개를 끄덕였다.

"앞으로 그런 짓 하면 안 돼."

유진은 역시 고개를 끄덕였다.

지형은 길게 한숨을 내쉬었다.

"자, 그럼 이제 유치원 가자."

지형은 유진의 작은 손을 꼭 쥐었다.

다른 손을 잡아 줄 주윤이 있으면 얼마나 좋을까, 지형은 그런 생각을 했다.

회사에 도착한 지형은 주윤에게 바로 전화를 걸었다.

지형에게 자초지종을 다 들은 주윤은 한동안 아무 말도 할 수 없었다.

맨디와 영상통화를 할 때마다 유진이 늘 근처를 서성였지만, 특별히 신경을 쓰진 않았다. 같이 통화를 할까 물어보면 바로 도망쳐 버렸다. 그래서 주윤은 유진이 수줍음을 타서 그런다고, 낯을 가려서 그런다고 생각했다.

― 그래서 말인데, 유진이가 없을 때 통화를 하면 어떨까?

"알았어. 그럴게."

― 노트북은 오전 중에 사서 보낼게. 꼭 필요한 거잖아.

"아, 아냐. 수리해서 쓰면 돼."

― 수리될 때까지 시간이 걸리잖아. 그동안 불편해서 어떻게 하려고.

기껏 마음을 써 주는데 거절하기도 뭐해서 주윤은 알았다고 이야기를 하고 전화를 끊었다.

주윤은 유진의 방에 가서 옷장 제일 아래에 있는 서랍을 열고 노트북을 꺼내 왔다. 깨진 건 액정이 아니라 유진의 마음일지도 모르겠다고 생각했다.

미안하고 미안했다.

유치원 건물 로비에 서 있는 주윤을 보고 유진의 눈이 왕방울만 하게 커졌다.

"엄마!"

주변 사람들이 다 돌아볼 정도로 유진은 큰 소리로 주윤을 부르며 달려왔다.

"엄마, 여긴 어떻게 왔어?"

"유진이 보고 싶어서."

유진의 눈이 더 커졌다. 기뻐서 어쩔 줄 모르는 얼굴이었다.

이렇게 좋아할 줄 알았으면 매일같이 데리러 올걸.

주윤은 유진의 머리를 쓰다듬어 줬다.

"엄마도 여기 다녔다고 아빠가 그랬어."

"응. 엄마도 여기 유치원에 다녔어."

"그럼 체육관에 엄마 사진도 있어?"

유치원 원생들이 쓰는 체육관 복도에 졸업생의 단체 사진이 붙어 있었다.

"있겠지?"

주윤은 사진이 붙어 있다는 것은 알았지만 굳이 보러 간 적은 없었다.

"보고 싶어."

"그럼 보러 갈까?"

주윤은 유진과 함께 체육관으로 갔다. 주윤이 졸업한 해의 사진을 보더니 유진은 신기하게도 주윤의 얼굴을 단번에 찾았다.

주윤은 문득 초등학교를 졸업할 때 보관해 두었던 타임캡슐이 떠올랐다. 초등학교를 졸업하기 전, 자신에게 의미가 있는 물건을 타임캡슐에 넣고 보관하면 10년 후부터 찾을 수가 있었다.

"유진아, 엄마 보물 보러 갈까?"

"갈래, 갈래."

유진은 방방 뛰면서 말했다.

주윤은 유진을 데리고 타임캡슐을 보관하고 있는 별관으로 갔다. 그곳에서 자기 이름과 졸업 연도가 적힌 타임캡슐 보관함을 찾았다. 주윤은 타임캡슐을 열어 안에 있는 것을 꺼냈다.

"이게 엄마 보물이야?"

유진은 잘 이해가 안 된다는 얼굴을 했다.

"엄마가 세상에서 제일 사랑하는 사람이 이걸 줬어."

"누군데?"

"네 아빠."

주윤은 가만히 양 인형을 바라보았다. 낡은 데다 손때가 묻어 양의 털은 회색에 가까웠다. 가볍게 손에 쥐니 여전히 따뜻하고 보드라웠다.

"줄까?"

"응?"

유진은 놀란 얼굴을 했다.

"하긴 유진이는 예쁜 인형이 많으니까, 이렇게 낡은 인형은 별로 갖고 싶지 않겠다."

"보물이라며. 그런데 줘도 돼?"

"하나뿐인 보물이니까 유진이한테 주고 싶은 거야."

주윤은 자신의 마음이 제발 유진에게 전해지기를 바랐다. 유진은 손을 내밀어 주윤의 양 인형을 받았다.

"고마워."

주윤은 유진을 꼭 안고 말했다.

"받아 줘서 고마워."

유진도 작은 팔로 주윤을 안아 주었다.

"보물을 줘서 고마워."

한참 후 주윤이 팔을 풀고 말했다.

"자, 그럼 우리 집에 갈까?"

"응."

주윤은 유진의 손을 잡고 주차장으로 갔다.

차에 탄 주윤이 막 시동을 걸려고 할 때, 뒷좌석에서 유진이 말했다.

"엄마, 아빠 보러 가면 안 돼?"

"응?"

"아빠 보러 가자."

반짝거리는 유진의 눈을 보자 '안 돼.'라는 말이 나오지 않았다.

"그럼 얼굴만 보고 오는 거야."

"응."

"만약에 아빠가 자리에 안 계시면 바로 집에 오는 거야."

"응."

대답은 씩씩하게 잘하는 유진이었다.

주윤은 차를 몰고 라렌느 본사로 갔다. 유진의 손을 잡고 안내 데스크로 걸어가는데 사람들의 시선이 느껴졌다. 다들 주윤이 누군지 아는 눈치였다. 놀라는 소리를 내는 사람도 있었고, 눈이 마주치자 황급히 고개를 돌리는 사람도 있었다. 기사의 위력이 대단했다.

안내 데스크의 여직원도 단번에 주윤을 알아봤다.

"깜짝 놀라게 해 주려고 왔는데, 알리지 말아 주세요."

주윤이 비서실에 들어가자 다들 놀라서 책상에서 일어났다. 주윤은 입술에 손가락을 대고 '쉿.' 하는 소리를 냈다. 다들 무슨 일인지 금방 눈치챘다. 웃지 않으려고 입을 꽉 막는 사람도 있었다.

주윤이 노크를 하자 '들어오세요.'라는 회사에서만 들을 수 있는, 무게감이 느껴지는 지형의 목소리가 들렸다. 주윤이 문을 열자 유진이 뛰어 들어갔다.

"아빠!"

지형은 놀라서 책상에서 벌떡 일어났다. 그 서슬에 책상에 올려 둔 무언가가 요란한 소리를 내며 떨어졌다. 유진은 지형에게 달려가 안겼다. 지형은 한동안 아무 말도 하지 못했다.

겨우 정신을 차린 지형이 주윤을 보고 말했다.

"여기 앉아."

주윤은 소파에 앉았다.

"뭐 마실래?"

지형은 안절부절못했다.

"아니야. 잠깐 얼굴만 보고 가려고. 바쁜데 방해한 건 아닌지 모르겠어."

"아, 아냐. 괜찮아."

유진이 두 사람의 대화에 끼어들었다.

"아빠, 유진이랑 엄마랑 같이 놀러 가면 안 돼?"

주윤은 '아까 약속했잖아.' 하는 눈으로 바라보았지만, 유진은 아랑곳하지 않았다.

"아빠, 안 돼?"

누가 자기 말을 들어줄지 유진은 기가 막히게 잘 알았다.

"아냐, 아빠 바쁘시다고 했잖아."

지형은 고개를 저으며 말했다.

"아빠 하나도 안 바빠. 심심했는데 잘됐다."

주윤은 기가 막힌다는 얼굴을 했다.

"우리 유진이 어디로 놀러 가고 싶어?"

"엄마랑 아빠랑 펭귄 보러 가고 싶어."

"그럼 가야지. 우리 유진이가 가고 싶어 하는데."

주윤은 당황해서 지형을 말렸다.

"당신 일정은 어떻게 하고. 괜찮아. 유진이랑 둘이 다녀올게."

"셋이 가고 싶어."

셋이라는 말이 날카로운 유리 파편처럼 주윤의 마음에 박혔다. 유진이는 지금껏 한 번도 세 가족이 함께하는 나들이를 해 본 적이 없었다.

유진은 또박또박 말했다.

"엄마 아빠랑 셋이 가고 싶어."

유진이가 말하지 않은 것을 지형도, 주윤도 알았다.

다른 애들처럼.

주윤은 고개를 끄덕일 수밖에 없었다.

사무실을 나가는 세 사람을 비서들은 모두 웃는 얼굴로 바라보았다. 세상에 저렇게 예쁜 가족이 있을까 싶었다.

그날, 비서들은 입사한 후 처음으로 활짝 웃는 지형을 보았다.

인생은 회전목마

—

어려서부터 주윤은 동물원을 좋아하지 않았다.

살던 곳에서 떠나 부모 형제와도 떨어져 좁은 우리에 갇혀 사람들의 구경거리가 되는 동물들이 꼭 자기 모습 같았다. 수의사가 되어 동물 보호 단체에서 일하고 있는 지금은 동물권의 측면에서 동물원을 반대하는 입장이었다. 동물원은 동물을 위한 공간이라기보다는 사람을 위한 공간이었다.

그렇지만 눈을 반짝거리며 동물들을 바라보고 있는 유진을 보고 있으니 자신의 신념을 오늘만은 서랍 속에 넣어 두는 게 좋을 것 같았다. 주윤도 아이가 좋아하는 모습을 보고 행복해하는 평범한 엄마에 불과했다.

펭귄관 앞에는 긴 줄이 늘어서 있었다. 세 사람은 한참을 기다린 후에야 안으로 들어갈 수 있었다. 그렇지만 주윤은 하나도 지루하지 않았다.

"엄마, 엄마! 펭귄이 물속을 날고 있어."

유진의 두 눈이 휘둥그레졌다.

투명한 수중 관람창 너머로 펭귄이 물속에서 자유롭게 헤엄치는 모습을 볼 수 있었다. 땅 위에서 뒤뚱거리던 펭귄이 물속에서는 빠르고 우아하게, 얼음판 위를 자유롭게 질주하는 스케이터처럼 헤엄을 쳤다.

물속에서 헤엄을 치는 펭귄을 보니, 왜 펭귄이 새인지 알 것 같았다. 펭귄은 하늘이 아니라 바다를 나는 새였다.

펭귄을 구경하고 나자 배가 고파졌다. 유진이 오므라이스가 먹고 싶다고 해서 근처 카페테리아로 갔다. 평일인데도 동물원에는 사람이 많았다. 펭귄을 보기 위해서도 한참을 기다렸는데, 카페테리아도 사람으로 가득했다. 30분 정도 기다리고 나서야 안으로 들어갈 수 있었다.

유진은 오므라이스를, 지형은 햄버거를, 주윤은 미트소스스파게티를 시켰다. 주문한 음식이 막 테이블에 차려졌을 때 지형의 휴대전화가 울렸다. 휴대전화를 확인한 지형이 난처한 얼굴을 했다.

"회사야. 좀 걸릴 것 같아."

"알았어. 전화 받고 와."

"나 기다리지 말고 먼저 먹어."

지형이 카페테리아 밖으로 나갔다.

유진과 주윤은 오므라이스와 스파게티를 다 먹었다. 주윤은 지형이 있는 쪽을 바라보았다. 지형은 여전히 통화 중이었다.

어쩔까 고민하던 주윤이 유진에게 물었다.

"우리 케이크 먹을까?"

"응."

주윤은 커피와 블루베리생크림케이크를 주문했다. 케이크를 다 먹었는데도 지형은 여전히 전화를 하고 있었다. 심각한 상황인지 지형의 표정은 딱딱하게 굳어 있었고, 한 손으로 이마를 짚고 있었다. 뭔가 일이 잘 안 풀릴 때 나오는 지형의 버릇이었다.

지형은 분 단위를 쪼개서 사는 사람이었다. 이렇게 갑자기 모든 일정을 취소하고 나왔으니, 그를 찾는 사람이 많을 수밖에 없을 터였다. 주윤은 저 짐을 지게 한 게 바로 자신이라는 것을 깨달았다.

지형은 라렌느 같은 건 원하지 않았다. 수만 명의 사람들을 책임져야 하는 삶 같은 건 원하지 않았다.

지형은 충분히 자기가 원하는 삶을 살 수 있는 능력이 있는 사람이었다. 그런 사람에게 족쇄를 채워 버렸다.

지형에게 라렌느는 왕이 싫어하는 신하에게 준다는 하얀 코끼리 같은 선물이었을 것이다. 그렇지만 지형은 그 짐을 내던지지 않았다. 그는 주윤과 달랐다.

그런 사람이니까, 여섯 살 주윤과 한 약속을 그렇게 오랫동안 지킬 수 있었을 것이다.

"엄마?"

주윤이 한참 동안 밖을 바라보고 있자 유진이 주윤을 불렀다. 주윤은 유진을 보며 말했다.

"아빠 전화가 길어지나 보다. 우리 놀이공원에 가서 놀까?"

"응."

주윤은 지나가는 점원을 불렀다.

"이거 포장해 주세요."

"네. 다른 필요한 건 없으시고요?"

"네."

주윤은 포장된 햄버거가 든 쇼핑백을 받은 후 계산을 하고 나왔다.

주윤은 지형에게 다가가 작은 목소리로 말했다.

"유진이 데리고 놀이공원에 가 있을게."

지형이 미안한 표정을 지으며 고개를 끄덕였다.

"이거 주문한 햄버거야. 먹고 와."

주윤은 포장한 햄버거를 지형의 손에 쥐어 주었다.

주윤과 유진은 꼬마열차를 타고 동물원에서 놀이공원으로 건너갔다.

유진은 보이는 것은 다 타겠다고 했다.

"엄마, 우리 저거 타자."

빙글빙글 도는 찻잔에서 겨우 내렸는데 유진은 어지럽지도 않은지 바이킹을 손가락으로 가리켰다. 바이킹을 보는 순간 주윤의 얼굴은 하얗게 됐다. 보는 것만으로도 심장이 두근거렸다. 정말 저걸 탔다간 기절할지도 모른다는 생각에 주윤은 급하게 꾀를 냈다.

"엄마랑만 타면 아빠가 서운해하지 않을까?"

"그럼 바이킹은 아빠랑 탈래."

"그래, 그게 좋겠다. 아빠 올 때까지 아이스크림 먹으면서 기다릴까?"

유진은 고개를 끄덕였다.

두 사람은 벤치에 앉아 아이스크림을 먹었다.

아이스크림을 먹던 유진이 뜬금없이 펭귄 이야기를 꺼냈다.

"엄마, 아빠는 아빠 펭귄을 닮은 것 같아."

"펭귄? 아빠가 펭귄을 닮았어?"

주윤은 고개를 갸웃했다.

검은 수트를 입은 모습을 많이 봐서 그런가?

"엄마 펭귄이 바다에 나가면 아빠 펭귄이 아기 펭귄을 돌본다잖아."

펭귄관에서 펭귄 사육사가 아이들에게 펭귄에 대한 재미있는 사실을 알려 주었다. 그중 황제펭귄의 육아에 대한 이야기가 유진의 기억에 강렬하게 남은 것 같았다.

"암컷 황제펭귄은 알을 낳고 먹이를 찾으러 바다로 가요. 그러면 알은 누가 돌볼까요? 아빠 펭귄이 꼼짝도 하지 않고 눈 녹은 물만 먹으며 알을 품어요."

엄마 펭귄이 알을 낳으면 아빠 펭귄이 넉 달 동안 독박 육아를 하는 거라고, 그게 공평하지 않냐고 사육사는 아이들과 함께 온 보호자들을 보며 농담을 던졌다. 엄마들은 크게 웃었고,

아빠들은 뭔가 찔리는 듯한 표정으로 웃었다.

"근데 엄마, 엄마 펭귄은 오는 거지?"

유진이 궁금한 건 그거였다.

"당연하지. 엄마가 알을 낳느라 너무 지치고 힘들어서 쉬러 간 거야. 먹이를 많이 먹고 튼튼해지면 다시 헤엄쳐서 아빠랑 아기가 있는 곳으로 온단다. 엄마 배 속에는 아기에게 줄 맛있는 게 가득 들어 있어. 엄마가 돌아오면 이번엔 아빠가 먹이를 찾으러 바다로 가."

"그럼 엄마 펭귄하고 아빠 펭귄은 같이 못 있는 거야?"

"응?"

"엄마가 돌아오면 아빠가 가고, 아빠가 돌아오면 엄마가 가는 거야? 계속 그렇게 떨어져 사는 거야?"

유진의 눈이 너무나 슬퍼 보였다. 주윤은 유진의 손을 꼭 잡고 말했다.

"아니."

"정말?"

"응. 아기 펭귄이 자라서 유치원에 가면 엄마랑 아빠가 번갈아 바다로 나가지 않아도 돼."

"펭귄도 유치원에 가?"

"응."

유진은 웃음을 터뜨렸다.

"에이, 거짓말. 펭귄이 무슨 유치원을 다녀?"

"정말이야."

"뭐가 그렇게 재미있어?"

지형이 지친 얼굴로 다가왔다.

"아빠, 아빠. 엄마가 그러는데 펭귄도 유치원에 다닌대."

"펭귄이?"

"그리고 있잖아, 펭귄이 유치원에 다니면……."

주윤은 재빨리 말을 끊었다.

"일은 마무리된 거야?"

"몰라. 핸드폰 꺼 버렸어. 내일 아침까지 안 켤 거야."

지형은 넥타이를 느슨하게 풀고, 재킷을 벗었다.

"우리 공주님, 뭐 타고 싶어? 저번엔 키가 작아서 못 탔던 바이킹을 탈까? 아니면 밀림 탐험? 불타는 바퀴? 하늘을 나는 소파?"

주윤은 듣는 것만으로도 현기증이 날 것 같았다. 중력에서 벗어나는 게 싫었다. 놀이기구들은 주윤에게 그냥 땅에 발을 딛고 있는 게 제일 행복하다는 걸 깨닫게 했다.

유진은 계속 고개를 살랑살랑 저었다.

"저거 탈래."

유진이 가리킨 건 놀이공원 한가운데 있는 회전목마였다.

"회전목마? 저건 아기들이나 타는 거라며?"

지형은 의아하다는 얼굴을 했다.

"저거 타고 싶어."

"그럼 다 같이 탈까?"

유진은 또다시 고개를 가로저었다.

"나만 탈 거야. 엄마랑 아빠는 저기서 손 흔들어 줘."

세 사람은 회전목마 쪽으로 걸어갔다.

회전목마를 타기 위해 줄을 서 있던 유진이 갑자기 지형과 주윤 쪽으로 달려왔다.

"왜? 타기 싫어?"

유진은 지형과 유진의 손을 잡게 했다. 지형과 주윤은 서로 손이 닿자 놀라서 살짝 몸을 움츠렸다. 주윤은 손을 빼려고 했지만 지형이 세게 잡았다.

"딱 붙어 있어."

유진은 그렇게 말하고 다시 뛰어갔다. 유진은 황금색 왕관을 쓴 흰말을 골랐다. 안전 요원의 도움을 받아 말에 올라탄 유진은 주변을 두리번거렸다.

지형은 유진과 눈이 마주치자, 주윤의 손을 놓고 팔을 뻗어 어깨를 감싸면서 자기 쪽으로 더 가까이 오게 했다. 주윤은 어떻게 해야 할지 아무 생각도 나지 않아 지형의 팔에 안긴 채로 가만히 있었다.

음악과 함께 회전목마가 천천히 움직였다. 〈인생의 메리고 라운드*〉. 주윤도 좋아하는 곡이었다.

아이들은 두 손으로 기둥을 꽉 잡고 있다가 엄마나 아빠가 보일 때면 한 손을 흔들었다. 유진도 주윤과 지형의 앞을 지나갈 때 손을 흔들었다. 다른 부모들처럼 지형과 주윤도 손을 흔

---

* 히사이시 조. 애니메이션 〈하울의 움직이는 성〉 OST.

들었다.

지형이 입을 열었다.

"주윤아, 넌 놀이공원 좋아했니?"

"잘 모르겠어. 기억이 잘 안 나."

"나는 놀이공원이 싫었어."

"우리 꽤 자주 오지 않았어?"

"네가 좋아하는 거 같아서……."

주윤도 딱히 놀이공원을 좋아하진 않았다. 그때는 지형과 함께 있을 수 있다면 어디든 상관없었다.

"당신은 왜 싫었어?"

"어쩐지 놀이공원 자체가 거대한 거짓말 같아서 말이야."

"거짓말?"

"그렇잖아. 여기에 진짜가 어디 있어? 다 가짜지. 사람들이 느끼는 스릴이나 공포도 사실은 철저하게 안전이 전제되어 있는 거잖아. 그렇게 생각하니까 다들 '척'하는 것 같더라고. 무서운 척, 즐거운 척, 행복한 척……. 그중에서도 제일 싫었던 게 이거야. 회전목마 말이야. 이걸 왜 타는지 나는 정말 이해할 수 없었어. 세상에서 제일 지루한 놀이기구라고 생각했어. 제자리를 도는 거잖아. 그것도 아주 천천히 말이야. 조악한 가짜 말을 타고 빙글빙글 돌면서 똑같은 풍경을 보는 거잖아. 그런데 놀이공원에 오면 남녀노소 누구나 이걸 좋아하더라고."

유진이 나타나서 지형은 잠시 말을 쉬고 손을 흔들었다. 주윤도 웃으며 손을 흔들었다.

"그런데 오늘 사람들이 이걸 왜 그렇게 좋아하는지 알았어."

주윤은 천천히 도는 회전목마에 시선을 고정한 채 지형의 말을 들었다.

"이렇게 가만히 서 있으면 사랑하는 사람을 다시 만날 수 있잖아. 몇 번이나 말이야. 세상에 이렇게 멋진 게 또 있을까?"

주윤도 지금껏 회전목마를 왜 타는지 몰랐다. 하지만 그 말에 바로 수긍했다.

회전목마는 혼자 타는 놀이기구가 아니었다. 누군가가 여기 이렇게 서서 손을 흔들어 주어야 했다.

회전목마는 놀이기구가 아니라 약속이었다. 나는 여기서 너를 기다리고 있을 거라는, 나는 항상 여기 있을 거라는 약속이었다. 그리고 그건 언제나 지켜졌다.

회전목마는 기다리는 사람을 실망시키지 않았다. 어린 왕자를 기다리는 여우처럼, 저 멀리 유진의 작은 얼굴이 보일 듯 말 듯 나타나기 시작하면, 주윤은 마음이 샴페인 거품처럼 보글거렸다.

안녕, 유진아.

주윤과 눈이 마주칠 때 유진은 활짝 핀 꽃처럼 미소 지었다.

저런 완벽한 존재가 자신에게서 태어났다는 것이 믿어지지 않았다.

어째서 나를 보고 그렇게 예쁘게 웃는 거니. 난 네게 그런 미소를 받을 자격이 없는데.

그렇지만 주윤은 자신 역시 그렇게 활짝 핀 꽃처럼 미소 짓고 있다는 것을 몰랐다.

그런 주윤을 힐끗 바라본 후 지형은 생각했다.

'그리고 사람들은 이곳에서 정말 행복해서 웃고 있다는 걸, 나는 오늘에서야 알았어. 지금 너하고 나처럼.'

지형은 더 힘을 줘서 주윤의 어깨를 껴안았다.

주윤은 지형을 바라보았다. 지형이 미소 짓고 있었다. 어깨가 아플 정도였지만 아무 말도 하지 않았다. 유진에게 다정한 엄마 아빠의 모습을 보여 주고 싶어 하는 거라고 생각했다.

주윤은 생각했다.

삶이 끝나는 날, 살아온 인생의 한순간만을 볼 수 있다면 바로 이 광경을 보고 싶다고. 천천히 돌아가는 회전목마와 행복하게 웃는 아이. 그리고 자신의 어깨를 감싼 지형의 단단한 손.

회전목마는 열 바퀴를 돌았고, 지형과 주윤은 열 번 손을 흔들었다. 지형과 주윤이 보일 때마다 뭐가 그렇게 좋고 반가운지 유진은 활짝 웃었다.

지형과 주윤은 웃으면서도 어쩐지 눈물이 나올 것 같았다.

밤 11시가 되어서야 지형과 주윤, 유진은 집에 도착했다. 졸려서 꾸벅꾸벅 졸면서도 유진은 더 놀겠다고 고집을 부렸다. 문 닫기 직전에 하는 불꽃놀이까지 보고 나서야 겨우 달래서 집에 데려올 수 있었다.

"유진이는 내가 재울게. 당신은 먼저 씻고 자."

지형은 졸려서 느릿느릿 걷는 유진을 안고 2층으로 올라갔다. 지형은 유진을 침대에 내려놓았다. 유진은 바로 침대에 누웠다.

"유진아, 자면 안 돼. 이 닦아야지."

"싫어. 졸려. 내일 할래."

"내일 치과 갈까?"

치과라는 말에 유진은 벌떡 일어나 욕실로 갔다.

양치를 마친 유진이 느릿느릿 잠옷으로 갈아입는 동안 지형은 유치원 가방을 열어 알림장을 확인했다. 알림장을 읽고 가방에 넣어 두려는데 한 번도 못 본 물건이 눈에 들어왔다. 양 인형이었다. 낡고 손때가 묻어 처음 봤을 땐 양 인형인 줄도 몰랐다.

"유진아, 이거 네 것 아닌 것 같은데?"

"아, 맞다. 인형!"

유진은 지형의 손에서 양 인형을 빼앗다시피 해서 토토 옆에 소중하게 내려놓았다.

"유진아, 이거 못 보던 건데, 어디서 난 거야?"

"내 인형이야."

"친구가 준 거야?"

"아니."

지형의 표정이 엄해졌다.

"유치원에서 가져온 거야?"

"엄마가 준 거야."

"엄마가? 엄마가 이걸 줬어?"

유진은 고개를 끄덕였다.

"엄마 보물이야."

지형은 갸웃거렸다.

"이게 엄마 보물이라고?"

"응. 엄마가 제일 사랑하는 사람이 준 거랬어."

"엄마가 제일 사랑하는 사람이 누군데?"

"그걸 몰라? 아빠잖아."

지형의 손이 가늘게 떨렸다.

지형은 그 양 인형을 그제야 알아봤다. 주윤을 처음 만난 날, 어린이 세트에 포함된 인형이었다. 그 인형을 주윤이 지금까지 가지고 있을 줄은 꿈에도 몰랐다.

유진은 작은 입이 찢어질 듯 하품을 했다. 토토와 양 인형을 꼭 껴안고 눈을 감은 유진은 금방 곯아떨어졌다.

지형은 유진이 잠든 후에도 계속 침대에 앉아 있었다. 몸이 계속 떨렸다. 심장은 쿵쾅거렸다. 목구멍이 콱 막힌 것 같아 숨을 쉬기가 힘들었다.

유진이 한 말이 계속 머릿속에서 반복되었다.

제일 사랑하는 사람.

주윤이 정말 그렇게 말했을까? 유진이 뭔가 잘못 들은 게 아닐까? 설사 그렇게 말했더라도 딸에게 예쁜 추억을 만들어 주려고 거짓말을 한 건 아닐까?

아무리 생각해도 그 말이 진실 같지 않았다. 주윤이 자신을 제일 사랑할 리 없었다. 제일 사랑했던 적은 분명히 있었겠지만 말이다.

아이는 부모가 서로 사랑하길 간절히 바라니까 그 소망을 잠깐이나마 이뤄 주고 싶은 마음이었을 것이다. 오늘 놀이공원에서 지형의 손을 뿌리치지 않았던 것과 같은 마음이었을 것이다.

그렇지만 '어쩌면' 하는 마음이 비 온 뒤 죽순처럼 세차게 마음을 뚫고 올라왔다.

'제일 사랑하는'까지는 아니지만 어쩌면 사랑했던 마음이 조금은 남았을지도 모른다.

아주 조금이라도.

주윤은 지형을 아주 많이, 아주 깊이 사랑했으니까.

구차해도 상관없고 찌꺼기라도 상관없었다. 주윤의 마음에 자신이 있을 수만 있다면, 그게 무엇이든 지형은 꽉 잡고 놓지 않을 것 같았다.

그렇지만 지형은 작은 유골함을 떠올리고 고개를 떨구었다. 주윤이 자신을 사랑할 리 없었다.

'주윤이가 유진이를 사랑하는 것만으로도 만족해야 해. 그것만으로도 넌 주윤이에게 고맙게 생각해야 해.'

지형은 자고 있는 유진의 뺨에 살짝 입을 맞추고, 이불을 고쳐 덮어 준 다음 방에서 나왔다.

지형은 1층에 있는 서재로 가서 노트북을 켰다. 그렇지만 서류들이 눈에 들어오지 않았다. 30분 넘게 서류의 첫 줄만 반복해서 읽던 지형은 자리에서 일어났다.

마음이 고양이가 가지고 놀았던 털실처럼 엉클어졌다.

지형은 마음을 진정시키려고 냉장고에서 맥주를 꺼냈다. 마당과 연결된 프렌치도어를 활짝 열고, 데크 쪽으로 발을 쭉 뻗은 채 지형은 맥주를 한 모금 마셨다. 바람이 시원했고, 하늘이 유난히 맑아 별이 보였다.

"같이 마실래?"

머리 위에서 소리가 났다. 맥주 캔을 든 주윤이었다.

"방에서 혼자 마시려니 영 맛이 없어서 내려왔어."

지형은 고개를 끄덕였다. 주윤은 지형과 조금 떨어져 앉았다. 주윤이 맥주 캔을 옆에 내려놓았다. 소리가 가벼운 걸 보니 한 캔을 거의 다 마신 것 같았다. 몰랐는데 주윤은 꽤 주당이었다.

"맥주 좋아하는 줄 몰랐어."

"일하고 집에 와서 자기 전에 시원한 맥주 한 캔 마시는 게 버릇이 돼서. 당신은 많이 마셨나 봐? 얼굴이 빨개."

"어? 피곤해서 그래."

주윤은 지형의 말을 의심하는 눈치가 아니었다. 지형은 주윤을 위해 맥주를 두 캔 더 가져왔다.

주윤은 맥주 캔을 땄다.

"오빠 가족이 조만간 한국에 온대."

"그래?"

지형은 자기도 모르게 목소리가 굳었다.

"세 아이들이 한 번도 한국에 온 적이 없거든. 아이들에게 한국도 보여 줄 겸, 여름 휴가를 한국에서 보내기로 했나 봐. 며칠은 오빠 가족하고 시간을 보내야 할 것 같아."

거기까진 별문제가 없었다.

주윤은 머뭇거리며 말했다.

"내 일정에 맞춰서 출국하겠다고, 언제 갈 건지 알려 달래."

지형은 흠칫 놀랐다. 벌써 갈 때를 이야기할 정도로 시간이 흘렀다는 게 믿기지 않았다. 지형에겐 화살보다 더 빠르게 지나간 시간이었다. 약속한 건 한 달이었다. 지형은 며칠이 남았는지 계산하기도 싫었다.

"그래?"

지형은 애써 덤덤하게 말했다.

"오빠 가족이 당신과 유진이를 만나 보고 싶어 해. 한국에 다 같이 나오긴 힘드니까 나온 김에 만나고 싶대. 아이들도 유진이를 무척 궁금해하거든. 확답은 하지 않았어. 유진이가 어떻게 받아들일지 몰라서."

오늘 노트북 사건이 없었다면 만날 약속을 잡았을 것이다.

주윤은 이든과 맨디, 현호와 새러, 클로이에게 유진을 소개해 주고 싶었다. 형제가 없는 유진이 사촌 오빠와 사촌 언니들과 잘 지내면 좋겠다고 바랐다.

그렇지만 아직 유진에겐 좀 더 시간이 필요한 것 같았다. 어른들의 사정 때문에 억지로 이든의 가족과 유진을 만나게 하고 싶진 않았다.

"나는 유진이가 새러와 클로이를 신경 쓰는 줄도 몰랐어. 새러와 클로이를 본 적도 없는데 왜 미워하는 거지?"

"주윤아, 유진이한테 사랑한다고 말해 준 적 있니?"

"뭐?"

주윤은 놀란 얼굴을 했다.

머릿속을 더듬어 보니 한 번도 사랑한다는 말을 해 준 적이 없는 것 같았다.

"안 한 것 같은데? 그런데 그게 왜?"

"유진이는 네가 영상통화를 하면서 새러와 클로이에게 사랑한다고 말하는 것을 듣고, 왜 자기한테는 그 말을 안 할까 속상했던 것 같아."

"그건……."

그냥 인사 같은 거였다. 굿 바이나 굿 나잇과 다름없는 말.

"그래, 네가 유진이를 사랑하지 않아서 그런 건 아니지. 새러와 클로이보다 유진이를 덜 사랑해서 그런 것도 아니고. 그런데 유진이는 아이잖아. 어른의 속마음을 짐작하지 못해. 직접 말해 주지 않으면 결코 모를 거야."

"나는 전혀 몰랐어."

주윤의 얼굴이 어두워졌다.

역시 자신은 부족해도 너무 부족했다.

"만나는 거로 하자. 만나서 친해지면 오히려 적대감이 누그러질지도 몰라. 언니 오빠와 어울리는 것도 좋은 경험이 될 것 같고. 지금껏 유진이는 친척을 한 번도 만나 본 적이 없거든."

무조건 보호하는 게 아이에게 좋은 일은 아니었다. 그렇게 보호하다가 성장할 수 있는 기회를 놓칠 수도 있었다. 아이는 사람들 속에서, 자신을 사랑해 주는 사람들 속에서 자라야 한다. 그와 주윤은 그러지 못했지만.

"고마워. 오빠한테 그렇게 전할게."

지형은 미국에 언제 갈 건지 묻고 싶었지만, 말이 입 밖으로 나오지 않았다.

그 말을 하는 순간, 주윤이 미국으로 가는 게 기정사실이 되는 것 같았다. 입 밖으로 나올 것 같은 말을 삼키기 위해 지형은 맥주를 마셨다.

"나 괜히 온 건가?"

"왜 그런 말을 해?"

"유진이한테 상처 준 것 같아서."

"상처 준 적 없어. 누군가를 좋아하게 되면, 어쩔 수 없이 마음 아픈 순간이 생길 수밖에 없어. 유진이는 그걸 처음 느껴 보는 거고. 그건 성장이야. 유진인 네가 있어 정말 행복해하고 있어. 그건 결코 내가 줄 수 없는 행복이지."

두 사람은 잠시 말을 멈추고 맥주를 마셨다. 주윤이 입을 열었다.

"내 멋대로 인터뷰한 거 미안해. 파티, 당신이 싫으면 안 갈게. 인터뷰도 했으니까 어느 정도 소문은 가라앉을 테고, 파티에 안 가도 그렇게 이상하게 생각하진 않을 거야."

"당신이 참석해 주면 나나 회사나 더할 나위 없이 좋지. 괜찮겠어? 그런 행사 싫어했잖아. 그리고 거기에 나가면 얼굴이 많이 팔릴 텐데? 앞으로 사람들이 당신을 라렌느의 이주윤으로 알아볼 거야."

"내년이면 전 세계로 얼굴이 팔릴 예정인걸. 예행연습 한다고 생각하지, 뭐."

인 감독이 찍은 다큐멘터리는 온라인 동영상 서비스 OTT인 넷챠를 통해 배급될 예정이었다. 주윤의 출연은 예고편 공개 전까지 극비에 부쳐졌다. 분명 후폭풍이 거셀 것이다. 주윤은 해야 할 일을 해야 할 시기에 한 것 같다는 확신이 들었다.

주윤은 웃었다. 지형도 따라 웃었다.

"이든에겐 말했어?"

"아니, 아직. 이번에 한국에 오면 말해야지."

"그래."

"난 오빠가 안 봤으면 좋겠어."

주윤은 가느다랗게 한숨을 내쉬었다. 이든은 학대를 받은 건 알지만, 구체적인 내용은 몰랐다. 분명 보고 나면 마음 아파할 것 같고, 심하게 자책할 것 같았다.

무엇보다 마음에 걸리는 건 이든과 양부모와의 관계였다. 주윤에겐 몹쓸 짓을 했지만, 이든을 20년 가까이 친부모처럼 온 마음을 다해 키워 준 사람들이었다. 다큐 때문에 이든과 양부모 사이가 더 멀어지면 어쩌나 걱정이 되었다. 그렇게 되면 이든은 부모를 두 번이나 잃게 되는 셈이었다.

"그리고 당신도 나중에 봐."

지형도 분명 마음 아플 것 같았다.

"촬영, 이제 거의 막바지지?"

"응. 마지막 촬영 한 번 남았어. 다른 사람은 아직 촬영이 많이 남았다고 들었어."

"당신에게 너무 힘든 경험이 아니었으면 좋겠어."

지형은 자면서 울었던 주윤을 떠올렸다. 이곳에 올 때보다 살이 빠진 것 같았다.

"처음엔 힘들었는데 지금은 하길 잘했다고 생각해."

주윤이 그렇게 생각해 준다면 지형으로서는 고마운 일이었다.

"당신에게도 고마워. 당신이 없었다면 결코 용기 내지 못했을 거야."

"과분한 말이야."

"아니야. 당신에겐 정말 고마워."

과거의 이야기를 하면서 주윤은 절실하게 깨달았다. 이 사람이 없었다면 자신도 살아 있지 못했다는 걸.

"돌아보니까 난 혼자였던 적이 없었어. 혼자 걸어갔다고 생각했는데 그렇지 않았어. 보이든 보이지 않든 늘 나는 당신을 의지했어. 나에게 당신은……, 세상 전부였어."

지형은 놀라서 주윤의 얼굴을 보았다.

"당신이 있어서 버틸 수 있었어. 진심으로 그렇게 생각해."

"주윤아."

"당신을 만난 거 후회 안 해. 거기 있어 줘서 고마워. 그러니까 나한테 거짓말한 거로 이제 더 이상 자책하지 마."

그 말은, 그 마음은 꼭 전하고 싶었다. 스스로에 대한 죄책감에서 자유롭게 해 주고 싶었다.

"당신이 내 곁에 있어 줬던 것만으로도 충분해."

지형은 주윤의 손을 잡았다. 주윤은 마치 전기 충격이라도 받은 듯 놀랐지만, 손을 빼진 않았다.

지형은 주윤에게 가까이 다가가 그 얼굴을 바라보았다.

"정말 그렇게 생각해?"

"그래."

"오늘 어땠어?"

"조, 좋았어."

모든 순간이 반짝반짝 빛났던 시간이었다.

"나도 너무 행복했어. 늘 꿈만 꾸었던 그런 하루였었거든. 죽기 전에, 신이 내게 인생의 날 중 딱 하루만 다시 돌아갈 수 있게 해 준다면 오늘을 선택할 거야."

지형의 손에 힘이 들어갔다. 주윤은 손이 아팠지만 아무 말도 하지 않았다.

"주윤아, 오늘 같은 날이 앞으로도 계속 있으면 안 될까?"

그런 날을 바라는 내가 욕심이 많은 걸까? 양심이 없는 걸까?

나는 너에게 아무것도 요구할 권리도, 자격도 없다는 거 알아. 그렇지만, 그렇지만……

"주윤아, 여기 계속 있으면 안 돼?"

예상하지 못했던 말에 주윤은 어떻게 대답해야 할지 몰라 고개를 돌렸다. 지형이 자신을 붙잡을 거라고는 생각도 하지 못했다. 분명 친구로도 있기 싫다고 말하지 않았던가.

지형은 주윤의 얼굴을 억지로 자기 쪽으로 돌렸다.

"네가 원하는 건 뭐든지 다 줄게."

"내가 원하는 것?"

"그래. 뭐든지 말해."

주윤은 아무 말도 하지 않았다.

주윤은 자신의 어깨를 붙잡고 있는 지형의 손을 떼어 내고 자리에서 일어나려고 했다. 이런 숨 막히는 분위기를 더 이상 견딜 수 없었다. 자기도 모르게 '내가 바라는 건, 강지형 당신밖에 없어.'라고 어이없는 고백을 할 것 같았다. 지형이 바라는 건 그것이 아닐 것이다. 유진의 양육자로 함께 살자는 뜻일 것이다.

지형은 주윤의 손을 잡고 움직이지 못하게 했다.

"놔줘."

지형은 절박했다.

"주윤아, 날 미워해 줘."

"뭐?"

"날 증오해."

아무 존재도 아닌 것보다 차라리 그게 나았다. 사랑만큼 증오도 뜨겁고 격렬했다.

"넌 날 미워할 이유가 있잖아. 그러니 미워하라고."

난 한 번도 진심으로 당신을 미워해 본 적 없어. 할 수 있었다면 그렇게 했겠지.

누군가, 사랑과 증오는 동전의 앞뒷면이라고 말했다.

그러나 주윤은 그렇게 생각하지 않았다.

주윤에게 사랑은 뜨거운 불이었고, 증오는 차가운 얼음이었다.

아무리 증오하고 증오해도, 결국 사랑에 녹아 버렸다.

"넌 날 사랑할 수 없잖아. 그런 짓을 해 버렸으니까. 그러니까 미워해 줘."

어떻게 말해야 할지 주윤은 알 수가 없었다.

"아니면 이제 너에게 난 증오할 가치도 없는 인간이니?"

"그럴 리가 없잖아."

자기도 모르게 주윤은 지형의 뺨에 손을 댔다.

이 사람이 슬픈 게 싫었다.

지형은 두 손으로 주윤의 뺨을 감싸고 입술을 살짝 부딪쳤다. 따뜻했다. 새들이 부리를 부딪치는 것 같은 입맞춤이었다. 지형의 입술은 떨리고 있었고, 뜨거웠다. 입술이 심장이 된 듯, 지형의 입술이 자신에게 닿을 때마다 심장 박동이 느껴졌다.

주윤은 그저 눈을 감는 것 말고 할 수 있는 것이 없었다.

처음엔 작은 시냇물이 흐르는 것 같았다. 몸 어딘가에서 부드럽게 흐르는 물줄기가 서서히 거세졌다. 주윤은 그 흐름에 휩쓸리지 않으려고 애썼다. 헛된 시도였다. 왜냐면 그를 간절히 원하고 있었기 때문이다. 지형의 입술과 지형의 숨소리, 지형의 체온과 자신을 어루만지는 지형의 손길을 너무 오래전부터 간절히 바라고 있었다. 신음 소리가 나올 것 같았다. 호흡이 거칠어졌고, 어깨가 바람에 이리저리 흔들리는 배처럼 들썩였다.

지형은 한참 후에 입술을 뗐다. 그렇지만 시선은 거두지 않았다. 주윤 역시 마찬가지였다.

주윤은 손으로 지형의 턱을 만지작거렸다. 수염이 자라 까슬

까슬했다. 지형의 입술에서 새어 나오는 숨은 뜨거웠다.

말로는 결코 메울 수 없는 마음의 거리를 입맞춤이 단숨에 메워 버렸다.

입맞춤은 사랑했던 기억을, 사랑받았던 기억을 되살렸다.

누가 먼저랄 것도 없이 두 사람의 입술이 다시 가까워질 때, 문이 닫히는 소리가 크게 났다.

주윤과 지형은 화들짝 놀라서 떨어졌다. 두 사람 다 얼굴이 단풍이 든 나뭇잎처럼 빨갰다.

잠시 후, 계단을 내려오는 발소리가 들렸다. 유진이 졸린 눈을 비비며 주윤의 품에 폭 안겼다.

"엄마, 무서운 꿈 꿨어."

"그래. 엄마가 재워 줄게."

주윤은 유진을 안고 2층으로 올라갔다.

주윤이 유진의 방으로 들어가려고 하자 유진이 말했다.

"엄마 방에서 잘래."

"그럴까?"

"응. 엄마 방은 엄마 냄새가 많이 나서 좋아."

침대에 눕자 유진은 마치 쇠붙이가 자석에 붙듯 주윤의 품에 폭 안겼다.

"엄마, 근데 나 자기 싫어."

졸음이 가득한 목소리로 유진이 말했다.

"왜?"

"자면 오늘이 끝나잖아."

"오늘이 끝나는 게 왜 싫은데? 오늘이 끝나야 내일이 오잖아."

"너무너무 행복해서. 안 자면 계속 계속 행복할 수 있잖아."

주윤은 예전에 읽었던 만화에서 기억에 남는 구절을 이야기해 줬다.

"유진아, 행복한 일이 왜 끝나는지 아니?"

"몰라. 왜 끝나는데?"

"그래야 슬픈 일도 끝나기 때문이야."

기쁨에 끝이 있는 건, 슬픔에도 끝이 있기 위해서라고 했었다.

"그런데 영원히 끝나지 않는 게 뭔지 가르쳐 줄까?"

"그게 뭔데?"

"엄마가 널 사랑하는 거."

유진은 눈을 크게 떴다.

"유진아, 사랑해. 정말 많이 사랑해. 사랑해……."

네가 듣고 싶다면 24시간 동안이라도 해 줄 수 있어.

말로, 이딴 말로 널 사랑하는 내 마음이 전달될 수 있다면, 못 할 이유가 없잖아.

"그럼 엄마 미국 안 가? 여기서 유진이하고 아빠랑 계속 살아?"

주윤은 대답하지 못했다.

가지 말라고 했잖아

—

　그날 아침, 세 사람 모두 늦잠을 잤다. 유진은 전날 놀이공원에서 노느라 피곤해서, 주윤과 지형은 복잡한 생각에 빠져서 잠을 설쳤다.

　가장 먼저 깬 건 지형이었다. 습관적으로 유진이 일어나야 할 시간에 눈이 떠졌다. 지금 깨우면 서두르지 않고 준비할 수 있겠지만, 지형은 곤히 자는 두 사람을 한참 바라보다가 이불을 다시 제대로 덮어 주었다. 유치원, 하루쯤 빠진들 무슨 일이 있으랴 싶었다. 엄마 품에서 자는 유진을 깨우고 싶지 않았다.

　협탁에 둔 휴대전화의 알람을 꺼 버리고 지형은 주방으로 내려와 평소처럼 커피를 내렸다. 그리고 혹시 몰라서 유진이 먹을 주먹밥을 만들어 식탁에 두었다.

　커피를 한 잔 다 마셨을 때쯤 위층에서 '어, 어떻게 해.' 하는 소리가 들려오고 곧 계단을 빠르게 내려오는 소리가 들렸다.

지형은 헝클어진 머리에 잠옷 차림인 주윤이 주방으로 달려오다시피 하는 걸 물끄러미 바라보았다. 자다 깬 모습도 사랑스럽기만 했다.

"어, 어떻게 해. 유진이 버스 올 때까지 15분도 안 남았어."

"서두르면 충분해."

주윤은 지형의 도움을 받아 허둥지둥 유진을 씻기고 입히고 주먹밥 몇 개를 입에 넣어 준 다음 아슬아슬하게 유치원 버스에 태웠다.

유진을 보내고 주윤은 멍하니 소파에 앉아 있었다. 잠이 아직 덜 깬 것 같았다.

"커피 마실래?"

세수도 못 한 주윤과 달리 지형은 출근 준비를 마치고 멀끔하게 양복을 입고 있었다.

주윤은 커피가 담긴 머그잔을 받았다.

"깨우지 그랬어."

"너무 곤히 자서. 어제 너도 유진이도 피곤했잖아. 유치원 하루 빠진다고 해서 큰일 나는 것도 아닌걸. 좀 있으면 방학이고."

주윤은 커피를 한 모금 마셨다. 적당히 신맛이 있는, 주윤이 좋아하는 커피였다. 매일 아침 지형이 내려 주는 커피를 마시는 것이 버릇이 되었다. 지형은 주윤 옆에 앉아 자기 몫의 커피를 묵묵히 마셨다.

"저기, 주윤아. 어제 내가 한 말 생각해 봤어?"

주윤은 지형을 가만히 바라보았다. 기억나는 건, 저 입술과 키스를 했다는 것밖에 없었다. 그때의 촉감과 느낌이 생생했다. 주윤은 당황스러워서 고개를 숙이고 커피를 마셨다.

"우리 결혼, 이대로 유지하면 어떨까?"

지형은 머그잔을 만지작거리면서 있는 용기를 다 내서 말했다.

"너는 나 아니어도 되겠지만, 나는 너 아니면 안 돼. 아무리 해도 안 돼."

한참 후에 주윤이 작은 목소리로 물었다.

"내가 그런 지독한 짓을 당신에게 했는데?"

"……."

"당신과 나 사이에 이효관의 시신이 있어."

효관의 이름을 들은 지형은 흠칫 놀랐다.

"나 당신 이용했어. 그 사람한테 복수하려고 당신이 날 사랑하는 걸 이용했다고. 그런데 우리가 함께할 수 있을까?"

"있어."

주윤은 놀란 얼굴을 했다.

"너도 나를 용서했잖아."

주윤은 입술을 깨물었다.

"용서한 적 없어. 그냥 내가 당한 만큼 갚아 줬을 뿐이야."

지형의 눈이 슬퍼졌다. 눈시울이 젖은 것처럼 보였다.

지형은 깊게 숨을 들이쉰 후 말했다.

"불구덩이에 들어간 건 나야. 어리석었던 것도 나고. 네 말이 맞아. 한 번도 용서를 구하지 않았는데 네가 날 어떻게 용서할 수 있겠니. 네가 나에게 했던 말, 다 맞아. 하나도 틀리지 않아. 난, 항상 너보다 날 더 사랑했어. 그래서 네가 날 용서해도 내가 날 용서할 수 없어. 난 정말 끔찍한 사람인 게 맞아. 네게 그런 짓을 해 놓고 너한테 옆에 있어 달라고 말하다니 말이야."

그런 짓?

보스턴으로 떠난 것을 말하는 걸까, 아니면 효관의 일을 숨긴 것을 말하는 걸까?

"주윤아, 네가 헤어질 때 내게 했던 말 기억나니?"

주윤은 기억을 더듬었다. 내가 무어라고 했더라? 잘 기억나지 않았다.

"나보고 행복하라고 했어. 그런데 난 너 없이 행복할 수 없어. 너 말고 다른 사람을 사랑할 수 없어. 너 말고 다른 사람과 내 삶을 나누는 일은 앞으로 없을 거야."

지형은 주윤의 손을 잡았다.

"주윤아, 나는 결국 너한테 갈 수밖에 없어. 그러니 그냥 나한테 잡혀 주면 안 되겠니? 다시 한번 내가 널 사랑할 수 있는 기회를 줘."

주윤은 아무 말도 할 수 없었다.

지형이 자신을 증오할 거라고 생각했다. 결코 자신을 사랑할 수 없게 지독한 짓을 했다. 아무런 미련이 남지 않게 말이다.

그런데 지금 지형은 여전히 자신을 사랑하고 있다고 고백하고 있었다. 머리가 멍했다. 이런 건 한 번도 생각해 본 적이 없었다. 바랐지만, 결코 일어날 리 없는 일이었다. 주윤은 그저 눈만 깜빡거렸다.

"나는 내가 잘못한 걸 알아. 그래서 너를 사랑할 자격도 없다는 걸 알아."

"나는 지금 당신이 무슨 말을 하는지 모르겠어."

지형이 주윤을 와락 껴안았다. 그 서슬에 쥐고 있던 머그잔이 바닥에 떨어졌다. 지형은 주윤의 목덜미를 아플 정도로 세게 빨았다. 지형의 심장이 쿵쾅거리는 소리가 들렸다. 심장 박동이 마치 주윤에게 '사랑해.'라고 말하는 듯했다. 주윤의 심장도 그에 못지않게 쿵쾅거렸다.

"이래도……, 모르겠니?"

아무리 생각해도 지형은 자신을 사랑할 수 없었다. 그런데 마치 지형은 자신이 큰 잘못을 저지른 사람처럼 굴고 있었다.

지형이 저지른 일이 그렇게 자책할 일이던가?

'설마.'

그렇지만 주윤은 곧 부정했다.

그 일을 아는 사람은 효관뿐이었고, 그 사람이 자신의 가장 큰 치부일 그 일을 지형에게 말할 리 없었다. 그 사람에게 양심 비슷한 게 있을 리가 없었다.

그건 정말 지형이 끝까지 몰랐으면 했던 일이었다.

주윤은 지형을 밀었다. 지형은 힘없이 주윤에게서 팔과 몸을 뗐다. 목덜미가 화끈거렸다. 분명 흔적이 남을 것 같았다.

심장이 빠르게 뛰어서 숨을 쉬기 힘들었다. 주윤은 소파에서 몸을 일으켰다. 2층으로 올라가려고 하는데 지형이 주윤의 팔을 잡았다.

"오늘 약속 있니?"

"아니, 없어."

"그럼 지금 나랑 잠깐 가자."

"어디를 가는데?"

"가서 이야기해 줄게."

지형은 막무가내였다.

옷을 갈아입고 내려오자 차 앞에 서 있는 지형이 보였다. 지형은 조수석 문을 열어 주었다.

"좀 걸릴 거야. 졸리면 자도 돼."

주윤은 헤드레스트에 머리를 기대고 눈을 감았지만 잠이 오지 않았다. 그렇지만 지형과 이야기를 나눌 기분도 아니어서 고개를 창 쪽으로 돌리고 자는 척했다.

차는 서울을 빠져나갔다. 빌딩과 아파트가 더 이상 보이지 않고, 산과 나무, 논이 눈에 들어왔다. 비슷한 풍경이 지루해져서 주윤은 조수석에 앉아 지형을 바라보았다. 지형은 입을 꾹 다문 채 운전에만 집중하는 것처럼 보였다.

주윤의 시선을 느꼈는지 지형이 입을 열었다.

"음악 틀어 줄까?"

"아, 아니야."

주윤은 다시 창밖으로 고개를 돌렸다. 멍하니 푸른 하늘과 푸른 산과 푸른 논을 바라보았다.

문득 이 길이 낯익다는 생각을 했다.

'이 길은……'

주윤의 심장이 두근거렸다. 자기도 모르게 지형의 얼굴을 바라보았다. 지형의 표정은 평온하기만 했다. 지형이 무슨 생각을 하는지 도무지 알 길이 없었다.

도착한 곳은 절의 주차장이었다.

"내리자."

"어딜 갈 건데?"

"절에."

주윤은 의아한 얼굴을 했다.

"당신 절에 다녀?"

주윤이 알기로 지형은 무신론자였다.

대답 대신 지형은 차 문을 열고 내렸다. 주윤은 지형을 따라가는 수밖에 없었다.

평일이라 절로 가는 길은 한산했다. 날이 꽤 더웠지만, 산바람은 시원했고 세차게 흘러가는 계곡의 물소리는 청량했다. 저 멀리 산문이 가까워지자 주윤은 짙은 연꽃 향기를 맡을 수 있었다. 산문을 통과하고 대웅전으로 가는 길에 활짝 핀 연꽃이 이어졌다. 연꽃은 어린아이의 얼굴처럼 큼직했다.

대웅전 앞마당의 하늘은 흰 등으로 덮여 있었다. 죽은 사람들의 극락왕생을 바라며 가족들이 올리는 영가등이었다.

주윤은 하늘을 덮은 창백한 흰 등 밑에서 한참 동안 멍하니 서 있었다. 지형 역시 주윤 옆에 서 있었다.

흰 등을 통과한 태양의 흰빛은 신비스러운 그늘을 드리웠다. 산 자의 세계에서 죽은 자의 세계로 잠시 걸어 들어온 것 같았다. 어디선가 바람이 불어와 흰 등에 매달아 놓은 종이가 바스락 소리를 냈다. 주윤은 그 소리가 마치 죽은 자들이 산 자에게 말을 거는 것같이 느껴졌다.

지형은 주윤의 손을 잡았다. 주윤은 지형이 이끄는 대로 걸어갔다.

주윤이 떠난 후, 지형은 미칠 것 같고 죽고 싶을 정도로 고통스러운 날이면 유진이 있는 곳으로 갔다. 그렇게 유진을 보고 오면 살아야겠다는 생각이 강하게 들었다. 주윤이 다시 낳아준 유진을 위해서 숨을 쉬고 밥을 먹고 일을 해야 했다. 두 번째 기회를 놓칠 수는 없었다.

지형은 주윤이 왜 유진을 자신에게 두고 갔는지 서서히 깨달았다. 절대로 삶을 포기하지 못하게 하려고 그런 것이었다.

그렇게 오가다가 우연히 이 절까지 오게 되었다. 처음엔 절 밑에 있는 식당에서 밥을 먹으려고 온 것이었다. 밥을 먹고 그날은 무슨 마음이 들었는지 산길을 걸어 절에 올라갔다. 그때도 백중기도가 막 시작된 즈음이라 오늘처럼 이렇게 대웅전 앞마당에 죽은 가족의 극락왕생을 비는 흰 등이 가득 걸려 있었다. 초파일에 걸린 알록달록한 연등만 알던 지형에겐 낯선 풍경이었다.

뭔가 홀린 듯 그 그늘 밑으로 걸어갔다. 누군가가 부르는 듯한 느낌마저 들었다.

지형은 한참 동안 흰 등의 그늘 밑에 서 있었다. 그게 무슨 등인지도 몰랐다. 그렇지만 이상하게 그 등을 보는 순간 눈물이 나왔다. 영혼이나 사후 세계 같은 것을 믿진 않았지만, 수많은 흰 등의 그림자 밑에 서 있는 순간, 어디선가 자신을 부르는 소리를 들은 것 같았다.

태어나지 않은 아이를 위해서도 등을 달 수 있다고 했다. 절 사람들이 하는 말을 다 믿는 건 아니었다. 그렇지만 흰 등에 쓰여 있는 극락왕생 네 글자와 유진의 이름이 지형에겐 큰 위로가 되었다. 그래서 매년 이맘때 지형은 혼자 이곳에 와서 유진을 위한 등을 달았다.

지형이 발걸음이 멈추고 허공을 바라보았다. 주윤은 지형이 보는 것에 시선을 옮겼다.

이름이 적힌 종이를 보고 주윤이 눈을 크게 떴다. 너무 놀라 숨 쉬는 것조차 잊어버렸다. 주윤은 지형을 바라보았다.

지형은 등에서 눈을 떼지 않고 말했다.

"우리 유진이 등이야."

지형의 목소리는 담담했다.

"한 번도 본 적 없는 우리 아이. 죽은 날짜는 있는데 태어난 날짜는 없는 우리 아이."

내가 너를 위해 해 줄 수 있는 건, 이렇게 보잘것없는 하얀 등 하나였다.

지형은 주윤의 손을 꽉 잡았다.

"너에게 사과를 해야 한다면, 꼭 유진이 앞에서 해야 한다고 생각했어. 너하고 유진이 둘 다에게 사과해야 하니까.”

지형은 깊게 숨을 들이쉰 후 주윤을 보며 말했다.

“미안해, 주윤아.”

주윤은 울지 않으려고 애썼다.

이 말을 하기가, 이 말을 듣기가 그렇게 힘들었다.

“미안해. 넌 마지막의 마지막까지 날 용서하려고 했는데, 난…….”

지형은 뒷말을 잇지 못했다.

주윤은 멍하니 유진의 등을 바라보았다.

무슨 마음으로 이 등을 단 걸까?

매번 그 작은 유골함을 볼 때마다, 주윤의 마음은 조각조각 이어 붙일 수 없을 만큼 산산이 부서졌다.

지형은 힘겹게 말했다.

“그 사람이 한 짓인 것도 알아.”

“뭐?”

“동연 씨가 말해 줬어. 물론 동연 씨는 내가 이효관의 아들인 건 몰라. 그러니까 나한테 말해 줄 수 있었겠지.”

그것만은 정말 지형이 모르길 바랐다.

증오하던 이가 자식을 죽인 것과 내 피붙이가 화풀이로 자식을 죽인 것 중 어느 것이 더 고통스러울까?

주윤은 알 수 없었다.

그 인간은 평생 죄책감 없이 살았다. 마지막 순간, 평생 동안 잠들었던 그의 양심이 지른 외마디 비명을 듣고 부끄러움을 느겼을지도 모른다.

그렇지만 주윤은 아니라고 생각했다. 양심의 소리를 들을 수 있는 사람이었다면, 그렇게 죽어 버리지 않는다. 그는 도망쳤던 것뿐이다.

주윤은 무어라 말할 수 없어서 지형의 손을 놓고 뒤돌아 걸어갔다. 지형은 한참 후에 천천히 주윤의 긴 그림자를 따라갔다.

매미 소리가 두 사람의 울음소리를 감춰 주었다.

"아빠, 엄마랑 싸웠어?"

저녁을 먹다가 유진은 두 사람을 번갈아 바라보았다.

"아니, 싸우긴."

주윤의 목소리가 어색하기 그지없었다.

"아빠?"

"아빠하고 엄마가 오늘 좀 피곤해서 그래."

유진은 숟가락을 놓았다. 뭔가 이상했다. 저녁 먹는 내내 두 사람은 눈도 마주치지 않았고 말도 하지 않았다. 그렇다고 화가 난 것 같지는 않았다. 어린 유진으로서는 도무지 이해할 수 없는, 어른들의 복잡한 감정이었다.

"유진이 밥 마저 먹어야지?"

유진은 밥 먹는 일에 흥미를 잃어버렸다. 지형이 밥을 떠서 반찬을 얹고 입에 넣어 줘도 먹는 둥 마는 둥 했다.

지형은 분위기를 돌리기 위해 입을 열었다.

"유진아, 며칠 뒤에 외삼촌이 한국에 놀러 온대."

"외삼촌?"

"엄마의 오빠. 그러니까 새러랑 클로이의 아빠."

유진의 표정이 확 바뀌는 것을 보니 주윤과 지형도 씁쓸하고 착잡했다.

"외삼촌이랑 외숙모, 새러랑 클로이 언니, 현호 오빠도 올 거야."

"왜 와?"

유진의 말은 '안 왔으면 좋겠는데 왜 와?'라고 묻는 것처럼 들렸다.

주윤은 유진의 머리를 쓰다듬으며 말했다.

"엄마처럼 우리 유진이가 많이 보고 싶어서 오는 거야. 근데 유진이가 싫으면 안 만나도 돼."

"주, 주윤아."

"나만 보면 돼."

"그래도……."

주윤은 지형을 보며 고개를 가로저었다.

유진이 말했다.

"정말 안 봐도 돼?"

"응."

안 봐도 된다고 했지만 유진의 얼굴은 시무룩했다.

유진이 방으로 올라가고 주윤과 지형은 아무 말 없이 저녁을 먹었다. 온몸의 기운이 모두 다 빠져 버린 듯했다.

식사를 마친 주윤은 말없이 그릇을 개수대에 넣고 방으로 올라갔다.

주윤은 침대에 누워 이불을 머리끝까지 덮어썼다. 이미 다 정리한 마음이라고 생각했는데, 또 그 일로 이렇게 마음이 산산이 부서지고 무너질 줄 몰랐다.

울음이 터져 버렸다. 울음소리를 내지 않으려고 입을 막았지만 소용없었다.

"엄마?"

주윤은 놀라서 침대에서 일어났다. 유진이 토토를 안고 서 있었다.

"엄마, 같이 자도 돼?"

"미안. 엄마가 오늘은 혼자 있고 싶어. 아빠랑 같이 자."

유진은 놀란 얼굴로 주윤을 바라보았다.

"엄마랑 같이 잘래."

"유진아, 제발. 오늘 엄마가 정말 힘들어서 그래."

"싫어. 엄마랑 잘 거야."

유진이 침대로 억지로 올라오려고 하자 주윤은 자기도 모르게 유진을 밀쳐 버렸다. 유진이 바닥에 나뒹굴었다.

주윤은 자기가 한 짓에 너무 놀랐다. 유진 역시 너무 놀라서 우는 것도 잊고 휘둥그렇게 뜬 눈으로 주윤을 바라보았다.

"가, 유진아. 아빠한테 가."

그 아이 생각을 하니 유진을 안아 줄 수 없었다. 유진에게 웃어 줄 수 없었다. 다정하게 달래 줄 수 없었다.

한 번도 제대로 사랑해 준 적 없었다. 누구에게도 축복받지 못한, 축하받지 못한 임신이었다.

그 아이는 유진이 아니었고, 유진은 그 아이가 아니었다. 다시 낳았다는 건 산 자의, 주윤의 자위였다.

죽은 아이 때문에 산 아이를 슬프게 하는 것은 세상에서 제일 어리석은 짓이라는 것을 알았다. 그렇지만 지금 주윤은 어리석을 수밖에 없었다. 자기도 모르게 '넌 살아 있잖아!'라고 소리 지를 것 같아서 주윤은 입술을 깨물었다.

열 손가락 깨물어 안 아픈 손가락은 없지만, 더 아픈 손가락은 있었다. 그 아이는 주윤 인생의 마지막 순간까지 없어지지 않을 그림자였다. 언제나 주윤의 뒤에 찰싹 붙어 있을 그림자였다.

발소리가 들리고 지형이 주윤의 방에 들어왔다. 지형은 벌겋게 된 주윤의 눈과 얼굴을 보고는 아무것도 묻지 않고 유진을 들쳐 안고 나갔다. 유진이 '엄마, 엄마.' 하고 소리 지르는 게 들렸지만, 주윤은 이불을 덮어썼다.

유진이 우는 소리가 들렸다. 주윤은 귀를 막았다.

지형은 유진을 데리고 자기 방으로 갔다. 유진은 엄마한테 가겠다고 울면서 지형의 어깨를 주먹으로 마구 때렸다. 아무리 아이라도 작정하고 때리니 꽤 아팠다.

지형은 유진을 침대에 내려놓았다. 침대에 엉덩이가 닿자마자 유진이 방에서 나가려고 해서 지형은 유진의 손을 꽉 잡았다.

"유진아."

"싫어. 엄마한테 갈 거야."

"유진아."

"엄마한테 갈 거야!"

"강유진!"

자기도 모르게 소리를 지르고 말았다.

지형은 소리를 지르자마자 스스로에게 실망스러워 침대에 주저앉았다. 평소와는 다른 지형의 모습에 유진은 놀라고 겁먹은 얼굴이었다.

지형은 가지고 있는 인내심을 바닥까지 긁어 최대한 부드러운 목소리로 부탁했다.

"유진아, 오늘은 아빠랑 자자, 응? 아빠가 부탁할게."

유진은 고개를 끄덕일 수밖에 없었다.

다음 날도 주윤은 계속 멍한 상태였다. 아침에 유진을 유치원에 보내고 계속 침대에 누워 있었다.

몸과 마음을 무거운 돌덩이가 짓누르고 있는 것 같았다. 마침 생리도 시작되어 허리가 끊어지게 아팠다. 몸에 열도 나는 것 같았다.

진통제를 먹고 침대에 누웠다. 잠깐만 누웠다 일어나려고 했지만, 밤에 제대로 자지 못한 주윤은 깊이 잠들어 버렸다.

노크 소리가 나서 주윤이 퍼뜩 침대에서 일어났다.

"들어오세요."

송 여사가 조심스럽게 문을 열고 들어왔다.

"벌써 시간이 이렇게 됐어요?"

"어디 안 좋으세요?"

"그냥 기운이 없네요."

"식사는 하셨어요?"

"아뇨."

"간단하게 차려 드릴게요. 어서 씻고 내려오세요."

조금만 더 있으면 유진이 올 시간이었다. 어젯밤 일로 유진은 아침에 주윤의 손길을 거칠게 밀어냈다. 화가 났다는 뜻이었다. 유치원 버스를 기다릴 때도 주윤의 손을 잡지 않았고, 버스를 탈 때도 주윤에게 인사하지 않았다. 버스를 탄 뒤에도 고개를 외로 꼬고 애써 주윤을 보지 않았다.

송 여사는 주윤을 위해 보리새우를 넣고 아욱된장죽을 끓였다.

"속이 따뜻해질 거예요."

들어가지 않을 것 같았지만 주윤은 그릇을 싹 비웠다.

주윤이 잘 먹는 것을 보고 송 여사는 사람 좋은 미소를 지었다.

"유진이가 엄마를 정말 좋아하나 봐요. 하루 종일 엄마 소리를 입에 달고 살아요."

꼭 병아리가 어미 닭을 쫓아다니는 것 같아 송 여사의 눈에는 여간 귀엽지 않았다.

절대로 일하는 집 일을 입에 대지 않는 게 그녀의 철칙이었지만 유진이 저렇게 엄마를 따르는 것을 보니, 주윤이 계속 이곳에 머물러 주었으면 좋겠다고 생각했다. 원래도 기운이 넘치는 아이였지만, 주윤이 오고 나서는 더 기운이 넘쳤다.

김치를 담그기 위해 열무를 다듬으며 송 여사가 말했다.

"회장님이 여러 번 유진이 돌보미나 가정 교사를 구했거든요. 그런데 사흘을 버틴 사람이 없었어요. '애가 싫어해 봤자지.' 했다가 큰코다친 사람이 여럿이었지요."

송 여사는 웃었다.

"하긴 회장님이 여간 훤칠하게 잘생기셨어야죠. 다들 염불에는 관심이 없고 잿밥 먹을 궁리를 하니, 아이 눈엔 얼마나 우습게 보였겠어요. 유진이가 정말 순한데, 의외로 까다로운 구석이 있어요."

유진은 낯선 사람을 좋아하지 않았다. 자기가 좋아하는 사람과 싫어하는 사람을 대하는 태도가 극과 극이었다. 싫어하는 사람에겐 깍쟁이도 그런 깍쟁이가 없었다.

"그런가요?"

송 여사는 뭔가 말하려다가 입을 꾹 다물고 다 다듬은 열무를 씻으러 갔다. 너무 개인적인 의견을 많이 말한 것 같았다. 주윤이 편하게 대해 줘서 자기도 모르게 편하게 이야기한 것 같았다.

주윤의 휴대전화에 문자가 왔다. 곧 유진이 집에 도착할 거라는 문자였다.

"유진이 데리러 잠깐 나갈게요."

"오늘 오후에 외출하세요?"

송 여사는 이미 알고 있는 주윤의 일정을 다시 확인했다.

"네. 두 시간 정도요."

라렌느 100주년 창립 파티 때 입을 드레스를 가봉하는 날이었다. 하는 김에 메이크업과 헤어도 상담을 받기로 되어 있었다.

"저녁 준비는 예정대로 할까요?"

"그러시면 될 것 같아요."

주윤은 대문 앞에서 유치원 버스가 오기를 기다렸다.

유진은 아침보다 기분이 나아진 것 같았다. 유치원 버스에서 폴짝 뛰어내려 주윤의 품에 안겼다.

평소처럼 간식을 먹은 후, 낮잠을 자려고 방으로 올라갔다. 주윤은 유진의 침대에 같이 누웠다.

"엄마, 나 자도 가면 안 돼."

"응."

주윤은 별생각 없이 대답하고 그림책을 읽었다. 오늘 유진이 고른 그림책은 마음의 소리를 듣게 되는 신기한 알사탕을 먹은 아이의 이야기였다.

유진은 꾸벅꾸벅 졸면서도 계속 잠이 안 온다고 우기면서 그림책을 읽어 달라고 했다.

유진은 안 자려고 했지만 결국 잠에 져 버렸다. 깨어 있기를 포기한 유진은 하품을 하면서 말했다.

"엄마, 어디 가면 안 돼."

"응."

"계속 여기 있어야 해."

"알았어."

유진은 금방 잠이 들었다. 주윤은 유진이 깊이 잠든 것을 확인하고 방문을 조용히 닫고 나왔다.

주윤은 시간을 확인했다. 빨리 준비하고 나가면 늦진 않을 것 같았다. 주윤은 방으로 가 옷을 갈아입었다.

"송 여사님, 유진이 자요. 저 다녀올게요."

"그래요. 잘 다녀오세요."

유치원에서 집에 돌아오면 간식을 먹고 한두 시간 낮잠을 자는 게 유진의 루틴이었다.

주윤이 약속 장소에 거의 도착했을 때 휴대전화가 울렸다. 지형이었다.

— 지금 어디야?

"파티 드레스 가봉하러 가는 길이야."

— 약속 취소하고 집에 가면 안 될까?

"유진이한테 무슨 일이라도 생겼어?"

집을 떠난 지 고작 20분밖에 되지 않았다.

— 유진이가 계속 울고 있어.

"뭐?"

— 송 여사님이 아무리 달래도 안 된다면서 전화를 했어. 내가 아무리 이야기를 해도 안 들어. 무조건 너만 데려오래.

"알았어. 지금 당장 갈게."

주윤은 바로 차를 돌렸다.

차에서 내리자마자 주윤은 뛰다시피 집으로 갔다. 현관문을 열자 울음소리가 들려왔다. 주윤은 2층으로 올라가 유진의 방으로 들어갔다.

송 여사가 얼굴이 하얗게 질려서 주윤을 맞이했다. 이렇게까지 막무가내로 우는 유진을 보는 건 난생처음이었다. 유진은 갓난아이처럼 숨이 넘어갈 정도로 울고 있었다.

"정말 죄송해요."

"제가 유진이 달랠게요. 가서 하던 일 마저 하세요."

유진은 주윤을 보자 일단 울음은 그쳤다. 송 여사는 안도의 한숨을 내쉬었다.

"회장님께는 제가 전화드릴게요."

"네. 그렇게 해 주세요."

송 여사가 방을 나간 후 주윤은 차분한 목소리로 물었다.

"유진아, 왜 그래? 왜 우는 거야?"

"엄마가 없잖아."

유진은 원망 가득한 눈으로 주윤을 바라보았다.

"송 여사님 계시잖아. 아기도 아닌데, 엄마가 없다고 울어?"

나쁜 꿈을 꾼 것도 아니고 집에 사람이 없어서도 아니고 어디가 아파서도 아니었다.

주윤은 눈물을 닦아 주려고 손을 뻗었다. 유진이 거칠게 주윤의 손을 뿌리쳤다.

"그럼 네가 닦아."

그때 짜악 하는 소리가 났다. 눈앞에 번쩍하고 번개가 쳤다. 유진이 주윤의 얼굴을 손바닥으로 때린 것이다.

주윤은 놀라서 유진을 바라보았다.

그렇지만 유진의 얼굴을 본 순간 '아야.' 소리도 할 수 없었다. 진짜 아픈 사람은 주윤이 아니었다. 유진이었다.

"가지 말라고 했잖아!"

유진은 큰 소리로 울면서 주먹을 꽉 쥐고 주윤을 때렸다. 주윤은 멍하니 유진이 때리는 대로 맞았다. 주윤은 자신이 맞아야 할 이유를 알았다.

주윤은 유진을 버렸다. 평생 보지 않으려고 했다. 사랑하지 않으려고 애썼다.

단 하루도 잊은 적은 없지만, 그 마음을 제대로 전하려고 하지 않았다.

"계속 옆에 있을 거라고 했잖아! 엄마 나빠! 나쁘다고!"

그랬다. 아이를 낳는다는 건, 평생 지켜 주고, 늘 곁에 있어 주고, 영원히 네 편이 되어 주겠다는 약속을 하는 것이었다.

미안하다는 말조차 나오지 않아 주윤은 가만히 있었다. 지형의 말이 맞았다. 너무 미안하면 미안하다는 말조차 나오지 않는다.

때리는 것도 힘이 드는지 유진이 제풀에 지쳐 바닥에 주저앉았다. 울 기운도 없는지 유진은 소리 내지 않고 눈물만 줄줄 흘렸다.

"왜 갔어! 내가 가지 말라고 했잖아!"

그때도, 유진을 지형이 데리고 가던 날에도 이렇게 울었었다.

그때 유진이 말을 할 수 있었다면 이렇게 말했겠지. 가지 말라고. 나를 버리지 말라고.

"미안해. 유진아, 미안해."

주윤이 유진을 꽉 껴안았다. 유진은 벗어나려고 버둥거렸지만 얼마 지나지 않아 가만히 주윤의 품에 안겨 있었다. 서럽게 울던 유진은 한참이 지난 후에야 진정이 됐다. 주윤은 계속 '미안해.'라는 말을 되뇌었다.

"유진아, 엄마는 계속 여기 있을 거야. 유진이랑 아빠랑 같이 살 거야. 아무 데도 안 가."

주윤은 유진을 더 세게 안았다. 유진도 작은 팔로 주윤을 꽉 안았다.

그러니까 이제 울지 마, 내 아가.

이제 우리는 행복해질 일만 남은 거야.

안녕, 이주윤

—

지형은 한밤중에 퇴근했다.

열쇠로 현관문을 열고 들어오니 집 안은 어두웠고 조용했다. 그렇지만 쓸쓸한 기분은 들지 않았다. 유진이 있고, 주윤이 있기 때문이었다. 아무것도 하지 않아도 그 자리에 주윤이 있다는 것만으로 이렇게 따뜻한 기분이 들었다.

네가 있다.

그것만으로도 지형은 모든 것이 충분했다.

오늘도 회사 일은 정말 지긋지긋하리만큼 힘들었다. 그렇지만 집으로 돌아와 현관문을 여는 순간, 그 모든 것이 깨끗이 사라졌다. 깨끗이 사라져 버린 것만이 아니라, 몸과 마음에 새로운 에너지가 충전되었다. 주윤이 집에 있다는 것을 생각하는 것만으로도 입가에 미소가 머금어졌고, 발걸음이 빨라졌다. 집은 그런 공간이었다.

지형은 이전까지 현관문을 열기 전에 늘 긴 심호흡을 했다. 바깥에서 묻혀 온 세상의 고민을 모두 떨기 위해서였다. 회사에서 있었던 안 좋은 감정들도 함께 떨어냈다. 유진에게 힘든 모습을 보여 주고 싶지 않았다. 엄마 노릇과 아빠 노릇을 둘 다 하는 건 버거운 일이었다. 아빠는 슈퍼맨이어야 했다. 아무리 힘든 일이 있어도 문을 열고 집에 들어가는 순간 웃어야 했다.

그렇지만 이제 그러지 않아도 괜찮았다. 집에 가까워질수록 마음과 어깨를 짓누르던 것들이 눈 녹듯이 사라졌다. 유진이 하루를 어떻게 보냈는지도 예전보다 덜 걱정됐다.

지형은 발소리를 죽이고 2층으로 올라갔다. 유진의 방문을 열었다. 유진은 편한 얼굴로 잘 자고 있었다. 지형은 유진의 이마에 뽀뽀를 하고 이불을 다시 잘 덮어 줬다.

지형은 주윤의 방 앞에서 망설였다. 한참을 서 있다가 지형은 발걸음을 돌렸다.

주윤의 마음은 주윤의 것. 그는 기다리는 수밖에 없었다. 그리고 기다리는 건 그가 잘하는 것 중 하나였다.

'보고 싶다, 주윤아. 이렇게 한 지붕 밑에 있어도 네가 보고 싶어.'

지형은 주윤이 그를 기다리고 있다는 것도, 그의 발소리를 듣고 있다는 것도 몰랐다.

지형의 발소리가 멀어지자 주윤은 침대에 앉아 팔로 다리를 감싸 둥글게 몸을 말았다.

주윤은 오랫동안 궁금했다.

깅지형이 필요해서 사랑하는 건지, 아니면 사랑해서 필요한 건지. 자신이 홀로 서서 누구의 도움을 받지 않고도 잘 살 수 있을 때도 여전히 지형이 자신에게 중요한 사람일지, 여전히 지형에 대한 마음이 그대로일지 궁금했다.

그것은 여전히 알 수 없었다. 그렇지만 한 가지는 확실했다.

'보고 싶어. 매일매일 당신을 보고 사는데도 당신이 보고 싶어.'

미국에 있을 때 지형이 그립지 않은 건 아니었다. 그렇지만 지금처럼 매일매일 보고 싶었던 건 아니었다.

주윤도 주윤의 삶을 살아야 했다. 한 사람 몫을 하며 자기 자신을 책임지는 건, 정말 힘들었다.

세상 사람들이 다 이렇게 자기 자신을 책임지고 산다는 것을 깨닫고, 주윤은 평범한 사람들을 진심으로 존경하게 되었다.

'언제 당신이 보고 싶어질지 예상할 수가 없었어. 그리고 한번 당신이 보고 싶어지면 심장이 찢어지는 듯 아팠어. 숨을 쉴 수 없었고, 어디로도 도망칠 수 없었어. 때론 벼락을 맞는 것 같았고, 깊이를 알 수 없는 바다에 내던져진 것 같았고, 또 눈밭에 알몸으로 서 있는 것 같았어.'

주윤은 침대에서 몸을 일으켰다.

지형을 잊을 수 있을 거라고 생각했다. 그런데 마음에 뿌리를 내린 사람은 무슨 수를 써도 뽑아낼 수가 없었다. 세포 하나하나에 그 사람이 뿌리내리고 있었기 때문이었다.

사람을 마음에 담는다는 건, 그 사람이 내 곁에 있건 없건 평생 함께한다는 뜻이었다.

강지형은 항상 이주윤 곁에 있었다.

그럼 이주윤은? 이주윤은 항상 강지형 곁에 있었을까?

주윤은 망설임 없이 지형의 방문을 열었다.

지형은 잠결에 문이 열리는 소리를 들었다. 발소리가 들리고 이불 속으로 누군가 파고들었다. 지형은 유진이 혼자 자기 싫어서 온 거라고 생각했다.

지형은 졸린 목소리로 말했다.

"유진아, 잠이 안 와? 나쁜 꿈 꿨어?"

품에 당겨 안으려던 지형은 화들짝 놀라서 잠이 깼다. 유진이 아니라 주윤이었다.

"주, 주윤아."

지형은 몸을 일으키려고 했지만, 주윤이 그를 잡아 다시 눕게 했다.

"가만히 있어."

주윤은 지형의 팔을 베고 옆에 누웠다. 매일 그렇게 하던 사람처럼 자연스러운 몸짓이었다.

지형은 자기가 지금 꿈을 꾸는 건지 아닌지 알 수 없었다. 제발 꿈인지 현실인지 알 수 있게 누군가가 어디를 세게 꼬집어 줬으면 좋겠다고 생각했다.

망설이다가 지형은 주윤을 자기 쪽으로 당겨 안았다. 주윤은 거부하지 않았다.

지형의 품 안에서 주윤은 가만히 눈을 감았다. 이 세상 가장 안전하고 편안한 곳에 있었다. 목적지가 어딘지 모르고 계속 헤매다가 드디어 도착했다.

그건 지형 역시 마찬가지였다. 단지 몸을 맞대고 있는데도 잃어버린 반쪽을 다시 찾은 느낌이었다.

이미 오래전부터 그들은 두 사람이 아니었다. 크리스마스이브 처음 만났던 그날부터, 헤어져 있을 때도 그들은 항상 우리였었다.

"나는 늘 당신과 함께였었어. 내 곁엔 늘 당신이 있었지. 당신은 어때? 당신 곁에는 늘 내가 있었어?"

지형은 주윤의 눈을 똑바로 보면서 말했다.

"아니."

주윤은 좀 놀란 얼굴을 했다.

"내 곁엔 늘 네가 없었어. 그래서 언제나 널 찾아갈 수밖에 없었지. 네가 내 곁에 있을 수만 있다면 나는 뭐든 할 수 있었어."

그래서 효관과 거래를 했었다. 라렌느로, 주윤의 곁으로 가기 위해서 말이다.

주윤은 윗몸을 일으켜 지형의 얼굴을 위에서 내려다보았다. 마치 처음 보는 사람처럼 주윤은 지형을 뚫어지게 바라보았다. 주윤은 두 손으로 지형의 뺨을 부드럽게 감쌌다.

"오랫동안 궁금했어. 나에게 강지형 당신은 선택의 여지가 없는 존재였거든. 하늘에서 내리는 눈이나 비처럼, 여름날 우

박이나 천둥처럼 말이야."

주윤은 지형의 눈을 똑바로 보며 말을 이었다.

"만약 내가 선택할 수 있다면 당신을 선택할까?"

지형은 주윤의 대답이 두려웠다.

과연 자신은 선택받을 수 있을까?

자신이 없었다.

그렇지만 두려움의 순간은 잠깐이었다. 주윤은 따뜻한 입맞춤으로 대답을 대신했다.

지형은 처음엔 몸이 굳어 아무것도 하지 못했다. 그렇지만 곧 주윤을 안고 입을 맞췄다.

긴 입맞춤이 끝나자 주윤은 지형에게 속삭이듯 말했다.

"이제 우리 끝내자. 그리고 다시 시작하자."

지형은 가만히 고개를 끄덕였다. 그렇지만 단지 기쁘기만 한 건 아니었다. 그런 지형의 마음을 주윤은 누구보다 더 잘 알았다. 자신의 마음에 드리워진 그 그림자가 지형의 마음에도 드리워져 있을 것이다. 어쩌면, 지형의 것이 주윤의 것보다 더 짙고 무거울 수도 있다.

주윤은 지형을 부드럽게 어루만지면서 말했다.

"떠난 사람은 남겨진 사람의 슬픔을 모른대."

누군가에게 들었던 말이다. 그 말은 주윤에게 큰 위로가 되었다. 세상을 떠난 유진은 여기서 고통스러워하는 주윤과 지형의 슬픔을 모를 것이다.

주윤은 지형을 안고 이마에 입술을 댄 채 말했다.

"그러니까 우리 이제 그만 슬퍼하자. 앞으로는 우리 유진이를 그리워하자."

지형의 몸이 가볍게 떨렸다. 울려고 하는 것 같아 주윤은 지형을 꼭 껴안았다. 지형 역시 주윤을 꽉 안았다.

지형이 말했다.

"오늘 하루만, 딱 오늘 하루만 더 슬퍼하자. 우리 유진이를 위해서……."

그날 밤, 주윤과 지형은 서로를 꼭 안은 채 잠이 들었다.

마지막 촬영을 하기 위해 주윤은 그 방으로 올라갔다.

텅 빈 방을 보자 주윤의 마음이 기묘하리만큼 가벼워졌다. 다른 세상에 있는 이주윤의 마음 역시 가벼워졌을 거라고 믿었다.

주윤은 오늘 아침 직원에게 그 방을 깨끗하게 비우게 했다. 그곳에 있었던 모든 물건은 소각할 예정이었다.

마지막 촬영은 금방 끝났다. 주윤과 인 감독은 정원으로 내려가 좀 더 이야기를 나누기로 했다. 정원에서는 다음 기획전 작품 설치가 한창이었다.

직원이 두 사람이 마실 아이스커피를 가지고 왔다. 주윤은 단숨에 커피를 반 정도 마셨다. 덥기도 했고 목도 말랐다.

인 감독이 입을 열었다.

"드디어 끝났는데, 기분이 어때요?"

"후련해요."

정말 후련했다. 누구에게도, 지형에게도 하지 못한 이야기들을 카메라 앞에서 하게 될 줄은 몰랐다.

"촬영 많이 힘들었죠?"

"네. 카메라 앞에 서는 게 그렇게 힘든 일인 줄 몰랐어요."

이제 겨우 카메라를 보고 이야기하는 게 익숙해졌는데 끝이 났다.

"마친 소감은 어때요?"

"처음 시작할 때는 누군가가 알아줬으면 좋겠다 싶었는데, 지금은 아무 상관 없는 기분이에요. 해야 할 순간에 해야 할 말을 한 기분이에요."

말을 한다는 건 신비한 일이었다. 알고 있던 것이 사실은 모르는 것일 때도 있었고, 옳다고 믿은 것이 잘못된 것일 수도 있었다. 누군가에게 이야기를 한다는 건, 시야가 넓어지는 일이었다. 혼자서 수없이 곱씹어도 깨달을 수 없었던 것을 깨닫게 되고, 갈 수 없었던 곳에 도달했다.

"누군가에게 벌을 주거나 복수를 하는 건 불가능한 일이었어요. 할 수 있을 줄 알았는데, 그건 인간이 할 수 없는 것이었어요. 나는 복수했다고 생각했어요. 그 사람들의 소중한 것을 모두 빼앗고 망가뜨렸어요. 그거면 됐다고, 충분할 거라고 믿었죠."

그렇지만 효관이 죽어 버리는 것까진 예상하지 못했다. 삶에 대한 애착이 대단한 사람이라 결코 목숨을 포기하지 않을 거라고 생각했다. 오산이었고 오판이었다.

"……죽길 바랐는데, 나 때문에 죽었다고 생각하니 마음이 편하지 않았어요. 꽤 오래 그 사람에 대한 악몽을 꾸었어요. 어째서 모든 일은 늘 예상을 벗어나는 걸까요? 그렇게 죽길 바랐는데, 막상 죽고 나니 내게 남은 건 아무것도 없었어요. 그 사람의 소중한 것을 파괴할 때 내 소중한 것도 망가져 버렸죠."

인 감독은 묵묵히 주윤의 말을 들었다.

"복수를 하고 나면 적어도 내 마음을 짓누르는 모든 악몽에서 벗어날 줄 알았어요. 소설이나 영화에선 다 그렇잖아요. 그런데 아니었어요. 나는 최악으로 망가져 버렸죠. 그 사람이 죽어 버렸는데도 나는 편히 잠들지 못했어요. 여전히 나는 눈밭을 맨발로 걷는 여섯 살 아이일 뿐이었어요. 그 사람이 죽은 후에 깨달았죠. 복수를 한다고 내 마음의 상처가 아물진 않는다는 것을요."

주윤은 긴 한숨을 내쉬었다.

"지금은 어때요?"

"여전히 용서하지도, 또 이해하지도 못해요. 용서해야 할 이유도, 이해해야 할 이유도 없고요. 내가 할 수 있었던 건 용서도 이해도 아니고……."

주윤은 잠시 말을 멈추고 물방울이 맺힌 유리컵 표면을 만지작거렸다.

"……그 시간에서, 그 기억에서 걸어 나오는 것뿐이었어요. 그 일들이 이제 내겐 과거가 된 거죠."

"촬영 잘했다고 생각해요?"

"네."

주윤은 확신을 담아 짧게 대답했다.

인 감독은 자기도 모르게 안도의 한숨이 나왔다. 혹시라도 자신과의 작업으로 평온했던 주윤의 마음이 또다시 고통받는 게 아닌지 많이 걱정했다. 실제로, 촬영을 하다가 과거의 기억을 떠올리는 것이 고통스러워 촬영을 포기한 사람도 있었다. 그렇게 학대는 한 인간의 삶에 길고도 질긴 그림자를 드리웠다.

"미국에서 거의 3년 넘게 상담 치료를 받았어요. 그때, 상담사에게 정말 많은 이야기를 했어요. 그런데 그때와 지금은 조금 다른 느낌이에요."

"어떻게 다른 느낌인데요?"

"그때는 상처 한가운데에서 허우적거리면서 살기 위해 이야기를 내뱉었는데, 지금은 거기에서 벗어나서 그때의 나를 바라보면서 이야기를 했던 것 같아요. 드디어 마침표를 찍은 기분이에요. 저는 평생 그런 날이 올 줄 몰랐거든요."

주윤은 밝게 웃었다.

인 감독은 그 미소를 사진으로 찍어서 영원히 남기고 싶다는 생각을 했다. 바로 이 미소를 보기 위해, 그리고 누군가에게 이 미소를 보여 주기 위해 이 작업을 하고 있는 것이었다.

"처음 촬영을 했을 때는 많이 두려웠어요. 난 상담사 말고는 그 누구에게도 내 이야기를 하지 않았어요. 내가 가장 믿고 사랑하는 사람에게도요."

"왜요?"

"……수치스러웠거든요."

"수치스러워요?"

주윤은 고개를 끄덕였다.

"네, 맞아요. 수치스러웠어요. 내가 사랑받을 가치가 없는 사람이라서 학대받는 게 당연하다고 생각했거든요. 그런 내가, 아무에게도 필요 없는 내가 너무 부끄러워서 기를 쓰고 나 자신을 감췄어요. 그렇게 연기하듯 대부분의 시간을 살았어요. 거짓말의 달인이 되어 버렸죠."

그러다 더 이상 참을 수 없는 순간이 오면, 자해를 했다.

"한혜선, 이효관 두 사람이 내게 한 짓을, 사람들에게 말할 수 없었어요. 누구에게도요."

지형에게도 이야기할 수가 없었다.

"그런데 이제 이렇게 이야기할 수 있게 되었어요. 저는 그걸로 충분해요."

인 감독은 눈시울이 뜨거워졌다. 거기까지 오면서 주윤이 겪어야 했던 몸과 마음의 고통을 알아서였다.

눈밭을 맨발로 혼자 걷는 여섯 살짜리 아이. 그 아이에게 주윤은 드디어 신발을 신겨 주고, 목도리를 둘러 줄 수 있었다. 이제 그 아이는 더 이상 춥지도 외롭지도 아프지도 않았다.

주윤은 결론을 내리듯 말했다.

"저는 이제 제가 싫지 않아요. 매일매일은 아니지만 가끔은 행복해요."

주윤은 또다시 밝게 웃었다.

성북동 집을 나왔다. 대문을 나선 주윤은 뒤를 돌아 집을 바라보았다.

　마녀의 성으로 보였던 그 집이 이젠 평범한 집으로 보였다. 이제 그 누구도 이 집에서 울지 않았다. 괴물들은 모두 사라졌다. 슬픔과 고통만 가득했던 이 집은 아름다운 것들의 집이 되었다.

　안녕, 이주윤.

　주윤은 주윤에게 마지막 인사를 했다.

　주윤은 뚜벅뚜벅 행복을 향해 걸어갔다. 지형과 유진이 있는 집으로.

라렌느 100주년 기념 파티는 대성황이었다. 화제의 중심에는 강지형 회장과 이주윤 이사장 부부가 있었다. 파티는 초대장을 받은 사람만 입장할 수 있었지만, 강지형 회장 부부를 보려는 사람들이 초대장도 없이 와서 파티장 입구에서 보안 요원들과 실랑이를 벌였다.

주윤은 파티장까지 엘리베이터가 직접 연결되는 VIP룸에서 지형을 기다리고 있었다.

"미안, 내가 좀 늦었지."

"괜찮아. 당신은 시간 별로 안 걸리니까."

지형은 나리타공항에 처음 입점하는 라렌느 브랜드 론칭 행사에 참석하고 공항에서 온 참이었다.

메이크업과 헤어가 끝난 주윤은 가운 차림으로 소파에 앉아 있었다.

"회장님, 이쪽으로 오시죠."

지형은 머리를 가볍게 매만지고, 얼굴 톤을 밝게 보이게 엷은 메이크업을 하고, 수트를 입는 걸로 준비가 끝났다. 준비가 끝난 지형이 방 밖으로 나오자 마침 드레스로 갈아입은 주윤이 나오고 있었다.

어떤 모습이든 주윤이 그를 매혹하지 않을까 싶지만, 어깨를 노출하고, 몸매가 드러나는 선명한 파란색 드레스를 입은 주윤은 여신이 하늘에서 내려온 것 같았다. 지형은 유진이 지금 주윤을 보았다면 〈겨울왕국〉의 엘사 같다고 말할 것 같았다.

드레스를 장식한 푸른색과 보라색 크리스털과 목과 팔에 한 사파이어 초커와 팔찌가 화려한 빛을 뿜어냈지만, 주윤의 눈빛보다는 밝지도 아름답지도 않았다.

지형은 아무 말도 하지 못하고 멍하니 주윤을 바라보았다. 주윤은 온몸을 조이는 드레스가 불편했지만, 저 남자의 저런 얼굴을 볼 수 있다면 몇 시간 정도 할 수 있는 고생이라고 생각하고 살짝 미소 지었다.

"괜찮아?"

"괜찮냐니! 너무너무 멋져."

주윤의 미소는 더 커졌다.

"사진 찍어서 내일 유진이한테 보여 줘야겠다."

지형은 휴대전화로 주윤의 사진을 찍었다. 지금 유진은 송 여사와 함께 집에서 자고 있을 터였다.

스태프 중 한 명이 지형에게 캐시미어 숄을 건네주었다. 엘리베이터에서 파티장까지 이동하는 동안 혹시 추울까 염려되어 준비한 숄이었다. 지형은 주윤의 어깨에 숄을 걸쳐 주었다.

"그럼 가자."

지형이 내민 손을 주윤이 잡았다. 손이 차가웠다. 긴장한 것 같았다. 생각해 보니 주윤이 공식적인 자리에 서는 건 결혼식 이후로 처음이었다.

엘리베이터 안에서도 지형과 주윤은 단둘일 수 없었다. 지형과 주윤은 앞뒤로 경호원들로 둘러싸여 있었다. 지형은 주윤만 들을 수 있는 작은 목소리로 속삭였다.

"주윤아, 그냥 네 모습을 보여 주면 돼. 이제 우린 거짓말할 게 없잖아."

공들여 화장한 얼굴을 망칠까 봐 지형은 주윤의 머리카락에 살짝 입을 맞췄다.

"너로, 그냥 너로 충분해. 저 사람들에게도 나에게도. 넌 이 세상에 과분하게 충분해."

주윤의 손이 따뜻해졌다. 체온이 돌아온 것 같았다.

파티장으로 들어가는 문 앞에 서서 지형과 주윤은 마지막으로 드레스 체크를 했다.

"그럼 숄을 가져가겠습니다."

어깨를 감싸 주던 부드러운 숄이 치워지자 살짝 한기가 들었지만 곧 괜찮아졌다. 주윤은 심호흡을 했다. 굳게 잡은 지형의 손만 생각했다. 지형이 '그냥 너로 충분해.'라고 한 말을 마음속으로 되뇌었다.

인이어폰을 낀 행사 진행 요원이 지형과 주윤에게 다가와 작은 목소리로 물었다.

"준비는 다 되셨습니까?"

지형은 주윤을 바라보았다. 주윤은 고개를 가볍게 끄덕였다. 지형이 말했다.

"네."

행사 진행 요원이 무전기로 준비가 끝났다는 신호를 보냈다.

"강지형 회장님과 이주윤 이사장님 부부를 모시겠습니다."

문 안에서 지형과 주윤을 부르는 소리가 났고, 뒤이어 커다란 박수 소리가 났다.

지형이 주윤을 보고 미소 지으며 말했다.

"그럼 갈까?"

주윤은 고개를 끄덕였다.

지금부터 마지막의 마지막 순간까지 자신의 곁에는 지형이 있을 것이다. 주윤 역시 마찬가지였다. 늘 그래 왔듯, 주윤과 지형은 서로를 지키며 살아갈 것이다. 아무것도 두려워할 것이 없었다. 이제 세상은 더 이상 주윤의 적이 아니었다.

문이 열렸다.

파티장을 밝힌 환한 빛 때문에 주윤은 잠시 멈칫했지만, 곧 활짝 웃으며 지형과 팔짱을 끼고 안으로 들어갔다. 한 걸음 한 걸음 당당하면서도 확신에 찬 발걸음이었다.

지금까지는 늘 끌려가기만 했다. 그렇지만 지금부터는 아니었다.

주윤은 자신이 원하는 곳을 향해 발걸음을 옮겼다.

지형과 주윤은 사람들의 호기심 어린 눈빛에 온 신경이 나달 나달해지는 기분이었다.

지형은 이런 일이 익숙하지 않은 주윤이 걱정되었지만, 주윤 은 끝까지 미소를 잃지 않았고, 무례한 사람들의 무례한 질문 에도 잘 대응했다. 그렇지만 피곤한 건 어쩔 수 없었다.

파티가 어느 정도 마무리되었을 때 지형은 주윤을 휴식을 위 해 꾸며 둔 방으로 보냈다.

아무도 없는 방 안에서 주윤은 드레스가 구겨지는 것도 상관 치 않고 소파에 풀썩 등을 기대고 앉았다. 발을 조이고 허리에 못질을 하는 것 같은 하이힐은 방에 들어오자마자 벗어 던져 버렸다. 까슬한 카펫 바닥에 맨발이 닿자 살 것 같았다.

노크 소리가 났다.

"들어와요."

지형인 줄 알았는데 손 이사였다. 주윤은 흐트러진 모습을 보인 것에 당황해서 소파 등받이에서 등을 떼고 일어섰다.

"앉아 계십시오. 원래 사람 상대하는 일이 제일 피곤합니다."

주춤거리던 주윤은 의자에 앉았다.

"얼추 중요한 자리들은 다 마무리된 것 같으니 이따가 마지 막 인사를 하고 나가시면 될 것 같습니다."

손 이사는 테이블에 있는 물병에서 물을 따라 주윤에게 먼저 건네고 자기 몫의 물을 따라 한 잔 마셨다.

　오늘은 손 이사도 주윤과 지형만큼 바빴다. 손 이사는 이번 파티의 핵심이라고 할 수 있는 라렌느의 100주년을 기념하는 축사와 고 한혜선 회장에 대한 회고를 맡았다. 100주년 기념 파티의 주인공은 라렌느를 글로벌 코스메틱 브랜드로 키운 고 한혜선 회장이었다. 효관의 존재는 깨끗이 지워져 있었다. 이름조차 언급되지 않았다.

　"어려운 부탁인데 들어주셔서 고맙습니다."

　"아닙니다. 저로서도 영광이었습니다."

　손 이사는 조심스럽게 주윤의 눈치를 본 후 말했다.

　"이사장님에겐 결코 용서할 수 없는 사람이겠지만, 저에게 한혜선 회장님은 한때 동경했고 존경했던 경영인이었습니다. 같은 꿈을 향해 달렸던 동지이기도 했고요."

　손 이사는 회한이 느껴지는 미소를 지었다.

　혜선을 처음 만난 것은 그가 20대, 혜선은 40대 초반이었을 때였다. 그때 혜선은 말했었다. 지금은 우리나라 사람들만 아는 라렌느이지만, 당신이 은퇴할 때에는 세계인이 라렌느를 알게 될 것이라고.

　당당하게 말하던 혜선의 모습을, 손 이사는 지금도 생생하게 기억하고 있다.

　일제 강점기 시대, 먹고 살기 위해 권번의 기생들에게 분과 동백기름을 팔았던 외조모, 한국전쟁 난리 통에 부산의 쓰러지기 직전인 오두막에서 포마드와 입술연지를 만들어 팔며 국내 제일의 화장품 회사를 꿈꾼 모친보다 더 큰 꿈을 꿨던 혜선. 혜선은 그것을 꿈이 아닌 현실로 만들었다. 꿈은 누구나 꿀 수 있지만, 그중 극히 일부만 그것을 실현할 능력을 가졌다. 혜선은 그 능력을 가진 사람이었다.

"제게 많은 기회를 주신 은인이기도 하고요. 한 회장님이 아니었다면 지금의 저는 없었을 겁니다."

"한 회장도 손 이사님이 축사와 회고를 해 주시는 편이 더 낫다고 생각하셨을 거예요."

주윤은 잠시 말을 쉰 후 입을 열었다.

"이사님은 제가 다큐멘터리에 출연하는 게 싫으셨겠어요."

주윤의 다큐멘터리는 한혜선 신화에 대놓고 똥물을 투척하는 것이었다. 손 이사는 세상 사람들이 한혜선을 위대한 경영자로 칭송하는 건 올해가 마지막이라고 예상했다.

손 이사가 주저하지 않고 말했다.

"아니요."

그 말이 거짓이라고는 생각할 수 없는, 조용한 확신에 찬 대답이었다.

"이사장님, 제 나이가 되면 말입니다, 인간이든 일이든 흑과 백으로 구분되는 것들이 없어집니다. 단언할 수 있는 것도 사라지고, 확신 역시 희미해지지요. 그 대신 모순을 껴안을 수 있게 됩니다. 인간으로는 경멸하지만, 경영인으로는 존경할 수 있게 됩니다. 아마 두 분은 아직 이해하실 수 없을 겁니다."

손 이사는 가벼운 목소리로 물었다.

"계속 계시기로 한 겁니까?"

처음으로 손 이사는 두 사람이 서로에게, 그리고 다른 사람에게 아무런 숨기는 것 없이 자기 얼굴을 드러냈다고 느꼈다. 그 모습이 눈부셨다. 함께 있어야 더 빛나는 사람들이 있는데, 주윤에겐 지형이, 지형에겐 주윤이 그런 사람이었다.

주윤에게 그런 사람을 찾아 준 것만으로도, 지형에게 기만당한 것이 조금 용서가 되었다. 원래 사랑에 빠진 사람들은 이기적이고, 주변 사람을 자기들 로맨스의 조역이나 단역, 아니면 배경으로 쓰기 마련이니까 말이다.

"네."

주윤은 짧게 대답했다. 그 짧은 대답에 많은 것이 압축되어 있음을 손 이사는 모르지 않았다.

파티에서 나란히 서 있는 두 사람을 보면서, 손 이사는 결혼식 때처럼 참 잘 어울리는 한 쌍이라는 생각이 들었다. 큰 고비는 다 넘겼으니 이제 그림처럼 행복할 일만 있기를 빌었다.

"어렵게 돌아온 만큼 더 잘 살려고요."

"잘 생각하셨습니다. 그 마음이 참 귀한 겁니다. 잘 살려는 마음이요."

주윤은 손 이사가 무슨 의도로 그런 말을 하는 건지 알았다. 자신의 삶을 내던진, 자신의 삶을 스스로가 하찮게 취급한 지난날을 떠올렸다.

손 이사는 웃으면서 말했다.

"뺨이 석 대인 줄 알았는데 옷이 한 벌이었네요. 강 회장님께

옷 한 벌 사서 보내라고 하세요."

"그럴게요."

주윤은 웃으면서 대답했다.

"농담으로 하는 말 아닙니다."

"네. 손 이사님 취향에 맞는 거로 한 벌 해 드리라고 할게요."

"그럼 쉬십시오. 나가 보겠습니다."

손 이사는 방을 나갔다.

새벽 1시 가까이가 되어서 파티가 끝났다. 주윤과 지형은 지친 몸으로 호텔 객실로 향하는 엘리베이터를 탔다. 주윤은 힐끗 엘리베이터에 표시된 시간을 보았다.

"지금이라도 집에 갈까?"

원래 호텔에서 묵을 예정이었지만, 주윤은 집에 있을 유진이 마음에 걸렸다.

"지금 유진이 자고 있을 거야. 송 여사님한테 내일 오전까지 맡기기로 했잖아. 우리도 많이 피곤하니까 쉬고, 호텔에서 차려주는 밥 먹고, 내일 점심 전에 들어가자. 우리 들어가면 유진이 잠 깰 거야. 그리고 송 여사님도 우리 들어왔는데 가만히 계실 수 없을 거고. 12시 전에 통화했는데 유진이 잘 자고 있대. 송 여사님도 유진이 방에서 주무시고 계시니까 걱정하지 마."

주윤은 고개를 끄덕였다. 지형의 말이 맞았다. 어차피 집에 돌아가도 피곤해서 바로 쓰러져 잘 것 같았다.

호텔방으로 돌아온 후에야 두 사람은 겨우 단둘이 될 수 있었다. 단둘이 되자 주윤은 갑자기 피곤이 사라지고 묘한 긴장감을 느꼈다. 자신을 보는 지형의 시선이 이상하리만큼 뜨거웠다.

그날 이후, 지형과 주윤은 한 침대에서 같이 잤다. 잠만 잤다. 한밤중에 유진이 갑자기 침실 문을 열고 침대에 올라오는 일이 잦아서 부부 관계는 꿈도 못 꿨지만, 그래도 뭔가 어색해서 포옹과 키스 정도의 스킨십만 나눴다. 주윤보다 지형이 더 어색해하는 것 같았다. 다정하게 키스하고 안아 주고 어루만져 주었지만 그 이상은 하지 않았다.

침실에 들어오자 갑자기 지형이 주윤을 뒤에서 꽉 껴안았다. 주윤은 놀랐지만 가만히 있었다. 그 전까지 느끼지 못했던 샴페인의 취기가 훅 올라오는 것 같았다. 몸에서 힘이 빠지면서도 모든 감각이 예민해졌다.

"주윤아."

"응?"

주윤의 목소리가 떨렸다. 지형 역시 가볍게 몸을 떨고 있었다.

"많이 피곤해?"

무엇을 묻는 건지 주윤은 알았다. 맞닿은 지형의 몸이 뜨거웠다. 귓가에 닿는 숨결은 더 뜨거웠다. 버터처럼 녹아 버릴 것 같았다.

이 남자를 얼마나 원했는지 지형은 아마 모를 거라고 주윤은 생각했다. 지형의 품에 기대면서 대답했다.

"아니."

지형은 훅 하고 숨을 들이쉬었다. 머뭇거리며 주윤의 목덜미에 입술을 댔다. 주윤의 심장이 빠르게 뛰었다.

지형은 주윤의 목덜미를 이로 가볍게 물었다. 찌르르 전기가 흘렀다. 주윤은 지형의 가슴으로 더 몸을 기댔다. 지형이 주윤을 거의 지탱하며 안고 있는 모양이 되어 버렸다.

지형은 서두르지 않고 드러난 주윤의 몸에 입을 맞췄다. 목, 어깨, 쇄골 그리고 살짝 드러난 가슴 윗부분에 입술을 댔다. 그림을 그리는 화가의 붓질처럼, 주윤의 몸 구석구석에 지형의 입술이 머물렀다.

입술이 닿는 것만으로도 주윤은 몸 아래가 자글자글 끓는 것 같았다. 숨을 내쉴 때마다 뜨거운 공기가 입 밖으로 흘러나왔다.

흥분한 주윤의 몸에서 작약과 재스민 향이 진하게 피어올랐다. 어둠 속이라 그런지 향이 더 진하게 느껴졌다. 주윤의 몸에 꽃이 피는 것 같았다.

지형이 깊게 입을 맞출수록 향은 더 짙게 피어올랐다. 지형은 더 큰 자극을 원하는 중독자처럼 주윤에게 더 세게 입을 맞췄다. 자극이 클수록 향기도, 주윤의 신음도 커졌다. 지형은 향기가 진한 곳으로 입술을 옮겨 갔다. 몸의 중심으로 갈수록 향이 짙었다. 꽃향기는 체향과 섞여 더 유혹적인 향을 냈다. 지형은 가슴을 가린 드레스를 거칠게 아래로 내리고 흥분해서 단단해진 주윤의 젖가슴에 입술을 댔다. 주윤의 입술이 열리고 신음 소리가 흘러나왔다.

지형은 주윤의 피부를 세게 빨아 당기고 깨물었다. 단전 근처가 뜨겁게 달아오르는 것 같았다. 주윤은 자기도 모르게 다리를 지형의 허리에 감았다.

드레스가 찢어지는 소리가 났다. 지형은 그 날카로운 소리에 도리어 더 흥분해 버렸다. 지형은 주윤의 등을 벽에 기대게 하고, 두 다리를 손으로 단단히 받쳤다. 주윤의 입에서 뭔가 더 조르는 듯한 신음 소리가 흘러나왔다.

지형은 주윤을 방 한가운데 있는 안락의자에 앉혔다. 거들과 팬티, 스타킹을 벗기고 지형은 주윤의 두 다리를 안락의자 손잡이 위에 걸쳐 놓았다. 그러고는 주윤의 몸 가운데에 입술을 댔다. 주윤은 눈을 질끈 감았다. 몸에 저절로 힘이 들어갔다. 부풀어 오른 가슴과 유두가 제멋대로 흔들렸다.

둘 다 제대로 된 호흡을 잃어버린 지 오래였다. 어깨가 들썩이고 가슴이 들썩였다. 주윤의 몸이 긴장으로 단단해졌다. 작은 절정이 찾아왔다는 뜻이었다. 지형은 주윤의 몸에서 힘이 빠지자 고개를 들었다. 여운을 즐기듯 주윤은 지형의 머리카락을 두 손으로 어루만지다가 손을 뺨으로 내렸다.

주윤은 지형의 두 뺨에 두 손을 대고 입을 맞췄다. 입술을 깨물고 핥고 빨았다. 입 안으로 들어가 구석구석을 더듬으며 혀를 얽고 타액을 맛봤다. 한참을 키스한 후에야 겨우 두 사람은 입술을 뗄 수 있었다. 심장이 쿵쿵 뛰었다. 얼굴뿐만 아니라 온몸이 붉게 달아오르는 기분이었다.

"옷 벗는 거 도와줄까?"

"응."

주윤은 대답만 겨우 했다.

주윤을 일으켜 세운 지형은 등에서 허리를 거쳐 엉덩이까지 이어지는 작은 단추들을 하나씩 풀고, 드레스를 벗겨 바닥에 던졌다. 이제 남은 건 상반신을 조이고 있는 뷔스티에였다.

지형은 주윤을 알몸으로 만든 후 침대에 눕히고 자신의 옷을 급하게 벗었다. 침대로 올라온 지형은 주윤 옆에 누워 한참 동안 주윤을 멍하니 바라보았다.

"주윤아."

지형이 자신을 부르자 주윤은 몸을 옆으로 눕히고 지형을 바라보았다. 어둠 속에서 두 사람의 눈동자가 희미하게 반짝였다.

주윤은 마치 지형을 처음 보는 것처럼 천천히 눈으로 훑었다. 지형 역시 마찬가지였다. 어둠 속에서 주윤의 몸은 진주처럼 빛났다. 주윤의 알몸을 바라보는 것만으로도 흥분을 억누르기 힘들 정도였다.

지형은 솔직히 자신의 마음을 말했다.

"나 지금 되게 떨린다. 너랑 처음 하는 기분이야."

주윤은 풋 웃음을 터뜨리면서 말했다.

"그때보다는 잘해야지."

주윤이 이런 '진한 농담'을 할 것이라곤 꿈에도 생각 못 했기에, 지형은 허를 찔렸다.

주윤은 덧붙여 말했다.

"당신도 나도 말이야."

주윤의 말이 맞았다. 그때는 허둥대기만 했었다. 다시 떠올리기 부끄러울 만큼 준비되지 않은 첫 밤이었다. 모든 게 서툴렀고, 뭐가 뭔지도 모르는 사이에 끝나 버렸다. 주윤에게 '좋았어?'라고 물어보지 않을 지각은 있어서 그나마 다행이었다고 지형은 생각했다.

주윤은 물었다.

"아직도 떨려?"

"응. 항상 떨리긴 했는데 오늘은 더 떨려."

지형의 손이 가늘게 떨리고 있었다. 주윤은 지형의 손을 꼭 잡으며 말했다.

"나도 그래. 늘 떨려. 처음처럼 말이야. 그건 내가 당신을 아주 많이 사랑하기 때문일 거야."

지형은 기시감이 느껴졌다. 언젠가 주윤이 지형에게 사랑한다고 말했던 적이 있었는데…….

그랬다. 첫 밤을 함께 보내던 날, 긴장해서 어쩔 줄 모르는 지형에게 주윤은 사랑한다고 말했다. 마법의 주문처럼, 그 말을 듣는 순간 긴장이 풀렸다. 지금 생각해 보면, 지형보다 어린 주윤은 더 많이 긴장되고 겁이 났을 것 같았다.

그때 너는 무슨 마음으로 내게 사랑한다고 말했을까? 그리고 왜 난, 너에게 사랑한다는 말을 돌려주는 대신 그냥 키스를 했을까? 너는 나보다 더 사랑한다는 말에 목말랐을 텐데, 왜 해주지 않았을까? 도대체 무엇이 무서워서 난 널 사랑한다고 말할 수 없었을까?

지형은 미안함 없이 주윤을 사랑할 수 없는 자신이 조금 싫었다.

"오늘은 내가 먼저 사랑한다고 말하고 싶었는데…….."

"응?"

"사랑한다고, 이주윤. 너를, 아주, 많이."

주윤은 아무 말 없이 손을 내밀어 지형의 얼굴을 쓰다듬었다. 한참 후 주윤이 입을 열었다.

"알고 있어. 강지형이 이주윤을 아주 많이 사랑한다는 것."

지형은 자신을 어루만지는 주윤의 손을 잡고, 손등에 입을 맞췄다. 주윤이 다시 조용히 말했다.

"몰랐을 때도 알고 있었던 것 같아."

두 사람은 마주 보면서 미소 지었다.

'우리의 첫 밤이 이랬다면 좋았을걸.'

그렇지만 그 시간들을 후회하지 않았다. 결국 여기에 오게 해 준 건 그 시간들이었으니까.

누가 먼저랄 것도 없이 주윤과 지형은 가까이 다가가 서로를 껴안고 입을 맞췄다. 두 사람의 심장은 여전히 빠르게 뛰었지만 더 이상 어색하지도 긴장되지도 않았다.

지형은 잠이 든 주윤의 귀에 조용히 속삭였다.

늘 처음처럼 널 사랑할게.

문희의 마지막은 갑작스러웠다.

암 환자의 상태는 누구도 장담할 수 없다더니, 컨디션이 몰라볼 만큼 좋아져 '올겨울은 어떻게든 넘기겠구나.'라고 예상한 지형의 뒤통수를 후려갈기는 듯한 갑작스러운 죽음이었다.

시기는 갑작스러웠지만 떠나는 순간은 평화로웠다. 보스턴이 붉은 단풍으로 아름답게 물든 어느 가을 오후, 문희는 영원한 소풍을 혼자 떠났다.

승혜가 아니었다면 지형은 어머니의 마지막을 지키지 못했을 것이다.

승혜는 토요일에 잠시 짬을 내 문희의 병문안을 왔다. 두 사람은 즐겁게 점심 식사를 했고, 후식으로 나온 푸딩도 맛있게 먹었다.

문희는 갑자기 졸린다며 낮잠을 잤다. 평소라면 승혜는 낮잠을 자는 문희를 두고 집으로 돌아왔을 것이다. 그런데 잠든 지 얼마 되지 않아 문희의 호흡이 급격히 약해졌다.

불길했다. 승혜는 예전에 할머니가 돌아가셨던 때를 떠올렸다. 그때도 딱 이랬었다.

승혜는 급하게 지형에게 전화를 걸었다. 뉴욕에서 고객을 만나고 있었던 지형은 승혜의 전화를 받고 병원으로 달려왔다. 지형이 도착했을 때 문희는 의식이 없었다.

산소포화도와 맥박, 심박 수를 확인한 의사는 지형에게 마음의 준비를 하라고 했다.

지형은 그저 문희의 손을 꼭 잡아 주는 것 말고는 할 수 있는 게 없었다. 그리고 두 시간 후, 문희는 깊은 잠을 자는 것처럼 평화롭게 눈을 감았다.

문희의 손을 놓으며 지형은 생각했다.

문희는 자신에게 생을 주었고, 자신은 문희의 죽음을 지켜보았다. 그 사이에는 거대한 공백이 있었다. 그게 우리 모자의 운명인 것 같다고.

지형의 시선이 이불 밖으로 비어져 나온 문희의 손으로 향했다. 손톱이 보기 싫게 길었다. 지형은 손톱깎이를 달라고 해서 문희의 손톱을 잘라 주었다.

여전히 문희의 손은 따뜻했다. 손톱을 자른 문희의 손을 이불 속에 넣은 순간 지형의 입에서 울음이 터져 나왔다.

지형은 여러 번 문희의 죽음을 상상했다. 하나도 슬플 것 같지 않았다.

그렇지만 죽음 앞에서 지형은 깊은 슬픔을 맛봤다. 죽는 순간까지 오로지 문희를 짐으로만 생각했던 것이 미안했다.

문희의 묘비 앞에서 지형은 나지막하게 말했다.

"살아 있을 땐 한 번도 그렇게 생각한 적 없었는데, 어머니와 전 많이 닮았어요. 어리석은 선택을 한다는 점에서요. 이제 더 이상 선택 같은 건 안 해도 되는 세상에서 평화롭게 쉬세요."

효관의 아들인 것보다 문희의 아들인 게 나았다.

미혼모라는 멍에를 홀로 진 문희는 효관을 사랑했고, 그 사랑 때문에 결국 인생을 망쳤다. 슬픔, 분노밖에 없었던 인생이었다. 어머니가 아니라 한 인간으로 볼 때 가여운 인생이라고 생각할 수밖에 없었다.

그렇지만 효관은 아무것도 잃은 게 없었다.

마지막 순간 문희는 효관을 찾았다. 딱 한 번만이라도 좋으니 그 사람 얼굴을 보고 싶다고 했다.

"여전히 그 사람을 사랑하세요?"

지형은 기가 막혀서 물었다.

"아니. 사랑하지 않아."

"그런데 왜요?"

"확인하고 싶어서. 내 인생을 걸었던 그 사람이 과연 어떤 꼬락서니인지 말이야."

그렇지만 효관은 오지 않았다.

문희의 묘비 앞에서 지형은 결심했다.

이제부터 내 인생에 아버지는 없다고.

그렇게 생각했지만, 마음은 이상할 정도로 아무렇지 않았다.

한국에서의 장례를 마치고 지형은 싱가포르에 있는 사촌 누나 해민에게 전화를 걸었다. 낯선 번호여서 그런지 처음에는 전화를 받지 않았다. 서너 번 더 전화를 한 끝에 연결이 되었다.

— 여보세요?

"지형이에요."

— 무슨 일이니?

목소리에 경계심이 가득했다.

한집에서 10년 이상 같이 살았지만, 도무지 정이라고는 피차 신기할 정도로 붙지 않았다. 해민은 지형에게 베풀어지는 모든 것을 질투했다.

"어머니가 돌아가셨어요. 별로 알고 싶지 않은 소식이겠지만, 그래도 알려 드려야 할 것 같아서요."

해민은 갑작스러운 부고에 상주에게 의례적으로 하는 인사도 잊어버리고 그저 입을 다물었다.

"어머니, 외할아버지 근처에 모셨어요."

외조부 바로 옆에는 외삼촌 부부의 무덤이 있었다. 그 말은 성묘를 하러 왔다 갔다 할 때마다 문희의 무덤을 봐야 한다는 뜻이었다.

해민의 입에서 거친 소리가 튀어나왔다.

— 정말 끔찍하다. 끝까지 네 어머니는 이기적이구나. 거기

가 어디라고……. 살아 있을 때 한 일로 부족해?

"뭐가 이기적인데요? 어머니는 외할아버지 자식이니까 자격은 충분하죠."

— 뭐라고? 네 어머니하고 너 때문에…….

지형은 말을 끊었다.

"이제 누나도 마흔 넘었는데 제 탓 하는 거 그만하시죠. 피해자인 척하는 거 지겹지 않아요? 그것도 진짜 피해자 앞에서."

— 뭐라고?

"누나가 나와 내 어머니 때문에 상처 입은 거 인정해요. 그렇지만 그렇다고 누나가 날 괴롭힌 게 용납되는 건 아니에요. 그때 일들, 나는 하나도 잊지 않았어요. 누나가 한 짓들, 그거 치졸한 쓰레기 짓이었다고요. 어렸다고 변명하지 말아요. 누나는 그게 나쁜 짓이라는 거 알고 있었으니까."

해민은 아무 말도 하지 못했다. 거친 숨소리만 들렸다.

"외할아버지 곁에 묻히는 게 어머니 마지막 소원이셨어요. 어머니 무덤은 제가 돌볼 테니까 신경 쓰지 않으셔도 됩니다. 그럼 안녕히 계세요."

지형은 남을 대하듯 정중하게 말하고는 전화를 끊었다.

해민에게 연락을 하는 건 이게 마지막이라고 생각했고, 정말 그렇게 되었다.

지형은 어머니의 장례를 마치고도 미국으로 돌아가지 않았다. 그만두고 싶다는 지형의 의사에 회사는 당황하며 어머니를 잃은 슬픔을 추스를 장기 휴가를 줬지만, 지형은 사직의 뜻을 분명히 했다. 이제 더 이상 보스턴에 있을 이유가 없었다.

지형은 아침에 일어나면 한국 포털 사이트 검색창에 라렌느를 쳤다. 이건 미국에서도 습관처럼 매일 했던 일이었다. 주윤의 소식을 알 수 없어서 지형은 라렌느의 정보에 집착했다. 라렌느에 대해 알게 되면 주윤에게 아주 조금이라도 더 가까이 가는 기분이 들었다.

지형은 맨 위에 뜬 기사를 클릭했다.

'차분히 마무리된 고 한혜선 회장 장례식'이라는 제목 밑에 건조한 기사가 이어졌다. 고인의 유지에 따라 병원에서의 발인까지만 공개를 했고, 장례식은 비공개였다. 발인제를 마치고 장지로 떠나는 사진들이 기사에 실려 있었다.

지형은 사진 한 곳을 멍하니 바라보았다. 검은 양복 차림의 남자들 사이에 얼굴을 검은 망사 베일로 반쯤 가리고 있는 여자가 있었다.

먼 곳에서 찍어서 얼굴은 흐릿했고, 입은 옷으로 여자라고 추측할 수 있을 정도였지만, 지형은 그 여자가 누군지 알았다. 눈과 머리가 아니라 심장이 먼저 반응했다.

다은이었다.

심장이 빠르게 뛰다 못해 숨이 막힐 정도였다. 그의 위치에선 소문조차 접할 수 없었던 다은이였다.

한국을 떠난 후 처음으로 접한 다은의 모습이었다.

한참을 다은의 사진에서 눈을 떼지 못하던 지형은 그 기사의 창을 열어 놓은 채 다른 기사를 클릭했다. 이주윤에 대한 기사였다.

기사를 읽던 지형은 놀라서 다시 처음으로 되돌아갔다. 그렇지만 그가 읽은 것이 맞았다. 고 한혜선 회장의 딸인 이주윤이 아버지 이효관을 제치고 라렌느의 오너가 되었다는 기사였다.

죽은 한 회장은 어머니가 딸에게 가업을 물려주는 라렌느의 모계 상속 전통에 따라, 남편이 아닌 딸 이주윤에게 모든 재산을 증여 및 상속했다는 내용이 적혀 있었다.

이제 주윤은 더더욱 그의 손이 닿을 수 없는 곳으로 가 버렸다. 주윤을 만나려면 딱 한 가지 방법밖에 없었다. 가능성이 낮지만, 시도하지 않을 수 없었다.

지형은 효관에게 전화를 걸었다. 효관이 전화를 받자 지형은 거두절미하고 본론을 말했다.

— 아버지, 부탁할 게 있습니다. 라렌느에 입사하고 싶습니다.

지형은 라렌느 본사 건물 앞에서 심호흡을 했다. 라렌느 미래사업본부의 본부장. 그것이 이제 그의 새 직책이었다.

주윤에게 닿을 수 있는 방법은 그가 라렌느에 입사하는 것 말고는 없었다.

주윤이 그가 라렌느에 있다는 것을 알기 전에 성과를 내야 했다. 라렌느의 오너가 그를 내치지 못할 만큼 뛰어난 사람이 되어야 했다.

지형은 손 이사의 방으로 가 인사를 했다. 손 이사는 사람 좋은 미소를 지으며 손을 내밀었다.

"여러 본부에서 강 본부장을 탐냈는데 우리 본부가 강 본부장을 얻었군."

"과찬의 말씀입니다. 열심히 일하겠습니다. 많이 가르쳐 주십시오."

미래사업본부는 이 회장과 상극인 손 이사가 만든 본부여서 사내에서 입지가 약한 편이었다. 그렇지만 지형은 미래사업본부에 오게 되어서 정말 기뻤다. 손 이사가 주윤의 최측근이었기 때문이다.

"어떤가? 미래사업본부에 대한 강 본부장의 첫인상은?"

"사내 여러 본부 중 제일 자리를 못 잡은 만큼 제가 할 일이 많을 것 같습니다."

기분이 상할 수 있는 말이었지만 손 이사는 별로 개의치 않았다. 미래사업본부가 크지 못한 건 효관의 견제가 너무 심했기 때문이었다.

그렇지만 이제부터는 달랐다. 이주윤이 오너가 되었고, 손 이사는 이주윤의 최측근이었다. 대놓고 방해는 못 할 것이다.

"그래, 일은 넘칠 정도로 많지. 앞으로 잘 부탁하네."

지형은 브리프케이스를 열고 파일 세 개를 꺼냈다.

"이게 뭔가?"

"지금 미래사업본부에서 추진하고 있는 사업들에 대한 제 개인적인 평가와 앞으로 제가 추진하고 싶은 사업들에 대한 보고서입니다."

가벼운 마음으로 파일을 펼친 손 이사는 놀란 얼굴을 했다. 손 이사가 뭐라고 말하려는 찰나 비서가 노크를 하고 들어왔다.

"이사님, 이주윤 이사장님이 로비에 도착하셨습니다."

"벌써?"

손 이사는 당황해서 시계를 보았다. 주윤이 약속 시간보다 무려 40분이나 일찍 회사에 도착했다. 비서 역시 당황한 기색이었다. 주윤의 지각하는 버릇은 워낙 유명했기 때문이다.

지형 역시 너무 놀라 심장이 덜컹거렸다. 입사 첫날 주윤의 이야기를 듣게 되고, 주윤과 마주칠 줄은 꿈에도 몰랐다.

차가운 땀으로 손바닥이 축축해졌다. 그러나 익숙해져야 했다. 앞으로 그가 계속해야 할 아슬아슬한 외줄타기였고 숨바꼭질이었다.

"기다리시겠다고 하셨어요. 그렇지만……."

비서는 말끝을 흐렸다. 아무리 본인이 기다리겠다고 말했지만, 회사 오너를 기다리게 할 수는 없었다.

손 이사와 비서가 대화하는 사이 지형은 평정을 되찾았다.

지형은 아무렇지 않은 얼굴로 자리에서 일어났다.

"바쁘실 텐데 저는 이만 내려가 보겠습니다."

"이걸 어쩌지? 내가 직접 팀원들에게 소개해 주려고 했는데……."

"괜찮습니다."

"이사장님과 잠깐 인사라도 나누는 게 어떻겠나?"

"아닙니다. 팀원들부터 먼저 만나 보고 싶습니다."

손 이사가 볼 때 지형은 빨리 업무에 착수하고 싶어 안달이 난 사람으로 보였다. 이전 회사에서 보내온 '일에 미친 사람'이라는 평판 조사와 일치했다.

"그래, 그럼 긴 이야기는 다음에 하지."

"네. 그럼 이만 물러가겠습니다."

지형이 나가고 얼마 안 되어 주윤이 손 이사의 방으로 들어왔다.

"제가 너무 일찍 와서 방해한 건 아닌지 모르겠네요."

"아닙니다. 커피 한 잔 하시겠어요?"

"좋죠."

비서가 커피 두 잔을 가지고 방 안에 들어왔다. 주윤은 커피를 마시다 탁자 위에 놓인 파일을 무심히 바라보았다.

"이게 뭔가요?"

"제가 전에 말씀드렸지요? 미래사업본부에 새 본부장이 온다고요."

앞으로 미래사업본부는 주윤이 라렌느를 장악하기 위한 교두보가 될 예정이어서, 손 이사는 미래사업본부에 대해서 세세하게 주윤에게 보고했다.

주윤 역시 외부에 알리지 않았지만, 미래산업본부의 프로젝트를 꼼꼼히 챙기고 있었다. 그룹을 장악하려면 실적과 실력이 있어야 했다.

"예, 말씀하셨어요. 강지형 씨라고 했죠? 보스턴에 있는 무슨 컨설팅 회사 출신의……."

"네. 그 강 본부장이 쓴 보고서입니다."

주윤은 의아하다는 얼굴을 했다.

"벌써 출근을 했나요?"

"아뇨. 오늘이 첫 출근일입니다."

"그런데 보고서라니요?"

"아주 일 욕심이 많은 것 같습니다. 시키기 전에 적극적으로 일하는 것을 보니 기대를 해도 좋을 것 같습니다."

주윤은 파일을 천천히 펴서 읽었다. 파일을 다 읽고 난 후 주윤이 말했다.

"괜찮은 사람이 온 것 같네요. 회계 전공에, 화장품 업계 경험이 없어서 좀 걱정했는데, 기우였네요."

"저도 그런 것 같습니다. 많이 아는 사람보단 학습 능력이 있는 사람이 더 낫죠. 이전 정 본부장은 일 처리가 꼼꼼한 게 장점이었지만 추진력이 약해서 아쉬웠는데, 강 본부장은 양수겸장인 것 같습니다. 보스턴에 있을 때 워낙 실적이 좋아서 여러 본부에서 탐을 냈는데, 어떻게 저희 본부로 오게 되었네요. 이 회장 쪽에서 채 갈 것 같아서 기대도 안 했는데 말이죠."

주윤은 가만히 미소를 짓기만 했다.

손 이사는 주윤에게 물었다.

"이 회장님 쪽에서 만나자는 연락이 왔습니까?"

"아뇨."

손 이사는 이 회장 쪽이 너무 조용해서 불안했다. 절대 가만히 있을 사람이 아니었다. 그런데 아무런 대응도 하지 않았다.

사람들은 그런 이효관을 보며 '대인'라는 헛소리를 해 댔다.

손 이사는 이효관의 본성을 알았다. 한 회장의 암 재발 후, 라렌느가 제 것이라도 된 것처럼 굴었던 이였다.

손 이사는 효관이 무슨 짓을 해도 놀라지 않을 자신이 있었다. 그런데 침묵이라니, 그건 전혀 예상하지 못한 행동이었다.

손 이사는 걱정 어린 눈으로 주윤을 보며 말했다.

"절대로 혼자 외출하지 마십시오. 어딜 가더라도 꼭 경호원과 함께 가셔야 합니다."

주윤은 고개를 끄덕였다. 변호사에게 모든 재산이 다 양녀에게 갔다는 말을 들었을 때, 그 사람이 어떤 표정을 지었는지 보지 못해 아쉬웠다. 그렇지만 이효관이 앞으로 맛볼 불행에 비하면 그건 겨우 애피타이저에 불과했다.

"오신 김에 미래사업본부로 내려가 강지형 본부장하고 인사하시겠습니까?"

앞으로 본부의 주축이 될 사람과 안면을 익히는 것도 나쁘지 않을 것 같았다.

잠깐 놀란 얼굴을 하던 주윤은 고개를 가로저으며 말했다.

"아뇨. 제가 어떻게 나오나 이 회장 쪽에서 촉각을 곤두세우고 있을 거예요. 제가 회사 일에 손댄다는 말이 돌면 안팎으로 공격받을 거예요. 제 평판 아시잖아요. 저에게 전 재산이 상속된 것이 보도되고, 라렌느 주가가 떨어졌다면서요?"

"언제까지 뒤에서 두고 보실 생각이십니까?"

"한 3년은 이 회장이 하고 싶은 대로 하게 내버려 두려고요."

짧으면 1년, 길어도 2년을 생각했던 손 이사는 놀란 얼굴을 했다. 손 이사는 주윤이 그렇게 오랫동안 효관을 두고 볼 거라곤 상상도 하지 못했다.

"3년이나요? 그래도 괜찮으시겠습니까?"

"혹시 아나요. 이 회장에게 한 회장님이 모르는 숨겨진 경영 능력이 있을지."

비꼬는 게 분명한 말이었다.

"완전히 제 손에 들어올 때까지는 조용히 있을 생각이에요. 그 전에 이 회장이 라렌느를 말아먹지 못하게 손 이사님하고 미래사업본부가 힘 좀 쓰셔야겠지만요."

지금까지 기다렸는데, 몇 년 더 못 기다릴 이유가 없었다.

"그럼 결혼도 그때까지 미루실 생각입니까?"

"그래야겠지요."

손 이사와의 이야기를 마치고 주윤은 엘리베이터를 탔다. 주윤은 로비층이 아니라 19층을 눌렀다. 지형이 일하는 미래사업본부 사무실이 있는 층이었다.

엘리베이터에서 내린 주윤은 한참을 망설이다가 미래사업본부 사무실 쪽으로 천천히 걸어갔다. 가까이 가진 못했다.

주윤은 먼발치에 서서 미래사업본부 사무실을 바라보았다. 저 멀리 한 남자의 뒷모습이 보였다. 뒷모습만으로도 주윤은 그가 누군지 알아볼 수 있었다.

강지형.

뒷모습만으로도 심장이 빠르게 뛰고 피가 온몸을 빠져나가는 것 같았다.

저 남자가 여기에 있다.

강지형. 뜻밖의 변수였다.

그렇지만 결말이 달라질 건 없었다. 등장인물이 하나 더 늘었고, 스토리 라인이 조금 변할 뿐이었다. 그리고 바뀐 스토리가 주윤은 더 만족스러웠다.

'결국 당신이 날 떠난 것도 라렌느 때문이었고, 돌아온 것도 라렌느 때문이었구나. 라렌느가 그렇게 갖고 싶어? 그럼 줄게. 당신에게 주는 게 내게도 최고의 복수가 될 테니까.'

이효관은 주윤이 계획했던 대로 서서히 나락에 빠질 것이고, 끝내 회사에서 쫓겨날 것이다. 강지형은 최고의 조커로 활약할 것이다.

아니, 조커는 지형이 아니라 주윤이었다. 모든 판을 뒤흔들 카드를 쥐고 있는 사람이 주윤이었으니까.

주윤은 뒤로 돌아 천천히 엘리베이터를 향해 걸어갔다.

복수는 오래, 그리고 천천히 하는 것이라고 배웠다. 그러니 좀 더 오래 이효관 그 작자를 참아 볼 생각이다. 그리고 강지형도.

엘리베이터 문이 열렸다. 주윤은 엘리베이터에 타기 전 지형이 있는 미래사업본부 사무실 쪽을 힐끗 보았다.

저기에 강지형이 있다.

자기도 모르게 주윤은 미소를 지었다.

슬픈 미소였다.

외전3 그레텔

처음 이 집을 보았을 때, 《헨젤과 그레텔》에 나오는 마녀의 집이 떠올랐어요. 이 집엔 마녀가 있었죠. 그리고 그 마녀에겐 악독한 하수인이 있었고요.

사랑해 주려고 입양한 것도 아니었고, 딸을 대신하려고 입양한 것도 아니었어요. 그들은 절 미워하려고 입양한 것 같았어요. 미워하고 괴롭혀도 되는 하찮은 존재, 그게 나였어요. 저는 이 방에 있는 장난감보다 못한 존재였어요.

중학교 때였던가, 책을 읽다가 우스운 내용이 나와서 한참을 웃다가 호흡곤란이 와서 병원 응급실에 실려 간 적이 있었어요. 하도 안 웃어서 그런 거래요. 사람이 너무 안 웃다가 웃으면 호흡이 적응을 못 해서 그런 증상이 나타난다고 하더군요.

도움이요? 아뇨. 그런 생각은 거의 못 했어요. 어렸을 때는 그것이 학대라는 것을 몰랐어요. 어렸을 때 어른, 특히 보호자는 신과 같은 절대적인 존재잖아요. 감히 신을 탓할 용기는 없었어요. 그리고 본능적으로 이 집에서 쫓겨나면 더 힘든 삶이 기다리고 있을 것을 알았어요.

지금도 친구라고 할 만한 사람은 거의 없어요. 그 사람들은 제가 친구를 사귀는 것도 싫어했어요. 학대 사실이 밖으로 드러날까 봐 걱정했던 것 같아요. 저는 그 사람들 연극에 가장 중요한 소도구였으니까요. 어떤 의미에서 전 이 방에 갇혀 있는 아이였어요.

— 다큐멘터리 〈어느 아이ₐ child〉 중에서

인동주 감독의 다큐멘터리 〈어느 아이ₐ child〉가 전 세계에 동시에 공개되었다. 한국에서는 자정을 조금 넘긴 시간에 공개되었다. 주윤의 이야기 소제목은 그림동화에서 따온 '그레텔Gretel'이었다.

다큐멘터리 공개 전날, 지형은 기자들을 모아 비공개 기자회견을 했다. 지형은 자신의 아내이자 라렌느문화재단의 이사장인 이주윤이 등장하는 다큐멘터리가 넷챠를 통해 오늘 자정에 공개될 예정이라고, 그 내용은 어떠한 거짓도 없이 20년 넘게 학대당했던 경험의 극히 일부만을 말한 것이라고, 아내는 자신과 같은 처지에 있는 사람들을 위해 어마어마한 용기를 냈다고, 남편으로서 자신은 아내의 선택과 발언을 지지한다고, 또한 자신 역시 그 학대의 증인이라고 말했다.

이 다큐멘터리와 관련해 이주윤 이사장은 어떠한 인터뷰에도 응하지 않겠다고 했다는 말로 지형은 기자회견을 마무리했다.

지형은 기자들에게 질문을 받지 않고 기자회견장을 나갔다.

엠바고가 풀리자마자 기자들은 미리 써 둔 기사를 인터넷에 올렸다. 이주윤의 이름은 오랜만에 실검에 올랐다. 다큐멘터리를 본 사람의 수도 엄청나게 많았다.

회장 비서실과 홍보실은 다큐멘터리에 대한 문의로 온종일 전화통이 불이 났다. 직원들과 비서들은 앵무새처럼 똑같은 말을 반복했다.

"다큐멘터리에 대해선 강 회장님이 기자회견에서 밝혔던 것처럼 어떠한 코멘트도 하지 않으실 겁니다. 지금 이사장님은 둘째를 임신 중이고, 모처에서 조용히 휴양하고 계십니다. 사실에 입각하지 않은 선정적인 보도는 지양해 주시고, 자극적인 보도 역시 자제 부탁드립니다."

주윤은 이런 시끄러운 소동을 피해 유진과 함께 어제 포르투갈행 비행기를 탔다. 지형은 하루 더 한국에 있다가 떠날 예정이었다.

지형은 주윤에게 전화를 걸었다.

"주윤아, 나 지금 출발하려고."

— 어. 일은 잘 마무리했어?

"응. 잘됐어."

— 그런데 여기 기상 상태가 안 좋아서 좀 걱정이야. 오늘 밤에 폭풍우가 올 거라는 예보가 떴어.

"일기예보 보니까 맑음이던데?"

— 동연이가 그러는데, 여기는 작은 섬이라서 일기예보가 거의 안 맞는데. 섬사람들이 오늘 밤에 폭풍우가 온다고 했으니 올 거래.

"걱정이네. 유진이는 잘 놀아?"

— 응. 성준이가 잘 놀아 주고 있어.

"아기는?"

— 괜찮아.

"그럼 비행기 타기 전에 또 전화할게."

— 응.

지형은 가벼운 발걸음으로 회장실을 나섰다.

바깥세상의 소란은 주윤과 그의 가정에 전혀 영향을 미치지 않았다. 그 무엇도 지형과 주윤을 흔들 수 없었다.

지형이 로비로 내려와 차를 타려고 건물 밖으로 나가려 하자 기자들이 카메라를 들고 쫓아왔다. 지형의 코멘트가 특종이었기에, 기자들은 경호 직원들의 거친 몸짓에도 아랑곳하지 않고 지형에게 다가오려고 했다.

지형은 입을 굳게 닫았다. 표정 역시 굳어졌다.

언론의 속성을 알기에 그 기자들을 탓할 생각은 없었다. 기업만큼 언론도 돈을 좋아했다. 진실보다는 가십이 더 돈이 되었다.

주윤은 큰 용기를 내 그런 다큐멘터리까지 찍었다. 그렇다면 저 기자들은 지금 아무 말도 못 하는 다른 가정 폭력 피해자들에게 가 있어야 하는 게 아닐까 하는 생각이 들었다.

하지만 어쩔 수 없었다. 왜 주윤이 다큐멘터리 촬영을 망설였는지 알 것 같았다. 본질은 가려졌고, 메시지는 희미해졌고, 선정적인 가십만이 남았다. 피해자들의 고통 어린 목소리를 제대로 들으려 하지 않는 사람들이 너무 많았다. 이렇게 생존자와 증언자는 한 번 더 상처 입는 게 현실이었다.

그렇지만 주윤처럼 지형은 후회하지 않았다.

아무 말도 하지 않고 차를 탔다. 얼마 후, 더 이상 기자들이 보이지 않자 지형이 입을 열었다.

"인천공항으로, 좀 빨리 부탁드립니다."

공항에 빨리 도착한다고 비행기를 더 빨리 탈 수 있는 건 아니었지만, 그래도 빨리 가고 싶었다.

동연과 성준의 집은 해변 바로 뒤 언덕에 있었다. 덕분에 집 어디에서도 푸른 바다를 볼 수 있었다.

모처럼 찾아온 손님을 위해 동연은 솜씨를 발휘했다.

해산물파스타와 페타 치즈와 올리브, 토마토가 들어간 샐러드, 포르투갈에 오면 꼭 먹어야 하는 대구 요리인 바칼랴우, 그리고 쌀과 우유로 만든 달콤한 디저트까지. 동연이 만든 푸짐한 점심을 먹고 성준은 유진을 데리고 바닷가로 놀러 갔다.

동연과 주윤은 테라스에 앉아 햇볕을 쬐면서 동연은 아페롤 스프리츠를, 주윤은 레모네이드를 마셨다. 아직 임신 초기라 배가 나오진 않았지만 오랜 비행으로 피곤한 주윤은 나른한 표정을 지었다.

주윤은 파란 하늘과 하늘보다 더 파란 바다, 옆으로 펼쳐지는 푸른 숲을 바라보았다. 천국이라고 생각할 만큼 아름답고 평화로운 풍경이었다.

"저렇게 하늘이 파랗고 바다가 잔잔한데 밤에 폭풍이 온다는 게 믿어지지 않아."

"나도 처음에 그랬어. 그런데 정말 한순간에 온 하늘이 시커메지면서 종말의 날처럼 비가 오고 바람이 불어. 헛간이 날아간 적도 있었어. 어르신들이 오늘 밤 큰 게 온다고 했어. 저녁 먹기 전에 단단히 준비해야겠어."

그러고 보니 멀리 보이는 항구에 배들이 정박해 있었다.

주윤은 검게 그을린 동연의 모습을 바라보았다. 서울에서의 동연은 어딘지 날카로웠지만, 여기선 몽돌처럼 둥글둥글한 미소를 짓고 있었다. 살도 쪘지만, 지속적인 노동으로 근육이 붙어서 건강해 보였다.

느긋하게 살겠다고 했지만 여기서도 동연은 무척 바쁘게 살고 있었다. 성준은 주윤에게 '형은 타고난 팔자가 일을 할 팔자인가 보다.'라고 노인 같은 소리를 했다.

"유진이가 성준이를 좋아하네. 우리 유진이가 남자 얼굴을 밝히나? 진짜 진국은 지동연 씬데 말이야."

"어린애가 내 매력을 어떻게 알겠어? 그리고 알아도 골치 아파."

하긴 동연은 성준 말고 다른 어떤 사람의 관심도 대부분 귀찮아했다. 세상만사에 심드렁한 사람. 그것이 주윤이 느끼는 동연의 인상이었다. 옆에서 사람이 죽어도 제 갈 길을 갈 것 같은 사람이었다. 그런 동연이 자신에게 손을 내밀어 줄 줄은 정말 몰랐다.

"저 나무는 무슨 나무야? 여기저기 집집마다 많이 있던데."

"올리브나무야. 여기 땅이 척박해서 포도나무하고 올리브나무 정도밖에 자라지 않아."

"그렇구나."

"여기 사람들은 가족이 죽으면 마당에 올리브나무를 심어. 죽은 사람을 기억하는 방식이지. 사람은 흙으로 돌아가고, 그 흙에서 올리브나무가 자라고, 살아 있는 사람은 그 올리브 열매를 먹지."

주윤은 죽은 이를 기억하는 그 방식이 마음에 들었다. 왠지 죽음도, 죽은 사람도 두렵지 않았다.

동연은 마당 한구석에 있는 아직 어린 올리브나무를 손으로 가리켰다.

"유진이 나무야. 내 멋대로 심었어."

주윤은 동연이 가리킨 나무를 바라보았다. 작지만 단단해 보이는 나무였다.

"나한테도 유진인 특별한 존재니까. 내 멋대로 그 아이를 내 아이라고, 내가 그 아이 아빠라고 생각해 버렸던 것 같아."

"그때 왜 나를 도와줬어?"

"빨리도 묻는다."

"넌 그때 나랑 친구도 뭐도 아니었잖아."

한참 후에 동연은 입을 열었다.

"꽤 오래전부터 널 지켜보고 있었어."

"뭐?"

"그냥 눈이 갔어. 네가 나 같아서."

동연은 망설이다가 덧붙였다.

"나도 너처럼 학대 피해자거든. 죽으려고 몇 번이나 약을 먹었는지 몰라."

그건 전혀 몰랐던 이야기였다.

동연은 웃으면서 말했다.

"상상도 못 했어?"

"상상도 못 했어."

"내가 초등학교 때부터 어머니는 나를 학대했어. 나는 어릴 때부터 다른 아이들과 많이 달랐거든. 나는 내 정체성을 굉장히 일찍 깨달았어. 그리고 그걸 숨기지도 않았어. 어머니가 그런 나를 이해해 주고 사랑해 줄 거라고 믿어 의심치 않았거든."

그렇지만 아니었다. 그의 어머니는 늦둥이 막내가 게이라는 것을 죽을 때까지 용납하지 못했다.

"어머니가 죽고 나서야 학대는 끝났어. 그때까지 아무도, 아무도 날 도와주지 않았어. 아버지도, 형들도, 누나도. 아니 오히려 날 비난했지. 나 때문에 어머니가 죽었다고 말이야. 널 구하면서 사실은 날 구한 거야. 제대로 구하지도 못했지만."

"아니야. 그렇지 않아."

"이기적인 마음으로 널 도와준 거니까 고마워할 거 없어. 널 도와주면서 오히려 내가 더 큰 도움을 받았어. 아마 그때 널 돕지 않았다면 난 자살했을 거야. 겉은 멀쩡했지만 내면은 어머니란 사람이 완전히 망가뜨려 놓아서 무엇 하나 자랄 것 같지 않은 황폐한 땅이 돼 버렸거든. 어머니는, 늘 내가 문제라고 했어. 늘 나는 태어나지 말았어야 했다고 말했지. 어머니는 늘 말로 돌을 던졌어. 내가 조금이라도 행복한 것을 견디지 못했어."

그리고 그 끔찍했던 치료들. 긴 한숨이 흘러나왔다.

동연이 덧붙여 말했다.

"이 이야긴 성준이도 몰라."

"이야기 안 할 거야?"

"응. 하고 싶지 않아. 아직은. 그렇지만 언젠가 말하고 싶어질 거 같아."

그 마음이 무슨 마음인지 주윤은 알 수 있었다.

동연은 아페롤 스프리츠를 한 모금 마셨다. 주윤도 레모네이드를 마시며 바다 쪽으로 시선을 돌렸다.

저 멀리 파도와 장난을 치고 있는 두 사람이 보였다. 성준과 유진이었다.

그들이 경험한 고통을 모르는 사람들이었다. 티 없이 행복한 사람들이었고, 그 행복을 지켜 주고 싶은 사람들이었다.

"성준이는 은퇴한 거야?"

성준의 커밍아웃은 꽤 큰 뉴스거리였다.

"은퇴한 적 없어. 사람들이 은퇴시켰지."

"성준이……, 괜찮아?"

"응. 괜찮은 거 같아. 간간이 일 의뢰도 들어오고. 성준이가 거절하긴 하지만. 한 10년은 계속 쉬고 싶대."

"그래."

"이렇게 너랑 다시 만날 줄은 몰랐다."

"나도."

동연은 유리잔을 주윤 쪽으로 내밀었다. 주윤은 레모네이드 잔을 들어 동연의 잔에 부딪쳤다.

"행복하니?"

"응."

"그럼 됐어."

"넌?"

"나도. 매일매일이 선물 같아."

동연은 자리에서 일어났다.

"우리도 바다로 가자. 오늘 밤에 폭풍우가 불더라도 지금 이 날씨를 즐기지 못하면 바보니까."

주윤은 웃으면서 자리에서 일어났다.

주윤에게 모자를 건네주면서 동연은 말했다.

"어떤 폭풍우도 하루 이상은 가지 않으니까."

그날 밤, 유진은 처음으로 대자연의 거친 모습을 경험했다. 나무 덧문으로 단단히 창을 닫았지만, 비바람이 워낙 강해 집 전체가 흔들리는 것 같았다. 천둥소리도 요란했다. 마치 신들이 지구를 공으로 삼아 농구 경기를 하는 것 같았다.

유진은 주윤의 품에서 덜덜 떨었다.

"엄마, 무서워."

"괜찮아. 엄마도 있고, 동연 삼촌이랑 성준 삼촌도 있잖아."

"집이 무너지면 어쩌지?"

유진은 삐걱거리는 소리가 크게 날 때마다 집이 무너질 것 같아 겁이 났다.

"절대로 안 무너져."

"엄마, 아빠 보고 싶어."

무서울 땐 가장 의지하고 싶은 사람이 생각나기 마련이었다.

"엄마도 아빠 보고 싶어."

또다시 큰 소리를 내며 천둥이 쳤다. 유진은 주윤의 품에 더 깊이 파고들었다.

그런 유진을 쓰다듬으면서 주윤이 말했다.

"유진아, 엄마가 내일 아침에 정말 예쁜 것을 보여 줄게."

"정말?"

"응, 정말. 그러니까 지금은 눈 꼭 감고 자자."

한참 후에야 유진은 겨우 잠이 들었다. 잠들기가 어려웠을 뿐, 막상 잠이 들자 유진은 깊이 잠을 잤다. 유진이 편하게 자는 것을 보고 주윤 역시 잠을 잘 수 있었다.

나무 덧창은 세차게 덜컹거렸고, 천둥은 세상이 깨질 듯 큰 소리를 냈고, 굵은 빗방울은 지붕이 무너져라 세게 떨어졌지만, 주윤과 유진은 한 번도 깨지 않고 푹 잠을 잤다.

늘 그렇듯, 집에서 가장 일찍 일어난 사람은 동연이었다.

겨우 하룻밤 몰아친 폭풍우였지만 피해는 상당했다. 담장이 무너져 있었고, 나무가 부러져 있었고, 지붕의 기와도 몇 개 날아가 있었다. 동연은 아침 일찍 차를 몰아 와이너리에 다녀왔다. 다행히 포도나무들은 모두 무사했다.

동연이 집으로 돌아와 침실로 들어갔을 때, 성준은 여전히 침대에서 뭉그적거리고 있었다. 성준의 두 눈과 얼굴이 퉁퉁 부어 있는 것을 보고 동연이 물었다.

"봤어?"

동연의 말에 성준은 그저 어깨만 으쓱했다.

주윤이 보지 말라고 했지만, 호기심을 억누를 수 없어서 어젯밤 드레스룸에 웅크리고 앉아 휴대전화에 이어폰을 끼고 다큐멘터리를 시청했다. 3분의 1쯤부터 눈물이 터져 나왔고, 나중에는 오열을 했다. 소리 내지 않고 우느라 더 힘들었다.

"형은 정말 안 볼 거예요?"

"응. 약속했잖아."

동연은 늘 그렇듯 약속을 지키는 사람이었다. 그 사람의 약속을 믿지 못해 돌아가야 했던 그 먼 길을 생각하면 성준은 지금도 마음이 아팠다. 그저 더 많이 사랑해 주는 것 말고는 갚을 길이 없었다.

"강지형 씨는 공항에 도착했대?"

"네. 다행히 공항에 도착할 때까지 날씨가 맑았대요. 파도가 가라앉았으니, 경비행기를 타고 오든 배를 타고 오든 하겠죠. 아마 곧 도착하지 않을까 싶은데요."

"주윤이랑 꼬맹이는?"

"바닷가에 산책 나갔어요."

"그럼 두 사람 돌아오면 아침 먹자. 꼬맹이가 한식을 좋아한다니까, 미역국 끓이고 계란말이 좀 할까? 이번 김치가 좀 맵던데, 씻어 주면 되겠지?"

동연은 혼잣말을 하면서 방을 나갔다.

유진이 종알거리는 소리를 들으며 주윤은 천천히 모래사장을 걸었다. 모래사장 이곳저곳에 어제의 폭풍우에 떠밀려 온 다양한 것들이 널브러져 있었다.

"엄마, 예쁜 거 보여 준다고 약속했잖아. 그런데 여긴 쓰레기밖에 없잖아. 예쁜 건 어디에 있어?"

유진은 툴툴거렸다.

주윤은 빙그레 웃으며 말했다.

"유진아, 고개를 들어 하늘을 볼래?"

유진은 고개를 들어 하늘을 보고 눈을 휘둥그렇게 떴다.

두 눈에 다 담을 수 없을 만큼 맑고 선명한 푸른 하늘이 펼쳐져 있었다.

폭풍우 다음 날에는 그런 험한 날씨를 견뎌 낸 보상처럼 아름다운 하늘이 나타났다.

유진은 이렇게 예쁘게 반짝이는 푸른 하늘은 처음이었다. 하늘이 호수가 된 것 같았다. 어제 낮에 봤던 하늘도 더할 나위 없이 아름답다고, 그보다 더 아름다운 푸른 하늘은 없다고 생각했지만, 지금 이 하늘은 그것보다 백배는 더 아름다웠다.

유진은 넋을 잃고 하늘을 바라보았다.

"엄마, 하늘이 너무 예뻐."

"그렇지? 너무 예쁘지?"

"응. 지금까지 봤던 하늘 중 제일 예뻐."

"유진아, 어제 비바람이 불었을 때 많이 무서웠지?"

"응. 무서웠어."

"그런데 하룻밤이 지나면 이렇게 예쁜 하늘이 유진이를 기다리고 있어. 폭풍우가 부는 날에는 다음 날 보게 될 파란 하늘을 떠올리는 거야. 그리고 항상 유진이 곁에는 엄마하고 아빠가 있으니까 무서워하지 않아도 돼. 엄마랑 아빠가 푸른 하늘이 다시 나타날 때까지 유진이를 지킬 거니까."

주윤은 유진에게 인생에 폭풍우가 불었을 때, 다음 날 다시 찾아올 푸른 하늘이 있다는 것을 알려 주고 싶었다.

누군가 자신을 부르는 소리에 주윤이 고개를 돌렸다. 저 멀리 지형이 그들을 향해 손을 흔들며 빠르게 걸어오고 있었다.

'나의 푸른 하늘이 도착했구나.'

너무 멀리 있어 표정이 보이진 않았지만, 주윤은 지형이 자신처럼 웃고 있을 거라고 생각했다.

유진이 지형을 향해 달려갔고, 주윤이 그 뒤를 천천히 따라갔다.

폭풍우는 그쳤고, 바람은 시원했고, 하늘은 높고 파랬다. 주윤과 지형의 인생처럼.

"뭘 그렇게 봐?"

옆자리에 앉은 은수가 지형을 툭 치면서 작은 목소리로 말했다.

"아냐, 아무것도."

은수는 지형의 시선을 좇아갔다. 놀이시간인지 유치원 아이들이 운동장에 나와서 놀고 있었다.

과학 클럽 시간, 수업에 집중 못 하는 지형에게 강사가 몇 번이나 날카로운 시선으로 무언의 주의를 주고 있었지만, 지형은 눈치채지 못하고 계속 창밖을 멍하니 바라보고 있었다.

은수가 소곤거렸다.

"저 샘, 좀 있으면 한마디 할 것 같아. 듣는 척이라도 해."

지형은 시선을 정면으로 돌렸다.

화이트보드에는 비행기가 그려져 있었고, 양력, 추진력, 중력, 저항력 등의 단어가 검은색, 빨간색, 파란색 보드 마커로 큼직하게 쓰여 있었다. 이번 시간에 배워야 할 것들이었다.

"비행기가 하늘을 날기 위해서는 먼저 빠르게 달려야 해요. 그걸 추진력이라고 하죠. 그런데 사람은 아무리 빨리 달려도 날지 못하잖아요. 그럼 비행기는 어떻게 나는 걸까요? 자, 테이블에 놓인 비행기의 날개를 보세요. 날개 모양이 위가 볼록하고 아래는 평평하죠?"

아이들은 직접 손으로 비행기 날개를 만져 보았다. 강사의 말대로 비행기 날개의 아래는 평평하고 위는 볼록했다. 지형은 흥미 없는 손길로 날개를 대충 만지작거렸다. 신경이 온통 창밖으로 쏠려 있어 강사의 말이 귀에 들어오지 않았다.

"볼록한 부분에서는 바람이 빠르게 불고, 평평한 부분에서는 바람이 느리게 불어요. 그럼 무슨 일이 일어날까요?"

"위로 떠올라요."

"맞아요. 그럼 세 번째 힘인 중력은 왜 필요할까요?"

강사는 주변을 둘러보다가 지형에게서 시선을 멈췄다. 지형은 또 멍하니 창밖을 바라보고 있었다.

"강지형 학생이 대답해 볼래요?"

지형은 강사의 지목에 별로 놀라지도 않고 자리에서 일어나 거침없이 대답했다.

"비행기가 계속 올라가지 않게 잡아 주는 역할을 합니다. 중력이 없다면 비행기는 양력 때문에 계속 떠오르기만 할 테니까요."

수업에 집중하지 않던 지형이 정확한 답을 말하자 강사는 못마땅한 얼굴을 했다.

"강지형 학생 말이 맞아요. 그럼 직접 종이비행기를 만들어서 실제로 이 네 가지 힘이 어떻게 작용하는지 배워 볼까요?"

아이들은 책상 위에 놓은 실습 키트로 비행기를 접기 시작했다. 지형은 여전히 창밖을 바라보느라 비행기를 접는 둥 마는 둥 했다.

과학 클럽 수업이 끝난 후 은수는 중국어 교실로 가야 했고, 지형은 스쿨 오케스트라 연습을 가야 했다.

"지형이 넌 중등부로 진학할 거야?"

6학년 학생들이 제일 관심이 많은 주제가 진학이었다. 여름 방학 전에 진학 여부를 결정해야 해서 다들 모이면 그 이야기를 했다. 초등부의 절반 좀 넘는 인원이 중등부에 진학을 했고, 나머지 아이들은 해외 유학이나 예중, 국제학교로 진로를 정했다.

"아직 정하지 않았어. 넌?"

"난 기숙사 생활이 싫어서 안 가고 싶은데, 엄마랑 아빠는 유학 갈 거 아니면 계속 다니래. 근데 할아버지랑 할머니가 절대로 외국 못 보내신다고 그러고. 에휴."

성 알렉시오는 중등부부터는 특별한 사정이 없는 한 전교생이 기숙사 생활을 하는 것이 오래된 전통이었다. 그런 기숙사 생활을 통해 끈끈한 동문 의식이 생겨난다고 믿었다.

"기숙사 생활이 왜 싫어?"

"엄마 아빠랑 떨어져 있어야 하잖아. 일주일에 한 번밖에 못 보니까 싫어."

세상엔 부모 노릇을 못 하는 부모도 있고, 집이 지옥보다 아주 조금 나은 곳에 불과한 사람도 많다는 것을 은수에게 설명하고 싶지 않았다. 화목한 가정에서 부모뿐만 아니라 양가 조부모에게도 하나뿐인 손자로 사랑받는 은수는 평생 모를 세상이었다.

어떤 아이는 집으로 돌아가고 싶지 않았다. 그곳을 집이라고 부르는 것조차 싫어했다.

지금 외삼촌 집은 지형 문제로 전쟁 중이었다. 외삼촌은 더 이상 지형을 맡지 않겠다고, 지형 앞에서 선언하듯 말했다.

"더 이상 네 자식 때문에 내 가족 갈라지는 꼴은 못 본다. 태어나서 이만큼 키우고 가르쳤으면 외삼촌 노릇은 넘치게 했다. 애비, 어미가 멀쩡하게 살아 있는데 왜 우리가 더 희생해야 하니? 네가 알아서 하지 않으면 그 애비라는 작자가 일하는 회사에 가서 내가 직접 말할 게다."

문희의 입에서 '내가 지형이를 데리고 가겠다.'라는 말이 나오지 않아서 지형은 비참했다. 문희는 또 효관을 찾아가 난리를 피웠고, 효관은 지형에게 미국의 보딩스쿨을 권했다.

어른들 사이에서 무슨 일이 있었는지 지형은 알 수 없었지만, 아무도 지형을 원하지 않는 것은 확실했다.

유학을 권하는 효관의 눈빛이 너무나도 차가웠다. 쓸데없는 짐을 치워 버리는 듯한 눈빛이었다. 지형은 자신이 가는 곳마다 불화만 일으키는, 마가 낀 아이 같았다.

지형이 기억하는 한 외삼촌과 외숙모는 늘 자신 때문에 싸웠고, 하나뿐인 외사촌 누나는 자신 때문에 부모님과의 관계가 좋지 않았다. 어머니는 결정적으로 자신을 맡아야 할 때 뒤로 물러났고, 아버지는 아예 자신의 존재를 잊고 사는 것 같았다.

지형이 아는 대부분의 부모들은 하루의 많은 시간을 자식만 생각하면서 살았다.

도대체 그의 부모는 무슨 생각으로 매일매일을 사는 걸까?

도대체 왜 자신은 그들에게 어떠한 의미도 보람도 불러일으키지 못하는 건지 알고 싶었다.

하찮고 하찮은 존재. 그게 지형이었다.

"중등부에 진학하지 않으면 유학 가는 거야?"

"응, 아마도. 확실히 정해진 건 아니지만."

효관은 지형에게 학교 소개를 담은 소책자들을 보냈고, 매일 영어 과외까지 받게 했다.

"어디로 가는데?"

"미국 동부 쪽으로 갈 것 같아."

"혼자?"

"응."

"하긴 지형이 너는 어른스러우니까. 우리 엄마가 늘 너 좀 본받으라고 해."

"나는 네가 더 부러운데?"

"에엑?"

말도 안 된다는 듯 은수가 이상한 소리를 이상한 표정으로

냈다.

"어, 너 지금 나 놀리는 거지?"

"이제 알았냐?"

은수는 지형의 등을 아프지 않게 때렸다.

정각을 알리는 종소리가 맑게 울렸다.

"어, 나 늦었다. 먼저 갈게."

은수는 중국어 교실이 있는 서관을 향해 뛰어갔다.

지형은 은수가 뛰어가는 모습이 보이지 않자 창으로 갔다.

여전히 유치원 아이들이 놀고 있었다. 다은은 아이들 무리에서 멀찌감치 떨어져 멍하니 서 있었다. 아무도 그 아이와 놀아주지 않았다. 놀이에 끼워 달라고 말할 용기도 없어 보였다. 교사도 그 아이가 보이지 않는 듯 굴었다.

꽃이 피는 봄이었지만 그 아이의 주변은 여전히 겨울이 머물러 있는 것 같았다. 두툼한 옷을 입었는데도 추워 보였다. 지형은 두툼한 옷 아래에 여전히 멍 자국이 있을까 걱정이 됐다.

미국으로 가기 싫은 가장 큰 이유가 바로 저 아이였다. 겨우한 번밖에 만난 적 없는 아이 때문에 지형은 미국행을 망설이고 있었다. 그건 정말 기묘한 느낌이었다.

그렇지만 그가 뭘 할 수 있단 말인가. 그는 고작 열세 살의 초등학교 6학년 학생일 뿐인데.

지형이 다은 근처를 얼씬거리다가 그 여자한테 들키기라도 한다면, 아버지의 인생은 끝장날지도 모른다. 그 못된 여자가 아버지의 모든 것을 빼앗을 것이다.

그렇지만, 그렇지만…….

이곳에 있고 싶었다. 저 아이 곁에, 저 아이의 손을 잡을 수 있는 곳에.

한 번도 있어야 할 곳이 어디인지를 안 적이 없었다. 식물처럼 어른들이 내려놓은 곳에 뿌리를 내려 살아야 하는 줄 알았다. 그런데 다은 때문에 지형은 머물고 싶은 곳이 생겼다.

지형은 과학 클럽 시간에 만든 비행기를 꺼냈다.

'이 비행기가 너에게 닿으면…….'

마치 동전을 던져 운명을 결정하는 것과 비슷했다. 비행기를 날리는 지형의 손은 떨렸다. 손뿐만 아니라 온몸이, 아니, 영혼까지 떨렸다. 닿길 바라는 마음과 닿지 않길 바라는 마음이 싸웠다.

지형의 종이비행기는 보이지 않는 손이 계속 잡고 있는 것처럼 다은의 머리에 살짝 부딪치고 바닥에 떨어졌다.

지형은 놀랐다. 자신이 만든 엉성한 비행기가 그렇게 제대로 날 줄은 꿈에도 몰랐다.

다은은 비행기를 주웠다. 그런 다음 비행기가 날아온 곳을 찾으려고 주변을 두리번거렸다. 다은은 건너편 건물에서 비행기가 날아왔을 거라곤 생각을 하지 못하는 것 같았다.

지형은 마음이 답답했다.

저대로 저 아이가 자신을 발견하지 못하면 어쩌지?

마음이 초조했다.

"다은아!"

자기도 모르게 지형은 이름을 불렀다.

그 소리가 들렸는지 다은이 고개를 돌려 지형이 있는 쪽을 바라보았다. 꽤 멀리 있었지만 다은은 지형을 알아본 것 같았다. 다은의 얼굴에 서서히 미소가 떠올랐다.

다은의 미소를 보는 순간, 지형은 처음으로 행복하다는 기분을 느꼈다. 마음이 따뜻한 뭔가로 가득 찼다. 어머니도, 아버지도, 외삼촌 가족도 주지 못했던 온기였다.

지형은 저 아이를 웃게 하는 자신이 좋았다.

드디어 자신이 있어야 할 곳에 도착한 기분이었다.

저 아이는 자신을 원했다. 그것도 간절하게. 그건 지형이 가장 바라던 것이었다.

지형은 다은을 향해 손을 흔들었다. 다은 역시 지형을 향해 손을 흔들었다.

놀이시간이 끝났다는 종소리가 났다.

그날처럼, 떨어지지 않는 발걸음을 떼면서 다은이 유치원 건물 안으로 들어갔다. 지형이 날린 종이비행기를 손에 꼭 쥔 채. 다은은 몇 번이나 뒤로 돌아 지형이 계속 자기를 보고 있는지를 확인했다. 그때마다 지형은 손을 흔들어 주었다.

'널 웃게 할 수 있다면 거짓말을 할 수 있어. 얼마든지 할 수 있어.'

지형은 생각했다. 끝까지 들키지 않으면 된다고.

비밀에 대해 입을 다물 것이다. 저 어린아이가 그 진실을 감당할 수 없을 거라고 생각했다. 그러니 차라리 모르는 게 나았다. 아니, 알 필요가 없었다.

만약 다은이 자신이 누군지 알게 되고, 자신이 다은 곁에 있다는 것을 아버지가 알게 된다면, 저 아이를 지킬 수 없었다. 아버지는 결코 지형이 저 아이 곁에 있는 것을 허락지 않을 테니까.

지형은 세상이, 진실이 그렇게 만만한 것이 아니라는 것을 알지 못했다. 진실은 빛과 같아, 바늘구멍으로도 흘러나오는 것임을 몰랐다.

지형은 이제는 보이지 않는 다은을 향해 말했다.

내가 네게 줄 수 있는 게 거짓말밖에 없다면, 세상에서 가장 아름다운 거짓말을 너에게 줄게.

세상에서 가장 아름다운 거짓말 속에서 살게 해 줄게.

나는 절대로 널 버리지 않아.

다은의 미소가 지형의 마음에 꽃처럼 활짝 피었다.

그리고 그날, 지형의 마음에 첫봄이 왔다.

〈끝〉

작품을 쓸 때면 이 작가 후기 쓸 날을 학수고대하지만, 막상 이렇게 막상 쓸 때면 늘 아쉬운 마음이 들곤 합니다. 생각했던 것처럼 시원스러운 기분은 아닙니다. 더 잘 쓸 수는 없었을까, 아쉬운 마음이 더 큽니다.

오랜만에 나온 책입니다. 그래서 많이 떨립니다. 오랫동안 글쓰기를 쉬었던 터라 신인의 마음으로 글을 쓴 듯합니다.

《거짓말의 거짓말의 거짓말》은 제목 그대로 거짓말을 하는 남녀의 이야기입니다. 사랑하면서도 사랑하지 않는다는 거짓 말을 해야 하는 슬픈 연인들의 이야기지요. 세상의 많은 거짓 말 중에 진심으로 사랑하는 사람에게 사랑하지 않는다고 말하는 것처럼 슬픈 거짓말이 또 있을까 싶습니다.

작품을 완성하고, 독자의 입장에서 이 책을 읽으면서 저는 제가 창조한 주윤이라는 인물에게 다시 반해 버렸습니다. 제가 쓴 이야기 속 여주인공들 중 가장 강한 사람이라고, 저는 생각합니다. 학대와 배신, 복수에 매몰되지 않고 자기 인생을 살기 때문입니다. 자기 자신으로 사는 것. 자기 자신으로 살 수 있는 것. 저는 그런 사람이 강한 사람이라고 생각합니다.

《두 개의 심장》부터 《계약직 아내》까지, 로맨스 작가 인생의 대부분을 저와 함께해 준 편집자 임유리 님께 존경과 감사의 마음을 전합니다. 덕분에 좀 더 나은 작가로 성장할 수 있었습니다.

이번 작품을 함께 해 준 편집자 전보라 님, 곽현주 님, 고맙습니다. 덕분에 더 좋은 작품으로 거듭날 수 있었습니다. 원고 뭉치가 책으로 탄생할 수 있게, 독자들에게 전해질 수 있게 도와주신 파란미디어의 모든 분들께도 감사를 드립니다.

늘 그렇듯 이 책을 읽어 주신 독자분들께 가장 깊은 고마움을 전합니다.

책은 작가와 독자라는 두 개의 날개를 가지고 있다는 말을 저는 참 좋아합니다. 고심하면서 쓴 이 작품이 부디 독자분들을 조금이나마 행복하게 하고 즐겁게 할 수 있기를 바랍니다.

더 좋은 작품으로 다시 만날 날을 고대합니다.